L'HISTOIRE

L'Allemagne de Hitler

1933-1945

INTRODUCTION DE
FRANÇOIS BÉDARIDA

Éditions du Seuil

Le livre est la reproduction d'un numéro spécial de *L'Histoire* (nº 118, janvier 1989). On y a ajouté quelques articles parus dans d'autres numéros de la même revue. L'introduction de François Bédarida est originale.

EN COUVERTURE :

Document extrait de *Deutschland Ehrwacht*. Coll. part. Photo Jean Vigne.

ISBN 2-02-012647-8

Introduction

Au lendemain de l'écroulement du régime national-socialiste la grande voix de Karl Jaspers s'élevait pour tirer la leçon du drame vécu par l'Allemagne et par l'Europe de 1933 à 1945 : « Un abîme s'est ouvert, écrivait-il. On a vu de quoi l'homme était capable, non pas en se conformant à un plan établi d'avance, mais en entrant dans une spirale qui allait s'élargissant devant ceux qui s'y laissaient pousser [...]. Ce n'est que dans la clarté complète qu'est le remède [...]. Ce qu'il faut éviter, c'est l'impardonnable oubli [1]. » Aujourd'hui encore, en cette fin du XXe siècle, plus de cinquante années après l'événement, l'ombre de Hitler continue d'enténébrer l'Europe et de hanter notre vie publique, notre culture, notre mémoire, bien que des ruines soit née une nouvelle Allemagne libérale, démocratique, antitotalitaire, aux antipodes de la dictature nazie.

D'où la question lancinante : comment pareille tragédie a-t-elle été possible ? Comment l'expliquer ? Comment prévenir son retour ? A partir de telles prémisses, devant « ce passé qui ne veut pas passer », on voit se dessiner une première approche, génératrice d'une première lecture : une lecture associant histoire et éthique et qui par-delà une interrogation récurrente sur l'identité allemande pose l'immense problème de l'historicité et de l'action humaine dans l'histoire. Quête de responsabilités pour le passé, quête de remèdes pour le futur : dans cette optique on a tendance tantôt à dénoncer la culpabilité du

1. K. Jaspers, *Origine et Sens de l'histoire*, trad. fr., Paris, Plon, 1954, p. 183 et 185.

peuple allemand, à cause du soutien massif accordé à Hitler, tantôt à focaliser l'attention sur l'« autre Allemagne » en exaltant le rôle des petites phalanges de résistants qui ont su tenir tête au dictateur.

Parallèlement à cette lecture morale, un autre regard, critique celui-là et plus détaché, a été porté par les historiens sur le phénomène national-socialiste. Ici la préoccupation première a été de comprendre. Sans trop redouter le risque, souvent dénoncé, de « banalisation », parce que le propre de la méthode historique, c'est de relativiser au lieu de diaboliser. Il s'ensuit une lecture qui entend être scientifique en faisant appel au concours de l'histoire, de la philosophie politique et des sciences sociales. Sans exclure, loin de là, débats et controverses. Car si l'accord est aisé sur les faits majeurs des années 1933-1945, les divergences éclatent dès qu'on pénètre dans le champ des interprétations. En premier lieu autour de la nature du nazisme, où l'on a vu s'affronter les thèses les plus opposées : simple variété du fascisme pour les uns, archétype du totalitarisme pour d'autres, produit du grand capital pour les marxistes – encore que cette vision soit aujourd'hui en voie de dépérissement – ou encore phénomène *sui generis,* résultant de facteurs historiques singuliers, propres à l'Allemagne en raison de sa modernisation tardive (c'est le fameux *Sonderweg*).

Comment s'étonner dès lors du vœu exprimé naguère par le chancelier Helmut Schmidt dans un discours prononcé au congrès annuel des historiens allemands, lorsqu'il demandait à ceux-ci de produire une configuration claire du nazisme avec des contours nets et bien tracés[2] ? De là on glisse sans peine, en reliant passé et présent, à une troisième lecture du nazisme, plus politisée et plus opérationnelle parce que normative et tournée vers l'action. Une lecture générée par les développements politiques de l'après-guerre, la division de l'Allemagne et la prégnance du modèle démocratique, aux confins de l'idéologie et des leçons de l'histoire.

2. Cité par I. Kershaw, *The Nazi Dictatorship,* Londres, Arnold, 1985, p. 2.

A l'heure actuelle dans les études du phénomène nazi, on peut discerner trois grands enjeux historiographiques autour desquels s'articulent la problématique et les débats des spécialistes : la conception nationale-socialiste du monde et sa pratique ; la place et le rôle de Hitler dans le système ; l'adhésion de la population, ses dimensions et ses limites.

Premier axe de réflexion : la philosophie politique du régime vue sous l'angle tant de la doctrine que de sa mise en œuvre (à condition, bien sûr, d'admettre qu'il existe une idéologie nationale-socialiste, à l'encontre des auteurs qui nient son existence et ne voient dans ce conglomérat d'écrits et de paroles qu'un « vaste système de bestiales billevesées nordiques[3] »). Ici l'on doit partir du concept – et du terme servant à le désigner – choisi par Hitler lui-même pour définir le nouvel ordre social qu'il entendait promouvoir : *Volksgemeinschaft*. Pour les dirigeants nazis, en effet, l'objectif numéro un, après les humiliations d'une défaite attribuée non au sort des armes mais à une désagrégation interne produite par un triple ferment destructeur – le marxisme, le judaïsme, le républicanisme démocratique –, c'est de créer dans le peuple allemand, victime jusque-là de ses divisions de classe, de religion et d'idéologie, une communauté nationale authentique, cette *Volksgemeinschaft* étant unifiée par les liens du sang et de la race et convaincue de sa mission supérieure dans le monde. On mesure par là quelle haute ambition inspire le projet de société nationale-socialiste : régénérer radicalement le peuple allemand, transformer de fond en comble son mode de pensée et ses comportements, ses croyances et ses valeurs. Bref, une révolution, mais une révolution mentale autant que sociale.

Cependant, la réalisation de la nouvelle « communauté de camarades » (*Volksgenossen*) est subordonnée à plusieurs conditions : être de race aryenne, génétiquement sain, socialement productif, politiquement sûr (en ce

3. H. Trevor-Roper, *The Last Days of Hitler*, Londres, Macmillan, 1947 ; éd. Pan Books, 1968, p. 55.

dernier domaine une simple obéissance passive ne suffit pas, il faut en outre participer activement aux organisations nazies). A l'opposé, envers ceux qui ne répondent pas à ces critères et qui se trouvent *ipso facto* rejetés de la communauté nationale, il ne reste qu'une politique : l'exclusion, la répression, la persécution. Cela concerne plusieurs catégories de citoyens : les « ennemis idéologiques » (entendons par là les adversaires politiques), les asociaux, et tous les êtres jugés biologiquement indésirables : tarés héréditaires et surtout non-Aryens, en raison du danger qu'ils représentent pour l'avenir de la race.

En effet, on note chez Hitler une obsession récurrente depuis les jours faméliques de Vienne jusqu'aux dernières heures dans le *Bunker* de Berlin : l'obsession de la pureté du sang germanique, base de sa haine forcenée des Juifs. De là la fréquence sous sa plume ou dans sa bouche des termes de « bacilles » et de « parasites » et des notions d'« élimination » et d'« annihilation ». Dans ses *Propos de table,* durant la guerre, ne s'est-il pas vanté d'être un nouveau Pasteur, en arguant du fait qu'il avait découvert, lui, « le virus juif » ? En vérité, il n'est pas difficile de discerner dans cet antisémitisme à base biologique (et non religieuse ou culturelle) un fil conducteur aboutissant à la solution finale, puisque dans le processus du génocide le rôle chef a été tenu par les tenants de cette doctrine du racisme biologique : Hitler, Himmler, Goebbels, Heydrich, etc.

En somme, on peut dire que la *Weltanschauung* nationale-socialiste repose sur quatre piliers : le darwinisme social, la *Rassenpolitik* – doctrine de la race dictée par la « science » de l'eugénisme –, l'antisémitisme, le nationalisme – un nationalisme marqué de surcroît par la thèse de la « supériorité nordique ». Du darwinisme social, dont il est imprégné, Hitler a retenu l'idée fondamentale que la vie est une lutte sans merci pour l'existence. C'est le triomphe du « *bellum omnium contra omnes* ». Comme l'espace est limité, un peuple doit se battre pour conquérir son *Lebensraum*. Face à ce que *Mein Kampf* qualifie de « loi d'airain de la nécessité et du droit à la victoire des meilleurs et des plus forts », il faut savoir être dur et inflexible. D'ailleurs, toute pitié n'est que sentimentalisme et pitoyable produit de l'héritage judéo-chrétien. En juin 1944 encore, alors que plane l'ombre de la défaite militaire, Hitler continue de prêcher les vertus de la guerre comme instrument de la *struggle for life*. « La victoire va aux forts et les faibles doivent disparaître. [...] La nature [...] ne connaît rien du concept d'humanitarisme qui signifie seulement que les faibles doivent être à tout prix entourés et protégés même au détriment des forts [...]. La guerre est donc la loi inaltérable de toute l'existence – le préalable nécessaire à la sélection naturelle des forts et la première étape de l'élimination des faibles. Ce qui nous semble cruel est, du point de vue de la nature, parfaitement évident. Un peuple incapable de s'affirmer lui-même doit disparaître[4]... »

En même temps, le nazisme puise la force de son nationalisme dans les profondeurs de la culture allemande. Car la notion de *Volk*, telle qu'elle avait été développée tout au long du XIXe siècle, va bien au-delà du bon simple concept de *peuple* (entendu comme groupe ethnique ou national). Elle englobe la mémoire de la collectivité, ses traditions et son environnement, les êtres et les paysages, bref, un espace et un temps où en une véritable communion s'unissent composantes physiques et composantes spirituelles. De là l'image d'un peuple enraciné, selon une vision romantique et largement mythique, dans les profondeurs obscures des forêts de Germanie. Dans l'imaginaire social, à travers les brumes de ces plaines et de ces bois, luit « l'âme allemande ». Au contraire, le Juif vient du désert, terre aride, dépourvue de pouvoir créateur. Sans racines, coupé des valeurs fondamentales ancrées dans « le sol et le sang » (*Blut und Boden*), perméable à toutes les maladies de la modernité – à commencer par les tares de l'univers urbain –, il ne forme sur le sol allemand qu'un corps étranger à éradiquer. Dès lors, on voit comment au plan des mentalités et des pratiques, aussi bien qu'au plan théorique, nationa-

4. Discours prononcé au Berghof le 22 juin 1944 devant un groupe d'officiers cadets.

lisme et antisémitisme s'épaulent l'un l'autre, se prêtant mutuellement main-forte.

Un deuxième enjeu historiographique concerne la nature du régime nazi et la place relative qu'y tenaient les différents acteurs. Partant du sommet, c'est-à-dire du rôle de Hitler dans l'appareil, on en est venu à s'interroger sur le fonctionnement – ou le dysfonctionnement – du système. Pendant longtemps, à vrai dire, a régné une vision « hitlérocentrique » dont l'historiographie est restée assez largement imprégnée. Cette vision reposait sur un double socle. D'abord, celui constitué par les premières biographies consacrées à la personne et à l'itinéraire d'Adolf Hitler, car pour la plupart elles faisaient du *Führer* la source de toute inspiration, de toute décision, de toute autorité, en brossant de lui le portrait d'un tyran ivre de pouvoir relevant davantage de la pathologie que du charisme. D'autre part, on s'appuyait sur la référence au *Führerprinzip,* plus ou moins érigé en dogme, c'est-à-dire au principe de l'autorité absolue des chefs sur leurs subordonnés, en commençant par celle du Führer lui-même.

Or, tous les travaux qui se sont accumulés depuis plus d'un quart de siècle ont montré combien une telle interprétation se révélait restrictive et inadéquate. Déjà en 1942, F. Neumann dans son maître livre *Béhémoth* avait tenté de définir le régime à partir de quatre centres de pouvoir : le parti, l'administration (également appelée la bureaucratie), l'armée, le monde des affaires. Autrement dit, quatre groupes dirigeants associés pour gérer en commun le système – ce qui rejoint la thèse de l'alliance classique entre le NSDAP et les élites traditionnelles.

Le débat, aujourd'hui, dépasse de beaucoup l'opposition fonctionnalistes/intentionnalistes. Là où naguère on imaginait un pouvoir absolu et illimité, dans lequel tous les rouages à tous les niveaux fonctionnaient avec une redoutable efficacité, on a maintenant souligné à l'envi la multitude des incohérences, les défauts de coordination, le fouillis des doubles commandements, les rivalités de services et de personnes, les luttes sauvages de clans. Au total, un enchevêtrement de pouvoirs concurrents et rivaux, générateur d'un immense désordre derrière l'apparence d'ordre et d'autorité.

On est loin dès lors du système monolithique, orchestré et commandé par un Führer omniprésent, omniscient, omnipotent. N'était-ce point là à vrai dire l'image que le nazisme voulait donner de lui-même ? L'illusion de l'unité organique, symbolisée par la formule « *Ein Volk, ein Reich, ein Führer* » ? Quel écart entre la propagande et la réalité ! Bref, autant il est absurde de prétendre rayer Hitler du tableau comme le fait Wilhelm Reich (« La structure personnelle de Hitler et sa biographie sont sans aucun intérêt pour la compréhension du national-socialisme[5] ») autant la focalisation sur la personne du Führer aboutit à une vision sommaire et trompeuse, qu'aujourd'hui nul ne saurait plus tenir et qu'a remplacée une interprétation plurielle et sophistiquée du fonctionnement du régime nazi.

Enfin, le débat, déjà ancien, sur la responsabilité du peuple allemand s'est déplacé. Souvenons-nous en effet en quels termes, il n'y a pas si longtemps encore, on interpellait et interprétait le passé. Témoin l'autocritique, lucide autant que pathétique, de Baldur von Schirach (l'ancien chef de la *Hitlerjugend,* condamné à Nuremberg) : « La catastrophe allemande, écrit-il, ne provient pas seulement de ce que Hitler a fait de nous, mais de ce que nous avons fait de Hitler. Hitler n'est pas venu de l'extérieur, il n'était pas, comme beaucoup l'imaginent aujourd'hui, une bête démoniaque qui a saisi le pouvoir tout seul. C'était l'homme que le peuple allemand demandait et l'homme que nous avons rendu maître de notre destin en le glorifiant sans limites. Car un Hitler n'apparaît que chez un peuple qui a le désir et la volonté d'avoir un Hitler[6]. »

Aujourd'hui la problématique a bien changé. A ce transfert de paradigme ont concouru les travaux récents

5. W. Reich, *La Psychologie de masse du fascisme,* trad. fr., Paris, Payot, 1972, p. 55.

6. Baldur von Schirach, *Ich glaube an Hitler,* Hambourg, 1967.

sur l'opinion (en particulier en Bavière) qui ont renouvelé l'approche du phénomène nazi et la compréhension de son impact sur la société. Comment caractériser et comment mesurer l'adhésion de la population au régime ? Telle est la question qu'a posée une nouvelle génération d'historiens et à laquelle elle a tenté de répondre, en exploitant, entre autres sources, les documents de la Gestapo et les « rapports verts » de la SOPADE (Parti social-démocrate en exil).

Jusque-là deux théories se trouvaient en compétition : la théorie de l'adhésion/mobilisation et la théorie de la manipulation/répression. Selon la première, il y a bel et bien eu un soutien massif – tantôt actif, tantôt passif – accordé par la population au régime national-socialiste. Après tout, n'est-ce pas à bon escient que K.D. Bracher a intitulé son livre célèbre *Die deutsche Diktatur* ? A une telle mobilisation des esprits et des cœurs ont concouru non seulement la longue série des succès enregistrés de 1933 à 1941 – restauration de l'économie, victoires diplomatiques, puis militaires – ainsi que l'immense popularité du Führer, chef charismatique de la nation, patriote intransigeant, stratège de génie, protecteur de la loi et de l'ordre, dont le magnétisme personnel s'avérait capable d'agir aussi bien dans les grands rassemblements de foules extatiques qu'en privé auprès de ses collaborateurs et de ses fidèles, mais encore l'attraction exercée par l'habile utilisation des techniques de manipulation des masses et par la propagande irrésistible de Goebbels.

Une propagande très calculée et extraordinairement habile avec son dosage de violence impérieuse d'un côté, de persuasion de l'autre. Une propagande remarquable aussi par le soin extrême mis à faire appel aux vertus anciennes et aux traditions du peuple allemand, afin de faire apparaître le IIIe Reich, après le cauchemar de 1918 et le trauma de la République de Weimar, comme le véritable héritier et continuateur de l'histoire allemande. Sans ce pouvoir de séduction on ne saurait comprendre ni le nazisme ni son audience[7]. Est-ce un hasard au demeurant si plusieurs de ceux qui allaient en devenir les plus farouches adversaires, un Niemöller, un Stauffenberg, un Scholl, ont commencé par éprouver pour lui de l'attirance avant de s'en détourner avec horreur ?

L'autre vision du IIIe Reich met au contraire l'accent sur le contrôle social permanent, sur l'embrigadement généralisé, sur la surveillance policière, sur l'impitoyable répression exercée tout au long des douze années de pouvoir nazi. De fait, à l'appui de la thèse les arguments ne manquent pas : la *Gleichshaltung* (« la mise au pas ») dès les premières semaines du régime, l'écrasement des noyaux de résistance, la Gestapo omniprésente, les prisons pleines, les camps de concentration... La terreur va même en s'amplifiant et change d'échelle avec la radicalisation du pouvoir nazi après 1938, et plus encore à la suite de l'entrée en guerre en 1939. Un seul chiffre suffit à mesurer la dureté de la répression : de 1934 à 1944 le tribunal du peuple, le *Volksgerichtshof,* qualifié par son président, Freisler, de « tribunal révolutionnaire pour purifier la nation », a prononcé 13 000 condamnations à mort, pour des motifs allant de critiques bénignes et parfois de simples moqueries envers le pouvoir à l'opposition active et organisée en vue de le renverser.

Ce que les études récentes ont apporté à travers la volonté d'échapper à la tentation d'une bipolarité par trop simplificatrice, c'est une lecture moins idéologique et plus sociologique, mettant bien en lumière la complexité et la multiplicité des attitudes, leur enracinement sociogéographique et socioculturel, leur évolution dans le temps, sans oublier les contradictions psychologiques régnant chez le même individu. D'où le recours à un appareil conceptuel nouveau, faisant une large part aux notions d'autonomie, d'allergie (*Resistenz*), de déviance

7. Voir sur ce point les vues éclairantes de Fritz Stern, *Rêves et Illusions : le drame de l'histoire allemande,* trad. fr., Paris, Albin Michel, 1989, ch. VI : « Le national-socialisme comme tentation ». Voir aussi du même auteur, sur les racines historiques du nazisme, *The Politics of Cultural Despair : A Study in the Rise of the German Ideology,* Berkeley, University of California Press, 1961.

(par exemple pendant la guerre, chez les jeunes des grandes villes industrielles, des groupes tels que les Pirates de l'Edelweiss qui refusent d'être enrégimentés dans la *Hitlerjugend* et cherchent des espaces de libre expression, en dehors de toute discipline : sorte de marginaux en quête d'un ailleurs fait de chant et de musique).

Enfin, pour donner sa pleine mesure au national-socialisme, il convient d'en mettre en lumière une composante fondamentale, quoique souvent méconnue : la dimension religieuse. Hitler, en effet, avait compris très tôt que, pour réussir, un mouvement de masse doit s'appuyer sur une quête spirituelle. Sans une foi, et une foi agissante, il ne saurait y avoir d'engagement total de l'être. Aussi, à la différence des philosophies politiques élaborées sur le mode rationnel et logique, le nazisme relève-t-il, qu'il le reconnaisse ou non, de la sphère du religieux. Religion séculière, fondée sur des mythes et des symboles empruntés au vieux fonds du paganisme nordique et du patrimoine culturel germanique, on trouve, à l'origine de son pouvoir sur la société, l'espérance en un homme nouveau et en l'avènement d'un âge nouveau : le Reich de mille ans promis par Hitler. Ce que Bernanos traduisait par cette formule lapidaire : « L'Allemagne n'est pas seulement un État, c'est une Église. L'hitlérisme n'est pas seulement une force, c'est une mystique. »

Cette recherche d'un sens, nécessaire pour guider le *Volk,* passe par des manifestations collectives méthodiquement organisées et savamment orchestrées en vue de communiquer – par l'affectivité de préférence à l'intellect – le message messianique dont le Führer est le prophète inspiré. De là les grandes liturgies nazies, avec leur cérémonial et leur rituel propres à marquer à jamais l'imaginaire des fidèles : depuis les retraites aux flambeaux jusqu'aux parades monstres de Nuremberg, depuis les rassemblements de foules extatiques communiant dans la parole du Führer jusqu'aux feux de camp de la *Hitlerjugend* célébrant le culte de la nature et du corps.

De là aussi la confrontation inévitable entre le nazisme et le christianisme. Car, malgré les tentatives répétées d'accommodement, de part et d'autre, l'incompatibilité éclate entre la nouvelle religion séculière et la révélation chrétienne, dans sa version protestante comme dans sa version catholique. Peut-être même, du point de vue de l'idéologie *völkisch,* le catholicisme « romain », du fait de son caractère supranational, apparaît-il, dans l'opposition au néo-paganisme hitlérien, comme le plus dangereux des deux – immédiatement après le judaïsme, l'ennemi par excellence. Remarquons d'ailleurs que durant tout le IIIe Reich il a existé, à l'intérieur de la Gestapo et du SD, à côté des départements consacrés aux affaires juives et à la lutte contre le marxisme, un département spécial chargé de surveiller et de réprimer le « catholicisme politique ».

Même si Hitler, se dissociant en cela de Rosenberg, n'a cessé de se poser, par-delà toute attache confessionnelle, en protecteur du christianisme – notamment contre le bolchevisme –, même s'il a su se garder d'un *Kulturkampf* à la Bismarck, même si les Églises ont consenti bien des compromis, voire des compromissions, il reste qu'un long conflit, tantôt ouvert, tantôt couvert, a opposé deux conceptions du monde irréconciliables. Comme le rappelait rudement dès la fin de 1933 l'archevêque de Munich, le cardinal Faulhaber, dans une série de sermons intitulée *Judentum, Christentum, Germanentum,* le christianisme n'est pas séparable de ses racines juives, car « ce n'est pas du sang allemand qui nous a rachetés, mais le sang de Notre Seigneur sur la croix ».

Dès lors, une fois la guerre advenue sous les espèces d'une guerre de plus en plus totale et inexpiable, le rêve d'absolu teinté de nihilisme, que sous-tendait la *Weltanschauung* nazie, ne pouvait déboucher, en vertu de sa logique même, que sur deux pôles extrêmes : ou bien la domination mondiale exercée par le *Herrenvolk* ou bien l'anéantissement – un anéantissement dont le fracas continue de retentir jusqu'à nous.

F.B.

La tragédie allemande : l'Europe et l'histoire

François Furet

En face des grandes catastrophes, la recherche historique apparaît le plus souvent comme un instrument mal adapté à l'immensité du désastre. Elle trouve, dénombre, analyse un certain nombre de causes, sans que jamais aucune d'entre elles, ou même leur addition, apparaisse à l'échelle de l'effondrement qu'elle se propose d'expliquer. Dans le cas de l'Allemagne nazie, épisode relativement court qui étend pourtant son ombre lugubre sur tout notre XXe siècle, aucune des origines recensées de la tragédie – défaite de 1918, fragilité de la tradition libérale et démocratique, crise économique, par exemple – ne pèse assez lourd pour équilibrer, en amont, l'improbabilité de l'hitlérisme dans un pays aussi civilisé, et en aval, l'énormité de la catastrophe, très au-delà des frontières du germanisme. Du coup resurgit la vieille tentation finaliste, qui porte à inculper, tout simplement, l'histoire allemande dans sa totalité, de Luther à Hindenburg en passant par Bismarck : version savante de la croyance vulgaire à la « fatalité » des événements le plus évidemment aléatoires, et qui, ici, fait du peintre en bâtiment de Vienne le point d'orgue inattendu, et pourtant nécessaire, du passé de la nation.

Ce qui donne sa force particulière à cette vision, en dehors de la pente naturelle de l'esprit humain à l'explication fataliste, c'est évidemment le fait, trop réel, hélas !, que la courte période du nazisme figure bien une fin de l'histoire allemande : l'effondrement de 1945 brise en effet la continuité de cette histoire, par sa dimension militaire, politique, matérielle et morale. Accompagné de la vérité sur les crimes du régime, et entouré de la réprobation universelle, le nazisme une fois tombé offre l'image d'une liquidation générale du passé allemand – tragique table rase qui arrache un peuple à ses annales, tout entières contaminées par l'entreprise criminelle qui la clôt. Désormais, l'Allemagne n'est pas seulement une nation découpée par les vainqueurs, mais une histoire dont le tissu a été déchiré par une tragédie inoubliable.

Plus de quarante ans après la mort de Hitler dans son bunker berlinois, les Allemagnes d'aujourd'hui sont plus que jamais en face du problème. Celle de l'Est ne s'exprime pas librement, mais les tentatives faites ces dernières années par les autorités communistes pour récupérer à leur profit et Luther et Bismarck indiquent assez l'omniprésence de l'interrogation sur la tradition nationale. Quant à l'autre, la République fédérale, comment ne pas voir un peu partout, et dans les litotes des conservateurs, et dans le pacifisme des Verts, et dans les polémiques spectaculaires des historiens, les témoignages de sa crise d'identité historique ?

A cette crise allemande, qui intéresse toute l'Europe, cette Europe dont les nations ne peuvent s'unir que fortes de l'idée qu'elles ont d'elles-mêmes, l'histoire peut apporter une contribution capitale si elle renonce, comme elle le doit, à la tentation finaliste. Les grands désastres, comme les événements fondateurs, ont des raisons multiples, qui ne sont pas toutes grandes ; ils naissent au confluent de séries causales qui n'étaient pas faites, de toute éternité, pour se croiser ; enfin, ils possèdent, une fois amorcés, une dynamique propre qui empêche qu'on les fasse tenir entièrement dans leurs origines. Constat de sagesse historienne qui n'enlève pas aux Allemands des années sombres leurs responsabilités, mais qui peut leur rendre leur histoire.

1

Hitler et les siens

La prise du pouvoir par Adolf Hitler

Serge Berstein

Le 30 janvier 1933, une foule silencieuse se rassemble dans les rues avoisinant la chancellerie à Berlin. Elle attend la fin des âpres discussions qui opposent, autour du maréchal Hindenburg, le président du Reich, les dirigeants nationalistes von Papen et Hugenberg au chef du Parti nazi, Adolf Hitler. L'enjeu : la formation d'un gouvernement de coalition dirigé par ce dernier, qui n'entend pas que ses attributions soient rognées par ses partenaires. A une fenêtre de l'immeuble voisin du *Kaiserhof,* où siègent les dirigeants nazis, Ernst Röhm, chef de la SA (*Sturmabteilung,* la milice armée des nationaux-socialistes), guette anxieusement la sortie du Führer. Un peu après midi, les applaudissements éclatent : Hitler sort de la chancellerie, dévale les marches du perron, s'engouffre dans sa voiture. Il est chancelier du Reich allemand. L'acte décisif d'une prise de pouvoir vient de se jouer.

Que de chemin parcouru depuis ce jour de septembre 1919 où le caporal autrichien, ulcéré par la défaite du Reich, devenu indicateur du département politique de l'armée, adhère au groupuscule qu'est encore le « parti ouvrier allemand » (DAP) ! Il le prend rapidement en main, le dote d'un journal, le *Völkischer Beobachter,* lui fournit un drapeau, un programme en 25 points articulé sur le racisme, rassemble autour de lui un petit noyau de fidèles mais ne parvient pas à en faire une véritable force politique. On en aura la preuve en novembre 1923 lorsque, profitant des troubles qui agitent l'Allemagne, il tente un putsch à Munich avec l'intention de marcher sur Berlin pour chasser le gouvernement « rouge » (dont les socialistes font partie) et établir une dictature nationale.

Pourtant, bien qu'il se soit abrité derrière le prestigieux général Ludendorff, tête pensante de l'état-major allemand durant la guerre et auquel il a confié le commandement des troupes, Hitler échoue. L'armée et la police bavaroises requises par Kahr, commissaire général de l'État de Bavière, brisent par la force le « putsch de la Brasserie » (où Hitler a contraint les dirigeants bavarois à accepter le « gouvernement » qu'il propose). Hitler et Ludendorff sont arrêtés et le chef du parti national-socialiste condamné à cinq ans de prison à la forteresse de Landsberg – il est libéré au bout de neuf mois qu'il a mis à profit pour écrire son *Mein Kampf*.

De cette première expérience avortée, Hitler tire un incontestable prestige, se présentant en patriote intègre, victime de la pusillanimité des autorités bavaroises. Il peut se targuer d'avoir accru son audience et d'être devenu un personnage de la scène politique bavaroise, permettant à son parti de participer, lors des élections de mai 1924, au bloc « populaire » (*volkisch*) des partis « racistes », qui rassemble 2 millions de voix et remporte 32 sièges (bien que lui-même, alors emprisonné et inéligible puisque Autrichien, ait manifesté les plus vives réserves sur cette participation au jeu électoral). Mais, surtout, comparant l'échec du putsch de la Brasserie au succès remporté en Italie, en octobre 1922, par Mussolini – son modèle à l'époque –, il en tire la conclusion que la prise de pouvoir doit s'opérer, non par la force, mais par l'investissement des pouvoirs établis.

C'est à la préparation de cette stratégie qu'il se consacre dès sa sortie de prison en 1925. Mais la stabilisation de la situation politique allemande à partir de l'été 1924, le rétablissement de l'équilibre monétaire et économique, la normalisation des rapports de l'Allemagne avec les autres nations du monde, enfin la prospérité retrouvée représentent pour des formations extrémistes comme le parti nazi un véritable « creux de la vague » : aux élections de décembre 1924, les nazis recueillent moins de 3 % des voix ; à celles de mai 1928, ils tombent à 2,6 %. Du même coup, cette marginalisation débarrasse Hitler de la concurrence des leaders parlementaires qui lui faisaient de l'ombre, à commencer par le dirigeant nazi de Berlin, Gregor Strasser. Il peut dès lors forger, loin de toute préoccupation immédiate de pouvoir, l'instrument de sa future victoire en réorganisant le Parti national-socialiste des travailleurs allemands, le NSDAP, nom qu'il a substitué en août 1920 à celui de Parti ouvrier allemand.

Au NSDAP, Hitler donne d'abord une idéologie plus conforme à ses vues personnelles que le programme en 25 points de 1920, œuvre collective dont les rubriques anticapitalistes traduisaient davantage les idées de l'ingénieur Gottfried Feder que les siennes propres. Ouvrage confus, touffu, mal composé, truffé de digressions, *Mein Kampf* est en fait un programme de gouvernement – ce qu'aucun lecteur ne pouvait soupçonner lors de la parution du livre –, construit autour de la théorie raciste sur laquelle Hitler fonde sa conception du monde, sa *Weltanschauung*. Pour lui, le monde est une jungle où les hommes luttent pour leur survie et où les meilleurs l'emportent. Ce « principe aristocratique de la nature » est justifié par l'inégalité des races, la race supérieure étant la race blanche avec, en son sein, le noyau aryen représenté par les hommes grands, blonds et dolichocéphales, surtout nombreux dans l'Allemagne de l'Ouest. A l'autre extrémité de l'échelle des valeurs raciales, les Juifs représentent le principe corrupteur de l'humanité.

De ce fatras mal digéré, où se mêlent les idées de Darwin, de Gobineau et de Houston Stewart Chamberlain, Hitler tire ses conceptions politiques. D'abord en matière de politique extérieure : l'homme allemand, supérieur aux autres, doit devenir un jour le maître de la Terre – et cette conception va bien au-delà des rêves d'expansion du pangermanisme à la fin du XIXe siècle. En attendant, il doit s'affranchir des contraintes qui pèsent sur lui, en particulier celles du traité de Versailles. Par quel moyen ? Par la guerre qui permet au peuple supérieur de prouver ses qualités éminentes. C'est elle qui permettra d'abattre la France, « inexorable et mortelle ennemie du peuple allemand ». C'est elle qui rendra au Reich ses frontières de 1913 et lui permettra de reprendre sa ruée vers l'Est – cette conquête traditionnelle de l'espace oriental de l'Europe entreprise depuis le Moyen Age –, qui donnera aux Allemands les terres nouvelles dont ils ont tellement besoin, aux dépens des Slaves, peuples inférieurs, et surtout des Russes, livrés aux Juifs et aux bolcheviques.

Une vision du monde raciste et guerrière.

C'est encore le principe raciste de l'inégalité qui définit la conception hitlérienne de l'État. Selon les vues hégéliennes, l'État est une entité autonome, distincte des individus, alors que pour Hitler il est un instrument qui doit assurer la domination de la race supérieure en préservant sa pureté et en lui subordonnant les races inférieures. Le mariage et la maternité n'auront d'autre but que de garantir la pureté de la race. Cet État raciste ne saurait s'accommoder de la démocratie, notion quantitative, antagoniste de celle de l'inégalité des races et des individus. Il faudra lui substituer le *Führerprinzip,* le principe du chef, principe qualitatif qui donne le pouvoir aux « meilleurs ». De ce fait, ceux-ci jouissent de pouvoirs dictatoriaux et doivent pouvoir compter sur l'obéissance aveugle de leurs subordonnés. En application de ce même principe, les droits souverains dont disposent les Länder (États fédérés) en matière de budget ou de police doivent disparaître au profit d'un Reich unifié.

Parallèlement, Hitler se consacre à la réorganisation du parti nazi, réduit à 27 000 cotisants à sa sortie de prison. Réorganisation opérée selon un principe qu'il exposera en 1936 : « Nous avons compris qu'il ne suffit pas de renverser le vieil État, mais qu'il faut auparavant avoir mis sur pied un nouvel État que l'on aura pour ainsi dire sous la main [...] En 1933, il ne s'agissait plus de renverser un gouvernement par un coup de force ; on avait cependant édifié le nouvel État et il ne restait plus qu'à détruire les vestiges de l'ancien État. »

C'est tout à la fois en un parti-État et en un parti-société que Hitler transforme le parti nazi, affirmant ainsi, bien avant la prise du pouvoir, sa vision totalitaire. Sur le premier point, l'organisation territoriale du NSDAP (divisé en régions – *Gaue* –, elles-mêmes subdivisées en districts – *Kreise*) calque celle des circonscriptions électorales du Reich, cependant qu'au sommet deux organismes, le PO I (Organisation politique n° 1, dirigée par Gregor Strasser) et le PO II (Organisation politique n° 2), ont respectivement pour fonctions de saper le pouvoir en place et de constituer un véritable « *shadow cabinet* » (gouvernement de l'ombre) avec des sections spécialisées correspondant à des ministères. Sur le second point, le parti nazi multiplie les organismes destinés à encadrer tous les groupes de la population : jeunes (Jeunesses hitlériennes créées en 1926 pour les jeunes de quinze à dix-huit ans, Ligue des écoliers nazis, etc.), femmes (Ligue des jeunes filles allemandes, Ligue des femmes allemandes), groupes socioprofessionnels (Ligue des étudiants, groupements d'avocats, de juristes, de médecins, de professeurs, de fonctionnaires, de journalistes, d'intellectuels, d'artistes, etc.).

En 1929, Hitler a réussi le redressement de son parti et en a fait l'instrument efficace qu'il souhaitait. Mais à cette date le NSDAP est encore un cadre vide : il ne dépasse pas 178 000 adhérents, dont l'étude sociologique révèle, semble-t-il, une sur-représentation des classes moyennes et des paysans et une sous-représentation d'ouvriers et d'employés. La double crise, économique et politique, que connaît l'Allemagne à partir de cette date met fin à la traversée du désert du NSDAP qui dure depuis 1924. Elle va remplir les cadres du parti à vocation totalitaire forgé par Adolf Hitler depuis sa sortie de prison. La longue attente du pouvoir tire à sa fin.

La crise allemande est une crise de l'État avant d'être une crise économique importée d'Amérique. Mais c'est la conjonction des deux phénomènes qui alimente le nazisme naissant. L'origine de la crise de l'État réside dans la poussée à gauche des élections de mai 1928, qui conduit à la chancellerie le socialiste Hermann Müller. En dépit de sa modération – son gouvernement de « grande coalition » rassemble des centristes –, sa présence au pouvoir est insupportable à l'entourage ultra-conservateur du président Hindenburg : son fils Oskar, les généraux Gröner et Schleicher. La droite allemande trouve une arme contre lui dans la signature du plan Young, en août 1929, qui rééchelonne le paiement des réparations dues par l'Allemagne de Weimar aux Alliés après la guerre de 1914-1918. Diminuées de 17 %, ces réparations seront payées en 59 annuités et l'Allemagne sera débarrassée de tout contrôle et de toute hypothèque – les zones occupées de Rhénanie devant être évacuées au plus tard en juin 1930.

En dépit de ce succès du gouvernement et du ministre des Affaires étrangères Stresemann, nazis et nationalistes, hostiles au principe même des réparations, déclenchent contre le plan Young une très violente campagne durant l'été 1929 et exigent une consultation de la population par référendum pour rejeter le traité. Afin de parvenir à ce résultat, Hugenberg, chef du parti national-allemand, lié aux milieux d'affaires, finance une série de meetings dont Hitler est l'orateur principal. Le projet de référendum échouera, mais Hitler acquiert à cette occasion une audience non plus seulement bavaroise, mais nationale.

Dans cette atmosphère de tension, Hindenburg ouvre la crise de l'État en mars 1930. Il se saisit d'un prétexte mineur pour contraindre à la démission le chancelier Müller et appeler au pouvoir Heinrich Brüning, chef de la fraction parlementaire du Centre catholique (*Zentrum*), un conservateur qui forme un ministère très orienté à droite. Mais ce gouvernement ne dispose d'aucune majorité au Reichstag (Assemblée) et est mis en minorité dès juillet 1930. Aussi Brüning demande-t-il au président de dissoudre le Reichstag, espérant qu'une nouvelle consultation électorale lui donnera la majorité conservatrice qu'il appelle de ses vœux. Ce faisant, il joue les apprentis sorciers en provoquant un scrutin au moment où la crise gagne l'Allemagne. Le contexte économique favorise la poussée des partis extrêmes, hostiles à la République, nazis (6,5 millions de voix et 107 sièges) et communistes (4,5 millions de voix et 77 sièges). Dans l'impossibilité de trouver une majorité,

Brüning est contraint de gouverner en s'appuyant sur les pouvoirs exceptionnels que l'article 48 de la Constitution confère au président du Reich, Hindenburg. De parlementaire, le gouvernement devient présidentiel.

Sur cette crise de régime, se greffe une crise économique et sociale. Née du retrait des capitaux américains après le krach de 1929, qui provoque la faillite du système bancaire allemand, elle atteint le pays de plein fouet à partir de décembre 1930, provoquant la chute d'une production puissamment rationalisée et de nombreuses faillites d'entreprises. En décembre 1931, le nombre des chômeurs à 100 % atteint 6 millions, auxquels il faut ajouter 8 millions de chômeurs partiels qui touchent des salaires réduits de moitié. Pour lutter contre la crise, Brüning pratique une politique de sévère déflation qui fait régner l'austérité, réduit l'allocation chômage et diminue les prestations sociales. La misère que connaît alors le pays favorise la radicalisation politique.

Contre la politique de Brüning, nationalistes et nazis constituent, en octobre 1931, le « Front de Harzburg » où se retrouvent les nationalistes de la ligue du « Casque d'acier » (*Stahlhelm*), les SA (milices de Hitler), les gros agrariens, les dirigeants des associations d'anciens combattants avec à leur tête une brochette d'amiraux et de généraux, des hommes d'affaires (dont Schacht, président de la Reichsbank, Banque centrale allemande, de 1923 à 1930, qui a sauvé le mark de l'hyperinflation, et le patron de la firme sidérurgique Thyssen), deux des fils de Guillaume II, etc. Cette coalition d'extrême droite joue malgré elle le jeu de Hitler dont la puissance parlementaire fait désormais un personnage de premier plan de la scène politique nationale. Ce dernier s'oppose à la prorogation des pouvoirs du président Hindenburg (qui aurait exigé les deux tiers des voix au Reichstag, ce qui supposait l'accord des nazis) et, en mars 1932, se présente contre lui à la présidence du Reich. S'il échoue au second tour, le 10 avril 1932, il a néanmoins regroupé sur son nom 13,4 millions de voix, doublant les suffrages obtenus en 1930. Écrasant la droite traditionnelle, le nazisme se pose alors en candidat à l'héritage de la République de Weimar.

Désormais, l'hypothèque nazie, renforcée encore par les élections aux *Landtage* (diètes des États fédérés) d'avril 1932 où les nazis arrivent partout en tête sauf en Bavière, devient le problème clef des derniers gouvernements républicains. L'un après l'autre, les chanceliers vont s'y briser. D'abord Brüning, qui tente, en avril 1932, de dissoudre les milices nazies, SA et SS (*Schutzstaffeln,* « échelon de protection »). Pris entre la levée de boucliers des nazis et celle de l'armée qui voit dans la SA un groupe militaire camouflé, Brüning doit reculer. Abandonné par les milieux d'affaires, affaibli, il est contraint de se retirer en mai 1932 sous la pression du fils du président, Oskar von Hindenburg, le jour où il prétend établir un contrôle sur les subventions versées aux agrariens de l'Est.

Crise économique et crise de régime.

Hindenburg en est alors réduit à gouverner avec des membres de son entourage, à défaut des dirigeants des grands partis qu'il a successivement écartés. Les deux derniers chanceliers de la République de Weimar seront Franz von Papen et le général von Schleicher. Aristocrates liés aux agrariens et aux milieux industriels, ayant des amitiés dans l'armée, ce sont des hommes de trop peu de poids pour disposer d'une véritable autorité. De plus, ils sont paralysés par leurs ambitions rivales. Papen tente d'abord de désarmer le Front de Harzburg en donnant des gages aux conservateurs et en tentant d'apprivoiser les nazis : il dissout le Reichstag, lève l'interdiction des SA, annonce une réduction des prestations sociales et un plan d'aide à la grande industrie, dépose, avec le concours de l'armée, le gouvernement socialiste du Land de Prusse et obtient à Lausanne l'annulation des réparations. Mais les élections au Reichstag du 31 juillet 1932 sont un désastre pour lui. Les partis qui s'opposent à sa politique (socialistes, Centre catholique, communistes) se maintiennent ou progressent, alors que la droite traditionnelle, sur laquelle il comptait, s'effondre et que les nazis enregistrent une nouvelle poussée (13 779 000 voix, soit 37,3 % des suffrages exprimés, et 230 sièges).

Par ailleurs, Hitler fait savoir qu'il refuse d'entrer dans tout gouvernement dont il ne serait pas le chancelier. La situation devient intenable. Le pays, soumis à la terreur des SA, est en état de guerre civile larvée. Au Reichstag (dont le nazi Goering a été élu président), le chancelier ne dispose que d'une quarantaine de députés. Pour sortir de l'impasse et faute d'avoir pu domestiquer le parti nazi, Papen tente une nouvelle dissolution avec l'espoir de provoquer le reflux de Hitler. Son calcul n'est pas totalement faux. En novembre 1932, les nazis perdent 2 millions de voix et une quarantaine de sièges. Mais la droite classique progresse peu, alors que la poussée communiste épouvante les milieux d'affaires. N'ayant réussi ni à domestiquer les nazis ni à les briser, Papen propose à Hindenburg de modifier la Constitution pour créer un État fort. Devant le refus du président, il démissionne début décembre 1932.

Schleicher, qui succède à Papen, tente à son tour de briser le parti nazi en dissociant les politiques, comme Gregor Strasser, qu'il espère intégrer au jeu parlementaire et aux coalitions, des trublions. Mais la démission de Strasser du NSDAP n'entraîne pas la scission attendue. Enfin, les velléités sociales de Schleicher, qui veut se concilier socialistes et syndicalistes, lui valent l'hostilité des milieux d'affaires et des agrariens. Il lui faut en outre compter avec la vindicte de Papen, qui ne lui pardonne pas de l'avoir évincé. L'heure de Hitler a sonné.

Depuis son succès électoral de 1930, Hitler prépare méthodiquement sa venue au pouvoir. Il sait qu'il n'a rien à redouter d'une gauche profondément divisée, les socialistes détestant le communisme, et le parti communiste, suivant l'analyse de la IIIe Internationale, considérant, dans la « tactique classe contre classe », que l'adversaire principal est la social-démocratie et non le fascisme, dernier soubresaut d'un capitalisme à l'agonie. Sa puissance parlementaire, les résultats électoraux, la violence entretenue dans la rue par la SA ne sont pour Hitler que des moyens de pression. Depuis 1923, il est convaincu que les trois clefs du pouvoir sont l'armée (la Reichswehr), les milieux d'affaires et le président du Reich. C'est sur ces forces profondes qu'il fait porter son effort.

D'accord sur la nécessité de déchirer le diktat (traité imposé) de Versailles et de refaire de l'Allemagne une grande puissance militaire, les nazis et l'armée sont séparés par les méthodes et par l'origine sociale de leurs membres. Dirigée par des aristocrates formés aux traditions wilhelminiennes – de l'Allemagne de Guillaume Ier et Guillaume II à la fin du XIXe siècle –, l'armée se méfie des trublions et des démagogues nazis. D'autant que ces derniers ont tenté de la noyauter. En 1930, Hitler va lever l'hypothèque : témoignant lors du procès intenté, à Ulm, à trois officiers accusés d'avoir voulu constituer des groupes nazis dans leurs unités, il désavoue formellement leur action et rend un solennel hommage à la Reichswehr. Dès lors, le rapprochement entre Hitler et les généraux s'accentue. Certains d'entre eux, tel le général von Blomberg, qui commande la région de Prusse orientale, lui promettent leur concours s'il devient chancelier.

Pour ce qui est des milieux d'affaires, Hitler a depuis longtemps désavoué les articles anticapitalistes des 25 points de son programme de 1920 ; il accepte la propriété privée et rend hommage aux grands capitaines d'industrie allemands. Lors de la crise, il donne de nouveaux gages à ces hommes d'affaires, excluant du parti en 1930 Otto Strasser, frère de Gregor, qui avait soutenu une grève de mineurs. Deux hommes permettent à Hitler de s'introduire dans les milieux d'affaires : le banquier Schröder, qui prend en main le programme économique du parti et organise à Düsseldorf, en janvier 1932, une rencontre entre les dirigeants de la grande industrie et Hitler, lequel leur donne des assurances sur ses projets et leur promet de relancer l'économie par le réarmement s'il vient au pouvoir ; Schacht, qui prend en novembre 1932 l'initiative d'une adresse au président Hindenburg lui conseillant d'appeler Hitler à la chancellerie, adresse qu'il fait signer par tous les grands noms de l'industrie allemande.

Enfin, Hitler va profiter d'une médiocre intrigue ourdie

par Papen. Désireux de se venger de Schleicher, le chancelier évincé rencontre Hitler à Cologne le 4 janvier 1933 et lui propose de former un gouvernement commun dans lequel le chef nazi serait chancelier et lui-même vice-chancelier. Dans les jours qui suivent, il gagne à cette formule Hugenberg et les hommes du « Casque d'acier » (SA). Il peut alors se prévaloir auprès de Hindenburg d'avoir trouvé une solution qui permettrait à la fois de « domestiquer Hitler » et d'obtenir l'appui de la Reichswehr. C'est cette solution qui l'emporte le 30 janvier 1933 lorsque le ministère Hitler-Papen prête serment devant le président.

Hitler est arrivé à la chancellerie dans les formes constitutionnelles pratiquées depuis 1930, c'est-à-dire désigné par le président du Reich. Dix-huit mois plus tard, en août 1934, il a transformé en dictature cet exercice légal du pouvoir. Et pourtant, durant quelques semaines, le chef du parti nazi se fait rassurant. Ses amis sont minoritaires dans un gouvernement où les conservateurs traditionnels se taillent la part du lion : outre lui-même, les seuls nazis détenant des portefeuilles sont Goering, au ministère de l'Air, et le Dr. Frick, au ministère de l'Intérieur (les pouvoirs de police étant néanmoins exercés par les ministres de l'Intérieur des Länder). Il est vrai qu'au ministère de l'Intérieur de Prusse, un État qui représente les trois cinquièmes du Reich, s'est installé Goering (mais Papen, méfiant, s'y est fait nommer commissaire d'État).

Par ailleurs, Hitler entretient complaisamment le mythe du « Redressement national » de l'Allemagne traditionnelle qui occupe l'essentiel des discours de Hindenburg et Papen. Il multiplie les professions de foi chrétiennes et le 21 mars, jour de l'inauguration du nouveau Reichstag, il assiste à une cérémonie dans l'église de la garnison de Potsdam, haut lieu du militarisme prussien, en compagnie de Hindenburg et des généraux en grand uniforme, des députés nazis en chemise brune, des membres du parti national-allemand et des élus du Centre catholique. En présence du Kronprinz (prince héritier) représentant le Kaiser (auquel a été réservé un fauteuil vide), le chancelier en jaquette s'incline devant le président après avoir prononcé un discours dans lequel il exalte l'union « entre les symboles de notre ancienne grandeur et de notre nouvelle puissance ».

Pendant qu'il berce ainsi de paroles et d'illusions des partenaires dont il a besoin, il mène l'action concrète qui doit lui donner les moyens de la dictature. A peine nommé, Hitler a demandé et obtenu de Hindenburg la dissolution du Reichstag. Utilisant l'argent que lui ont fourni en abondance les milieux d'affaires (Schacht a recueilli d'emblée 3 millions de marks auprès des industriels), le Parti nazi organise une débauche de propagande, orchestrée par Goebbels qui s'assure une mainmise sur la radio d'État et multiplie les meetings de masse. Pour intimider l'adversaire, Goering se sert de la police prussienne à la tête de laquelle il a placé des officiers SA et SS dont les consignes sont de s'attaquer particulièrement aux marxistes. De plus, une police auxiliaire de cinquante mille hommes, recrutée dans les milieux nazis, interdit de tenir en Prusse la moindre réunion non nazie.

La stratégie d'un « dictateur légal ».

Mais surtout, Hitler se sert habilement d'un événement opportun pour asseoir son autorité. Dans la nuit du 27 février, le Reichstag flambe et on arrête sur les lieux un jeune Hollandais à demi idiot, Van der Lubbe, qui se déclare communiste. Goering fait aussitôt incarcérer les dirigeants du parti communiste, 4 000 permanents et le Bulgare Dimitrov, secrétaire général du Komintern, présent en Allemagne. Leur procès, qui a lieu à Leipzig après les élections, leur permet de prouver sans peine leur innocence et de fortes présomptions laissent supposer que l'incendie est l'œuvre des nazis eux-mêmes. Mais, sous le coup de l'émotion provoquée par l'événement, Hindenburg accepte de signer, le 28 février, le « décret sur la protection du peuple et de l'État » qui devient la première base légale de la dictature nazie. Les libertés individuelles sont suspendues ; le gouvernement du Reich peut exercer les pleins pouvoirs dans les Länder si nécessaire ; la haute trahison, le sabotage, l'empoisonnement sont punis de la peine de mort, de même que les atteintes à l'ordre public. Hitler a réussi à obtenir des pouvoirs de police exceptionnels tout en rendant crédible son discours sur le complot communiste qui menacerait le pays.

Dans ce contexte, il n'y a pas lieu de s'étonner que les élections du 5 mars 1933 s'avèrent un succès pour les nazis. Ils y recueillent plus de 17 millions de voix (44 % des suffrages) et conquièrent 288 sièges sur 640. Avec les nationaux-allemands (52 sièges), ils n'atteignent toutefois que la majorité simple et non la majorité qualifiée, celle des deux tiers, indispensable pour modifier la Constitution. Pour l'obtenir, Hitler doit gagner les députés du Centre catholique. Il est aidé dans cette tâche par le Saint-Siège avec lequel les nazis négocient un concordat, finalement signé en juillet 1933, et qui invite le parti catholique à la souplesse. Moyennant la promesse (qui ne sera jamais tenue) d'une suspension du décret du 28 février, les députés du Centre mêlent leurs voix à celles des nazis et des nationaux-allemands pour voter, le 24 mars 1933, l'Acte d'habilitation qui donne à Hitler les pleins pouvoirs. Le gouvernement peut dorénavant légiférer pendant quatre ans sans la collaboration du Reichstag. Les lois qu'il promulgue peuvent s'écarter de la Constitution et doivent être rédigées par Hitler lui-même. Seul Otto Wels, chef du groupe parlementaire socialiste, a eu le courage de protester, malgré les vociférations hostiles des députés nazis et les hurlements des SA dans les couloirs, contre un texte qui fait de Hitler un dictateur légal. Maître du pouvoir, celui-ci peut désormais conduire en Allemagne la « révolution nationale-socialiste ».

A cette révolution nationale-socialiste, les nazis donnent le nom de *Gleichschaltung,* que l'on peut traduire par « coordination », ou, mieux, « mise au pas ». En fait, il s'agit d'uniformiser le Reich selon le mot d'ordre « *Ein Volk, ein Reich, ein Führer* » (« Un peuple, un empire, un chef ») pour y installer le totalitarisme.

L'application du *Führerprinzip* à l'État supposait la fin

des structures fédérales. Hitler se débarrasse donc des gouvernements locaux de Bavière, de Bade, de Wurtemberg, de Saxe, où il place des commissaires d'État nazis. Le cas de la Prusse, où Papen occupe ce poste, est plus délicat. En avril 1933, Hitler décide de nommer un Reichstatthalter (gouverneur) dans chaque Land, avec pouvoir d'investir et déposer les gouvernements locaux, de nommer et congédier juges et fonctionnaires. Comprenant qu'il est dépossédé de tout pouvoir, Papen démissionne. La loi sur la reconstitution du Reich du 30 janvier 1934 supprime les diètes des Länder, transfère au Reich leurs pouvoirs souverains et soumet au gouvernement du Reich les gouvernements locaux. La suppression du Reichsrat (Sénat rassemblant les représentants des États), le 14 février 1934, fait de l'Allemagne un État unitaire centralisé.

De la même manière, la réalisation d'un État uniforme implique l'éradication des partis, syndicats, groupements, qui traduisent la diversité des Allemands. La suppression des partis est déjà fort avancée puisque, depuis février 1933, le Parti communiste est interdit (ses biens et propriétés seront confisqués en mai). Profondément divisé, et en dépit de concessions que certains de ses dirigeants voudraient faire au nazisme, le Parti social-démocrate est frappé de dissolution le 22 juin 1933. Quelques jours plus tard, le Parti national-allemand, dont les bureaux sont occupés par les nazis, se saborde, comme le feront démocrates et populistes fin juin et début juillet. Le 4 juillet, le Centre catholique, poussé à la conciliation par le Vatican, accepte sa disparition ; il est imité le lendemain par le Centre bavarois. A cette date, il n'y a plus de parti politique en Allemagne en dehors du NSDAP. Une loi du 14 juillet 1933 fait du Parti nazi le seul parti autorisé et rend passible de sanction la reconstitution des partis dissous.

Mise en place du totalitarisme nazi.

Le 2 mai 1933 les bureaux des syndicats, qui ont tenté, eux aussi, de jouer la politique de présence en poursuivant leur action dans l'État nazi, sont occupés par les SA et les SS, qui arrêtent les dirigeants. Tous les syndicats sont alors remplacés par un nouvel organisme corporatiste, le Front du travail. Un sort identique est réservé aux organisations paramilitaires rivales de celles du NSDAP. La « Bannière du Reich » socialiste et le « Front rouge des combattants » communiste sont dissous, cependant que le « Casque d'acier » est incorporé dans la SA le 1er février 1934, après l'arrestation d'un certain nombre de ses chefs.

Tous les obstacles étant écartés, la voie est libre pour permettre au Parti nazi de prendre en main le peuple et l'État. Dès avril 1933 commence la mise en place du totalitarisme. La « loi sur la revalorisation de la fonction publique » du 7 avril 1933 permet de remplacer par des nazis tous les fonctionnaires suspects de tiédeur envers le nazisme. Goebbels, nommé le 11 mars 1933 ministre de la Propagande, met en œuvre la conception nazie de la culture. Dès mai 1933, les œuvres des auteurs socialistes, libéraux, pacifistes, israélites brûlent dans les autodafés. En septembre est fondée la Chambre culturelle du Reich dont les 7 filiales contrôlent toutes les sphères de la vie de l'esprit et dont il faut faire partie pour exercer une profession culturelle. La presse, la radio, le cinéma sont étroitement contrôlés.

Placé en février 1933 à la tête du ministère de la Science, de l'Enseignement et des Arts, Bernhard Rust, ancien instituteur révoqué en 1930 pour instabilité mentale, annonce son intention de « liquider l'école en tant qu'institution d'acrobatie intellectuelle ». Les enseignants doivent faire partie de la Ligue nationale-socialiste de l'enseignement et accomplir obligatoirement des stages dans des écoles spécialisées où ils reçoivent les rudiments de l'idéologie nazie. De la même manière, les ligues nazies constituées dans tous les corps de métier jouent le rôle de véritables chambres professionnelles.

Le système répressif a été mis au point en Prusse dès le début de 1933 par Goering, qui a fait noyauter par la SA la police d'État et qui crée la police secrète d'État, la Gestapo. Dès avril 1934, les pouvoirs de police passent entre les mains de Heinrich Himmler, chef de la SS depuis 1929, qui place sous ses ordres toutes les polices politiques des Länder. Pour rééduquer les opposants, s'ouvrent les premiers « camps de concentration », à Dachau et Buchenwald.

Enfin, le totalitarisme hitlérien dévoile sa spécificité en montrant déjà quel sort dramatique il réserve aux 500 000 Juifs allemands dont l'exclusion de la nation commence. Aux actions isolées entreprises par la SA contre les personnes ou les biens juifs se substituent rapidement des mesures systématiques de persécution. Le 1er avril 1933, le Parti nazi décide le boycott généralisé des magasins juifs, auquel il faut rapidement renoncer devant l'émotion qu'il provoque à l'étranger et devant la difficulté de préciser ce qu'est un magasin juif. A partir du 7 avril 1933, des lois écartent les Juifs de la fonction publique, des professions libérales, des carrières universitaires, des métiers de la presse, du théâtre, de la radio, du cinéma. 150 000 Juifs quittent l'Allemagne, mais les autres restent attachés à leur patrie et refusent de l'abandonner. Contre ces obstinés commencera une persécution méthodique dont la première étape sera, en 1935, les lois de Nuremberg qui réalisent la « séparation biologique » en interdisant mariages et relations extra-conjugales entre Juifs et Aryens.

Le totalitarisme est consacré par la loi du 1er décembre 1933 qui déclare le NSDAP « dépositaire de la notion allemande de l'État » et institutionnalise son rôle d'instrument de la domination du nazisme sur l'État et la société allemande. Pour l'essentiel, fin 1933, la *Gleichschaltung* est effectuée. Toutefois, à cette date Hitler n'est pas encore le maître absolu de l'Allemagne.

Détenteur du pouvoir politique, Adolf Hitler se heurte en effet, au cours de l'année 1933 et début 1934, à diverses oppositions internes. La première vient des rangs de ses propres amis, spécialement de la SA. De longue date, Röhm et les dirigeants de la milice nazie souhaitent que soient balayées les structures traditionnelles de la Reichswehr afin qu'ils puissent prendre la tête d'une armée allemande nazifiée. Une prétention qui inquiète les généraux. Cette difficulté se double d'un problème social : authentique mouvement populaire, la SA s'est gonflée, depuis le 30 janvier 1933, d'une masse de chômeurs et de déclassés qui attendent que le pouvoir nazi leur assure une promotion sociale aux dépens des classes dirigeantes traditionnelles. C'est de leurs rangs que monte le mot d'ordre « Seconde Révolution », qu'ils mettent parfois en pratique en procédant eux-mêmes à des expropriations de fait. Or cette résurgence du nazisme populiste et contestataire gêne Hitler parce qu'elle risque de lui aliéner les forces dont il a besoin pour consolider son pouvoir, c'est-à-dire l'armée, les milieux d'affaires, l'aristocratie, le président Hindenburg. Aussi, tout en ménageant Röhm et la SA, s'efforce-t-il de calmer les ardeurs des tenants de la « Seconde Révolution ».

En même temps, Hitler doit affronter les ambitions d'hommes politiques venus d'horizons divers. Si le « complot » dénoncé en juin 1934 par Goering et Himmler, qui aurait lié Röhm à Schleicher et à Gregor Strasser, semble bien n'avoir existé que dans l'imagination des délateurs, il n'en va pas de même de l'opposition conservatrice. Son porte-parole est Papen qui, dans un grand discours prononcé à Marburg en juin 1934, prend vigoureusement position contre l'évolution du régime, ses abus présents et la menace d'une « Seconde Révolution ». Or les liens de Papen avec Hindenburg et l'armée rendent ces dénonciations redoutables : un désaveu du président ne manquerait pas d'entraîner derrière lui l'armée et risquerait de remettre en cause le pouvoir de Hitler.

Sans doute le plébiscite de novembre 1933 qui entérine le départ de l'Allemagne de la Société des nations (SDN) a-t-il montré que les Allemands suivaient largement le Führer sur ce point (95 % des votants approuvent sa décision) et les élections au Reichstag qui lui succèdent et se déroulent dans un climat de terreur voient 92 % d'entre eux voter pour la liste unique présentée par les nazis. Mais Hitler n'ignore pas que l'approbation populaire pèserait peu face à une rupture avec le président et la classe dirigeante. C'est cette analyse qui le conduit à passer à l'action. D'autant que l'urgence commande de précipiter les événements : Hindenburg (qui a quatre-vingt-sept ans) est gravement malade et Hitler veut lui succéder afin de devenir *ipso facto* le chef suprême des armées. Mais cette succession exige l'accord des dirigeants de la Reichswehr. Consultés en avril et mai 1934 par le Führer, ils lui donnent leur approbation à la condition qu'il garantisse le monopole militaire de l'armée par rapport aux milices du Parti nazi et qu'il diminue les effectifs de la SA. Or c'est précisément le moment où Röhm accentue sa propagande en faveur de la « Seconde Révolution ». Une visite à Hindenburg le 21 juin achève de convaincre Hitler qu'il est urgent de trancher : Blomberg, présent, fait savoir au chancelier que les paroles de Papen à Marburg traduisent effectivement les vues du président.

Sa décision prise, Hitler agit avec une brutalité inouïe. Profitant d'une réunion des chefs SA à Wiessee où Röhm séjourne, il ordonne, le 29 juin 1934, leur arrestation. La plupart sont abattus par les SS le jour même sur place ou à Munich – et Röhm est du nombre –, pendant qu'à Berlin Goering et Himmler dirigent la répression. Au total, on compte 150 à 200 exécutions. Pour faire bonne mesure, Hitler en profite pour frapper ou épouvanter tous les autres opposants : Schleicher, son adjoint Bredow, Gregor Strasser sont assassinés chez eux. L'opposition conservatrice est également touchée : le chef de l'Action catholique, Klausener, est abattu, ainsi que les deux plus proches collaborateurs de Papen, son secrétaire Bose et le journaliste Jung, rédacteur du discours de Marburg, pendant que Papen lui-même est gardé à vue dans sa maison. Ce massacre du 30 juin, baptisé « la Nuit des longs couteaux » (en raison du titre d'une chanson des SA, « Nous aiguiserons nos longs couteaux »), provoque dans toute l'Europe un sentiment d'horreur. Mais celui-ci n'est partagé ni par les conservateurs allemands ni par les dirigeants de l'armée. Ces derniers ne veulent retenir de l'événement que l'élimination de la SA, qui les satisfait et les soulage. Le 2 juillet, Hindenburg félicite Hitler et Goering de leur esprit de décision, et Blomberg, ministre de la Reichswehr, exprime son approbation dans un ordre du jour à l'armée.

Le 1er août, veille de la mort de Hindenburg, le cabinet décide que les fonctions de président et de chancelier du Reich seront désormais confondues. Et Hitler devient chef des forces armées. Ce coup d'État « constitutionnel » est ratifié par les membres conservateurs du cabinet, par l'armée et par les électeurs dont 90 % votent « oui » au plébiscite du 19 août 1934 par lequel Hitler fait approuver sa dictature.

En un an et demi, Hitler, qui pouvait encore passer, en janvier 1933, pour l'otage des conservateurs puisqu'ils ont permis son accession au pouvoir, a réussi à installer en Allemagne un régime absolu de dictature personnelle et un système totalitaire d'encadrement de la population d'une redoutable efficacité. Le processus d'établissement du régime nazi mérite d'être remarqué. Il s'appuie en permanence sur des bases légales (pouvoir constitutionnel, plébiscites, accord du président). Hitler ne perd jamais de vue la nécessité de se concilier les groupes dirigeants et les institutions établies, mais la violence est toujours présente dans son action, qu'il s'agisse de pression morale, de contrainte physique ou de mise en condition par la propagande. Enfin, l'expérience de la période janvier 1933-août 1934 montre que violence et subversion ne sont pas seulement, pour les nazis, des instruments de conquête du pouvoir mais des moyens permanents de gouvernement.

A l'ombre sanglante de la « Nuit des longs couteaux » de cet été 1934, la dictature nazie règne en Allemagne, et l'Europe commence à apprendre à vivre sous la menace de ce régime de cauchemar qui s'est établi en son centre.

Orientation bibliographique

Pierre Ayçoberry, *La Question nazie, les interprétations du national-socialisme, 1922-1975,* Paris, Le Seuil, « Points Histoire », 1979 (ouvrage fondamental).

Jacques Bariéty et Jacques Droz, *République de Weimar et Régime hitlérien, 1918-1945,* t. III, *L'Allemagne,* Paris, Hatier, 1973.

Serge Berstein, *Le Nazisme,* Paris, MA Éditions, 1985 (encyclopédie sommaire à l'usage des étudiants).

Serge Berstein et Pierre Milza, *L'Allemagne, 1870-1987,* Paris, Masson, 1988, 2e éd.

Martin Broszat, *L'État hitlérien, l'Origine et l'Évolution des structures du IIIe Reich,* Paris, Fayard, 1985.

Joachim Fest, *Hitler,* Paris, Gallimard, 1973 (trad. de l'allemand).

W. Hofer, *Le National-socialisme par les textes,* Paris, Plon, 1963.

H. Mau et J. Krausnick, *Le National-socialisme,* Paris, Casterman, 1962.

Les partis politiques allemands

KPD (Kommunistiche Partei Deutschlands) : Parti communiste allemand, fondé en décembre 1918.

USPD (Unabhängige Sozialdemokratische Partei Deutschlands) : Parti social démocrate indépendant d'Allemagne, fondé en 1917 par l'aile pacifiste de la social-démocratie allemande. En 1920, la majorité rejoint le KPD et, en 1922, le reste du parti se rallie à la social-démocratie.

SPD (Sozialdemokratische Partei Deutschlands) : Parti social-démocrate d'Allemagne, né en 1875. Le plus puissant Parti socialiste d'Europe, profondément marqué par le réformisme.

DDP (Deutsche Demokratische Partei) : Parti démocrate allemand. Prend à partir de 1930 le nom de *Deutsche Staatspartei,* parti d'État allemand. Parti de bourgeoisie libérale et réformiste, qui accepte la république, le régime parlementaire, les principes wilsoniens.

Zentrum : Centre catholique, fondé en 1870 autour d'un programme confessionnel de défense des intérêts catholiques. Très hétérogène socialement et politiquement, son aile droite représentant les grands agrariens de Bavière ou de Silésie, son aile gauche s'appuyant sur les ouvriers catholiques de Rhénanie ou la petite paysannerie d'Allemagne du Sud.

BVP (Bayerische Volkspartei) : Parti populaire bavarois (parfois appelé « Centre bavarois »). C'est la filiale bavaroise du Zentrum, aux opinions très conservatrices.

DVP (Deutsche Volkspartei) : Parti populiste allemand. Parti des grands milieux d'affaires, ralliés du bout des lèvres à la république et restés monarchistes de cœur.

DNVP (Deutschnationale Volkspartei) : Parti populaire national-allemand. Regroupe les conservateurs, Junkers et hommes d'affaires d'extrême droite. Milite pour une restauration monarchique, violemment antisémite.

NSDAP (Nationalsozialistische Deutsche Arbeiter Partei : Parti national-socialiste des travailleurs allemands, ou Parti nazi.

LES ÉLECTIONS AU REICHSTAG
en nombre de sièges

	KPD (communistes)	USPD (indépendants)	SPD (sociaux-démocrates)	DDP (démocrates)	Zentrum (centre catholique)	BVP (centre bavarois)	DVP (populistes)	DNVP (nationaux allemands)	NSDAP (nationaux socialistes)
19 janvier 1919	–	22	165	75	91	–	19	44	–
6 juin 1920	4	84	102	39	64	21	65	71	–
4 mai 1924	62	–	100	28	65	16	45	95	32
7 décembre 1924	45	–	131	32	69	19	51	103	14
20 mai 1928	54	–	153	20	62	16	45	73	12
14 septembre 1930	77	–	144	20	68	19	30	41	107
31 juillet 1932	89	–	133	4	75	22	7	37	230
6 novembre 1932	100	–	121	2	70	20	11	52	196
5 mars 1933	81	–	120	5	92		2	52	288

« Mein Kampf », le best-seller des années trente

Henry Rousso

Mein Kampf d'Adolf Hitler, paru en 1925 et 1926 en Allemagne, ne connaît à ses débuts qu'un succès relatif : moins de 35 000 exemplaires vendus en 1929. Mais la montée des nazis et l'accession de Hitler à la chancellerie en janvier 1933 donnent le signal d'une carrière fulgurante. Au total, *Mein Kampf* a été vendu à près de 10 millions d'exemplaires.

En octobre 1933, paraissent les premières éditions étrangères. A Londres, Hurst et Blackett publient une version abrégée : *My Struggle*. La même semaine, elle est reprise aux États-Unis par Houghton Mifflin C° sous le titre *My Battle*. L'histoire de cette version ainsi que son retentissement en Angleterre et aux États-Unis sont analysés dans un ouvrage qui vient de paraître : *Hitler's « Mein Kampf »* in *Britain and America*, par J. et P. Barnes [1]. Axé sur les traductions anglaises, il pose néanmoins des questions pertinentes, valables sans aucun doute pour l'ensemble des pays, dont la France, qui ont eu à combattre l'Allemagne nazie.

Indigeste et sinistre.

Pourquoi avoir attendu 1933 ? En effet, dès 1925, Eher Verlag, l'éditeur munichois, contacte des éditeurs à Londres et à New York pour vendre les droits de traduction. Sans succès. Le livre est trop long – près de 800 pages et 2 volumes pour les premières éditions – et d'une lecture « indigeste » et « sinistre ». La Crise arrivant, personne ne tient à courir le risque d'un échec commercial. Hitler, avant 1930, n'est guère pris au sérieux à l'étranger.

Tout change évidemment en 1933. Mais alors, deuxième question : pourquoi publier une version abrégée et non l'intégralité de l'œuvre, lui ôtant ainsi son caractère de document brut ?

A cela, J. et P. Barnes avancent d'abord une raison commerciale. L'éditeur anglais veut faire vite. E.T.S. Dugdale, le traducteur, qui couve le projet depuis quelque temps, lui apporte une version traduite de 300 pages environ. Il accepte, trop heureux de pouvoir sortir le livre alors que Hitler fait « encore » la une de l'actualité. Personne ne peut affirmer si cela va durer... Autre raison, politique celle-là : Hitler a mis un veto à toute parution intégrale à l'étranger. Le chef de bande, en effet, a fait place à un chef d'État. On expurge les nouvelles versions, et l'édition anglaise n'échappe pas à la règle. Elle est soumise à l'approbation des nazis par l'intermédiaire du correspondant à Londres du *Völkischer Beobachter*. C'est à cette condition que les droits de traduction sont cédés.

Troisième question : quelle est alors la valeur réelle de la traduction de Dugdale ? Dès sa parution, le livre est suspect. L'édition anglaise ne mentionne pas le traducteur et ne donne aucune indication sur les coupures. On pense à une opération de propagande. Le *Times* a publié en juillet 1933 des extraits de *Mein Kampf*. On fait des comparaisons et on accuse cette version d'être tronquée : « elle donne une fausse image du livre et de l'incroyable grossièreté intellectuelle de son auteur », écrit, par exemple, Leonard Stein, à l'éditeur.

Analysant cette version, J. et P. Barnes arrivent à la conclusion que le Führer y semble moins fanatique et plus fin politique. Les lacunes sont d'importance. Dans la version originale, Hitler spécifie que la conquête de l'« espace vital » se fera aux dépens de l'Europe centrale et de l'URSS. Une idée centrale « oubliée » par Dugdale.

Tel quel, le livre se vend d'autant mieux que se précise la « montée des périls », comme on le voit sur ce tableau[2] :

	My Struggle (G.-B.)	*My Battle* (É.-U.)
1934	4 700	5 500
1935	3 000	600
1936	3 600	800
1937	24 200	2 600
1938	53 700	3 500
1939		10 000

A la veille de la guerre, 100 000 exemplaires ont été vendus en Angleterre. Aux États-Unis on atteint les mêmes chiffres peu après.

Il faut attendre 1939 pour voir la publication à Londres du texte intégral, chez le même éditeur mais traduit cette fois par un certain James Murphy. Bien que ce dernier ait travaillé en Allemagne – dans les services de Goebbels ! –, les nazis protestent. L'éditeur allemand déclare cette version « illégale . Mais ils laissent faire, et la guerre va couper court à un éventuel procès. En août, 32 000 exemplaires sont déjà écoulés et, au total, J. Barnes estime qu'elle a atteint les 200 000 exemplaires. Aux États-Unis, deux versions concurrentes totalisent, elles, 300 000 ventes.

Et en France ? « L'ennemi mortel et implacable du peuple allemand est et demeure : la France », écrit Hitler dans *Mein Kampf*.

Qui a lu Hitler ?

En février 1934, quelques jours après les émeutes, paraît une version intégrale de *Mein Kampf* aux Nouvelles Éditions latines, traduite par Gaudefroy-Demombynes et Calmette. Dans une brève préface, l'éditeur souligne la nécessité vitale pour tout Français de connaître ce livre. Il ajoute que cette publication est illégale en regard de la propriété littéraire puisque Hitler n'a pas donné son accord. « Nous avons pensé qu'il était d'intérêt national de passer outre à ce refus. » Revendiquant l'entière responsabilité de cette publication, l'éditeur se justifie en reprenant à son compte une déclaration du Dr. Frick, ministre de l'Intérieur du Reich : « Le droit, c'est ce qui sert le peuple allemand. L'injustice, ce qui lui porte dommage. » Mais la France reste encore un État de droit : suite à une plainte de l'éditeur allemand, un arrêt de la Cour de commerce de juin 1934 ordonne la mise au pilon des 5 000 exemplaires tirés. Elle condamne même l'éditeur français à un franc symbolique de dommages et intérêts.

Il semble qu'aucune autre version intégrale n'ait été publiée en France avant 1939. En revanche, le lecteur français a le choix entre une vingtaine d'éditions abrégées, toutes différentes, tant par la traduction que par les opinions politiques qu'elles reflètent[3]. Singulier paradoxe : alors que *Mein Kampf* est au cœur des polémiques sur l'Allemagne nazie, peu de personnes disposent du texte intégral.

Outre le problème juridique, il semble que l'explication de cette lacune réside dans l'interrogation à laquelle personne n'apporte de réponse satisfaisante : faut-il lire le chef fanatique qui parle de guerre dans *Mein Kampf*, ou le chef d'État qui parle de paix dans ses discours ? Même les communistes se posent la question : « Je suis prêt moi-même à parler avec Hitler [...], s'il consent enfin à retirer *Mein Kampf* et les menaces insolentes qu'il fait peser sur notre peuple », déclare Maurice Thorez dans un discours de septembre 1936[4].

Même un témoin de premier plan, l'ambassadeur François-Poncet, reste mitigé dans ses appréciations. « Le Führer a évolué depuis l'époque où il écrivait *Mein Kampf* », dit-il de Berlin au Quai d'Orsay[5]. Interrogé par Fernand de Brinon le 16 novembre 1933, le chancelier allemand déclare : « Un homme politique se justifie non par des mots, mais par son comportement, par des actes. La meilleure façon pour moi de justifier *Mein Kampf* vis-à-vis de la France, c'est le fait que je m'engage de toutes mes forces en faveur d'une entente franco-allemande[6]. »

« On nous a laissés faire... »

La plupart des hommes politiques occidentaux se trouvent ainsi confrontés à un problème complexe : quel crédit accorder à une œuvre écrite par un homme politique *avant* son accession au pouvoir ? La même difficulté se retrouve outre-Manche. Selon J. Barnes, le Foreign Office connaît *Mein Kampf* dans le détail. Deux secrétaires d'État – Simon en 1933 et Eden en 1936 – ont pris l'initiative d'en faire diffuser des résumés, traduits par leurs soins, dans leurs services. Le débat reste ouvert pour savoir si Chamberlain, le Premier ministre anglais, a « réellement » lu *Mein Kampf*... Il semble que oui. Mais cela ne l'empêche nullement de faire confiance à Hitler et de signer les accords de Munich en 1938.

L'intérêt de ces analyses sur la diffusion de *Mein Kampf* est évident. Reste une question : qu'aurait apporté à la diplomatie française ou anglaise à l'égard de l'Allemagne une « bonne » interprétation des écrits de Hitler – en admettant que cela soit possible à l'époque – alors que, sur le fond, la politique des deux pays tendait *a priori* plus vers un aveuglement volontaire que vers une vigilance exacerbée ?

Si, pour l'historien, la question reste en suspens, un homme y a répondu en 1940 : « En 1933, un président du Conseil français aurait dû dire (et je l'aurais dit, si j'avais été à sa place) : "Cet homme qui est devenu *Reichskanzler,* c'est celui qui a écrit *Mein Kampf* où il dit telle et telle chose. Cet homme ne peut être toléré à nos frontières. Ou il disparaît, ou nous marchons contre l'Allemagne." Cela eût été parfaitement logique, mais on y a renoncé. On nous a laissés faire, on nous a permis de traverser la zone de risques ; nous avons pu éviter les écueils, et quand nous étions arrivés au bout, que nous étions bien armés, mieux qu'eux, ils ont commencé la guerre[7]. »

Son nom : Joseph Goebbels.

Notes

1. James J. Barnes et Patience P. Barnes, *Hitler's « Mein Kampf » in Britain and America : A Publishing History, 1930-39*, Cambridge, Cambridge University Press, 1980.

2. Pour tous les chiffres, outre l'ouvrage de Barnes, voir *Orientation bibliographique*.

3. Pour mémoire, on peut citer Jacques Benoist-Méchin, *Éclaircissements sur « Mein Kampf », le livre qui a changé la face du monde*, Paris, Albin Michel, 1939, ou encore *Hitler et sa doctrine*, Paris, L'Ère nouvelle, 1934.

4. *L'Humanité*, 4 septembre 1936.

5. Cité par Jean-Baptiste Duroselle, *Les Milieux gouvernementaux français en face du problème allemand en 1936*, dans *La France et l'Allemagne, 1932-1936*, Paris, CNRS, 1980.

6. *Le Matin*, 19 novembre 1933.

7. Déclaration secrète du ministre du Reich, Dr. Goebbels, le 5 avril 1940. Voir *La France et l'Allemagne, op. cit.*, p. 243.

Orientation bibliographique

Pour une approche du « phénomène » Mein Kampf.

James J. Barnes et Patience P. Barnes, *Hitler's « Mein Kampf » in Britain and America : A Publishing History, 1930-39,* Cambridge, Cambridge University Press, 1980.

Werner Maser, *« Mein Kampf » d'Adolf Hitler,* Paris, Plon, 1968.

Trois articles ont fait le point sur le succès de librairie.

O.J. Hale, « Adolf Hitler Taxpayer », *America Historical Review,* LX, juillet 1955.

C. Caspar, « *Mein Kampf,* a best-seller », *Jewish Social Studies,* XX, janvier 1958.

« The story of *Mein Kampf* », *Wiener Library Bulletin,* VI, décembre 1952.

Pour les répercussions en France.

La France et l'Allemagne, 1932-1936, actes du colloque franco-allemand de mars 1977 à Paris, Paris, CNRS, 1980, ainsi que *Les Relations franco-allemandes 1933-1939,* Paris, CNRS, 1976.

« *Mein Kampf* »

... et l'URSS.

« Nous autres, nationaux-socialistes, [...] arrêtons l'éternelle marche des Germains vers le Sud ou vers l'Ouest de l'Europe et jetons nos regards sur l'Est [...]. Si nous parlons aujourd'hui de nouvelles terres en Europe, nous ne saurions d'abord penser qu'à la Russie et aux pays limitrophes qui en dépendent. »

... et l'Angleterre.

« Quand on examine [...] les possibilités d'alliances que l'époque actuelle offre à l'Allemagne, on est vite convaincu que tout ce que nous pouvons faire pratiquement, en fait d'alliance, est de nous rapprocher de l'Angleterre. »

... et la France.

« Il faut qu'on se rende enfin clairement compte de ce fait : l'ennemi mortel, l'ennemi impitoyable du peuple allemand est et reste la France. Peu importe qui a gouverné ou gouvernera la France ; que ce soient les Bourbons ou les Jacobins, les Napoléons ou les démocrates bourgeois, les républicains cléricaux ou les bolcheviques rouges : le but final de leur politique étrangère sera toujours de s'emparer de la frontière du Rhin et de consolider la position de la France sur ce fleuve, en faisant tous les efforts pour que l'Allemagne reste désunie et morcelée. [...]

« L'Angleterre désire que l'Allemagne ne soit pas une puissance mondiale ; la France ne veut pas qu'il existe une puissance qui s'appelle l'Allemagne : la différence est considérable ! »

Extraits de A. Hitler : *Mein Kampf,* traduction intégrale de Gaudefroy-Demombynes et Calmette, Paris, Nouvelles Éditions latines, 1934. On trouvera ces différents passages aux pages : 652-653, 614, 616 et 610).

Allemagne : les manuels scolaires à l'ombre de « Mein Kampf »

Rainer Riemenschneider

Comment cerner l'image de l'histoire telle qu'elle fut enseignée à l'époque du IIIe Reich en Allemagne ? Les embûches sont surtout d'ordre méthodologique : les témoignages sur l'enseignement dispensé réellement « en classe » nous font cruellement défaut. L'écart était, en effet, considérable entre les instructions officielles, les déclarations d'intention et le contenu du manuel d'une part et, d'autre part, l'enseignement et son message dans les classes (à commencer par l'utilisation du manuel). Un écart qui pouvait varier selon la personnalité de l'enseignant et la composition du groupe des élèves. Nombreuses sont les plaintes formulées par les partisans du régime qui accusèrent le corps enseignant de mollesse, de tiédeur de foi dans le grand avenir du peuple allemand et de nostalgie des valeurs universalistes et humanistes dont le nazisme aurait irrémédiablement sonné le glas. De toute évidence, le corps enseignant, dans son ensemble, n'a pas marché au pas des chantres du régime. Malgré le très net durcissement idéologique depuis 1937, date à partir de laquelle paraissent successivement les nouveaux programmes d'enseignement et le manuel proprement national-socialiste, le marché des manuels scolaires restait assez diversifié, leur contenu gardait une certaine pluralité d'approche, même si des concessions évidentes faites au régime furent apportées aux éditions antérieures. Il ne saurait donc être question de parler « du » manuel, postulant par là une unicité et une homogénéité de doctrine reflétées unanimement [1].

Parmi les matières de l'enseignement, l'histoire figurait en première ligne à côté des sciences naturelles (biologie) et de l'allemand. C'étaient les matières jugées les plus aptes à véhiculer l'idéologie nationale-socialiste. Devant les difficultés rencontrées dans la réorganisation du système scolaire, on renonça vite aux réformes « extérieures » pour s'attaquer désormais aux buts et contenus mêmes de l'enseignement. De nombreux écrits[2] en sont la preuve, qui soulignent avec force le rôle éminent de l'histoire dans la formation politique et idéologique des esprits. Leur but était de démontrer qu'une relecture de l'histoire s'imposait, à la fois pour justifier l'avènement du nouveau règne comme résultant de la logique historique de l'évolution du peuple allemand et pour mobiliser les esprits en vue d'accomplir le dessein de la Providence dont le *Führer* possédait la clef, et que l'on pouvait deviner dans l'histoire pour peu qu'on eût de l'intuition.

On a remarqué l'influence que *Mein Kampf* a exercée sur le développement des programmes d'enseignement en histoire. Cette influence est-elle décelable dans la conception des manuels scolaires ? Aucune étude n'a été faite à ce sujet. La question mérite cependant d'être posée pour nous renseigner sur les sources auxquelles les auteurs de manuels puisaient.

La confrontation de *Mein Kampf* avec les manuels scolaires réserve en effet des résultats surprenants. C'est dans les manuels que la vulgate nationale-socialiste s'exprime avec le plus de rigueur. Faisant preuve d'une soumission intellectuelle absolue à l'autorité du maître, les adeptes ont œuvré pour propager et multiplier sa « Parole ». D'autant que la structure du savoir présenté dans ces manuels apparaît fortement charpentée. Elle s'organise autour de quelques énoncés simples qui rappellent les considérations de Hitler dans *Mein Kampf* sur l'enseignement de l'histoire. Ces consignes se résument essentiellement à quatre recettes :

1. Débarrasser la matière du fatras des dates et des noms, l'abréger pour se concentrer sur l'essentiel et faire sortir « les grandes lignes de l'évolution historique », expression chère à Hitler.

2. L'histoire – l'histoire universelle – doit graviter autour de la notion de race. L'histoire romaine et grecque est indispensable, à condition d'insérer la culture brillante de ces peuples dans le contexte de la communauté raciale des Aryens ; leur histoire est le combat incessant pour la pureté de la race toujours mise en péril par la conjuration malfaisante des races inférieures qui tentent de s'infiltrer dans le « corps » du peuple sain.

3. L'enseignement de l'histoire doit mettre en avant les vrais grands hommes du peuple allemand ; il doit apprécier et exalter leurs exploits. A la recherche historique incombe la tâche de déterminer les plus grands hommes parmi les innombrables figures dont l'histoire allemande est pleine. L'ensemble du peuple, hommes et femmes, doit être enflammé de « l'amour suprême de la patrie et d'une exaltation nationale fanatique ».

4. La connaissance de l'histoire doit servir l'engagement politique. Il s'agit de mobiliser les consciences en vue de la lutte pour le maintien de l'intégrité du peuple (dans un sens biologique). Car l'État racial devra lutter pour son existence. Le but est la préparation à la lutte ; l'enseignement de l'histoire n'est que le moyen pour l'atteindre.

L'Histoire à rebrousse-poil.

L'élève qui entre au lycée à l'âge de dix ans ouvre son premier manuel d'histoire. Ce sont des récits d'histoire qui forment une succession de portraits des « grands hommes », une galerie de héros. Rien d'étonnant à cela ; les manuels antérieurs avaient procédé de la même manière. Mais les manuels nationaux-socialistes présentent une particularité : ils prennent l'histoire à rebrousse-poil. Ils commencent par Adolf Hitler et remontent le cours de l'histoire (Léo Schalgeter, le nationaliste tué lors de l'occupation de la Rhénanie par la France, Bismarck, etc., le tout avec une nette pointe antifrançaise, élément constant de la doctrine nationale-socialiste), jusqu'à Arminius, héros germanique combattant des légions romaines et finalement victime de la zizanie entre les tribus de Germanie. Mais, chers élèves, ne vous tracassez pas : ce que Arminius a si ardemment voulu instituer, « la grande œuvre d'unification de toutes les tribus germaniques », était une œuvre prématurée, bien qu'inscrite dans l'histoire ; notre Führer Adolf Hitler l'a enfin réalisée deux mille ans après. Fermez votre livre, partez en vacances et passez tranquillement dans la classe suivante.

Ne nous y trompons pas : le procédé est plus habile qu'il ne paraît. Partant du présent qui était aisément et immédiatement saisissable par chacun, le manuel « construit », maillon après maillon, une chaîne ininterrompue de tableaux historiques qui donnent l'illusion d'une continuité révélée de l'histoire allemande. C'est la « grande ligne » que Hitler avait réclamée dans *Mein Kampf*, étayée par les leçons sur les « grands hommes » qui ont valeur d'exemple tant dans le sens didactique (la manière personnalisée d'enseigner l'histoire), qu'éducatif (le caractère appellatif et moralisateur du message).

La deuxième classe approfondit le point d'arrivée : on y traite les origines des peuples germaniques jusqu'à Charlemagne. La marche « en aval » de la chronologie commence. La troisième classe comprend le Premier Reich allemand (900-1648), la quatrième étudie la Prusse, qui est le moteur de la formation du nouveau Reich (jusqu'en 1871). La cinquième retrace l'histoire de ce Reich, la guerre, l'avènement du national-socialisme, pour aboutir à la Seconde Guerre mondiale (entrée des États-Unis et du Japon dans la guerre).

Après ce premier parcours à travers l'histoire en quatre années, un second commence à partir de la 6e classe jusqu'à la 8e. On reprend la même matière pour convaincre les plus obtus. L'histoire universelle se rétrécit à « l'histoire allemande » et à sa préhistoire. Celle-ci comprend l'histoire des peuples nordiques (ou la « race » des Aryens) ; on y postule la notion a-historique de « l'homme nordique » dont le peuple allemand serait l'héritier le plus authentique et, partant, appelé à dominer le monde. Le second cycle, qui est relativement moins sommaire que le premier, traite l'histoire des Hindous, des Iraniens, des Grecs et des Romains (Antiquité jusqu'à la chute de Rome), sous la rubrique *Nordische Welvölker* (les peuples du monde nordique) ; l'empire de Charlemagne est *Das Germanische Weltreich* (l'empire mondial germanique). La Réforme est considérée comme la « première Révolution allemande », dirigée par Luther contre « l'oppression du pape », et visant à faire l'homme nouveau, le « chrétien allemand », et une nouvelle Église, « l'Église allemande ».

Si la Réforme est « la première Révolution allemande », la Révolution française, en revanche, perd son caractère de date séculaire : elle est reléguée au rang d'un épisode secondaire[3].

Seule contre tous.

L'histoire allemande se déroule inéluctablement, ou presque. Les meilleurs veillent pour rappeler au peuple ses vertus et sa mission qu'il faut assumer face à l'ennemi qui l'entoure de toutes parts. Ainsi Bismarck, assumant avec lucidité sa responsabilité devant l'histoire en acculant la France à la guerre, crée enfin l'occasion d'un affrontement inévitable. La guerre franco-allemande de 1870, soutenue unanimement par la nation allemande animée du désir de réaliser son rêve d'unité, est expliquée aux élèves comme une « guerre de libération de la tutelle française »[4].

Selon les manuels, l'Allemagne a toujours été la victime d'une conjuration des puissances qui voulaient la réduire à l'impuissance. Cette *Einkreisungspolitik* (politique d'encerclement), que Napoléon III aurait déjà menée à la suite de beaucoup d'autres, réapparaît comme la cause de la Première Guerre mondiale et préside également à la Seconde (cette fois-ci c'est l'Angleterre qui se charge des machinations odieuses contre la pacifique Allemagne).

Le leitmotiv de l'*Einkreisungspolitik* a une signification évidente : il doit justifier la guerre comme mesure de défense contre un monde hostile en permanence, et il ne laisse entrevoir aucune perspective de paix négociée entre les belligérants. Il ne reste que l'alternative : vaincre ou périr. Ainsi la conception historique selon les manuels semble préfigurer la « guerre totale » proclamée dès 1943.

Mais l'ennemi n'est pas seulement aux portes. Il est à l'intérieur même du peuple et tente sans relâche de le corrompre par son venin : la franc-maçonnerie, le socialisme et les Juifs. Ce sont ceux-là qui ont amené l'Allemagne à perdre la guerre en 1918, à se soumettre au « diktat de Versailles », à proclamer enfin la République de Weimar à laquelle les Allemands « répugnaient ». La période 1918-1933 est intitulée « L'Allemagne dans l'humiliation et dans la honte ». Le chapitre finit par la phrase : « Quatorze ans durant les Juifs et leurs compères avaient régné sur l'Allemagne – A la fin il y avait le néant aussi bien à l'intérieur qu'à l'extérieur. »

Les consignes de *Mein Kampf* étaient donc scrupuleusement respectées.

La dernière leçon du manuel destiné aux jeunes de l'école primaire qui terminaient leur scolarité à l'âge de quatorze ou quinze ans (donc l'immense majorité de la jeunesse allemande d'alors), résumait tout ce qu'ils avaient appris sur l'histoire. Elle s'achevait ainsi : « Alors le Führer se lève. Il réussit à conjuguer toutes les forces de la Nation et à les diriger vers ce seul but : l'espace vital (*Lebensraum*). Il a créé le *Grossdeutschland*, la Grande Allemagne. Ainsi se réalisent enfin une espérance millénaire et la prière de nombreuses générations, la confiance et la foi d'innombrables grands hommes de notre peuple. Führer, nous te remercions ! »

Munis de ce catéchisme, les adolescents devaient entrer dans la vie active qui, ces années-là, était marquée par la guerre. Avec elle, disparut l'obsession de la « race élue » et sa prétention à dominer le monde. Les manuels nazis qui avaient distillé cette doctrine démente disparurent des cartables pour faire place à une nouvelle génération de livres scolaires qui réinséraient l'histoire allemande dans le panorama de la grande famille des peuples[5]. Les manuels nazis sont donc restés un bref épisode, heureusement. Ils avaient été chargés, par les dirigeants du régime, de préparer la jeunesse allemande à prendre la relève guerrière. En effet, on misait sur l'endoctrinement militariste de la jeunesse pour jeter par terre définitivement un monde jugé vieux, obsolète et exsangue. Heureusement, la barbarie nazie n'a pas survécu à son paroxysme qu'était la Seconde Guerre mondiale.

Notes

1. Nous avons étudié des manuels rédigés ou patronnés par des personnalités proches du régime, afin d'y saisir l'idéologie dominante à l'œuvre, laissant de côté l'éventail du reste des ouvrages anciens dont nous nous gardons bien, cependant, d'affirmer qu'ils étaient marginaux. Pour plus de détails, voir Rainer Riemenschneider, « L'enseignement de l'histoire, en Allemagne, sous le "IIIe Reich" », dans *Francia* (*Forschungen zur westeuropäischen Geschichte*) t. VII, Munich, 1980, p. 401-428. On peut consulter également, dans le recueil d'études *Schule und Unterricht im Dritten Reich*, publié sous la direction de Reinhard Dithmar, Neuwied (Luchterhand), 1989, les deux contributions de Horst Gies sur l'organisation de l'enseignement de l'histoire en classe et de Kurt Franke sur les médias utilisés dans l'enseignement de l'histoire, et surtout Gilmer W. Blackburn, *Education in the Third Reich. A Study of Race and History in Nazi Textbooks*, Albany, State University of New York Press, 1985.

2. Il s'agit d'abord d'Ernst Kreick, *National-Politische Erziehung* (éducation nationale-politique). L'ouvrage, paru en 1932, connut un succès prodigieux : en 1933 il y eut une seizième édition (soit un total de 49 000 exemplaires). Il inspira le ministre de l'Éducation du Reich, Bernard Rust. Citons ensuite Dietrich Klagges, ministre-président de l'État de Braunschweig et ministre de l'Éducation, dont le livre *Geschichtsunterricht als national-politische Erziehung* (l'enseignement de l'histoire comme éducation nationale et politique) figurait parmi les plus répandus en matière de littérature didactique sur l'histoire ; il eut une septième édition en 1942. Klagges tenta de transposer dans l'enseignement la notion de *Nordische Rasse* (race nordique) développée dans *Mein Kampf*. Pour une étude d'ensemble sur les écrits programmatiques, voir le livre précieux de Franz Selmeier, *Das nationalsozialistische Geschichtsbild und der Geschichtsunterricht 1933-1945* (thèse de lettres, Université de Munich, 1969). Très utile le recueil de textes officiels réglemen-

tant l'école : *National-sozialismus und Schule. Amtliche Erlasse und Richtlinien 1933-1945*, édités et commentés par Renate Fricke-Finkelnburg, Opladen, Leske und Budrich, 1989.

3. Rainer Riemenschneider, « "Dem Belieben von Mordbuben ausgeliefert". Die Französische Revolution in deutschen Schulgeschichtsbüchern 1871-1945 », dans *La Révolution française dans l'imaginaire allemand*, études réunies par Michel Vanoosthuyse, *Germanica*, Lille, n° 6, 1989, p. 147-179.

4. Voir les actes des deux colloques historiques franco-allemands, *La Guerre de 1870/71 et ses conséquences*, publiés par Philippe Levillain et Rainer Riemenschneider, Bonn, Bouvier, 1990.

5. Rainer Riemenschneider, « Das Geschichtslehrbuch in der Bundesrepublik. Seine Entwicklung seit 1945 », dans *Gesellschaft, Staat, Geschichtsunterricht* sous la direction de Klaus Bergmann et Gerhard Schneider, Düsseldorf, Schwann, 1982, p. 295-312.

*La vision du monde de Hitler**

Les contemporains auraient dû lire *Mein Kampf* : tout y est indiqué des grandes directions qu'allait prendre l'avenir, lorsque l'auteur de l'ouvrage aurait en main les rênes de l'Allemagne. L'idéologie de Hitler ? Une vision du monde centrée sur la notion de la race comme fondement de la vie des peuples et de l'histoire universelle. Une conception totalitaire de la lutte politique et de son objectif, la création d'un État raciste. Enfin, un programme belliqueux de politique extérieure, qui doit accomplir la « mission du peuple allemand ».

Pour Hitler, la nature montre à l'œuvre une loi fondamentale, qui est également vraie pour les sociétés humaines. « Tout animal ne s'accouple qu'avec un congénère de la même espèce : la mésange avec la mésange, le pinson avec le pinson, la cigogne avec la cigogne » (283). Au sein de l'espèce humaine, la race aryenne a créé tout ce qui a existé de grand. Malheureusement, elle a souvent péché contre la loi de la nature. « L'histoire établit avec une effroyable évidence que, lorsque l'Aryen a mélangé son sang avec celui de peuples inférieurs, le résultat de ce mélange a été la ruine du peuple civilisateur » (285). D'autres causes de décadence viennent mettre en danger la valeur raciale de ce peuple aryen par excellence qu'est le peuple allemand : le matérialisme effréné, les dégâts occasionnés par les maladies vénériennes, la transmission des tares héréditaires. Aussi bien n'est-ce qu'en préservant sa pureté raciale et en renforçant sa puissance démographique que le peuple allemand sera à même d'affronter victorieusement la lutte pour la vie, où règne « le droit à la victoire du meilleur et du plus fort » (288).

Hitler trouve une confirmation essentielle de sa vision du monde dans l'existence des Juifs, qu'il voit à l'origine de tous les symptômes de décadence apparus en Allemagne. Les Juifs forment une race, non une communauté religieuse, et, s'ils sont si dangereux, c'est parce qu'ils s'y entendent pour maintenir la

* Les citations sont tirées de *Mon combat*, Paris, Nouvelles Éditions latines, 1934.

pureté de leur sang, tout en affaiblissant celle des peuples parmi lesquels ils vivent en parasites. Race sans territoire propre, incapables par eux-mêmes de fonder un État, et d'ailleurs de créer quoi que ce soit, les Juifs ont pour objectif la domination du monde. Après s'être assuré des bases solides en France, en Angleterre et aux États-Unis, ils s'en sont pris à l'Allemagne, qu'ils ont décidé de faire passer sous leur joug. A travers la grande presse et les moyens de communication, ils en pourrissent l'esprit ; grâce à leurs financiers, ils internationalisent son économie, tandis que leurs agitateurs marxistes travaillent à dresser les Allemands les uns contre les autres.

Pour vaincre la décadence, il est nécessaire qu'existe un parti qui se donne pour mission de gagner à lui le peuple allemand, en premier lieu les masses ouvrières dupées par le marxisme juif. Le but du mouvement nazi est de conquérir la masse et de la « nationaliser » (333) en lui faisant retrouver sa conscience allemande. Pour cela, il faut employer une propagande adéquate. « La faculté d'assimilation de la grande masse n'est que très restreinte, son entendement petit ; par contre, son manque de mémoire est grand. Donc, toute propagande efficace doit se limiter à des points fort peu nombreux et les faire valoir à coups de formules stéréotypées aussi longtemps qu'il le faudra, pour que le dernier des auditeurs soit à même de saisir l'idée » (181-2).

Le mouvement nazi doit naturellement être antidémocratique, dans son organisation comme dans ses principes. « Pour rendre à notre peuple sa grandeur et sa puissance, il faut tout d'abord exalter la personnalité du chef et la rétablir dans tous ses droits » (344). Il reviendra à cet homme d'amener ses partisans à le suivre jusqu'au bout, ce qui ne peut être fait que s'il oppose à l'adversaire plus qu'un programme, une doctrine. « L'avenir d'un mouvement est conditionné par le fanatisme et l'intolérance que ses adeptes apportent à le considérer comme le seul mouvement juste, très supérieur à toutes les combinaisons de même ordre » (349). « Une doctrine n'est pas tolérante ; elle ne peut être "un parti parmi les autres" ; elle exige impérieusement la reconnaissance exclusive et totale de ses conceptions qui doivent transformer toute la vie publique » (451).

Ces conceptions ne concernent que secondairement l'économie. Hors quelques propos sur la nécessité de la justice sociale et de la coopération des patrons et des ouvriers, Hitler ne s'étend pas sur ces questions. « Celui qui croit aujourd'hui qu'un État raciste national-socialiste ne doit guère présenter, avec les autres États, que la différence purement matérielle d'une meilleure organisation économique, soit par un plus juste équilibre entre richesse et pauvreté, ou bien par un droit de regard plus étendu des classes inférieures dans le processus économique, ou bien par des salaires plus équitables ou mieux répartis, celui-là est le dernier des retardataires et il n'a pas la moindre idée de notre doctrine. Tout ce que nous venons de mentionner ne présente aucun caractère de permanence ou de grandeur. Un peuple qui en demeurerait à des réformes d'un caractère aussi superficiel n'aurait pas la moindre chance de triompher dans la mêlée universelle des peuples » (442). La seule réforme qui compte est celle qui touche la race : « Un État qui, à cette époque de contamination des races, veille jalousement à la conservation des meilleurs éléments de la sienne doit devenir un jour le maître de la terre » (686).

Le mouvement doit conquérir le pouvoir pour fonder un nouvel État qui protégera et développera la force raciale du peuple allemand en visant « ce bien suprême : une race obtenue selon les règles de l'eugénisme » (403). « Il appartiendra aux conceptions racistes mises en œuvre dans l'État raciste de faire naître cet âge meilleur : les hommes ne s'attacheront plus alors à améliorer par l'élevage les espèces canines, chevalines ou félines ; ils chercheront à améliorer la race humaine » (404). Pour cela, l'État « doit utiliser les ressources de la médecine la plus moderne pour éclairer sa religion ; il doit déclarer que tout individu notoirement malade ou atteint de tares héréditaires, donc transmissibles à ses rejetons, n'a pas le droit de se reproduire et il doit lui en enlever matériellement la faculté » (402).

Ainsi épuré, le peuple allemand recevra du nouvel État une instruction conforme à ses besoins et à sa mission. Il s'agira de former « par un élevage approprié, des corps foncièrement sains. La culture des facultés intellectuelles ne viendra qu'en seconde ligne » (406). Le but est de redonner aux Allemands confiance en eux : « Tout le système d'éducation et de culture doit viser à leur donner la conviction qu'ils sont absolument supérieurs aux autres peuples. La force et l'adresse corporelle doivent leur rendre la foi en l'invincibilité du peuple auquel ils appartiennent » (410). De la même façon, l'enseignement de l'histoire sera subordonné aux nécessités de la renaissance nationale : « Car on n'apprend pas l'histoire pour savoir ce que fut le passé ; on l'apprend pour qu'elle vous enseigne la conduite que l'on devra tenir dans l'avenir pour assurer l'existence de son propre peuple [...] Au reste, la tâche de l'État raciste est de veiller à ce que soit écrite enfin une histoire universelle dans laquelle la question de race sera mise au premier rang » (420).

Le rassemblement du peuple en une communauté nationale et

l'inculcation de la doctrine de salut nazie doivent préparer la nécessaire expansion, qui se fera « par les coups victorieux qu'assène le glaive. Forger ce glaive, telle est la tâche de la politique intérieure du gouvernement ; permettre au forgeron de travailler en toute sécurité et de recruter des compagnons d'armes, telle est celle de la politique étrangère » (607). Ces compagnons devraient être l'Italie et l'Angleterre ; les ennemis à abattre, la France et l'Union soviétique. « L'ennemi mortel, l'ennemi impitoyable du peuple est et reste la France » (616). Aussi la nouvelle Allemagne devra-t-elle rassembler ses énergies « pour une explication définitive » avec elle, ce qui lui permettra, libre sur ses arrières, de conquérir et de coloniser l'Est de l'Europe.

Car « seul un espace suffisant sur cette terre assure à un peuple la liberté de l'existence ». « Nous comptons aujourd'hui sur quatre-vingts millions d'Allemands en Europe. On ne pourra considérer notre politique étrangère comme bien conduite que si, en moins de cent ans, deux cent cinquante millions d'Allemands peuvent vivre sur ce continent » (673). On aura compris que « le peuple allemand ne saurait envisager son avenir qu'en tant que puissance mondiale » (641). Et l'on ne saurait mieux résumer les valeurs fondamentales de Hitler que par cette dernière citation : « Le monde n'appartient qu'aux forts qui pratiquent des solutions totales, il n'appartient pas au faibles, avec leurs demi-mesures » (257).

(Documents choisis et présentés par Philippe Burrin.)

Le racisme allemand

La race germanique
selon Houston Stewart Chamberlain.

« Essayons de jeter un regard dans les profondeurs de l'âme allemande. Quelles sont les marques distinctives, intellectuelles et morales de cette race germanique ?

» Certains anthropologistes avaient voulu nous enseigner que toutes les races humaines sont également douées : nous leur avons ouvert le livre de l'histoire, et nous leur avons répondu : "C'est un mensonge." Les races de l'humanité, tant au point de vue de la qualité que du degré de leurs dons naturels, sont très inégalement douées. Les Germains appartiennent au groupe de ces favorisés que l'on a coutume d'appeler Aryens. Cette famille humaine est-elle unie et une en vertu des liens du sang ? Est-ce que tous ces rameaux sont issus d'une même racine ? Je ne le sais pas, et du reste peu m'importe ! Aucune parenté ne lie plus étroitement que les affinités électives, et en ce sens, les Aryens indo-européens constituent bien certainement une famille...

» Les Aryens sont supérieurs de corps et d'âme aux autres hommes ; ils sont donc de plein droit les seigneurs de la terre. D'ailleurs, Aristote a dit avec plus de concision encore : "A quelques hommes la liberté ; à d'autres l'esclavage." Il fait ressortir ainsi le caractère essentiellement moral de la question. Car la liberté n'est pas un bien abstrait, auquel tout homme aurait droit naturellement : le droit à la liberté ne peut résulter que d'une aptitude à l'exercer, et cette capacité suppose à la fois la force physique et la force morale.

» On voit quels dons supérieurs un être doit posséder pour qu'on puisse le considérer comme "naturellement libre". Le premier de ces dons est la force organisatrice. Seule une race capable de former des États est digne de liberté. La faculté qui fait de l'individu un artiste ou un philosophe est la même qui, répandue dans toute la masse à l'état d'instinct, crée les États, et dote l'individu de ce qui était resté jusque-là inconnu de la nature entière : l'idée de la liberté. »

Die Grundlagen des XIX*e Jahrhunderts*, t. I, p. 502, cité par Charles Andler, *Le Pangermanisme philosophique, 1800 à 1914*, Paris, Louis Conard, 1917.

Appel à la haine.

« On dit que nous sommes des provocateurs ; qui, je le demande ici à cette réunion, qui a fait œuvre de provocation à Berlin ? [*Cris :* « Les Juifs ! »] Messieurs, qui ont fait œuvre de provocation depuis des dizaines d'années ? [*Cris :* « Les Juifs ! »] Dans le Kulturkampf, contre les conférences pastorales, contre l'Église, contre le christianisme ? Contre tout un chacun qui osa revendiquer l'Allemagne comme un pays chrétien ? [*Cris :* « Les Juifs ! »] [...] Je sais bien que la presse libérale, les Juifs et les amis des Juifs nous accusent de provoquer les Juifs. Mais moi je me félicite de ce que ici, à Berlin même, j'aie pu commencer de crier aux Juifs que c'en est assez de leur domination... [*Applaudissements tonitruants.*] C'est la faute des Juifs car ils provoquent la nation jusqu'au sang. [...] Partout où le poids des Juifs devient intolérable, le peuple se lève pour secouer le joug. [« Très juste ! »] Nous engagerons la lutte contre les Juifs jusqu'à la victoire complète [« Bravo ! »] et ne prendrons de repos que lorsque du piédestal où ils se sont mis, ils mordront la poussière. [*Vifs applaudissements.*] Nous sommes au milieu du mouvement de Berlin... et nous rendons grâce à Dieu de ce qu'enfin le Samson de l'esprit allemand se libère de Dalila et redevient ce qu'il était... Messieurs, nous voulons être une ville des Hohenzollern et nous nous en réjouissons de tout cœur, mais nous voulons empêcher que Berlin – et il y a toutes chances pour que cela arrive – ne devienne une ville juive ! »

Discours du pasteur Adolf Stöcker, prédicateur à la cour et animateur du mouvement social-chrétien, le 2 juillet 1883, dans *L'antisémitisme chrétien*, textes choisis et présentés par F. Lovsky, Paris, Éditions du Cerf, 1970, p. 287-288.

Le Führer dans le système nazi

Philippe Burrin

Chaque mois de septembre, de 1933 à l'éclatement de la guerre, le cœur de l'Allemagne battait à Nuremberg. Là, aux portes de la ville médiévale, le nazisme triomphant fêtait ses victoires et s'exaltait pour de nouvelles batailles. Au centre de ces spectaculaires cérémonies, un homme, qui célébrait la grande messe de la nouvelle Allemagne devant des partisans accourus du pays entier. A le voir à la tribune dominant les colonnes en uniforme, impeccablement ordonnées et prêtes à s'ébranler sur un signe de lui, qui aurait pu douter que l'Allemagne avait retrouvé force et confiance en se donnant un chef absolu ? Un chef qu'elle était prête à suivre au bout du monde ?

Hitler était devenu le maître du pays et la plupart des Allemands le suivraient au bout de la défaite. Quoi d'étonnant alors que Nuremberg soit devenu la manifestation-symbole du régime nazi ? Pour le grand public, mais aussi pour la plupart des historiens, Hitler a été ce dictateur absolu que l'on voit à l'écran, maître d'une organisation dévouée et disciplinée. À l'époque déjà, il est vrai, certains en jugeaient différemment et se refusaient à reconnaître dans ces spectacles autre chose que le produit d'une propagande captieuse. Au premier rang de ces sceptiques se trouvaient les marxistes, dont l'idéologie mettait fondamentalement en cause le rôle des « grands hommes » dans l'histoire. Hitler était à leurs yeux une marionnette dont les gros capitalistes tiraient les ficelles ; et son régime, une machine à engranger les profits par tous les moyens, y compris par la mise en esclavage de l'Europe entière. L'historiographie soviétique perpétue jusqu'à aujourd'hui cette thèse. Puisque tout s'explique par le motif économique, il faut donc que les Juifs aient été exterminés pour être dépouillés de leurs biens, sans excepter leurs dents en or.

Incomparablement plus féconde, tout en trouvant elle aussi son fondement dans le marxisme, fut l'approche d'un exilé allemand, Franz Neumann, dont l'ouvrage *Béhémoth*, écrit au début de la Seconde Guerre mondiale, présentait un régime en double fond. En façade, le déploiement rutilant d'un pouvoir monolithique soumis à un chef absolu ; en coulisse, l'exercice brutal et anarchique de la loi de la jungle entre quatre puissances : la bureaucratie étatique, l'armée, l'industrie, le parti nazi. Chacune de ces forces encadrait et contrôlait la population grâce aux pouvoirs considérables qu'elle détenait. Chacune dans son domaine émettait des règlements, les faisait appliquer, disposait d'un appareil judiciaire plus ou moins développé pour frapper les contrevenants. En lieu et place de l'État traditionnel, il existait ainsi quatre États semi-autonomes, aux prises les uns avec les autres dans une impitoyable lutte pour le pouvoir. Au milieu de tout cela, que pouvait bien peser Hitler, même s'il jouissait d'une légitimité charismatique reconnue par tous ? Pour Neumann, son pouvoir résidait avant tout dans la sanction qu'il donnait aux compromis passés entre les forces qui s'empoignaient hors du cercle des projecteurs.

Après avoir connu une longue éclipse, ce point de vue inspire, depuis une vingtaine d'années, un certain nombre d'historiens (citons avant tout Martin Broszat et Hans Mommsen), dont les travaux ont provoqué, pendant les années 1970 en particulier, un débat animé, sinon passionné. C'est alors qu'a été appliquée l'étiquette sous laquelle sont connus, depuis, les deux courants historiographiques. D'une part, les intentionnalistes, pour qui l'histoire du IIIe Reich est en substance celle de la montée en puissance d'un chef absolu possédant un programme précis qu'il entreprend de réaliser méthodiquement ; programme au premier plan duquel figurent la conquête de l'espace vital et l'« éloignement » des Juifs. De l'autre, les fonctionnalistes, qui refusent de ramener l'histoire du IIIe Reich à l'application par un homme d'un programme établi à l'avance, et qui soulignent la nature éclatée, sinon chaotique, d'un système de pouvoir difficilement maîtrisable, même pour Hitler.

La recherche historique montre d'autres exemples de ces mouvements de balancier, et il est certain qu'aujourd'hui les historiens font plus volontiers référence aux contradictions du régime nazi et aux limites du pouvoir de Hitler qu'à la scénographie impeccable de Nuremberg, devenue l'emblème trompeur d'une réalité diamétralement opposée. Singulier régime, dans tous les cas, que ce IIIe Reich, puisque les analyses les plus contraires peuvent en être données : l'apprente toute-puissance d'un Führer-guide masquerait-elle la réalité d'un pouvoir qui, comme un attelage fou, échappait à toutes guides ?

Les intentionnalistes semblent pourtant avoir beau jeu. Quel autre dirigeant posséda jamais autant de pouvoirs que Hitler, quel dirigeant se vit-il reconnaître un aussi grand pouvoir ? Certes, cela n'advint pas en quelques jours et bien du chemin fut parcouru depuis le moment où Hitler parvint à la tête d'un gouvernement dans lequel il se trouvait en minorité. S'appuyant sur les pleins pouvoirs octroyés par le Reichstag, mettant habilement à profit la pression de son parti et la pusillanimité de ses alliés conservateurs, il prend rapidement l'ascendant sur eux et fait tomber une à une les places fortes qui, dans la société, s'opposaient à l'expansion de son pouvoir. Mise au pas de toutes les associations et organisations de la vie politique et sociale, imposition du parti unique, centralisation du Reich par l'élimination des pouvoirs des Länder, tout cela s'est produit à une cadence difficilement imaginable en janvier 1933.

Le tournant décisif est atteint dès 1934, après la mort de Hindenburg, lorsque Hitler joint à la fonction de chancelier celle de président du Reich, devenant à ce titre le chef suprême des forces armées. Peu de temps avant, une SA frondeuse a été brutalement décapitée, de sorte que, dans le parti comme dans l'État, rien ne menace plus, même lointainement, son hégémonie. Au surplus, les succès qu'il remporte commencent à le garantir contre de nouvelles turbulences. A l'intérieur, redémarrage de l'économie grâce à un réarmement massif qui fait fondre le chômage comme neige au soleil. A l'extérieur, politique des faits accomplis qui libère l'Allemagne des entraves du traité de Versailles : voilà qui assoit le régime et consacre la popularité de son chef. Dans le gouvernement, après la démission de Hugenberg et de Papen en 1933-1934, ce sont, en 1937-1938, les derniers représentants des forces conservatrices qui sont éliminés : le ministre de l'Économie Schacht, le « magicien » qui a su financer la relance économique mais qui renâcle devant les conséquences d'un réarmement massif ; le ministre des Affaires étrangères Neurath et celui de la Défense Blomberg, réticents envers une politique expansionniste désormais à l'ordre du jour. Ribbentrop remplacera le premier, tandis que Hitler reprendra lui-même la charge du second. En décembre 1941, il y ajoutera, après la démission de Brauchitsch, celle de commandant en chef de l'armée de terre.

Pouvoir exécutif, pouvoir législatif, pouvoir judiciaire, il les assume tous et les confond dans sa personne, annulant un développement constitutionnel séculaire. Et ce n'est pas pour revenir à une monarchie absolue dont l'absolutisme paraît bien pâle en comparaison. Car, chef de l'État, Hitler est également chef d'un parti unique qui a entrepris de jeter sur la population les filets de ses organisations et de lui inculquer le nouvel évangile national. Ce n'est pas non plus pour renouer avec la tradition de la tyrannie à l'antique ou imiter un quelconque despotisme oriental. Car Hitler prétend aussi être le « *Führer* », le guide de la nation allemande. En août 1934, il a adopté la désignation officielle de « Führer et chancelier du Reich », marquant ainsi que la fonction étatique, constitutionnellement fixée, doit s'effacer au profit d'une nouvelle source de légitimité, aussitôt théorisée par de complaisants juristes. Le Führer est l'incarnation de la volonté objective de son peuple ; lui seul a capacité à décider de son destin ; en conséquence de quoi son autorité est « libre et indépendante, exclusive et illimitée », et sa volonté la source de tout droit [1].

Cela pourrait n'être que broderies de juristes, mais il se

trouve qu'aux pouvoirs formels dont nous avons parlé s'en ajoute un autre, informel et formidable, celui de l'opinion. La popularité de Hitler est un fait avéré, une popularité qui va croissant avec les succès du régime et que les revers de la guerre n'entameront que lentement et partiellement ; une popularité qui confine parfois à l'adoration religieuse et à la confiance mystique, et qui lui est réservée à lui seul : le gouvernement et surtout le parti concentrent sur eux un mécontentement quasi général. Il importe peu que cette popularité s'alimente des motifs les plus divers, des attentes les plus opposées, qu'elle n'ait pas grand-chose à voir avec les ambitions et les dispositions de celui qui en est le bénéficiaire[2]. Hitler se trouve doté en proportion d'une liberté d'action dont il tirera parti.

Que dire alors de ces puissances mises en relief par Franz Neumann ? En vérité, loin de constituer des centres de pouvoir autonomes, elles se révélèrent de dociles instruments de la politique hitlérienne. Le parti n'a jamais représenté une force indépendante de la volonté de son chef. Même le dirigeant de la SA, Röhm, se garda bien de mettre en cause l'autorité de Hitler ; il prétendait au contraire, en réclamant une seconde vague révolutionnaire, être le fidèle interprète de ses desseins. La bureaucratie étatique, pour sa part, accomplit son travail avec un zèle qui ne fléchit pas, et l'on ne voit pas qu'elle ait jamais fait obstacle à la réalisation des grandes entreprises du régime, Solution finale y compris. Quant à la grande industrie, si elle trouva effectivement son compte dans le réarmement, puis dans l'exploitation de l'Europe occupée, elle le paya d'une perte d'influence croissante sur la politique du régime ; invitée à prendre sa part du butin, elle n'avait plus voix au chapitre.

L'État, le parti et l'armée sous contrôle.

L'armée, enfin, qui prêta serment à Hitler en août 1934, passa de plus en plus sous son contrôle direct. Quelques officiers supérieurs entrèrent en dissidence et nouèrent des complots, dont l'un éclata au grand jour en juillet 1944. Mais dans l'ensemble, Hitler n'eut guère de peine à imposer son autorité. La décision de lancer l'offensive contre la France après la campagne de Pologne fut prise en dépit des réticences des chefs militaires. Et dans le climat d'euphorie créé par les victoires de l'an 40, la Wehrmacht allait se laisser entraîner à cautionner, et même à épauler, la politique criminelle du régime à l'égard des populations d'Europe orientale, en particulier des Juifs.

Il serait absurde pour autant, et les intentionnalistes ne le font aucunement, de prétendre que le pouvoir de Hitler était sans limites. Toutes ces forces gardèrent une influence et une importance substantielles, et il est clair que, aux yeux de Hitler lui-même, le risque demeura en permanence sinon d'un retournement, du moins d'un décrochage de certains secteurs du régime ou de certaines couches de la population. Le Führer était hanté par la dislocation qui s'était produite entre le front et l'arrière en 1917-1918 et il eut constamment le souci d'atténuer les charges que la guerre faisait peser sur la population allemande, notamment en les reportant sur les peuples occupés.

De même, il évita d'engager l'épreuve de force avec les Églises qui, en dépit de leur soumission, conservaient un poids considérable. Lorsque le parti, qui brûlait de détruire des rivales détestées, lança en 1941 une nouvelle campagne de persécution, Hitler la fit stopper pour ne pas perturber l'effort de guerre. En été de la même année, il se trouva confronté à l'opposition grandissante manifestée par les Églises envers l'extermination des malades mentaux, ce qui l'amena à mettre fin à l'entreprise (l'attitude des Églises sur ce point rend d'autant plus frappant leur silence lors de la déportation des Juifs quelques mois plus tard).

Jusqu'au bout, en somme, Hitler dut évaluer ses possibilités d'action et ménager des forces sur lesquelles son emprise demeurait partielle, sinon superficielle. Il n'en reste pas moins que, selon le jugement des intentionnalistes, il était en mesure de diriger son régime avec une liberté d'action sans précédent. Et c'est bien ce qui justifie que l'on parle de ce régime comme d'une monocratie, comme du pouvoir d'un seul.

Sans doute, répondent les fonctionnalistes, Hitler détenait-il des pouvoirs étendus, plus étendus peut-être que ceux possédés par tout homme d'État dans le passé. Mais cela ne suffit pas à faire de lui un dictateur gouvernant de façon omnipotente. Les fonctionnalistes retrouvent ici le sillon ouvert par Neumann, mais ils le reprennent en lui donnant une direction légèrement différente. Ainsi pour Martin Broszat, leur chef de file, ce qui limite le pouvoir de Hitler, ce n'est pas en premier lieu l'influence de certaines forces sociopolitiques. Hitler est moins le prisonnier de l'industrie ou de l'armée que du mode de fonctionnement de son régime. Car si son pouvoir a grandi de façon impressionnante, cela s'est fait au prix d'une incroyable désorganisation et décomposition de l'ordre étatique.

Parmi les conservateurs qui avaient soutenu le mouvement nazi ou s'étaient ralliés à lui, beaucoup souhaitaient la restauration de l'État prussien autoritaire, un État débarrassé de l'influence brouillonne des partis et fonctionnant de façon rationnelle et unitaire. Hitler ne manqua pas d'encourager ces aspirations, mais une fois en selle, il se comporta d'une manière qui devait produire des résultats diamétralement opposés. Un observateur au fait du fonctionnement du Parti nazi aurait sans doute pu le prévoir. Car ce qui se produisit n'était que la transposition à l'État du style de direction qui avait d'abord été appliqué au parti.

Hitler n'avait jamais manifesté de goût pour l'organisation ni pour l'administration. De vieilles habitudes de bohème le détournaient de l'étude des dossiers et de la gestion des affaires du parti. Il n'intervenait que lorsqu'une question lui apparaissait urgente ou grave, laissant généralement décider les responsables qu'il avait désignés. Sa pratique était de faire de larges délégations de pouvoirs en fonction des problèmes qui se présentaient et des hommes qu'il voulait promouvoir. La conséquence en était le chevauchement des nouvelles compétences avec celles qui avaient été antérieurement distribuées, ce qui provoquait d'incessants conflits et entretenait des rivalités permanentes entre des lieutenants avides d'obtenir de leur chef plus de confiance, et donc plus de pouvoir.

Ces tendances centrifuges s'opposaient naturellement à toute gestion rationnelle et centralisée du parti. Au siège de Munich, il n'existait pas de direction collégiale, et même la coordination du travail entre les Reichsleiter, les responsables des différentes services nationaux (organisation, propagande, trésorerie, etc.), était chose ardue. De plus, entre ces derniers et les dirigeants régionaux – les Gauleiter –, les tiraillements étaient constants, faute d'une hiérarchie nettement fixée, les seconds ayant tout autant que les premiers le droit d'en appeler à Hitler en cas de conflit. Tout tournait donc autour d'un Führer à la fois omniprésent dans l'esprit de ses lieutenants et éloigné de la gestion quotidienne ; le lien personnel qui existait entre lui et chacun d'eux donnait seul une armature à l'ensemble.

Les mêmes causes allaient produire les mêmes effets une fois le pouvoir conquis, et la victime en fut l'État dont l'unité administrative allait progressivement voler en éclats. Le gouvernement en tant qu'organe collégial perdit rapidement toute signification ; à partir de 1938, il ne fut même plus réuni. Les ministres devinrent de simples organes d'exécution de la volonté du Führer, mais comme celle-ci était souvent exprimée en termes très généraux et qu'il n'existait plus d'organisme de coordination, chacun tendit à mener une politique autonome en légiférant dans son domaine de compétence et en s'efforçant de défendre et de promouvoir ses intérêts contre tous les autres.

Une jungle de pouvoirs concurrents.

La chose était d'autant plus nécessaire que, parallèlement, surgissaient sur les marges de l'État de nouveaux organes administratifs. Comme par le passé, Hitler faisait accomplir les nouvelles missions qu'il estimait importantes en créant des organisations *ad hoc* dont les responsables n'avaient à répondre de leur activité que devant lui.

Dès 1933, la nomination de Todt comme « inspecteur général chargé des routes allemandes » inaugurait cette pratique des pouvoirs étatiques spéciaux. D'autres suivirent, tels ceux accordés au chef du Service du travail et au chef de la Jeunesse du Reich ; mais le plus important fut celui de chargé du plan de quatre ans, attribué à Goering en 1936 pour organiser l'économie de guerre.

Les bénéficiaires de ces pouvoirs spéciaux allaient se doter de leurs propres appareils administratifs et chercher aussitôt à les agrandir. Les ministères existants avaient déjà fait les frais de l'apparition de ces concurrents, puisqu'il leur avait fallu concéder certaines des compétences qu'ils possédaient jusque-là. Mais l'appétit des nouveaux venus n'en fut que davantage aiguisé. Résultat : les rivalités et les conflits se multiplièrent de façon incroyable et la coordination de l'action étatique en fut rendue encore plus difficile.

Après le début de la guerre, de nouveaux centres de pouvoir entrèrent en lice, et pour la première fois l'unité territoriale de l'administration étatique allait être brisée. Les territoires annexés au Reich, telles la Pologne occidentale et l'Alsace-Lorraine, furent confiés par Hitler à des Gauleiter qui avaient pour mission de nazifier la population allemande et de germaniser le sol par l'expulsion des non-Allemands. Décidés à faire de leur morceau de Reich de véritables satrapies et anxieux de remplir leur mandat, ces Gauleiter refusèrent que les départements de leur administration reçoivent leurs ordres directement des ministères correspondants à Berlin ; eux seuls devaient décider de ce qui serait appliqué sur leur territoire. Certains, comme le responsable du Warthegau (partie occidentale de la Pologne annexée), introduisirent même des mesures qui dérogeaient au droit appliqué dans le reste du pays. Ainsi un droit pénal particulier fut-il promulgué, qui prévoyait des peines plus lourdes pour les non-Allemands (Polonais et Juifs), et une législation spéciale mise en vigueur, qui réduisait les droits des Églises. La politique suivie dans les nouveaux territoires annonçait celle qui, après la victoire, devait être appliquée dans le Reich tout entier.

Fissurée, particularisée, l'administration se trouvait, de surcroît, en butte aux attaques du parti nazi qui, depuis la conquête du pouvoir, connaissait lui-même une forte croissance bureaucratique et s'employait à contrôler et à supplanter un État qu'il tenait pour un bastion du conservatisme. Formellement, ses compétences étaient assez limitées. Rudolf Hess, le suppléant de Hitler à la tête du parti, était devenu ministre sans portefeuille et avait le droit de participer à l'élaboration de la législation ainsi qu'à la nomination des hauts fonctionnaires. Mais les rapports entre le parti et l'État ne se bornaient évidemment pas à cela. Par ses prétentions à organiser et diriger la nation, le premier se sentait appelé à intervenir de façon incessante dans toutes les actions du second, le plaçant dans une attitude défensive inconfortable. Mais surtout il s'employait à lui arracher des compétences dont il avait jusque-là le monopole, le cas le plus frappant étant la création des Waffen-SS qui représentaient, à côté de la Wehrmacht, le noyau de la future armée nazie.

Mais faut-il parler du Parti nazi comme d'un bloc ? Il s'agissait bien plutôt, comme par le passé, de l'assemblage précaire de plusieurs organisations dont les tendances à l'autonomie reçurent une nouvelle impulsion après 1933. Hess se trouvait formellement à la tête d'un appareil aux dimensions imposantes : plus de 25 000 employés en 1935, dont 1 600 à la seule direction centrale à Munich[3]. Encore fallait-il transformer cette autorité nominale en pouvoir effectif. Or il trouvait en face de lui des hommes qui possédaient de solides bases de pouvoir et ne reconnaissaient que l'autorité de Hitler.

Hess eut ainsi fort à faire pour trouver ne fût-ce qu'un *modus vivendi* avec Robert Ley, responsable national de l'organisation du parti et chef du Front du travail qui embrassait la majorité de la population active (23 millions de personnes en 1938) à travers un gigantesque appareil (440 000 fonctionnaires)[4]. Plus difficile encore était le maniement des dirigeants nazis qui avaient trouvé place dans le gouvernement et cumulaient les responsabilités, dans l'État et dans le parti. Ainsi Goebbels, à la fois responsable national de la propagande du parti, Gauleiter de Berlin et ministre de la Propagande ; ou Darré, responsable national du parti pour les questions agricoles et ministre de l'Agriculture. Ou encore Himmler, le chef de la SS devenu en 1936 chef de la police allemande et qui entendait s'émanciper à la fois de l'État et du parti pour devenir le dirigeant d'un appareil d'exception au service exclusif de Hitler.

Ces développements firent que le régime prit l'allure d'une jungle organisationnelle, d'une enchevêtrement institutionnel qui défie tout report en organigramme. De façon tout à fait caractéristique, aucune tentative d'ordonnancement ne fut jamais tentée. De nouveaux organismes furent créés, des pouvoirs nouveaux distribués sans que les anciens fussent supprimés ou l'ensemble rationalisé. On retrouve ici le comportement que Hitler avait déjà manifesté à l'égard de son parti. Et, de fait, passée la période des débuts où il s'astreignit à un travail régulier, il reprit ses habitudes de bohème, passant la nuit à deviser avec son entourage et résidant souvent hors de Berlin. Pendant la guerre, il s'enterra dans des bunkers à l'Est, se consacrant à la direction de la guerre et se déchargeant sur Goering des affaires gouvernementales. Le rôle de son entourage devint décisif avec l'éloignement géographique, le contrôle de l'accès au Führer et la transmission de ses directives représentant désormais un pouvoir dont Bormann, le successeur de Hess après la « fugue » de ce dernier en Angleterre, saura tirer le meilleur parti.

Au total, le régime que décrivent les historiens fonctionnalistes apparaît éclaté en de multiples appareils concurrents. Et cet éclatement s'accompagne logiquement d'un cloisonnement croissant. L'information elle-même est devenue un enjeu en même temps qu'un moyen de pouvoir. Comme nous l'apprend son journal [5], Goebbels ne prend connaissance de la Solution finale qu'en mars 1942, trois mois après la convocation de la conférence de Wannsee, à laquelle il n'avait pas été invité à se faire représenter. Quant à Hitler, il coiffe le régime mais ne gouverne pas à proprement parler. Aussi, vu sous l'angle de son fonctionnement, le IIIe Reich mérite-t-il, selon les fonctionnalistes, d'être appelé une polycratie, un conglomérat de pouvoirs rivaux.

Mais comment expliquer pareil développement ? Les intentionnalistes ne méconnaissent pas la jungle administrative du régime, mais ils y voient un phénomène somme toute secondaire, qui ne gênait en rien le pouvoir de décision suprême de Hitler, qui le favorisait au contraire. Selon eux, le Führer divisait pour régner et attisait sciemment les rivalités entre ses lieutenants. Les fonctionnalistes, pour leur part, reconnaissent sans difficulté la place centrale de Hitler : tous les responsables nazis acceptaient comme légitime sa domination. Mais ils refusent d'en conclure qu'il ait pour autant exercé un pouvoir souverain en modelant le régime selon ses vœux et en fixant les objectifs à atteindre. Selon eux, son autorité était davantage symbolique que réelle. Le Führer sanctionnait plus qu'il ne fixait la politique du régime, et celle-ci n'était au fond qu'une succession de mesures improvisées et toujours plus radicales, engendrées par la dynamique anarchique du système.

C'est un point de vue qui a été vigoureusement contesté dans la gent historienne, et qui est en effet contestable puisqu'il repose sur deux thèses peu convaincantes. La première veut que le développement polycratique du régime, loin d'être la conséquence d'une pratique machiavélique, ait été le résultat d'un style de direction qui condamnait en quelque sorte Hitler à l'inaction. Fondamentalement préoccupé par la sauvegarde de son prestige et le maintien de sa popularité, il devait se tenir à distance, ne pas prendre parti dans les conflits, laisser les choses se régler d'elles-mêmes. Du coup, il ne pouvait qu'assister, impuissant, au déchaînement des rivalités entre ses lieutenants et au débridement institutionnel qui en était la conséquence. La deuxième thèse est que son idéologie était de nature visionnaire, sans aucun contact avec la réalité et, de ce fait, incapable de fournir un programme d'action ; elle s'épuisait en des slogans de nature générale, car c'était là le seul moyen de mobiliser le peuple allemand sans léser aucun intérêt concret. Mais, du fait qu'ils étaient émis par le Führer, ces slogans devenaient un enjeu pour des paladins avides d'obtenir ses faveurs et qui les transformaient en réalité au terme d'un processus de surenchère constante.

Hitler était-il aussi éloigné des affaires que le disent les fonctionnalistes ? Il est vrai qu'il manifestait peu d'intérêt pour certains domaines et que beaucoup de décisions prises sous le IIIe Reich furent le résultat souvent erratique d'après marchandages entre ministères et organisations du parti bien plus que l'expression de sa volonté. Mais, d'un autre côté, il est certain qu'il tenait en main la politique militaire bien avant de devenir pendant la guerre un commandant en chef omniprésent, et qu'il conduisait sans partage la politique extérieure, décidant de la paix et de la guerre. Quant à la politique antijuive, il la suivait avec une attention soutenue, sans omettre les détails. Même si ses interventions dans les premières années du régime eurent un caractère plutôt sporadique, elles n'en fixaient pas moins la direction générale dans laquelle devaient se mouvoir ceux qui avaient à traiter de cette question.

Que son idéologie ait été consistante et conséquente, comment en douter ? La définir comme une simple somme de refus et de rejets (l'antisémitisme, l'anticommunisme, l'antilibéralisme, etc.), c'est ignorer la doctrine raciste qui faisait sa cohérence et donnait de très concrètes directives pour passer à l'action. Serait-ce un hasard ? Le rôle de Hitler dans la politique du régime est d'autant plus direct et évident que la question concernée est plus proche du noyau de ses convictions. C'est lui qui imposa à des alliés conservateurs réticents la loi du 14 juillet 1933 prévoyant la stérilisation des personnes atteintes de maladies héréditaires ; c'est lui qui prit l'initiative de faire rédiger les fameuses lois de Nuremberg interdisant les rapports sexuels entre Juifs et Allemands ; c'est lui qui ordonna l'extermination des malades mentaux, de l'intelligentsia polonaise et des cadres de l'État soviétique ; c'est lui, enfin, qui conçut et lança la Solution finale. Même s'il subsiste des incertitudes sur les circonstances précises de cette dernière décision, on peut raisonnablement soutenir qu'il fut ici un acteur irremplaçable : s'il était mort au printemps 1941, aucun de ses lieutenants, Himmler compris, ne l'aurait vraisemblablement prise.

En réalité, non seulement l'idéologie constitue une clef essentielle pour comprendre la trajectoire du régime, mais elle peut également contribuer à rendre compte de son développement anarchique. En y voyant l'effet d'un calcul machiavélique, les intentionnalistes donnent une explication platement utilitariste à un phénomène qui avait partie liée avec deux dispositions idéologiques cruciales. D'une part, Hitler était un social-darwiniste convaincu ; dans la lutte pour la vie, le plus fort l'emporte, et c'est ainsi seulement que les sociétés s'améliorent. Les innombrables conflits qui opposaient ses subordonnés ne pouvaient donc que lui apparaître comme une école de sélection nécessaire et bénéfique, et il les acceptait d'autant plus volontiers que les questions en jeu se trouvaient en dehors de ses grands centres d'intérêt.

D'autre part, la manière dont il concevait ses relations avec ses lieutenants était le revers logique de son attitude face à l'État. Sa méfiance envers l'administration, sa haine des juristes, qui sont abondamment documentées, découlaient d'une aversion profonde pour un type de rapports humains médiatisés par la loi, qui est par nature froide, impersonnelle et générale. Le lien personnel fondé sur la fidélité et la confiance, tel était son idéal, et l'on comprend que la fixation juridique des compétences, qui aurait seule permis de limiter les effets centrifuges du système, sortait de son cadre de pensée, lui était même antithétique. Plus profondément, ce rejet des institutions, accusées d'immobiliser artificiellement le « mouvement de la vie », et la préférence accordée au rapport d'homme à homme sur la relation de type rationnel-juridique exprimaient un refus de la civilisation moderne, dont l'État est une manifestation évidente. Hitler se montrait par là l'héritier fidèle d'une des tendances les plus anciennes du nationalisme allemand, qui voyait dans l'État une force froide et mécanique faisant obstacle à l'épanouissement d'un authentique sentiment de communauté nationale. S'il est aisé de montrer que sur bien des plans, notamment en politique extérieure, Hitler reprenait, en les exacerbant, des visées déjà présentes dans les cercles dirigeants de l'Allemagne impériale, son attitude envers l'État représentait, elle, une rupture intégrale avec la tradition prusso-allemande.

De tout cela, on se gardera de conclure que le nazisme se réduit à l'hitlérisme et la marche du régime à l'incarnation pure et simple d'une idéologie. Peu de choses auraient été possibles sans le jeu solidaire de multiples rouages, sans la contribution, aussi minime soit-elle, d'individus même aveuglés sur ce qu'ils faisaient et laissaient faire ; sans parler de l'encouragement donné dans les années trente par la politique de faiblesse de la France et de la Grande-Bretagne. Il n'en demeure pas moins que Hitler fut le responsable des grandes orientations et des grandes décisions qui donnèrent au IIIe Reich sa figure historique.

Notes

1. E.R. Huber, *Verfassungsrecht des Grossdeutschen Reiches*, Hambourg, 1939, p. 230.

2. Voir M. Steinert, *Hitler's War and the Germans. Public Mood and Attitude during the Second World War*, Athen, Ohio University Press, 1977 ; I. Kershaw, *The « Hitler Myth ». Image and Reality in the Third Reich*, Oxford University Press, 1987.

3. H.U. Thamer, *Verführung und Gewalt. Deutschland 1933-1945*, Berlin, Siedler, 1986, p. 357.

4. *Ibid*, p. 349.

5. *The Goebbels Diaries, 1942-1943*, édité par L. Lochner, New York, Popular Library, 1965, p. 147-148.

Orientation bibliographique

Sur le débat des interprétations.

Pierre Ayçoberry, *La Question nazie, les interprétations du national-socialisme, 1922-1975*, Paris, Le Seuil, « Points Histoire », 1979.

Der « Führerstaat », Mythos und Realität, sous la direction de G. Hirschfeld et L. Kettenacker, Stuttgart, Klett-Cotta, 1981.

I. Kershaw, *The Nazi Dictatorship. Problem and Perspectives of Interpretation*, Londres, Arnold, 1985 (trad. fr. à paraître chez Gallimard, 1991).

Pour une présentation du point de vue intentionnaliste.

Karl Dietrich Bracher, *La Dictature allemande. Naissance, structures et conséquences du national-socialisme*, Toulouse, Privat, 1986.

E. Jaeckel, *Hitler in History*, Londres, University Press of New England, 1984.

Pour le point de vue fonctionnaliste.

Franz Neumann, *Béhémoth. Structure et pratique du national-socialisme*, Paris, Payot, 1987.

Martin Broszat, *L'État hitlérien. L'origine et l'évolution des structures du IIIe Reich*, Paris, Fayard, 1985.

Qui était nazi ?

Philippe Burrin

Qu'on le qualifie de réactionnaire ou de révolutionnaire, le nazisme fut un phénomène de masses. L'Europe avait vu se mobiliser au cours du siècle précédent de vastes foules, mais c'était derrière les drapeaux de la liberté politique, de l'égalité sociale ou de l'indépendance nationale. Au lendemain du premier conflit mondial, en Italie d'abord, en Allemagne ensuite, c'est un autre spectacle qui s'offre : celui de millions de personnes se ralliant à un homme qui proclame sa volonté d'instaurer la dictature sur les ruines de la démocratie. Hitler, il est vrai, ne fut pas porté au pouvoir par la majorité du peuple allemand. Mais sans les succès électoraux qu'il avait remportés et sans le poids des masses enrôlées dans son parti, il n'aurait jamais été appelé à la chancellerie par Hindenburg.

Les contemporains ne manquèrent pas de s'interroger sur l'identité de ces hommes et femmes qui s'en allaient gonfler la vague brune. Leur jugement, rapidement fixé, devait connaître une postérité durable. Les nazis ? Des petits bourgeois en colère, les victimes d'une véritable « panique[1] » dans ces classes moyennes qui passent depuis pour les fourriers du populisme d'extrême droite. Le nazisme serait un « extrémisme du centre[2] », le mode d'expression politique de couches sociales en crise. Artisans, commerçants, fermiers, mais aussi employés et fonctionnaires, ce sont autant de catégories coincées entre la bourgeoisie nantie et les ouvriers coalisés, et exposées à une menace de prolétarisation rendue plus aiguë que jamais par la crise économique. Révoltées contre un État insensible à leur sort et impuissant face à la menace marxiste, déçues par les forces conservatrices traditionnelles, elles auraient été, en somme, une proie toute désignée pour un parti comme le parti nazi, dont le discours faisait un si large écho à leurs griefs et à leurs ressentiments.

Encore ne faudrait-il pas oublier que ce parti refusait précisément de se donner pour le porte-parole exclusif des classes moyennes. Sa prétention la plus constamment affichée était de rassembler le peuple allemand tout entier ; son objectif, de créer une *Volksgemeinschaft*, une communauté nationale unie et homogène délivrée des antagonismes de classe nourris par le libéralisme et le marxisme. Il se présentait d'ailleurs comme une anticipation de cette communauté à venir en proclamant que dans ses rangs l'ouvrier côtoyait le patron, le professeur, le journalier, le fonctionnaire, l'artisan et le commerçant. Et il est vrai qu'il déploya des efforts persistants pour recruter dans tous les milieux socioprofessionnels, pour ne pas être un parti d'intérêts ou celui d'une classe.

Alors, le NSDAP était-il un parti des classes moyennes, comme le pensaient les observateurs contemporains, ou un parti du peuple tout entier, comme le prétendait Hitler ? Les historiens ont longtemps adopté sans réserve la première position. Depuis quelques années, un revirement se produit sous l'influence de travaux qui ont mis à profit, avec toute la rigueur souhaitable, une base documentaire exceptionnellement riche. A la différence du Parti fasciste italien, le Parti nazi a participé à de nombreuses élections, dont les résultats peuvent être soumis aux techniques de l'analyse électorale ; en outre, ses archives ont, par miracle, survécu, avec les dossiers de ses 8,5 millions de membres. Des études récemment menées se dégage un bilan qui, sans renverser les conclusions communément admises, les nuance sérieusement.

Négligeable en 1928, puisqu'il recueille cette année-là 2,6 % des suffrages exprimés, le Parti nazi connaît avec la crise une foudroyante progression : 18,3 % en septembre 1930, 37,3 % en juillet 1932, 43,9 % en mars 1933. Pour se hisser de 800 000 à 17,5 millions de voix, il lui a fallu pêcher massivement dans les eaux de la concurrence, avec un succès d'ailleurs inégal. Parallèlement à son essor, se produit l'effondrement bien connu des partis dits bourgeois, les deux formations libérales du centre (DVP – *Deutsche Volkspartei* –, DDP – *Deutsche Demokratische Partei*) et le Parti nationaliste de droite (DNVP, *Deutschnationale Volkspartei*), dont le pourcentage cumulé passe de 27,8 % en 1928 à 8,1 % en juillet 1932. En revanche, le Parti catholique du Centre (*Zentrum*) montre une remarquable stabilité à 15 % des suffrages. Le Parti social-démocrate (SPD) – *Sozialdemokratische Partei Deutchlands*), lui, recule sensiblement, de 30 % en 1928 à 20 % en novembre 1932 ; tandis que dans le même temps le vote communiste passe de 10,6 à 16,9 %. La pénétration nazie rencontre donc de sérieux môles de résistance dans les milieux ouvrier et catholique, qui constituaient deux sous-cultures à l'identité fortement marquée depuis que Bismarck s'en était pris à eux en interdisant la social-démocratie et en persécutant l'Église catholique.

L'irrésistible montée de l'électorat brun.

Ces évolutions globales, soulignées et commentées par les contemporains, doivent être interprétées avec quelque prudence. Le vote des 3,5 millions de jeunes électeurs apparus entre 1928 et 1932 constitue un facteur indéterminé, dans la mesure où il n'est pas possible de vérifier empiriquement s'il a, comme on le dit souvent, bénéficié essentiellement au Parti nazi. Dans tous les cas, les mouvements de l'électorat ont certainement été plus complexes que ne le suggèrent les apparences. Selon une analyse récente, l'augmentation du score nazi entre 1928 et 1930 serait due pour moitié seulement au ralliement d'anciens électeurs des partis conservateurs ; il faudrait y ajouter l'apport, pour 20 %, d'ex-abstentionnistes, mais aussi celui de transfuges du Parti social-démocrate, du Centre et du Parti catholique bavarois (BVP) à raison de 10 % pour chacun. En juillet 1932, un ancien électeur des partis bourgeois sur deux apporte son suffrage au Parti nazi, mais le SPD perd probablement, lui aussi, au profit des nazis, un sur 7 de ses électeurs de 1930[3].

En outre, si le Parti nazi perce incontestablement en milieu protestant, il ne s'ensuit pas que seuls les protestants aient voté pour lui. D'une élection à l'autre, on observe d'ailleurs que l'isolement catholique tend à s'atténuer. En mars 1933, un électeur sur 2 vote nazi dans les régions protestantes, mais un sur 3 en fait autant dans les régions catholiques. Selon toute probabilité, sur les 17 millions d'électeurs nazis de mars 1933, 4 millions étaient catholiques. Quant au poids des campagnes, s'il est vrai que les nazis obtiennent des scores plus élevés dans les petites communes que dans les grandes villes, l'écart est modeste et ne devrait pas occulter un fait plus important, à savoir que le Parti nazi était le Parti allemand avec l'électorat le mieux distribué entre les différentes tailles de communes.

Les données disponibles sur la composition de cet électorat invitent également à se détourner des jugements schématiques. Loin d'être le produit d'une prédestination sociale, le vote nazi résulte d'un faisceau de facteurs, parmi lesquels l'éventail des thèmes de propagande, les tensions et les traditions locales, enfin les alternatives politiques existantes tiennent une place majeure. Aussi bien sa base sociale s'est-elle modifiée au fil des années, comme le montrent des études utilisant l'analyse électorale pour cerner l'affinité tendancielle des diverses catégories socioprofessionnelles [4]. Il est d'abord une opinion commune que l'examen ne vérifie pas. Les chômeurs ne furent pas à la base du succès nazi ; le NSDAP fait ses moins bons scores dans les régions à haut taux de chômage, tandis que le Parti communiste y connaît un succès certain.

Les anciennes classes moyennes (artisans, commerçants, paysans) constituent bien, et ce n'est pas une surprise, le noyau de l'électorat nazi. La corrélation artisans-commerçants et vote nazi est marquée depuis 1924, et elle s'accentue après 1930. En revanche, la corrélation paysans/vote nazi est marginale dans les années 1920 et ne s'affirme qu'avec la crise qui permet aux nazis de prendre la relève des partis conservateurs discrédités par leur impuissance. De la même façon, les personnes vivant des revenus d'un petit capital – rentiers, pensionnés, veuves de guerre –, qui avaient été les principales victimes de l'hyperinflation des années vingt, font bon accueil, en particulier lors des élections de 1932, à un parti qui a mené une campagne appuyée en leur faveur.

Les nouvelles classes moyennes (salariés du secteur public et privé) fournissent, elles aussi, au Parti nazi un fort contingent d'électeurs, même s'il a été surestimé, celui des employés surtout, dont rien ne montre qu'ils aient rallié massivement Hitler en 1931-1932. D'un autre côté, le soutien des fonctionnaires a été plutôt méconnu – un soutien que les nazis ont acquis en condamnant la politique gouvernementale déflationniste et en exaltant la tradition du service public autoritaire de l'époque impériale. Bénéficiant de la sécurité de l'emploi, d'un niveau d'instruction relativement élevé, et surtout d'un prestige social plus marqué que dans d'autres pays, les fonctionnaires font la transition avec les classes supérieures, dont la contribution à la vague brune a été très rarement évoquée. Or une étude récente[5] montre que, dans les grandes villes au moins, les nazis obtiennent des scores supérieurs à la moyenne dans les quartiers résidentiels. On rappellera, dans le même sens, que l'organisation des étudiants nazis conquiert la majorité dans les élections universitaires dès le début des années 1930.

Quant aux ouvriers, qui furent courtisés avec une belle constance, ils fournissent un soutien loin d'être négligeable. Non pas tant d'ailleurs les ouvriers de la grande industrie, restés en majorité attachés aux organisations traditionnelles de la classe ouvrière, que ceux de la petite production, notamment de la production artisanale. C'est dans ce milieu – qui forme un bon tiers de la classe ouvrière allemande – que les nazis semblent avoir trouvé un nombre substantiel d'électeurs, en particulier en juillet 1932. On notera que cette fraction de l'électorat semble aussi avoir été particulièrement instable ; le recul de 2 millions de voix subi par les nazis entre l'élection de juillet et celle de novembre 1932 serait largement dû à sa défection. Dans l'ensemble, si les ouvriers étaient manifestement sous-représentés dans l'électorat nazi par rapport à leur poids dans la société allemande, il faut souligner qu'ils ont tout de même apporté au parti de Hitler entre le tiers et le cinquième de ses voix.

Ce tour d'horizon ne serait pas complet sans mention de l'électorat féminin appelé à l'existence par la Constitution de Weimar en 1919. Tournées vers les partis conservateurs, les femmes ignorent l'extrême droite pendant les années 1920. A partir de 1930, elles tendent de plus en plus à voter nazi, dans la même proportion que les hommes, contribuant ainsi à accélérer l'ascension hitlérienne. Ce changement est largement dû à une propagande qui, sous la direction avisée de Goebbels, fait passer au premier plan un discours traditionnel nourri de références aux valeurs chrétiennes et met une sourdine au racisme et à l'antisémitisme, à tout ce qui a valu aux nazis leur réputation sulfureuse de néo-paganisme.

Le Parti nazi connut, lui aussi, à partir de 1930, une croissance rapide, mais dans des proportions bien moindres. De 79 000 au début de 1929, ses adhérents passent à 130 000 en septembre 1930, à 850 000 en janvier 1933. Avec les électeurs, ils ont en commun une grande instabilité : 40 % environ des inscrits de 1930 ne sont plus dans le parti au moment de l'arrivée au pouvoir de Hitler. Ils montrent par ailleurs un caractère composite également marqué, notamment pour ce qui est de la composition sociale, étonnamment diverse d'une région à une autre, et même d'une localité à l'autre, ce que gomment les statistiques au niveau national.

A la différence des travaux antérieurs, les études récentes[6] éclairent plus précisément la structure socioprofessionnelle des partisans de Hitler. Si l'on examine le profil des nouveaux adhérents entre 1930 et 1932, il apparaît que les classes moyennes y ont la prépondérance numérique, formant un peu plus de la moitié du contingent (54,9 % par rapport à 42,6 % dans la population active). Par ordre d'importance de surreprésentation, on trouve les commerçants, les paysans, les artisans, les petits fonctionnaires et les employés. Quant aux ouvriers, ou plus exactement les travailleurs manuels salariés, ils sont sous-représentés (35,9 % contre 54,5 %). Il s'agit, ici encore, plutôt d'ouvriers résidant à la campagne ou dans de petites villes, parfois résidant à la campagne et se rendant en ville pour y travailler.

L'élite (par ordre de surreprésentation, les étudiants, les propriétaires d'entreprises, les professions libérales, les hauts fonctionnaires et les managers) voit sa part grandir nettement après 1930. A l'évidence, aux yeux d'une fraction appréciable des possédants, Hitler est apparu comme un rempart de l'ordre et de la propriété, malgré les réserves que pouvaient inspirer par ailleurs le caractère plébéien de son mouvement et certains aspects de son programme. En 1932, l'élite représente 9,2 % des nouveaux adhérents contre 2,8 % dans la population active. On voit que cette surreprésentation est beaucoup plus importante que celle des classes moyennes ; pourtant, nul n'a jamais présenté le Parti nazi comme un parti de la classe supérieure. En réalité, les classes moyennes ne sont pas surreprésentées de façon particulièrement forte, et si elles forment un peu plus de la moitié des effectifs, il reste à tenir compte de l'autre petite moitié, où les ouvriers pèsent d'un poids substantiel. La situation est, il est vrai, assez différente au niveau des cadres du parti, d'où sont pratiquement absents les ouvriers, tandis que les employés et les fonctionnaires se taillent la part du lion ; mais le phénomène n'est pas propre au Parti nazi.

Parti de classes moyennes ou parti d'ouvriers ?

L'élément ouvrier apparaît d'autant moins négligeable qu'on prend en considération la composition des filiales du NSDAP. Ainsi la Jeunesse hitlérienne – la *Hitlerjugend*, qui compte 55 000 membres en 1933 – aurait été composée à 65-70 % d'ouvriers. De même la SA, qui constituait la milice du parti, était formée en majorité d'ouvriers, les classes moyennes y étant faiblement représentées et les classes supérieures quasiment pas[7]. Ce qui ne saurait surprendre, la SA étant largement le produit du chômage et de la pauvreté urbaine, le refuge de laissés-pour-compte qui trouvaient une raison d'être dans la vie de bande et les affrontements de rue. Rien d'étonnant à ce qu'elle se caractérise par deux traits avérés également pour le parti, la masculinité et la jeunesse. Les femmes n'avaient aucune place dans une milice, et dans le parti elles formaient 8 % des effectifs entre 1930 et 1933. Quant à l'âge, le Parti nazi, à la différence probablement de son électorat, montre un profil démographique plus jeune que la population allemande. L'âge moyen des nouveaux adhérents entre 1925 et 1932 se situe à 31 ans ; ce qui le distingue notablement du SPD par exemple, mais l'apparente au Parti communiste.

Après son accession au pouvoir, le mouvement nazi connaît de nouvelles transformations. Durant les premiers mois du gouvernement de Hitler, les demandes d'adhésion affluent en nombre tel que le cap des 2,5 millions d'adhérents est atteint en mai 1933, amenant les dirigeants nazis à clore les inscriptions. Les listes furent réouvertes dans une mesure limitée en 1935-1936, sans restrictions pendant l'année 1937, puis entre 1939 et 1942 ; dans les intervalles, l'entrée au parti se fit par l'intermédiaire de la *Hitlerjugend.* La croissance des effectifs n'en fut pas freinée, au contraire, puisque le NSDAP comptait 5 millions de membres en 1939 et plus de 8 millions en 1945, sans même prendre en compte les effectifs par millions de ses multiples filiales. Dans ce parti de masse, la part des femmes augmente à présent considérablement ; en 1942-1944, elles constituent environ 35 % des effectifs.

En même temps, la composition sociale évolue dans une certaine mesure. Parmi les nouveaux adhérents, si la part des classes moyennes ne change pas de façon significative, celle des ouvriers augmente nettement jusqu'à atteindre 42,6 % en 1942-1944. Corrélativement, la part de l'élite baisse de façon très marquée ; alors qu'en 1933 elle a fait un nouveau bond en avant (de 9,2 % à 12,2 %), elle baisse ensuite continûment (8 % en 1937, 6,3 % en 1939), pour chuter à 2,7 % pendant la deuxième moitié de la guerre. Tandis que le soutien des classes supérieures s'effrite en proportion des contraintes économiques et des risques de catastrophe nationale qu'entraîne la politique du régime, les ouvriers vont faire preuve de plus de patriotisme encore que pendant la Première Guerre mondiale.

Au total, qu'il s'agisse de ses électeurs ou de ses adhérents, le mouvement nazi apparaît d'une composition à la fois plus changeante et moins étroite qu'on ne le dit volontiers. Le définir comme un mouvement des classes moyennes, c'est non seulement ne pas faire justice au large éventail social qui le compose, mais c'est encore accorder une part indue au facteur socio-économique pour expliquer un phénomène aux ressorts autrement complexes. Au ressentiment social d'artisans et de commerçants menacés par la production de masse et les grands magasins, s'ajouta le ressentiment politique d'une partie de la population, notamment les élites, qui regardait avec nostalgie vers une époque impériale idéalisée. Mais, à côté de ces dispositions de longue durée, d'autres sources, plus immédiates, vinrent grossir la vague nazie, comme la protestation émotionnelle de gens mis à rude épreuve par les ébranlements de l'après-guerre et de la grande crise et le déboussolement d'une partie des jeunes générations victimes de ruptures dans leur socialisation politique.

Même s'il n'a pas été en mesure d'éliminer les clivages traditionnels de la société allemande, le Parti nazi a réussi à les transcender dans une large mesure et à devenir du même coup le premier grand parti national depuis l'unification : un rassemblement qui, pour le malheur de l'Allemagne, n'était que le front du refus, de la réaction, de la revanche et de la fuite en avant.

Notes

1. L'expression est du sociologue Theodor Geiger. Voir son article « Panik im Mittelstand », *Die Arbeit*, 7, 1930, p. 637-659.

2. Seymour M. Lipset, « Fascism – Left, Right and Center », dans *Political Man : The social Bases of Politics*, New York, Doubleday, 1960.

3. Jürgen W. Falter, « Die Wähler der NSDAP 1928-1933 : Sozialstruktur und parteipolitische Herkunft », *Die nationalsozialistische Machtergreifung*, sous la direction de Wolfgang Michalka, Paderborn, Schöningh, 1984, p. 47-59.

4. Voir Thomas Childers, *The Nazi Voter. The Social Foundations of Fascism in Germany, 1919-1933*, Chapell Hill, The University of North Carolina Press, 1983.

5. R.F. Hamilton, *The Social Basis of European Fascist Movements* sous la direction de Detlef Mühlberger, Londres, Croom Helm, 1987.

6. Voir Michael Kater, *The Nazi Party. A Social Profile of Members and Leaders 1919-1945*, Londres, Basil Blackwell, 1983 ; ainsi que Detlef Mühlberger.

7. Voir Conan Fischer, *Stormtroopers. A Social, Economic and Ideological Analysis 1929-1935*, Londres, Allen and Unwin, 1983.

Orientation bibliographique

Thomas Childers, *The Nazi Voter. The Social Foundations of Fascism in Germany, 1919-1933*, Chapell Hill, The University of North Carolina Press, 1983.

R.F. Hamilton, *Who voted for Hitler ?*, Princeton University Press, 1982.

Michael Kater, *The Nazi Party. A Social Profile of Members and Leaders 1919-1945*, Londres, Basil Blackwell, 1983.

The Social Basis of European Fascist Movements, sous la direction de Detlef Mühlberger, Londres, Croom Helm, 1987.

L'ordre noir de la SS

Marlis G. Steinert

Il suffit aujourd'hui encore de prononcer les noms de Himmler et de Heydrich pour évoquer le nazisme dans toute son horreur. Or, ce n'est pas un hasard si ces deux officiers du IIIe Reich appartenaient à la SS, un des piliers du régime hitlérien au point qu'on a pu dire qu'elle constituait un « État dans l'État ». Car la SS incarnait parfaitement la conception nazie du parti idéologique, en même temps que la stratégie révolutionnaire du Führer dont elle était l'instrument par excellence. Liée dès l'origine à la personne de Adolf Hitler, elle réalisa une fusion extrême des tâches étatiques et partisanes, jusqu'à dépouiller l'appareil traditionnel de l'État de la plupart de ses prérogatives.

Les origines de la SS remontent à 1923, lorsque Adolf Hitler, alors chef d'un parti d'extrême droite qui n'a guère de signification qu'en Bavière, fonde une garde prétorienne pour assurer sa sécurité personnelle. Cette garde reçoit, en 1925, son nom définitif : *Schutzstaffel* – SS (échelon de protection). Mais, dès les débuts, ses membres se distinguent par un uniforme : une casquette de ski noire ornée d'une épingle en argent avec une tête de mort, une cravate noire portée sur une chemise brune, et un anorak, remplacé plus tard par une jaquette noire. Les SS sont soigneusement sélectionnés sur des critères physiques et psychologiques. Bientôt, ces groupes d'élite d'environ 10 hommes chacun apparaissent dans toutes les villes allemandes, en marge de l'organisation du parti.

En juillet 1926, lors de la journée du parti à Weimar, Hitler confie à la SS le soin de conserver le célèbre « drapeau du sang », celui qui a précédé, le 9 novembre

1923, la marche des nazis sur la Feldherrnhalle à Munich – monument aux morts érigé en 1841-1844 selon le modèle de la Loggia dei Lanzi à Florence –, après une tentative de force, le « putsch de la Brasserie ». L'honneur qui lui est ainsi fait n'empêche pas que la SS demeure subordonnée à la SA (*Sturmabteilung* : troupe d'assaut), fondée en 1921 par un capitaine de la Reichswehr (armée impériale), Ernst Röhm, afin de combattre les adversaires du Parti nazi dans la rue ou lors des bagarres déclenchées dans les réunions politiques. Essentiellement composée, à l'origine, d'anciens soldats et de membres des corps francs – ces unités de volontaires créées après 1919 et qui luttaient contre la subversion communiste à l'extérieur comme à l'intérieur du Reich –, la SA attire rapidement de plus en plus de jeunes et d'ouvriers, ce qui lui confère un profil social très différent de celui du parti.

Sous l'effet de la crise économique de 1929, son comportement ne tarde pas à se radicaliser et les tensions entre ses membres et les fonctionnaires du NSDAP (*Nationalsozialistische Deutsche Arbeiter Partei* : Parti national-socialiste des travailleurs allemands) augmentent. En 1930, un véritable conflit éclate : la SA de Berlin se révolte contre son *Gauleiter* (chef régional), Joseph Goebbels. Il faudra l'aide de la SS de Berlin pour mater la mutinerie et Hitler lui-même devra intervenir pour ramener l'ordre. Mais la pression révolutionnaire de ces lansquenets – des déclassés sociaux, victimes de la crise et très hostiles au capitalisme – ne s'affaiblit pas pour autant. Afin de la contenir, Hitler s'efforce de soumettre les SA à une discipline plus stricte et les maintient sous une surveillance constante. Cette dernière tâche incombe à la SS. Elle convient d'ailleurs parfaitement à son nouveau chef (*Reichsführer-SS*), nommé le 6 janvier 1929, Heinrich Himmler, issu d'une famille de la moyenne bourgeoisie catholique munichoise.

Mais contrôler de près la SA ne suffit pas à garantir qu'elle se tienne tranquille. Il faut lui assigner un nouvel objectif pour canaliser sa soif d'action : d'où l'idée de lui donner un rôle militaire, idée chère à son père spirituel, le capitaine Ernst Röhm. Lorsque ce dernier reprend la tête de l'organisation, en 1931, il agit donc en ce sens, sans qu'aucune promesse formelle soit faite quant à la forme que pourrait prendre plus tard la SA en tant que force armée. Sous l'influence de Röhm et celle de la crise économique – les chômeurs viennent gonfler ses rangs –, la SA se développe d'une manière impressionnante : son effectif atteint 700 000 hommes à l'automne 1932. Or son comportement ne cesse de se radicaliser. Himmler ne se prive pas d'exploiter les nombreux conflits qui opposent les troupes d'assaut au parti pour les dénigrer et mettre en valeur la discipline de ses 50 000 SS.

De fait, la SS s'organise alors sur un mode militaire, retrouvant l'idée de la garde prétorienne qui a présidé à sa création. Ainsi, à Munich, 120 hommes soigneusement choisis forment la *Leibstandarte Adolf Hitler*, commandée par Sepp Dietrich, un ancien apprenti boucher, nazi de la première heure. Dans d'autres villes, des commandos semblables sont créés pour être employés à des tâches quasi policières et semer la terreur dans la population. Ils deviendront les centurions enrégimentés, ou commandos politiques, bases de la troupe de réserve qui donnera plus tard naissance à la SS armée (Waffen-SS).

A côté de la SS générale (*Allgemeine-SS*) et de la SS armée, apparaît un service chargé plus particulièrement de la sûreté, le *Sicherheitsdienst* (SD, service de sécurité). Des services de renseignement existaient déjà dans différentes organisations du NSDAP et dans la SA. Et c'est en 1931 que Hitler demande à Himmler d'organiser un service identique dans la SS. Alors qu'il est occupé à cette tâche, ce dernier rencontre par hasard Reinhard Heydrich, un officier de la marine de guerre congédié pour avoir enfreint le code d'honneur, auquel il demande d'esquisser rapidement un plan pour un service secret de la SS, destiné à épurer le NSDAP des saboteurs et des agents infiltrés. Heydrich s'exécute, à la satisfaction de Himmler qui le nommera par la suite à des grades de plus en plus élevés, jusqu'à celui d'*Oberführer* (général).

Heydrich entre en fonctions le 1er octobre 1931 pour mettre sur pied ce service secret. A cette fin, il établit un immense fichier. En réalité, il ne se donne pas seulement les moyens de surveiller les adversaires du parti, il espère faire de la SS la police du futur IIIe Reich, une police capable de contrôler chaque secteur de la société. Cette ambition correspond parfaitement aux idées de Himmler, et c'est grâce à la coopération des deux hommes que naissent les instruments de la stratégie révolutionnaire nazie : la Gestapo (*Geheime Staatspolizei* : police d'État) et les services spécialisés de la SS.

En 1933, Hermann Goering, commissaire à l'aviation dans le premier gouvernement dirigé par Hitler et qui est chargé du ministère de l'Intérieur de Prusse, fonde la Gestapo à partir de l'ancienne police politique prussienne et la confie à Rudolf Diels. En effet, la police politique était officiellement interdite au niveau fédéral pendant la république de Weimar, mais chaque État fédéré (*Land*) en possédait une. C'est le 26 avril 1933 que la Gestapa – un fonctionnaire de la poste transformera son nom en Gestapo –, installée peu après à Berlin au n° 8 de la Prinz-Albrecht-Strasse, est officiellement créée.

Parallèlement, le Reichsführer-SS Heinrich Himmler et Reinhard Heydrich investissent peu à peu les polices politiques des autres Länder. Soucieux de ne pas provoquer l'opposition des hauts dignitaires du parti, et conformément au concept hitlérien de « révolution légale » – c'est-à-dire la révolution nazie effectuée dans le cadre des lois existantes ou promulguées pour l'occasion –, Himmler et Heydrich utilisent donc les institutions de la république de Weimar afin d'assurer le pouvoir de la SS. Dès l'hiver 1933-1934, Heinrich Himmler est devenu le chef des polices politiques de presque tous les Länder.

La Gestapo fonde le futur empire de Himmler.

En avril 1934, Rudolf Diels est renvoyé et Himmler lui succède. Le 17 juin 1936, les Gestapo des États fédérés cessent de dépendre des administrations locales et Heinrich Himmler est nommé chef de la nouvelle police allemande, au niveau fédéral, tout en demeurant le Reichsführer de la SS. Cette intégration de la police fonde en fait le futur empire SS dont l'infrastructure est complétée le 1er septembre 1939, lorsque le SD et la police de sûreté sont regroupés dans un même Office central du Reich pour la sûreté, le *Reichssicherheitshauptamt* (RSHA).

Le véritable essor de cette SS qui finit par devenir omniprésente a commencé avec la décapitation de la SA. Celle-ci entretenait une agitation révolutionnaire permanente et menaçait de déstabiliser les structures politiques mises en place depuis janvier 1933. Elle s'était fait des ennemis un peu partout : dans les rangs du parti, où des dirigeants aussi importants que Goering et Goebbels ne cachaient pas leur hostilité à son égard ; dans la Reichswehr, qui se méfiait des ambitions de l'organisation nazie, désireuse de devenir l'armée du nouvel État ; parmi les représentants conservateurs du gouvernement. Une coalition de ces ennemis réussit à convaincre Hitler d'un complot fomenté contre lui : durant la « Nuit des longs couteaux », du 29 au 30 juin 1934, la SA est décimée par la *Leibstandarte SS* qui bénéficie de la complicité des forces armées.

Après cette date, la SS prend une importance croissante au sein du régime hitlérien. Elle usurpe de nouvelles fonctions et pénètre d'autres secteurs de la vie publique et privée. Mais le nombre de ses adhérents est limité afin de lui conserver un caractère de corps d'élite. Il reste donc relativement constant – 209 000 à la fin de 1933 et 238 000 à la fin de 1938. En revanche, sa composition sociale se modifie. Avant 1933, la SS était formée d'anciens soldats des corps francs, d'intellectuels et de vétérans nazis de souche petite bourgeoise. Un dixième seulement de ces anciens membres parvient à se maintenir face à l'afflux qui se produit au moment de l'arrivée de Hitler à la chancellerie.

Le premier groupe des nouveaux arrivants provient de l'aristocratie qui fournit dorénavant un pourcentage considérable d'officiers SS. Le deuxième groupe est composé de membres de la bourgeoisie moyenne, notamment d'intellectuels qui bénéficient d'une formation universitaire. Ils représentent le type même du technocrate de l'élite nouvelle. A leurs côtés, on trouve nombre de jeunes économistes et de « managers ». Enfin, la SS recrute d'anciens officiers bourgeois de la Reichswehr, mais aussi des fils de paysans. Himmler réussit même à lui incorporer des associations entières, comme celle des cavaliers des régions traditionnelles d'élevage de chevaux ou celle du *Kyffhäuserbund*, un groupement d'anciens soldats néo-monarchistes. Il crée le titre de « dirigeant d'honneur », décerné à des hauts fonctionnaires, à des savants, à des diplomates, sans qu'ils aient besoin d'accomplir un service effectif dans l'organisation nazie. Il fonde en outre le Cercle des amis du Reichsführer-SS qui regroupe des hommes d'affaires prêts à soutenir financièrement la SS.

L'édifice SS est construit de telle façon qu'il présente une solide hiérarchie de services spécialisés. Dans un discours de 1937 sur le caractère et la mission de la SS et de la police, Himmler évoque les 5 piliers sur lesquels repose son organisation. Il s'agit d'abord de la SS générale, dont les membres exercent une profession civile, mais s'entraînent régulièrement à des exercices sportifs et militaires. La SS armée est, elle, destinée à lutter contre le bolchevisme, à l'extérieur comme à l'intérieur du Reich. Les « troupes à tête de mort » fournissent le personnel de surveillance des camps de concentration. Le Service de sûreté comprend la Gestapo, la police (forces de l'ordre) ainsi que le service de renseignement du parti et de l'État. Enfin, l'Office pour la race et pour la colonisation doit garantir la pureté raciale du peuple allemand, prévoir et mettre en œuvre la colonisation de nouveaux territoires par des représentants de la « race germanique ». Après 1939, un sixième pilier vient compléter cette structure : l'Office central pour l'économie et pour l'administration (*Wirtschafts – und Verwaltungshauptamt*), qui est dirigé par Oswald Pohl, responsable des entreprises économiques de la SS, de la gestion des camps de concentration et de leur main-d'œuvre.

L'organisation complexe de la SS est sous-tendue par un projet politique à la dimension des ambitions du IIIe Reich. Ainsi, la première mission du corps d'élite de Himmler est d'incarner l'idéologie nationale-socialiste, de représenter et d'éduquer l'« homme nouveau ». A l'origine, c'est le NSDAP qui aurait dû assumer ce rôle. Mais, en raison des impératifs de la compétition électorale dans les dernières années de la république de Weimar, il a été contraint d'abandonner son caractère élitiste pour devenir un rassemblement de masse.

C'est Heinrich Himmler qui se charge de faire de la SS une sorte d'« Ordre » où l'expression de conceptions ataviques se mêle curieusement à l'emploi des moyens techniques les plus modernes, où le perfectionnement bureaucratique va de pair avec l'emploi de la violence et de la terreur. Sa devise, « Ton honneur est ta fidélité », lui a été donnée par Hitler en 1930, quand elle a maté la révolte de la SA à Berlin. Cette « fidélité » ne s'applique cependant ni à un idéal ni à des institutions, mais à la seule personne de Hitler. La soumission de la SS au Führer est d'autant plus totale que ce dernier se veut l'incarnation de la nation allemande et de ses valeurs.

Car l'idéologie SS repose sur un cadre de référence « biologique ». Elle se fonde sur la conviction de la supériorité de la race des Germains. Celle-ci illustre le concept social-darwiniste de la lutte incessante de l'espèce, de la victoire du fort sur le faible, concept qui conduit implicitement à l'idée d'un expansionnisme illimité. Cet impérialisme est d'ailleurs légitimé par le mythe agro-romantique d'un peuple manquant d'« espace vital » (*Lebensraum*). Or, dans l'idéologie nazie, l'espace européen est limité d'un côté par un Occident décadent et de l'autre par un Orient plein de promesses. L'expansion du IIIe Reich ne peut donc se réaliser qu'à l'Est : on retrouve dans cette thèse hitlérienne le célèbre *Drang nach Osten* (poussée vers l'Est), lié au souvenir de l'Ordre des chevaliers Teutoniques (XIIe siècle).

Enfin, l'idéologie SS revêt un caractère pseudo-religieux. Elle se présente comme une sorte de contre-ordre face au christianisme, assimilé par Himmler à « la plus grande peste dont ont été frappés les Allemands au cours de leur histoire ». Le Reichsführer-SS veut créer une morale diamétralement opposée aux valeurs chrétiennes de charité, de pitié, d'amour du prochain et d'humilité.

Pour autant, il n'est pas partisan de l'athéisme, mais prône un théisme (*Gottgläubigkeit*). Cette croyance en l'existence d'un Dieu présente aussi un avantage tactique : elle permet à la SS de se ménager une audience dans des couches sociales qu'une idéologie matérialiste aurait rebutées. En outre, elle fait de Hitler l'envoyé de la Providence dont la volonté transcende celle des hommes et dont les ordres, même lorsqu'ils entrent en contradiction avec toutes les normes éthiques traditionnelles, sont d'autant plus facilement acceptés.

Dans l'idéologie nazie, dont celle de la SS n'est qu'une variante, l'être humain est d'ailleurs conditionné par son appartenance à une « communauté du peuple » (*Volksgemeinschaft*), c'est-à-dire un ensemble racial et culturel. Il se réduit à un simple maillon dans une chaîne infinie d'ascendants et de descendants, une particule dans un éternel processus naturel. Au sein de ce cycle, la mort est un fait banal, et la tête de mort de l'insigne SS symbolise la faculté de la donner et de l'accepter.

En revanche, le code de conduite des hommes de Himmler s'inspire de l'ancienne tradition militaire et des valeurs des milieux conservateurs – obéissance, camaraderie, sens du devoir, intégrité et honneur personnels. Ainsi, un SS peut être sévèrement puni pour avoir menti ou volé, alors que l'assassinat de centaines de personnes au cours d'une « mission historique » lui vaudra une distinction. Ces « hommes taillés sur mesure » sont éduqués dans des écoles spéciales de SS Junker ou dans des écoles pour l'éducation politique nationale (Napola). Himmler cultive l'élitisme des SS dans d'anciens châteaux et forteresses où ils se réunissent selon un rituel inspiré de celui des jésuites, à la différence près qu'on n'y invoque pas l'exemple du Christ mais celui des dieux germaniques.

Au-delà du modèle idéologique qu'elle incarne, la SS a pour mission de protéger le Führer et son régime contre leurs ennemis. Les nouveaux maîtres de la police donnent une définition extensive de ces derniers : « Est ennemi de l'État toute personne qui s'oppose consciemment au peuple, au parti, à ses fondements idéologiques ainsi qu'à ses actions politiques. » Cette vision dichotomique du monde est encore illustrée par un texte de janvier 1939 : « En politique, il n'y a que deux possibilités [...] Qui n'est pas pour l'Allemagne, mais contre elle, n'est pas des nôtres et sera éliminé. »

Les soldats politiques de l'Ordre noir.

Si la SS a d'abord exercé une répression visant les adversaires politiques et idéologiques immédiats du nazisme – les communistes, les sociaux-démocrates, les Juifs –, sa conception de la sûreté absolue la conduit à élargir le champ de son action. Dès lors, elle ne se contente plus d'arrêter et de punir ceux qu'elle considère comme des malfaiteurs. Elle mène une répression préventive, jusqu'à la perversion, contre un ennemi idéologique abstrait, contre le mal absolu qu'incarne « le Juif ». Une fois les adversaires politiques éliminés et le NSDAP déclaré parti unique, le 14 juillet 1933, la Gestapo s'attaque aussi aux Églises, aux non-conformistes, aux simples mécontents, tandis que le SD entreprend de chasser les Juifs et autres « parasites ». Enfin, le service de renseignements du RSHA (III), dirigé par Otto Ohlendorf à partir de 1939, établit des rapports mensuels sur la situation intérieure du Reich qui enregistrent les réactions de l'opinion à l'égard du régime. Pendant la guerre, ces comptes rendus deviendront journaliers.

Mais aux yeux de Himmler, de Heydrich et de bien d'autres, il ne s'agit pas seulement d'assurer les assises politiques, socio-psychologiques et économiques du pouvoir. Ils veulent que les services de sûreté et la police jouent un rôle fondateur dans le nouvel ordre national-socialiste. La bureaucratie SS de la terreur incarne ainsi la volonté d'une « révolution permanente » qui doit détruire l'ordre ancien et construire des institutions nouvelles. L'ambition de la SS vise, en effet, à transformer totalement la société et à créer un grand empire germanique. A ces fins, l'organisation de Himmler a besoin de la guerre. Car seule la guerre instaure un état d'exception permanent, renforce le système de répression et de surveillance, et permet le remplacement des anciennes élites politiques, économiques et militaires par les hommes nouveaux que forme l'Ordre noir SS : les soldats politiques.

C'est aussi la guerre qui accroît l'importance de la Waffen-SS. Au début de 1935, celle-ci compte 7 000 hommes, environ 23 000 en 1939 et presque 600 000 en 1944. Beaucoup d'entre eux ont été recrutés hors d'Allemagne et, depuis 1943, cette armée « multinationale » a cessé d'être une élite. Car, en raison des pertes humaines qu'elle subit – elle est envoyée sur les fronts les plus meurtriers –, la Waffen-SS est contrainte d'amoindrir la sévérité de ses critères d'admission et sa cohésion interne s'en ressent, comme celle de tout l'empire SS.

A l'extérieur, la guerre permet au Reich de trouver les ressources économiques et la main-d'œuvre qui lui manquent. Elle lui garantit aussi le recrutement de nouvelles forces « germaniques ». Cette politique d'exploitation brutale des territoires soumis à la domination hitlérienne est mise en œuvre dès l'Anschluss de l'Autriche en 1938 et le « démembrement » de la Tchécoslovaquie en 1939. Mais elle n'est pleinement appliquée qu'à partir du début du second conflit mondial : d'abord en Pologne, dans une certaine mesure en France, et surtout en Union soviétique.

Il est impossible d'évoquer ici tous les crimes commis par la SS entre 1939 et 1945. Les mots ne suffisent d'ailleurs pas à les décrire. En Pologne, les groupes et les commandos spéciaux de la SS sont responsables de l'organisation du génocide juif, de l'élimination des élites intellectuelles ainsi que des déplacements de population consécutifs à la « germanisation » du pays. Ces commandos, d'abord mobiles, puis stationnaires, sont spécialisés dans les actes de « liquidation » et de représailles. Ce sont eux qui anéantissent toute la population masculine du village tchèque de Lidice en juin 1942, après l'assassinat de Heydrich, ou qui détruisent Oradour-sur-Glane en France, le 10 juin 1944. C'est encore la SS qui a en charge l'administration des camps de concentration et l'organisation de la politique d'extermination du IIIe Reich.

Un État dans l'État.

Par son idéologie, ses méthodes et le fonctionnement de ses différents services, la SS est exemplaire du système nazi. Elle crée continuellement de nouveaux services, comme dans une parthénogenèse, double ou pénètre les anciennes structures. Elle s'intègre à la « polycratie » caractéristique du IIIe Reich où chaque institution tente de maintenir, de consolider ou d'élargir son pouvoir. La SS est au centre de cette lutte. Tout en demeurant une organisation du NSDAP, elle le concurrence, car elle prétend seule exécuter la volonté du Führer. Le Reichsführer-SS Himmler compte alors nombre d'adversaires acharnés dans les rangs du parti : Martin Bormann, chef de la chancellerie du Führer et son secrétaire personnel ; Joseph Goebbels, le puissant ministre de la Propagande, Gauleiter de Berlin et commissaire pour la Défense du Reich ; Alfred Rosenberg, chef de l'Office pour les relations extérieures du parti et, après 1941, ministre des Territoires occupés à l'Est ; Fritz Sauckel, plénipotentiaire pour les questions de main-d'œuvre, et Joachim von Ribbentrop, ministre des Affaires étrangères et, depuis 1940, général SS. En outre, presque tous les Gauleiter, en particulier ceux qui occupent les postes de commissaires du Reich dans les territoires occupés, sont hostiles à Himmler.

La SS parvient cependant à acquérir une position de force dans deux secteurs décisifs. D'une part, dans la police, qu'elle contrôle totalement, surtout après que Himmler est nommé ministre de l'Intérieur en 1943. D'autre part, dans l'appareil militaire, grâce au développement de la SS armée et à la nomination de Himmler à la tête des troupes de réserve de la Wehrmacht (armée de terre), après l'attentat contre Hitler en juillet 1944. Le Reichsführer-SS a alors presque réalisé pour la SS l'ambition que Röhm avait pour la SA : faire d'elle l'armée du nouvel État.

Enfin, la SS réussit à investir massivement le domaine économique. L'organisation d'Oswald Pohl contrôle quatre grandes activités : l'administration et l'intendance des troupes SS, les camps de concentration et de travail, les constructions de la police et de la SS, la direction des entreprises SS. Car, à la fin de la guerre, l'organisation de Himmler possède plus de 40 entreprises qui regroupent elles-mêmes plus de 150 usines. Elle fabrique des matériaux de construction, des produits de consommation, des textiles, du cuir, et elle est engagée dans différentes entreprises forestières, agricoles ou d'exploitation de carrières. En utilisant le réservoir de main-d'œuvre fourni par les camps pour faire tourner les usines SS, Oswald Pohl parvient à faire de son service une des clefs de la vie économique allemande.

Pourtant, tout ce qui concerne la production de guerre proprement dite lui échappe. Celle-ci est d'abord du ressort de la Wehrmacht, mais elle dépend aussi de Hermann Goering, qui a présidé aux destinées du Plan de quatre ans, lancé en 1936, et chef de la Luftwaffe (armée de l'air). Elle est également dirigée par Fritz Todt, nommé ministre de l'Armement et des Munitions en 1940. Après sa mort accidentelle, elle est réorganisée et vigoureusement prise en main à partir de 1942 par Albert Speer, l'architecte du Führer qui restera jusqu'à la fin du IIIe Reich l'un des plus puissants rivaux du Reichsführer-SS.

Ses incursions continuelles dans nombre de secteurs du système nazi ont fait de la SS une sorte d'« État dans l'État ».

Mais, à l'instar du régime national-socialiste tout entier, l'organisation de Himmler offre, à une petite échelle, l'image d'une prolifération d'offices et de bureaux qui engendre une fragmentation du pouvoir ainsi que des rivalités constantes. Himmler lui-même n'arrive que péniblement à maintenir la cohésion de son empire. Et, comme le système nazi s'écroule après la mort de Hitler, l'État SS disparaît après que le Führer a expulsé Himmler du parti, en raison des contacts qu'il avait pris avec les Alliés occidentaux pour conclure une paix séparée.

Le dernier président du Reich, l'amiral Dönitz, n'utilisera plus Himmler ni ses services. Après la capitulation sans conditions de l'Allemagne, puis le suicide du Reichsführer-SS, le 23 mai 1945, il ne restera plus que des ruines et un souvenir oppressant du IIIe Reich et de son Ordre noir.

Orientation bibliographique

En français, la plupart des ouvrages généraux sur le national-socialisme contiennent des études sur la SS.

Voir notamment :

Karl Dietrich Bracher, *La Dictature allemande, naissance, structure et conséquences du national-socialisme*, Toulouse, Privat, Bibliothèque historique », 1986 (trad. de l'allemand).

Martin Broszat, *L'État hitlérien. L'origine et l'évolution des structures du IIIe Reich*, Paris, Fayard, 1985 (trad. de l'allemand).

Marlis G. Steinert, *L'Allemagne nationale-socialiste 1933-1945*, Paris, Richelieu, 1972.

En allemand.

Shlomo Aronso, *Reinhard Heydrich und die Frühgeschichte von Gestapo und SD*, Stuttgart, Deutsche Verlags-Anstalt, 1971.

Hans Buchheim, « Die SS das Herrschaftsinstrument », *Anatomie des SS-Staates*, Munich, Deutscher Taschenbuchverlag, 1967.

Heinz Höhne, *Der Orden unter dem Totenkopf. Die Geschichte der SS*, Gütersloh, Sigbert Mohn Verlag, 1967.

Bernd Wegner, *Hitlers Politische Soldaten. Die Waffen-SS 1933-1945, Studien zu Leitbild, Struktur und Funktion einer national-sozialistischen Elite*, Paderborn, Schönbergh, 1982.

En anglais.

Bernd Wegner, « The Aristocracy of National Socialism : the role of the SS in National Socialist Germany », dans Hanns-joachim W. Koch (éd.), *Aspects of the Third Reich*, Londres, Macmillan, 1985, pp. 431-450.

Sur Himmler et Heydrich.

Bradley F. Smith et Agnes Petersen, s.d., *Heinrich Himmler-Geheimreden, 1933-1945*, Francfort, Propyläen Verlag, 1974 (les discours secrets de Himmler).

Bradley F. Smith, *Heinrich Himmler, 1900-1926. Sein Weg in den deutschen Faschismus*, Munich, Bernard et Graefe Verlag, 1979.

Josef Ackermann, « Heinrich Himmler "Reichsführer SS" », dans *Die braune Elite, 22 biographische Skizzen*, Darmstadt, Wissenschaftliche Buchgesellschaft, 1989, p. 115-133.

Günther Deschner, « Reinhard Heydrich-Technokrat der Sicherheit », dans *Die braune Elite, op. cit.*, p. 98-114.

Mussolini et Hitler

Pierre Milza

Les crimes contre l'humanité, le racisme et l'antisémitisme, l'édification d'un système totalitaire[1] relativement achevé, la trace enfin qu'il a laissée dans la mémoire des hommes : tout cela concourt à faire du national-socialisme un phénomène unique. Il ne saurait donc être comparé à aucun autre, si ce n'est, pour certains, au totalitarisme stalinien. Du coup, le mouvement et le régime mussoliniens, qui composent l'autre face de la planète fasciste – et ont servi à bien des égards de modèle au fondateur du IIIe Reich –, se trouvent relégués au rang de pâles imitateurs. La réalité n'est pas aussi simple.

Nous ne reprendrons pas ici le débat sur les origines du fascisme. Il a déjà fait couler beaucoup d'encre[2]. Il est clair que les mouvements dont Mussolini et Hitler assument de bonne heure la direction prennent racine dans un même terreau composite, façonné par les bouleversements de toutes sortes qui ont accompagné la seconde révolution industrielle, puis par la Grande Guerre, et par le séisme révolutionnaire qui l'a suivie. Néanmoins, dans la course au pouvoir à laquelle se sont livrés, à partir de 1919, les deux candidats à la dictature, c'est l'Italien qui a été le plus rapide, Hitler ayant dû attendre onze ans – après l'échec du « putsch de la Brasserie » en novembre 1923 – pour rééditer dans son pays l'opération réussie par le Duce en octobre 1922 lors de la « marche sur Rome ». Il a donc eu le temps de méditer sur les raisons du succès de son homologue latin, et aussi de tirer quelques leçons des pratiques politiques inaugurées par le maître de la « Troisième Rome ».

Il ne s'agit évidemment pas de substituer une mythologie à une autre en affirmant que le IIIe Reich n'est que la réplique attardée du régime fasciste, mais simplement de rappeler que, jusqu'en 1934, c'est ce dernier qui constitue en Europe le modèle du national-totalitarisme, y compris pour le NSDAP et pour son chef. Hitler, jusqu'à une date relativement tardive, n'a jamais caché son admiration pour le Duce dont la figure ornait son bureau de leader du parti, à Munich. Aussi n'a-t-il pas hésité à faire des emprunts au mouvement des « faisceaux de combat » (les *fasci* créés par Mussolini en 1919), à son organisation, à sa liturgie – le salut romain, les étendards des « sections d'assaut » –, à sa statégie de conquête du pouvoir reposant à la fois sur des moyens légaux et sur l'emploi de la violence.

Le chef des nazis s'est également inspiré des instruments mis au point par Mussolini pour asseoir son pouvoir et enrégimenter les masses, notamment en matière de corporatisme, d'encadrement de la jeunesse et d'organisation des loisirs. Enfin, malgré les « bavures » commises lors de la rédaction de *Mein Kampf* – Hitler y proclamait les droits de l'Allemagne sur la région du « Sud Tyrol » italien (le « Haut-Adige ») parce qu'une minorité germanique y vivait –, il avait à plusieurs reprises manifesté son accord avec les projets « révisionnistes » du Duce qui rêvait de remodeler à son profit la carte de l'Europe définie lors des traités de paix.

Mussolini et le fascisme inspirent le Führer.

L'entrevue de Stra, près de Venise, en juin 1934, a fortement symbolisé cette répartition des rôles. Les deux hommes se rencontraient pour la première fois, dans un contexte de rafraîchissement des relations italo-allemandes provoqué par les menées hitlériennes en Autriche. Face à un Mussolini en grand uniforme, sanglé et botté, plus « César de Carnaval » que jamais, le maître du IIIe Reich avait commis la bévue de se présenter en civil, pardessus éculé et chapeau mou, « avec l'air, notait un journaliste français, d'un petit plombier qui ne saurait quoi faire de cet embarrassant instrument ». Hitler, encore subjugué par la personnalité du Duce, s'était tour à tour plongé dans le mutisme et dans la frénésie du verbe, ce qui déchaîna, après coup, les sarcasmes de son interlocuteur. Il éveilla chez lui un « dégoût physique » et passa à ses yeux pour un « aventurier de mauvais goût » et pour un Polichinelle. La collaboration des deux régimes « fascistes » avait mal commencé.

Deux ans et demi plus tard, la montée en puissance du Reich et l'opposition des démocraties aux visées impérialistes du Duce aidant, « l'Axe Rome-Berlin », défini par Mussolini dans son discours du 1er novembre 1936 à Milan, concrétisait un rapprochement qui avait commencé à se manifester à la fin de 1935, après le vote de sanctions économiques (embargo) contre l'Italie, jugée par la SDN coupable d'agression envers l'Éthiopie. Désormais, l'initiative de l'action internationale appartenait à l'Allemagne et c'est elle qui, dans le contexte de la marche à la guerre, allait servir de modèle aux dirigeants fascistes.

Certes, à partir de 1936, le choix de la militarisation à outrance et du façonnement de l'« homme nouveau » dépendit surtout de considérations internes et de la logique du système, Mussolini et les ultras du régime estimant que la survie de celui-ci impliquait une rupture complète avec tout ce qui pouvait subsister en Italie de culture libérale et d'influence des magistères traditionnels. Mais il est tout aussi évident que, dans leur entreprise de « mise au pas » et de remodelage du corps social, le modèle qui s'est offert à eux et qui les a fascinés par son efficacité, par la rapidité avec laquelle il avait imposé ses normes de fer à la société allemande et son hégémonie à l'ancienne classe dirigeante, c'était le modèle nazi. De là résultent les emprunts en retour qui font que, au bout du compte, on peut estimer que fascisme et national-socialisme se sont mutuellement nourris de leur substance : chacun des deux régimes jouant successivement un rôle d'accoucheur plutôt que d'inspirateur direct.

De ces échanges, et de la matrice commune qui leur a donné naissance, sont issus deux régimes totalitaires ayant, semble-t-il, plus de points communs que de différences. Néanmoins, deux arguments mis en avant par ceux qui défendent la thèse de la spécificité du nazisme – ou qui, du moins, estiment qu'il se distingue radicalement de l'expérience mussolinienne – méritent examen. L'un porte sur le degré de violence atteint par chacune des deux dictatures. L'autre, sur l'attitude de leurs dirigeants à l'égard des « problèmes raciaux ».

Que le Reich hitlérien ait été infiniment plus brutal que le régime des faisceaux dans son comportement répressif et guerrier, cela ne fait de doute pour personne. La barbarie de la « Solution finale » n'a effectivement pas d'équivalent dans l'histoire, mais ce n'est pas à l'aune du sang et des larmes que se mesurent les catégories du politique. Tous les régimes se réclamant du marxisme-léninisme ne ressemblent pas à celui de Pol-Pot au Cambodge, et nombre de dictatures, présentes ou passées, ont plus de crimes à se reprocher que le régime instauré par Benito Mussolini. Il en a été ainsi, par exemple, du franquisme première manière. Au point que, de retour d'Espagne à la fin de la guerre civile, à un moment où le Caudillo faisait fusiller par milliers les rescapés des armées républicaines, un homme comme le comte Ciano, gendre du Duce et ministre des Affaires étrangères, se déclarait « écœuré » par ces massacres au quotidien.

Certes, il ne s'agit pas de minimiser les atrocités dont les fascistes se sont rendus coupables au début et à l'extrême fin du *ventennio* (les vingt ans de l'ère fasciste). Dans le « triangle industriel » du Nord et dans la plaine du Pô, en Toscane et dans le Frioul, les exploits des « chemises noires » (les troupes de combat fascistes) n'ont pas eu grand-chose à envier à la SA du Parti nazi, lors de la montée du fascisme, puis pendant la période de mise en place de la dictature. D'autre part, au cours de la dernière année de la guerre, dans le périmètre où l'éphémère république de Salò[3] exerçait son autorité – il est vrai aussi étroitement satellisée par l'Allemagne que le régime de Vichy dernière mouture –, les méthodes employées par les tristement célèbres *Brigades noires* contre les adversaires de cette « République sociale » ont été, comme celles de la milice française de Darnand, d'une férocité extrême.

Il reste que, pendant les années de stabilité et de relatif « consensus » qui vont de l'adoption des lois d'exception (1926) à l'entrée en guerre de l'Italie (1940), la manière dont les responsables fascistes ont usé de l'appareil répressif contre les opposants n'est en rien comparable à celle du IIIe Reich. La police politique mussolinienne, l'OVRA, n'est pas la Gestapo, et la « relégation » (*confino*) dans les campagnes isolées du Sud ou dans les « îles de feu » de la mer Tyrrhénienne n'est pas Dachau.

Que des deux régimes fascistes de l'entre-deux-guerres l'un soit plus violent et plus inhumain que l'autre, cela ne suffit pas à prouver qu'il existe entre eux une différence de nature. Mais ne sont-ils pas séparés par le racisme qui, s'il structure en profondeur l'idéologie nazie, fondée dès l'origine sur le concept de compétition raciale et de combat plurimillénaire entre « Aryens » et « Sémites », n'occupe longtemps qu'un espace marginal dans le fascisme italien ?

Très tôt, on trouve dans de petites revues du noyau dur fasciste – *L'Assalto, Audacia*, etc. – et dans les écrits intellectuels « fascistissimes » de la première heure, comme Soffici et Malaparte, des relents d'antisémitisme qui ne laissent planer aucun doute sur les convictions de cette fraction, au demeurant minoritaire, du mouvement des faisceaux. Simplement, le discours qu'elle produit n'a pas la virulence du discours antisémite en vigueur chez la plupart des voisins de l'Italie, à commencer par la France, ni surtout le même écho populaire. L'héritage, il est vrai, est différent en ce sens que l'Italie n'a pas connu, au XIXe siècle, comme nombre de pays européens, d'antisémitisme de masse. A l'antijudaïsme religieux classique, s'est superposé dans les dernières décennies du siècle un antisémitisme politique, véhiculé par un petit nombre de syndicalistes-révolutionnaires disciples du Français Georges Sorel et par quelques ultra-nationalistes : les Oriani, Corradini et autres Giovani Preziosi. Ce dernier étant, avant 1914, la figure la plus représentative d'un antisémitisme qui est infiniment moins redevable à la culture italienne qu'aux idées et aux fantasmes importés de France ou d'ailleurs.

L'Italie convertie à l'antisémitisme.

Le fascisme a hérité de cette situation et, jusqu'au milieu des années 1930, son discours et ses pratiques ont été peu affectés par la montée du racisme en Europe, les rapports entre la petite communauté juive de la péninsule et les détenteurs du pouvoir étant plutôt bons. Les choses changent à partir de 1935-1936, pour deux raisons essentielles. D'abord parce que la politique de Mussolini à l'égard du monde arabe l'incline à rompre avec le sionisme, alors que ses relations avec lui avaient jusqu'alors été excellentes. Ensuite parce que le racisme et l'antisémitisme répondent, semble-t-il, aux exigences de la radicalisation du régime. Appliqués à forger « l'homme nouveau », conçu comme le portrait inversé de l'Occidental « décadent », Mussolini et le secrétaire du parti, Starace, sont conduits à pourfendre ce qui est censé symboliser les « tares » de l'Occident libéral : le cosmopolitisme, l'intellectualisme, le laxisme moral, l'attachement aux biens matériels, et, par conséquent, à faire des Juifs les boucs émissaires de la société mutante.

L'influence de l'Allemagne hitlérienne dans cette évolution n'a évidemment pas été négligeable. Faut-il cependant ne voir dans le tournant raciste du régime que la conséquence de son alignement sur la politique étrangère du Reich, la satellisation diplomatique impliquant celle de l'idéologie et de la pratique totalitaire ? Là encore, les choses ne sont pas tout à fait aussi simples. Le Duce a choisi le racisme d'abord parce qu'il voulait fournir à la doctrine fasciste une cohérence qu'elle n'avait pas et que possédait son homologue allemand. Il a ainsi intégré au corpus idéologique du régime des éléments empruntés à un modèle extérieur dont il estimait, à tort ou à raison, qu'il avait mieux réussi que le sien à réaliser les idéaux originels du fascisme.

Mussolini se convertit à la « politique de la race » aux environs de 1936 et fait adopter deux ans plus tard des mesures discriminatoires à l'égard des Juifs, mais il faut attendre 1943 pour que celles-ci soient vraiment suivies d'effets. Il est vrai que le peuple italien ne suit guère ses dirigeants dans la voie de l'exclusion tracée par la législation raciale et que, parmi ceux qui retardent son application ou qui s'y opposent, il y a bon nombre de fonctionnaires détenteurs d'une carte du parti. Quant à l'armée, elle a fort mal réagi aux rafles décrétées par le gouvernement de Vichy dans la zone d'occupation italienne – en particulier à Nice[4] – et à la « chasse aux Juifs » menée en Croatie par les *oustachis* d'Ante Pavelić – ces bandes de nationalistes extrémistes qui collaboraient avec les nazis –, allant jusqu'à protéger certains d'entre eux.

Le fascisme italien est donc resté, en manière de politique raciale, à des années-lumière de l'entreprise hitlérienne. On ne saurait cependant oublier, à la fin de la Seconde Guerre mondiale, la déviance sanguinaire de la « République sociale » de Salò, dont les exécutants sont devenus les auxiliaires de la SS dans la persécution raciale. Mais surtout, la relative mansuétude du régime mussolinien à l'égard d'une communauté juive peu nombreuse et très fortement intégrée à la société transalpine ne doit pas masquer l'essentiel : depuis l'agression contre l'Empire du Négus, en octobre 1935, le fasciste a, lui aussi, un « sous-homme » à opposer à la « race aryo-romaine » promise – selon le théoricien Julius Evola[5] – à devenir la « race-guide » de l'humanité. Il y a eu un discours raciste dans l'Italie de l'immédiat avant-guerre, et il y a eu – celle du maréchal Graziani a été terrifiante – une répression féroce contre une ethnie présentée comme inférieure. Les Éthiopiens en ont fait les frais, et il a fallu beaucoup de temps pour que justice soit rendue à ces oubliés de l'histoire[6].

En définitive, jusqu'à une date tardive, qui coïncide en gros avec le début de la guerre d'Éthiopie, la vocation totalitaire affichée par le régime des faisceaux reste à bien des égards cantonnée dans le domaine du verbe. En tout cas, sa pratique est hors de proportion avec ce qui se passe au même moment en Allemagne. Les causes de ce « retard » dans la fascisation de l'État et de la société civile, sur une Allemagne qui est entrée beaucoup plus tard dans la course, sont connues. Beaucoup moins que l'« âme italienne », y concourent les résistances opposées à l'entreprise fasciste par des institutions qui, comme l'Église catholique et, à un moindre degré, la monarchie, ont conservé une forte influence et un puissant magistère moral. Quant à la classe dirigeante traditionnelle, après avoir passé des compromis avec le fascisme pour restaurer son pouvoir économique et ses privilèges, elle incline de plus en plus dans le sens d'un rétablissement d'un État de droit conforme à ses intérêts et à sa culture.

C'est pour venir à bout de ses résistances, qui lui ont paru compromettre à terme la survie du régime, que Mussolini a engagé celui-ci, à partir de 1935-1936, dans ce que l'historien romain Renzo de Felice a appelé une « révolution culturelle[7] » qui devait aboutir à la fascisation complète de la société italienne. Et c'est ici que prend tout son sens l'ajustement sur l'Allemagne nazie. Je dis ajustement, plutôt qu'imitation ou alignement pur et simple. En effet, en introduisant dans l'Italie de l'immédiat avant-guerre des pratiques totalitaires destinées à façonner l'humanité « nouvelle » dont ils rêvaient, Mussolini et l'équipe dirigeante fasciste se sont inspirés de l'expérience nazie, mais de manière contournée. Ce qu'ils ont cru reconnaître en elle, et ce qu'elle a été au moins partiellement, c'était le fascisme pur et dur des origines, tel qu'il avait pu fonctionner dans la péninsule avant que les compromis passés avec les élites traditionnelles n'en vinssent altérer la nature profonde. C'étaient les potentialités « révolutionnaires » du *premier fascisme* réalisées par l'hitlérisme et poussées par lui jusqu'à son aboutissement logique, le totalitarisme.

Le temps a manqué au Duce pour réaliser ses objectifs et le totalitarisme à l'italienne est resté un projet inachevé. Les deux dictatures qui s'engagent à l'automne 1936 dans une entreprise internationale commune, d'où sortira le second conflit mondial, se ressemblent plus qu'elles ne diffèrent. Aussi réels que soient les sujets de discorde entre Rome et Berlin, l'alliance qui s'esquisse à cette date n'a rien d'une amitié contre nature. Elle réunit deux régimes qui ont fait du discours guerrier, de la mystique guerrière et de la préparation obsessionnelle de l'affrontement armé les instruments principaux de leur cohésion. Que ces choix aient été favorisés chez le Duce par un irrépressible penchant pour la rhétorique ne change rien au fait que, pris au piège de son propre verbe, il a fini par « marcher avec Hitler ».

Le caractère relativement « modéré » du régime mussolinien, ainsi que son adhésion tardive au credo de la race ne doivent pas nous faire oublier que cette issue était, tout compte fait, dans la logique du système.

Notes

1. On utilise ici le mot « totalitarisme » tel que l'a défini, la première, Hannah Arendt (*Le Système totalitaire*, Paris, Le Seuil, 1972) et qui se distingue de la simple « dictature ». Le totalitarisme, en effet, se caractérise par l'anéantissement de la société civile au profit de l'État, face auquel l'individu reste isolé après la destruction des corps intermédiaires (groupes professionnels, sociaux et religieux). La dictature est une forme de pouvoir autoritaire qui contraint la société civile et ses institutions sans les détruire pour autant.

2. Cf. Pierre Milza, « Le fascisme n'est pas une invention française », *L'Histoire*, nº 110, avril 1988, p. 72-74.

3. C'est à Salò, une station touristique située sur la rive ouest du lac de Garde, que Mussolini avait installé le siège de la « République sociale italienne » après sa libération par Otto Skorzeny, en septembre 1943.

4. Cf. Michaelis, *Mussolini e la questione ebraica*, Milan, 1982.

5. Julius Evola a développé l'idée d'une « race de l'esprit », fondée sur des critères autres que biologiques et anthropologiques, notamment dans *Sintesi di Dottina delle razza* (1938).

6. Voir sur cette question les travaux des historiens italiens A. del Boca et A. Sbacchi, et en France, ceux de Fabienne Le Houérou : sa thèse, soutenue à l'Institut d'études politiques, porte précisément sur l'aventure fasciste en Éthiopie et sur la résistance de ce pays à la colonisation italienne.

7. Cf. Renzo de Felice, *Mussolini*, t. III, *Il Duce* (*1929-1940*), vol. 2, *Lo Stato totalitario* (*1936-1940*), Turin, Einaudi, 1981 ; en français, *Le Fascisme. Un totalitarisme à l'italienne ?*, Paris, Fondation nationale des sciences politiques, 1988.

2

L'Allemagne nazifiée

Les succès de la propagande nazie

Henri Burgelin

L'arrivée d'Adolf Hitler au pouvoir, le 30 janvier 1933, est célébrée par les nazis comme l'aurore d'une ère nouvelle et révolutionnaire. L'appareil de propagande transforme le pays au point de tromper nombre de contemporains sur la nature véritable du régime et sur ses soutiens sociaux. Presse, radio et cinéma sont mobilisés pour convaincre le monde que le peuple allemand enthousiaste emboîte le pas au guide qu'il s'est donné. Des cérémonies grandioses tendent à prouver que, dans une époque déchirée par les luttes économiques et sociales, l'Allemagne hitlérienne a fondé la société unanimiste dont beaucoup d'Européens rêvent alors. Après avoir été l'instrument essentiel de la prise du pouvoir, cette propagande et la terreur qui l'accompagne deviennent le principal mode de gouvernement des nazis.

En 1919, Hitler se découvre des dons de tribun en même temps qu'une vocation politique. Il est alors militaire et chargé d'insuffler à ses camarades une foi nationaliste propre à les détourner de la révolution socialiste. Lui-même se forge une doctrine en matière de propagande, doctrine étayée par de nombreuses lectures, dont *Psychologie des foules* de Gustave Le Bon, paru en 1895. L'idée centrale de Hitler est simple : lorsqu'on s'adresse aux masses, point n'est besoin d'argumenter, il suffit de séduire et de frapper. Les discours passionnés, le refus de toute discussion, la répétition de quelques thèmes assenés à satiété constituent l'essentiel de son arsenal propagandiste, comme le recours aux effets théâtraux, aux affiches criantes, à un expressionnisme outrancier, aux gestes symboliques dont le premier est l'emploi public de la force. Ainsi, quand les SA brutalisent leurs adversaires politiques, ce n'est pas sous l'effet de passions déchaînées, mais en application des directives permanentes qui leur sont données.

Après son adhésion au minuscule Parti ouvrier allemand d'Anton Drexler, en septembre 1919, Hitler prend très vite un ascendant considérable sur les fondateurs du mouvement grâce à son talent oratoire. C'est pourtant contre ses vues que le parti adopte, en février 1920, un programme qui demeurera celui des nazis jusqu'à la fin. Hitler se soucie peu d'être lié par un programme, mais il sait introduire dans celui du NSDAP (Parti national-socialiste des travailleurs allemands) des promesses opportunes : l'abolition des grands magasins au profit des petits commerçants, une profession de foi en faveur de la propriété privée et même une allusion au « christianisme positif ». Il a déjà choisi la cible de sa propagande : les classes moyennes, laminées par la crise économique que traverse alors l'Allemagne. Il s'oppose ainsi aux éléments ouvriéristes qui dominent à l'origine le parti, même si tous les adhérents s'accordent sur un nationalisme intransigeant.

Le putsch manqué du 9 novembre 1923, à Munich, fait de Hitler un homme politique de dimension nationale. Héros de la guerre de 1914-1918 et ancien chef d'état-major de Hindenburg, Ludendorff cautionne le coup de force à ses côtés. Mais, inculpé principal au procès de février 1924, Hitler se fait connaître comme un véritable leader de l'extrémisme de droite en Allemagne. Peu lui importe donc que le parti soit momentanément dissous, il ne travaille que pour lui-même.

Le parti de l'ordre contre le communisme.

Le condamné met à profit les neuf mois passés dans la prison de Landsberg pour rédiger *Mein Kampf* et camper ainsi son personnage politique. Cette autobiographie, émaillée de considérations éthiques, sociales et politiques, décrit en effet un homme de convictions, pétri d'indignations et de haines. Hitler assimile son destin à celui du peuple allemand : il a subi comme lui les épreuves du chômage et de la guerre, et sa vocation d'« artiste » s'est heurtée au conformisme social d'une bourgeoisie dominée par les Juifs. En d'autres termes, le complot de l'étranger et des Juifs, qu'ils soient socialistes ou capitalistes, est à l'origine des malheurs de sa patrie. Sa conduite héroïque au cours de la guerre, qui lui a valu des décorations sans qu'il dépasse le grade de caporal, fait de lui un Allemand à part entière et lui assure la sympathie des anciens combattants, même s'il est né en Autriche. Tiré à des millions d'exemplaires et généreusement distribué, *Mein Kampf* fondera le culte de la personnalité de Hitler après son arrivée au pouvoir.

De fait, la période de l'immédiat après-guerre, avec la crise de 1920 puis l'inflation galopante de 1923, offre un terrain de choix à la propagande hitlérienne. A partir de 1924, en revanche, le rétablissement de l'ordre économique et politique se révèle désastreux pour le futur Führer. Reconstitué sous sa direction en 1925, le parti se développe cependant dans toute l'Allemagne et les SA recrutent suffisamment pour combattre les milices socialistes et communistes. Mais jusqu'en 1929, il ne recueille que de 1 à 6,5 % des voix lors des élections dans les Länder et encore moins lors des élections nationales. Le NSDAP est trop peu représenté pour pouvoir accéder fréquemment à la radio, les réunions publiques n'attirent que de maigres auditoires de convaincus et le journal du parti, le *Völkischer Beobachter,* compte peu de lecteurs.

La violence de la propagande nazie pallie le manque d'effectifs. Elle abonde en attaques personnelles et calomnieuses contre les hommes de Weimar, constamment accusés de trahir l'Allemagne au profit de l'étranger ou des Juifs. Le chancelier Gustav Stresemann, signataire avec le Français Aristide Briand des accords de Locarno en 1925, passe ainsi pour un « vendu » parce qu'il a une femme juive. Des fables scandaleuses sont inventées de toutes pièces pour discréditer les dirigeants accusés de n'être pas vraiment Allemands.

Tout change à partir de la grande crise qui surgit brutalement dès la fin de 1929. Hitler fait preuve de flair politique en axant sa propagande sur les trois groupes sociaux qui souffrent le plus du désastre économique : les chômeurs, les paysans et les classes moyennes. Il est aidé en cela par deux nouveaux adeptes : le journaliste Joseph Goebbels et l'écrivain Walter Darré, défenseur de la paysannerie. Chargé en 1930 de préparer les élections en milieu rural, Darré s'exécute avec une sincérité dont la plupart des nazis sont dépourvus. Il a enfin trouvé un parti qui accepte de défendre ses idées agrariennes, bien différentes, cependant, de ce qu'avait été jusqu'alors l'idéologie nazie. Ainsi, c'est sur les thèmes de la défense de la propriété agricole, de l'aide de l'État à la production et du soutien des prix que le NSDAP obtient 18,2 % des voix en septembre. Le voilà devenu un grand parti, susceptible de participer au gouvernement. La radio est désormais ouverte à Goebbels.

De 1930 à 1932, les nazis tentent de gagner la confiance de tous les milieux de la société allemande. Les frères Strasser, animateurs de la tendance socialisante du parti, s'adressent au monde ouvrier tandis que Hitler et Goering fréquentent les hommes d'affaires, soucieux d'acquérir une nouvelle respectabilité. Mais les principaux agents de la propagande sont les SA conduits par Röhm, un ancien officier, héros de la guerre et chef des corps francs de Bavière en 1919-1920.

Face à une agitation ouvrière croissante, ces troupes de choc se substituent à la police pour rétablir l'ordre, aux prix de bagarres sanglantes. Bien plus que les affiches et les discours violemment anticommunistes et antisocialistes, ce sont la répression et la provocation qui imposent le NSDAP comme le parti de l'ordre et le rempart du Reich contre le communisme. Les propos socialisants de certains nazis ont peu de poids dans les milieux ouvriers. En revanche, les conservateurs, obnubilés par le danger bolchevique, n'hésitent pas à offrir leur argent et leurs suffrages au parti qui devient le premier du pays en juillet 1932, avec 37 % des voix.

La conquête du pouvoir par Hitler résulte ainsi largement de l'usage cynique qu'il sut faire d'une propagande fondée sur le mépris : mépris de ses camarades politiques dont il abandonne le programme à son gré et dont il trahit les préoccupations ouvriéristes ; mépris de ses concitoyens auxquels il promet toute chose et son contraire, changeant de style selon les lieux, les moments et les publics. Les seules constantes des discours hitlériens sont l'antisémitisme et la xénophobie.

L'arrivée de Hitler à la chancellerie, le 30 janvier 1933, ne modifie pas sa conception de la propagande mais augmente les moyens dont il disposait jusqu'alors et lui donne de nouveaux objectifs : munir le Führer d'un pouvoir absolu et étouffer toute opposition. La terreur joue à ces fins un rôle décisif. Il s'agit de détruire les organisations sociales qui échappent au contrôle du parti et de l'État, d'amener les individus à adhérer au nouveau régime en les persuadant qu'il n'est pas d'autre voie pour vivre dans la société allemande.

Véritable inspirateur de la propagande, Hitler en est aussi le centre lors de ses apparitions publiques, de ses discours et de ses interventions radiodiffusées. La presse et les actualités cinématographiques entretiennent un culte de la personnalité auquel il prête ses talents d'acteur, soigneusement cultivés par un travail d'étude des poses qu'il prendra face au public ou à la caméra.

L'architecte Albert Speer est le metteur en scène attitré des grands spectacles aux cours desquels le Führer galvanise son peuple. Il construit des stades gigantesques et orchestre les jeux de la foule, de sons et de lumières ; il utilise les projecteurs de l'armée pour créer des voûtes de rayons lumineux à mille mètres au-dessus de la tribune d'où son chef harangue des masses en uniforme.

Les spectateurs étrangers hostiles au régime sont eux-mêmes impressionnés par la magnificence de ces cérémonies. Elles soulignent la communion du peuple et de son Führer qui contraste avec les divisions de l'époque weimarienne. La principale manifestation, la Diète nationale du parti, est célébrée à Nuremberg. Les autres commémorent les grands moments de l'histoire du NSDAP et rendent hommage aux morts, héros de la guerre ou du nazisme qui se sont sacrifiés pour la régénération de l'Allemagne. Tard dans la soirée, le discours de

Hitler déchaîne l'enthousiasme. Ces liturgies colossales laissent à chacun le sentiment que toute réflexion critique l'isolerait d'une communion nationale manifestée avec une ampleur et une solennité jamais atteintes, vécue dans une tension unanime et répercutée par la radio et par une presse illustrée d'excellente qualité technique.

Les discours de Hitler visent à provoquer une tension paroxystique. Ils ne définissent aucune politique, ne présentent aucun grand dessein, mais se contentent d'exprimer des indignations pour provoquer les réactions de la foule, interpellée par des alternatives simplistes. « Voulez-vous la paix ? », rugit Hitler : « Oui ! » hurle à pleins poumons le public. Jamais les propos hitlériens n'exposent rationnellement une situation, ne proposent un projet de société. Ils en appellent toujours aux passions qui fondent l'adhésion unanime.

La diffusion de l'idéologie nazie est confiée à Joseph Goebbels, nommé en mars 1933 ministre de l'Information et de la Propagande. Cet énorme ministère englobe en fait tout ce qui concerne la culture. Après des études de littérature allemande poussées jusqu'au doctorat, Goebbels écrivit plusieurs romans dont aucun éditeur ne voulut. A la recherche d'un gagne-pain, il exerça ensuite des activités variées et acquit une certaine expérience du journalisme. Sa rencontre avec Hitler, en avril 1926, est une véritable conversion. Il lui restera fidèle jusqu'à son suicide dans le bunker de la chancellerie en mai 1945, contrairement aux autres dirigeants nazis. Goebbels dispose d'un talent oratoire remarquable quand il parle à la radio, alors que, dans les réunions publiques, il est défavorisé par sa petite taille et son pied bot. Mais il excelle dans tous les genres : ton grave, appel au sentiment, véhémente dénonciation des adversaires du régime, violentes attaques des « complots » capitalistes, communistes et juifs. Amateur très éclairé de cinéma et metteur en scène de grands spectacles politiques, il met toute son ardeur au service de Hitler.

Cette propagande ne peut être vraiment efficace qu'à condition de priver les Allemands des sources d'information et des formes d'expression non contrôlées par les nazis. Pour atteindre ce but, il faut isoler le pays de l'extérieur et empêcher toute diffusion d'opinions hétérodoxes, y compris celles que contiennent d'anciennes publications nazies, voire hitlériennes, si elles contredisent les objectifs du moment. La politique économique du Reich, qui limite strictement les importations, permet d'éliminer les journaux, films et livres étrangers du marché. Seule la radio franchit les frontières. Mais pendant toute la durée du IIIe Reich, l'écoute des stations étrangères est interdite, présentée comme un acte d'inféodation à l'ennemi, aux Juifs, accusés d'inspirer un complot antiallemand et d'exercer une influence néfaste sur les médias. Dénoncer les auditeurs de radios étrangères, sur qui s'abattent de lourdes sanctions, est considéré comme un acte de civisme.

L'instauration d'une économie dirigée permet d'autre part de réduire au silence les oppositions intérieures. La distribution du papier, notamment, est contingentée ; la radio et la production cinématographique sont entièrement contrôlées par l'État. Dès 1933, les bibliothèques publiques sont épurées des ouvrages classés comme subversifs, soit en raison de leur contenu, soit parce que leurs auteurs sont Juifs ou réputés ennemis du Reich. Les autodafés où brûlent des milliers de livres manifestent l'acharnement des nazis. Par prudence, beaucoup d'Allemands cachent alors ou détruisent les œuvres suspectes qu'ils possèdent. Les professions concernées par l'édition sont placées sous le contrôle du gouvernement qui crée une Chambre des écrivains, une Chambre des journalistes et une Chambre des cinéastes. Refuser d'appartenir à l'une de ces corporations, dont la carte professionnelle peut être retirée à tout moment, revient à s'interdire de travailler.

Dans de telles conditions, la censure préalable devient inutile. Soucieux de maintenir une certaine diversité dans le style, de façon que chaque journal s'adresse à son public dans les termes qui lui conviennent, Goebbels déclare : « Que chacun joue de son instrument, pourvu qu'ils jouent la même musique. » Lui-même et ses collaborateurs se chargent de recevoir les journalistes à qui ils présentent la version officielle de l'actualité. Tout article hétérodoxe est puni en vertu d'une loi non écrite, donc parfaitement arbitraire. Il suffit qu'un journaliste soit accusé de trahir les intérêts de la patrie, du peuple allemand ou de la race aryenne pour être emprisonné, avec ou sans jugement. On comprend que la presse se montre docile dès 1933.

Dans les domaines littéraire et artistique, Goebbels tente d'étoffer le groupe des zélateurs du régime, cherchant en particulier à attirer certains peintres expressionnistes. Mais Hitler ne l'entend pas ainsi, soit en raison de ses goûts personnels, soit parce qu'il perçoit l'éventuel effet subversif et incontrôlable de l'art moderne, soit encore parce qu'il veut rassurer une population méfiante à l'égard des nouvelles formes d'expression artistique. Le nazisme défend des valeurs solides, une morale traditionnelle et un art qui n'offusque personne, tout en utilisant des techniques modernes. L'art national-socialiste vise à exalter la grandeur du régime par son gigantisme et sa glorification de l'héroïsme, non par la recherche ou la nouveauté.

La littérature, le théâtre, le cinéma et les beaux-arts revêtaient un éclat tout particulier sous la République de Weimar, où dominait un art inspiré par la contestation de la société bourgeoise. Comme les écrivains Thomas et Heinrich Mann, le poète Kurt Tucholsky, le cinéaste Fritz Lang, le peintre Ernst Kirchner ou le fondateur du théâtre moderne, Bertold Brecht, nombre d'artistes quittent l'Allemagne dès 1933. Ceux qui restent acceptent les concessions nécessaires : ils cessent de produire ou ne publient que des œuvres anodines, à l'instar du romancier Ernst Jünger ou des peintres Otto Dix et Emil Nolde, quand ils ne prêtent pas leur plume au régime, comme Hans Carossa. En 1936, une exposition des « arts dégénérés » est censée dévoiler l'horreur de l'expressionnisme, inspiré de l'art nègre – et souvent représenté par des artistes juifs –, mais elle n'obtient qu'un succès limité. Au reste, ce rejet de l'expressionnisme n'empêche pas les nazis de lui emprunter ses techniques, en particulier pour les affiches, évocations frappantes et simplifiées d'un message violent.

Un certain nombre de littérateurs et d'artistes exaltent le régime et ses valeurs : travail, famille, héroïsme, sport. En fait, le IIIe Reich ne comptait pas beaucoup sur leurs contributions qui restent sans intérêt. En revanche, la propagande nazie insiste sur le goût de Hitler pour l'art et sur le caractère universel de son génie. Un recueil de dessins et d'aquarelles du Führer, œuvres médiocres et conventionnelles, est ainsi publié en 1936.

Cinéphiles passionnés, Goebbels et Hitler sont persuadés que le grand écran est l'instrument idéal pour endoctriner les masses. Le contrôle de la production est facile, étant donné son coût : déjà concentrée entre les mains de quatre compagnies, elle est réduite à une seule en 1942. La Chambre nationale du film impose une réglementation extrêmement stricte dans le domaine financier ainsi que dans ceux de la production et de l'emploi.

Projetées obligatoirement dans toutes les salles de cinéma, les actualités hebdomadaires revêtent une importance particulière. Ces documentaires constituent l'un des moyens de persuasion les plus efficaces. La puissance des images, souvent composées avec beaucoup de talent, l'emporte de loin sur celle de l'écrit et du discours. La production de films de fiction est également très soignée. Ils glorifient la nation allemande et son passé héroïque (*Frédéric le Grand* de Veit Harlan), l'obéissance aux chefs (*Le Triomphe de la volonté* de Leni Riefenstahl), les vertus publiques et privées (*Le Retour* de Gustav Ucicky), la simplicité des mœurs et la diffamation des ennemis anglo-saxons, bolcheviques et juifs (*L'Oncle Krüger* de Hans Steinhoff, *GPU* de Karl Ritter ou *Le Juif Süss* de Veit Harlan).

Conçues comme des éléments essentiels du décor théâtral propre au IIIe Reich, la sculpture et l'architecture tiennent une place importante dans l'art de propagande nazi. Mais parmi les nombreux projets, peu sont réalisés. Au moins le gigantesque stade de Nuremberg témoigne-t-il du caractère grandiose de ces rêves de pierre. Architecte et ami personnel du Führer, Albert Speer prétend pouvoir exercer pleinement son talent créateur sous la direction de Hitler, sans toutefois mesurer vraiment son rôle dans l'établissement du totalitarisme, si l'on en croit ses *Mémoires*.

En dépit de son culte des valeurs traditionnelles de la famille, de la paysannerie et de l'héroïsme militaire, le nazisme entend accomplir une « révolution de la pensée ». A la culture du XIXe siècle, trop imprégnée de l'exemple français à son gré, il oppose une culture issue du peuple germanique, un art susceptible de parler à tous et non plus à une élite, un « langage du sentiment » où la propagande doit tenir sa place tout en demeurant « invisible ». Le cinéma est le vecteur privilégié de cette culture populaire dont le moralisme bon marché contraste singulièrement avec l'immoralisme intégral affiché par le parti. Car si le IIIe Reich proclame la grandeur et les vertus des familles, il leur arrache les enfants pour les embrigader dans les Jeunesses hitlériennes.

L'un des grands thèmes de la propagande nazie est l'avènement d'un homme nouveau, vivant selon une éthique libérée des apports du rationalisme et de l'intellectualisme, du libéralisme et du marxisme d'origine juive. Pur aryen, il est un homme simple, qui se satisfait d'actes de bravoure et de l'obéissance à ses chefs. Ce modèle humain présenté dans les mouvements de jeunesse fournit leurs héros aux films nazis et aux artistes. L'apologie du sport impose ce surhomme à la société alors que les succès internationaux des athlètes allemands semblent témoigner de la réussite du nazisme.

Les Jeux olympiques qui se déroulent en 1936 à Berlin, dans un immense stade bâti pour la circonstance, marquent l'apogée du régime. L'organisation sans faille, le mélange de manifestations nazies et de compétitions sportives constituent autant d'apports à la propagande. Une cinéaste de talent, Leni Riefenstahl, en tire un grand film, *Les Dieux du stade*. C'est la première fois qu'une démonstration sportive permet une pareille exploitation politique.

Avant la guerre, Hitler se sert également de l'appel au sacrifice pour faire accepter à la population l'augmentation considérable des dépenses d'armement et la pénurie des biens de consommation. Pendant la guerre, l'effort militaire demande encore des sacrifices au peuple allemand pour assurer la victoire finale. Il ne s'agit donc pas seulement d'un renoncement légitime, dans l'espoir d'une société meilleure ou d'un Reich dominant l'Europe pour mille ans, mais d'un sacrifice qui trouve sa justification en lui-même, une vertu propre à la race aryenne. S'il rencontre peu d'écho auprès des anciennes générations, cet appel est entendu par les plus jeunes qui espèrent, jusqu'à l'effondrement complet du Reich, que Hitler trouvera un moyen de renverser la situation. Ils acceptent la mort avec la conviction qu'elle est la plus haute expression de leur vocation d'Allemands.

A côté des messages destinés à la collectivité des Allemands, une propagande active vise à persuader chacun en particulier que l'État se préoccupe de son sort. Le monde ouvrier, le plus rétif au IIIe Reich, a perdu toute possibilité de revendication, de participation à la gestion des entreprises et de contestation. Si son revenu moyen s'améliore, ses conditions de travail empirent. Pour convaincre les ouvriers que le nazisme veille à leur bien-être, un « battage » considérable est fait autour de l'organisation du « Secours d'hiver », qui distribue la soupe populaire aux chômeurs et est patronnée par le parti, puis autour des grands travaux, comme la construction des premières autoroutes, qui contribuent à résorber le chômage. Les corporations rassemblant patronat et salariés sous le contrôle de l'État sont censées résoudre les antagonismes de classe. L'association « La force par la joie » met ainsi sur pied des croisières en mer du Nord où patrons et ouvriers se côtoient devant les caméras.

Mieux disposée à l'égard du régime, la paysannerie n'est pas mieux traitée, bien que constamment louée par la propagande nazie qui, l'opposant à la population urbaine, l'érige en archétype du germanisme et de ses vertus.

Quel est l'impact réel de la propagande nazie sur les Allemands ? Tout indique qu'une très large fraction de la population conserve un sens critique aigu et que, même si nul n'ose s'attaquer en public aux maîtres de l'heure, une grande partie de la société reste consciente du caractère mensonger de leurs propos. L'antidote le plus répandu, c'est la « bonne histoire » qui les tourne en ridicule : colportée de bouche à oreille, elle dit tout bas le refus de gober tout ce que racontent les journaux et la radio. Mais cela ne signifie pas que la propagande soit inefficace auprès d'une jeunesse fanatisée par la *Hitlerjugend* par exemple. L'isolement de l'Allemagne dans le monde et celui de l'individu dans la société nazie ne permettent pas de distinguer le vrai du faux, et le matraquage médiatique ne reste pas sans effet.

Objectif du nazisme :
l'obéissance des Allemands.

L'Allemagne tout entière ne manifeste un réel enthousiasme à aucun moment des douze ans de pouvoir de Hitler et, de ce point de vue, la propagande totalitaire échoue. Mais le but du régime n'est pas là. L'essentiel, pour lui, est que les Allemands obéissent et, à de rares exceptions près, ils le font jusqu'au bout, c'est-à-dire jusqu'au massacre parfaitement vain de centaines de milliers d'hommes, à un moment où la défaite est inéluctable. Sans la propagande, le Führer ne serait sans doute pas parvenu à un tel résultat qui atteste, par son absurdité, de l'efficacité des méthodes de Goebbels.

La violence est l'instrument par excellence de la politique étrangère nazie dans laquelle la propagande joue un rôle non négligeable, bien que secondaire. Ultra-nationaliste, le national-socialisme n'est pas un bon article d'exportation. En outre, il n'a jamais les moyens, même dans les pays occupés, de provoquer l'éclatement de la société traditionnelle, préalable indispensable au succès de sa propagande. Hors des pays occupés, les marges de manœuvre de celle-ci sont extrêmement limitées. De rares individus se laissent séduire par les thèmes nazis, et Hitler se trompe lorsqu'il espère que les minorités allemandes des États-Unis empêcheront leur pays d'adoption d'entrer en guerre contre leur patrie d'origine. Son ignorance du monde extérieur ne le prépare pas à y entretenir une action idéologique efficace.

Vaincus ou alliés, les pays occupés par les armées du Reich subissent une intense propagande destinée à faire accepter au peuple la politique de collaboration de ses dirigeants. Dès qu'ils contrôlent de nouveaux territoires, les nazis y introduisent leur censure et mettent la main sur la presse, la radio, la production et la distribution cinématographiques. Ils martèlent un leitmotiv : la cause défendue par l'Allemagne est celle de l'Europe, menacée par la ploutocratie internationale, les Juifs et le bolchevisme. L'exaltation du héros allemand corrobore l'évocation de conditions de paix plus favorables qui seraient accordées au pays s'il choisit la collaboration, notamment économique. Comme en Allemagne, cette propagande est associée à des mesures de terreur, particulièrement cruelles en Pologne et en Russie occupée. Les victoires nazies sont mises en exergue alors que la résistance locale est assimilée à un terrorisme, essentiellement mené par des communistes et des étrangers.

Cependant, malgré l'intégration de ces pays au territoire économique du Reich, malgré le soutien apporté aux mouvements fascistes locaux, la désintégration de la société traditionnelle ne peut être menée à son terme. Les cadres des partis et des syndicats dissous, les Églises, les mouvements de jeunesse exercent une contre-propagande. Au reste, les populations réalisent très vite la contradiction entre le discours et la réalité que révèlent la tyrannie, l'exploitation économique, le mépris des peuples et de leurs dirigeants, même fascistes. Jamais ces pays ne sont totalement isolés de l'information venue de Londres, de Suisse ou de Moscou, et nulle part, sauf peut-être en Finlande et en Roumanie, le sentiment national ne se mobilise pour la cause de l'Europe hitlérienne.

Ni l'inflexible volonté du Führer, ni la supériorité intrinsèque de la race germanique ne deviennent des articles de foi. Les gouvernements qui s'associent au Reich dans la guerre s'empressent de traiter avec l'adversaire dès que le territoire national est envahi. Aucun ne nourrit d'incroyables espoirs dans les armes nouvelles promises par la propagande nazie et aucun ne veut surtout que son pays sombre dans le cataclysme final, comme Hitler sait encore le faire accepter aux Allemands.

Ce ne sont pas les seules techniques modernes de la propagande, pourtant très bien mises au point par les nazis, qui expliquent son succès, mais l'adaptation assez remarquable de ses thèmes à ce qu'une large fraction de la population allemande souhaite entendre à un moment de son histoire. Certes, l'emprise du nazisme sur la société ne s'explique pas sans l'utilisation des moyens d'expression contemporains. Mais elle bénéficie aussi de circonstances favorables : le déracinement des ruraux, l'urbanisation rapide du pays, le développement des moyens de transports avaient donné naissance à une société de masse. Hitler réussit fort bien à adapter son action publicitaire aux possibilités que lui offrait cette société où l'homme, diminué par la révolution industrielle, avait soif de vérités sommaires et rassurantes.

A force de tout subordonner au paraître et à la manipulation des masses, le nazisme n'a rien créé de durable, ni en Allemagne, ni à l'extérieur. Il était vide de contenu. Il fut la victime de cette propagande qui l'a entraîné à la démesure, au crime et à la catastrophe parce qu'il n'existait que par elle.

Orientation bibliographique

Karl Dietrich Bracher, *Die Deutsche Diktatur-Entstehung, Struktur, Folgen des National-sozialismus,* Cologne-Berlin, Kiepenheuer und Witsch, 1969 ; trad. fr. : *La Dictature allemande, naissance, structure et conséquences du national-socialisme,* Toulouse, Privat, « Bibliothèque historique », 1986.

Jean-Marie Brohm, *Jeux olympiques à Berlin,* Bruxelles, Complexe, 1983.

A. Bullock, *Hitler ou les mécanismes de la tyrannie,* Bruxelles, Marabout, 1980.

Francis Courtade et Pierre Cadars, *Histoire du cinéma nazi,* Paris, Éric Losfeld, 1972.

Joachim Fest, *Hitler,* Paris, Gallimard, 1973 (trad. de l'allemand).

Adelin Guyot et Patrick Restellini, *L'Art nazi, un art de propagande,* Bruxelles, Complexe, 1983.

Kunst und Kultur im Dritten Reich. Eine Dokumentation, von Joseph Wulf, ouvr. coll., Gütersloh, Sigbert Mohn Verlag, 1962-1964.

David Schoenbaum, *La Révolution brune. Une histoire sociale du IIIe Reich, 1933-1939,* Paris, Robert Laffont, 1979 (traduit de l'allemand).

J.-P. Stern, *Hitler, le Führer et le peuple,* Paris, Flammarion, 1985.

Repères chronologiques

20 avril 1889	Naissance de Hitler à Braunau.
1907	Hitler s'installe à Vienne et échoue à l'examen d'entrée à l'École des beaux-arts.
1913	Hitler s'installe à Munich.
16 août 1914	Hitler s'engage comme volontaire dans l'armée allemande.
Septembre 1919	Hitler devient membre du Parti ouvrier allemand (DAP) à Munich.
29 juillet 1921	Hitler est président du Parti national-socialiste des travailleurs allemands (NSDAP).
9 novembre 1923	Échec du « putsch de la Brasserie », à Munich, réprimé par la police bavaroise. Hitler est arrêté.
20 décembre 1924	Hitler est libéré. Il a écrit en prison la première partie de *Mein Kampf*.
14 septembre 1930	Le NSDAP remporte 18,2 % des voix aux élections générales et 107 sièges au Reichstag.
Mars-avril 1932	Devenu citoyen allemand, Hitler est candidat à l'élection présidentielle. Il remporte 36,7 % des voix au second tour.
31 juillet 1932	Le NSDAP obtient 37 % des suffrages et devient le premier parti du Reichstag.
30 janvier 1933	Hindenburg nomme Hitler chancelier du Reich.
24 mars 1933	Vote des pleins pouvoirs au gouvernement.
29-30 juin 1934	« Nuit des longs couteaux » au cours de laquelle les SA et les dirigeants de la « gauche » du NSDAP sont massacrés.
2 août 1934	Mort de Hindenburg. Hitler cumule les fonctions de président et de chancelier et reçoit le serment de fidélité des militaires. Un référendum approuve cette concentration des pouvoirs par 90 % de « oui ».

Promesses et réalisations sociales du IIIe Reich

Hans Mommsen

L'effondrement du « Reich millénaire » le 8 mai 1945, jour de la capitulation, marqua l'inévitable fin d'un vertige d'illusions et de promesses non tenues. Car jamais la confrontation entre espérances et réalités politiques ne fut si violente que sous le IIIe Reich. Toute tentative de réécrire l'histoire à partir du postulat que le régime aurait pu survivre à l'épreuve de la guerre est donc foncièrement erronée.

En effet, le IIIe Reich ne fit pas seulement la démonstration de son incapacité à tenir ses engagements, même de façon ponctuelle. Poussé par sa propre nécessité intérieure, il se lança dans une radicalisation cumulative des buts et des moyens de sa politique. Chaque fois, cette fuite en avant anéantit les succès partiels qu'il avait obtenus, tels que la conquête de l'hégémonie en Europe centrale ou le rétablissement de la stabilité économique.

Le décalage entre les objectifs initiaux présentés par la propagande nazie et les effets concrets de la politique nationale-socialiste fut particulièrement criant dans le domaine de la politique économique et sociale. En matière de rentabilité et de main-d'œuvre, l'agriculture devint l'enfant mal aimé de l'économie nationale-socialiste. Grâce à la « bataille » agricole, à l'emploi accru d'engrais et à la limitation des importations des denrées alimentaires, la production augmenta, mais les profits ne gonflèrent pas dans la même proportion. L'endettement des paysans grossit et le retard de la rationalisation persista.

Par rapport à la situation existant sous la république de Weimar, les résultats de la colonisation agraire restèrent dérisoires. La politique économique nationale-socialiste ne parvint pas à enrayer l'exode rural. Au contraire, la mécanisation forcée provoqua un départ excessif de main-d'œuvre, si bien que l'activité agricole ne put se poursuivre que grâce au recours à des volontaires pour les moissons et, pendant la guerre, grâce à l'utilisation des prisonniers russes. Les rêves de colonisation agraire massive élucubrés par Alfred Rosenberg à son ministère de l'Est, et la mission assignée aux équipes de colons mises sur pied par Himmler, ne tenaient compte ni du manque d'hommes ni des contraintes qui s'opposaient à tout retour à une structure économique préindustrielle.

La politique hitlérienne eut un effet tout aussi contradictoire sur l'artisanat et sur les petites et moyennes entreprises. La raréfaction des matières premières et des devises affecta en premier lieu les industries de transformation utilisatrices de produits importés. La propagande officielle faisait de l'artisan indépendant le modèle social de l'Allemand au travail. Or les entreprises artisanales profitèrent très peu de la politique de réarmement, qui déboucha inévitablement sur la concentration des contrats publics accordés à quelques très grosses entreprises de l'industrie lourde. En outre, les limitations effectives imposées à la consommation par la baisse du pouvoir d'achat et par le blocage des salaires empêchèrent tout décollage économique de l'artisanat et de la petite industrie.

Après le retour au plein emploi, en 1936, la pénurie de main-d'œuvre profita pleinement aux classes moyennes industrielles et artisanales, jusqu'au moment où la guerre conduisit à des fermetures d'usines et à des redéploiements au bénéfice de la grande industrie. Au lieu de réduire la tendance à l'accumulation du capital, elle accéléra ainsi le mouvement général de concentration amorcé avant la Première Guerre mondiale aux dépens des classes moyennes.

Dans le secteur des services publics, le régime nazi ne tint pas non plus compte des espérances suscitées par sa propagande antérieure à 1933. Avec la loi du 7 avril 1933 sur la reconstitution d'une fonction publique de métier, le gouvernement du Reich s'était ouvertement attaqué au nivellement de la fonction publique et au recours croissant à des personnes qui lui étaient extérieures. Les mesures d'épuration ne contribuèrent cependant nullement à l'amélioration de la position sociale et institutionnelle des fonctionnaires. Les réductions de salaires introduites par le gouvernement Brüning en 1932 furent maintenues, les agents des services publics se virent fréquemment supplantés par les hommes du parti et ne réintégrèrent pas ce rôle de support exclusif de l'État qu'ils revendiquaient. Les instances inférieures du NSDAP se lamentaient de leur manque d'influence sur l'appareil d'État, mais les fonctionnaires eurent souvent l'impression d'être des Cendrillons vouées à accomplir des travaux rebutants dans l'indifférence générale. Si les cadres de rang élevé avaient eu à se plaindre d'un relatif déclassement social sous la république de Weimar, après 1933 ils se virent plus encore confrontés à l'intrusion d'étrangers. Ceux-ci étaient nommés à des positions supérieures, en raison de leur appartenance au NSDAP et à la SS, au mépris de toutes les règles de promotion. En outre, les fonctionnaires durent supporter la pénurie de personnel et l'absence de relève dues à la guerre, ainsi que l'aggravation de leurs conditions de travail.

Dans les années de crise économique, la propagande nationale-socialiste avait promis que le régime nazi établirait un équilibre social nouveau et abolirait les oppositions de classes. Il est inutile de préciser davantage à quel point la destruction des syndicats et leur remplacement par le Front du Travail (1ᵉʳ mai 1933) privèrent les ouvriers d'instances représentatives dignes de ce nom, face à des patrons promus « Führer » de leur personnel, conformément au vocabulaire du nouveau régime. Les conseils de gestion des entreprises mis sur pied par le Front du Travail et qui comportaient des représentants du personnel n'eurent jamais la confiance des salariés. La NSBO (Organisation nationale-socialiste de salariés), qui défendait des objectifs plus nettement syndicaux, fut reléguée au second plan, et la responsabilité de la fixation des traitements et salaires confiée aux responsables de l'administration du travail, qui agissaient en tant que représentants du ministère de l'Économie. Les hausses de salaires furent contenues à l'aide de mesures de blocage. Elles ne purent être évitées complètement en raison de la construction de la ligne Siegfried et de la pénurie de plus en plus sensible de main-d'œuvre. Mais le revenu des ouvriers se dégrada nettement, dans la mesure où seules certaines branches profitèrent du *boom* économique.

Le NSDAP avait aussi pris l'engagement de créer un ordre social plus juste. Il limita donc les dividendes et la répartition des profits. Mais le régime se borna à cette mesure formelle et renonça à toute atteinte plus profonde au système économique capitaliste, même s'il soumit l'économie d'entreprise à un contrôle étatique renforcé, au nom du réarmement et de l'économie militaire. Les célébrations du 1er mai, où patrons et salariés défilaient côte à côte, se voulaient l'expression de l'abolition de l'opposition capital-travail. La terminologie du régime entretenait cette fiction : tous les Allemands se trouvaient désormais unis au service de la « Communauté du peuple » (« *Volksgemeinschaft* »).

Or, ce sont les salariés qui firent les frais d'un système économique régi par les nécessités de la guerre, même si l'introduction du livret de travail et les innombrables formes de travail obligatoire ne parvinrent pas à réduire complètement leur mobilité. L'élaboration de nouvelles conventions collectives avec la participation du DINTA (*Deutsches Institut für technische Arbeitsschulung*, « Institut de recherche sur le travail », créé initialement par le patronat allemand en 1926) qui avait été placé sous l'autorité du Front du Travail, ainsi que le renforcement de la discipline intérieure des établissements et de la contrainte du travail – en cas de besoin, on recourait aux services de la Gestapo contre les travailleurs nonchalants ou récalcitrants pour lesquels furent créés spécialement des camps d'éducation au travail – concoururent fortement à la dégradation de la condition des salariés.

Mais l'essentiel des coûts de la sanglante politique de

guerre dans le secteur de la production fut supporté par les diverses catégories de travailleurs forcés, prisonniers de guerre et détenus des camps de concentration, employés dans des conditions le plus souvent inhumaines et dont le nombre finit par atteindre huit millions. Cela, ajouté à l'exploitation économique forcenée des territoires occupés à l'Est, ainsi qu'à la réquisition des économies d'Europe occidentale, permit à la population allemande de ne pas avoir à subir tout le poids de la guerre, et notamment de ne pas mobiliser complètement la main-d'œuvre féminine. La vocation de la Sécurité sociale, dont le contrôle échut de plus en plus au Front du Travail, changea radicalement : au lieu de limiter l'exploitation des travailleurs et de garantir leur santé ainsi que leur revenu, elle devint un instrument destiné à assurer la productivité de l'individu. Handicapés sociaux, personnes âgées et malades se voyaient rejetés dans le groupe des asociaux et finalement inclus en partie dans le programme d'euthanasie. La politique sociale traditionnelle disparut. Les salariés allemands furent astreints à un impératif productiviste teinté de biologisme, destiné à mobiliser toutes les énergies au service du régime.

Quant aux autres groupes soumis à une discrimination sociale ou religieuse, ils furent exclus du système de protection auquel ils pouvaient prétendre antérieurement.

Et l'Allemagne devint un vaste camp de travail...

Le IIIe Reich ne concrétisa jamais l'utopie sociale à dominante agrarienne des idéologues nationaux-socialistes de la veine d'Alfred Rosenberg. Dans les dernières années de son existence, il ressemblait au contraire à un vaste camp de travail hiérarchisé en niveaux différents. Sous la pression des attaques aériennes, il tendit également à séparer les travailleurs de leurs familles, que l'on évacuait vers des régions moins visées par les bombardements, en dépit de la résistance des ouvriers qui cherchaient par tous les moyens à rejoindre les leurs. En contradiction avec les engagements pris, la durée du travail ne cessa de s'élever pendant la guerre, jusqu'au moment où tout accroissement supplémentaire se heurta à la résistance des travailleurs.

Après la période de chômage massif, engendré par la crise de 1929, le retour au plein emploi, vers 1935, constitua un succès psychologique et factuel réel du régime nazi. Ce n'est que plus tard que les travailleurs firent l'expérience de réductions rampantes, directes et indirectes, du niveau de vie. Au cours de la guerre, la consommation privée se réduisit finalement de près d'un tiers. La disponibilité en logements, en vêtements, en biens industriels d'usage courant diminua constamment et, à partir de 1944, les industries de biens de consommation travaillèrent exclusivement pour la Wehrmacht. La fraction supérieure des couches moyennes fut relativement moins atteinte que la masse des ouvriers par cette évolution. Le nivellement des inégalités sociales, thème récurrent de la propagande officielle, ne se traduisit donc, dans les douze années que dura le régime, que par un appauvrissement, dont souffrirent particulièrement les victimes des bombardements et les réfugiés, en raison de l'impossibilité de remplacer les objets de nécessité courante et du peu de signification d'un dédommagement financier en de telles circonstances.

Il n'y eut donc pas de révolution sociale pendant le IIIe Reich, non plus d'ailleurs que de renouvellement complet des élites, même si la répression qui frappa des pans entiers des milieux dirigeants après l'attentat manqué contre Hitler le 20 juillet 1944 les « écréma » sérieusement. C'est que l'élite montante du national-socialisme s'intégra aux élites traditionnelles – à l'exception de quelques groupes fanatisés, qui, grâce au soutien idéologique que leur accorda Hitler, parvinrent à exercer une influence démesurée. Subjectivement, les tensions entre les classes se réduisirent quelque peu, dans la mesure où le système permit des promotions sociales. En effet, la pénurie de main-d'œuvre due au réarmement devint endémique pendant la guerre en raison de la nécessité de mobiliser une part de plus en plus grande de la population. Pour les ouvriers des industries d'armement, l'utilisation croissante de travailleurs étrangers et de prisonniers de guerre soviétiques, destinée à pallier cette pénurie, se traduisit par une promotion sociale : le personnel allemand permanent se voyait en général affecté à des postes de maîtrise et de surveillance dans les plus grandes entreprises.

Dans de nombreux secteurs, le régime nazi constitua un Eldorado pour les technocrates en voie d'ascension sociale. La meilleure illustration de ce phénomène reste l'exemple de l'architecte Albert Speer, promu ministre de l'Armement. Paradoxalement, le dilettantisme et l'anti-intellectualisme typiques du national-socialisme n'excluaient pas qu'il encourage un certain professionnalisme. Dans les domaines militaire, médical, technique, et dans la justice, on stimule les initiatives individuelles, à condition qu'elles respectent les grandes lignes politiques du régime. L'exploitation inimaginable des détenus des camps de concentration par d'innombrables groupes industriels, tout comme l'efficacité démesurée de la justice militaire, prouvent assez que le IIIe Reich a su s'attacher les loyaux services de certaines professions. Face à ces groupes en ascension, l'ancienne classe moyenne, qui avait attendu de Hitler la restauration de ses privilèges sociaux, se retrouva sur une voie de garage.

Le régime nazi accéléra donc un reclassement déjà amorcé antérieurement, sans pour autant modifier les hiérarchies sociales de fond en comble. La mobilité, accrue du fait de la guerre, contribua indirectement à la modernisation de la société et mit fin à des isolats sociaux traditionnels. Mais le régime s'avéra totalement incapable de donner un sens positif à ce changement en cours. Les promesses qui avaient permis à Hitler et à son entourage de s'imposer continuèrent à relever de la pure fiction. On assista en fait à l'enrichissement démesuré des catégories qui soutenaient le régime. Elles cédèrent à une corruption sans limites et détruisirent, outre les fondements institutionnels de l'appareil d'État dont elles s'étaient emparées, les règles de promotion de l'administration publique.

En somme, le régime ne cessa de s'éloigner de cette *Volksgemeinschaft* qu'il avait appelée de ses vœux. Le corollaire du « règne des bonzes », que la population dénonça avec tant d'amertume, était la corruption. Grâce à elle, les « faisans du parti » purent bénéficier d'un marché noir en plein développement et mener une existence dorée insupportable en regard des restrictions matérielles imposées à la majorité de la population.

Le système nazi survécut en faisant supporter aux peuples vaincus le poids de la guerre et de l'agression. Il limita ainsi le mécontentement de la population allemande, un mécontentement que Hitler voulait éviter par-dessus tout, car il avait encore présent à l'esprit le souvenir de la révolution de novembre 1918, provoquée justement par un peuple épuisé, à la fin de la Grande Guerre. La réalisation des promesses sociales du IIIe Reich, formulées notamment dans le programme *Kraft durch Freude* (« la force par la joie ») du Front du Travail, supposait que l'économie allemande ne manque ni de devises ni de matières premières. Or l'abondance de ces ressources est incompatible avec la conduite d'une guerre. La production de la Volkswagen, conçue d'emblée comme une automobile populaire destinée au marché civil, illustre cette contradiction. Face à la pénurie de carburant et à l'affectation d'une part croissante des ressources à l'économie de guerre, la vision de Ferdinand Porsche – une motorisation générale de la population allemande – ne pouvait être, provisoirement du moins, qu'une utopie.

Au lieu de l'équilibre social promis, de la hausse du niveau de vie, de la consolidation des classes moyennes, du ralentissement de l'urbanisation et du renforcement des structures agraires, la société fut peu à peu livrée au Moloch d'une économie de guerre relativement mal coordonnée et pas même efficace, où triomphaient des tendances exactement inverses. Les grands rêves de l'idéologie nazie – la famille paysanne, la vie proche du sol natal, le cantonnement de la femme dans son rôle de mère, l'idylle paysanne et villageoise – n'avaient plus grand-chose à voir avec la réalité du IIIe Reich. Celui-ci évolua peu à peu vers une société industrielle, dans sa forme la plus pure et la plus perverse : l'anéantissement de l'individu par le travail.

Le *Volksgenosse* (le citoyen), et non plus seulement l'esclave venu de l'Est ou de l'Ouest, membre d'une des innombrables catégories de travailleurs forcés, ne valait plus qu'une fonction de sa capacité à consacrer sa force de travail à la nation. La politique sociale et son pendant biologique, l'euthanasie, furent mis au service exclusif de l'intensification de la production, et non de son humanisation. La darwinisme social, autrement dit la lutte de tous contre tous, résume bien la réalité sociale du IIIe Reich, que les images romantiques diffusées par la propagande nazie parviennent mal à camoufler.

Orientation bibliographique

Sur la politique sociale du national-socialisme.

Andreas Kranig, *Lockung und Zwang. Zur Arbeitsverfassung im Dritten Reich*, Stuttgart, 1983.

Timothy Mason, *Sozialpolitik im Dritten Reich. Arbeiterklasse und Volksgemeinschaft*, Opladen, Westdeutscher Verlag, 2e éd. 1977.

Detlev Peuker et Jürgen Reulecke, s.d., *Die Reihen fast geschlossen. Beiträge zur Geschichte des Alltags unterm Nationalsozialismus*, Wuppertal, 1981.

Marie Luise Recker, *Nationalsozialistische Sozialpolitik im Zweiten Weltkrieg*, Munich 1985.

Carola Sachse, Tilla Siegel, Hasso Spode et Wolgang Spohn, *Angst, Belohnung, Zucht und Ordnung. Herrschaftsmechanismen im nationalsozialistischen Deutschland*, Opladen, 1982.

David Schoenbaum, *La Révolution brune*, Paris, Laffont, 1979 (traduit de l'allemand).

Tilla Siegel, « Rationalisierung statt Klassenkampf. Zur Rolle der Deutschen Arbeitsfront in der nationalsozialistischen Ordnung der Arbeit », dans Hans Mommsen et Susanne Willems, s.d., *Herrschaftsalltag im Dritten Reich. Studien und Texte*, Düsseldorf, 1988, p. 97-224.

Ronald Smelser et Robert Ley, *Hitler's Labor Front Leader*, Oxford, New York, Hambourg, 1988.

Le grand capital a-t-il soutenu Hitler ?

Henry Rousso

« Nazisme et grand capital » : rarement deux termes auront été autant associés dans l'historiographie contemporaine jusqu'à former un couple indissoluble. Qui n'a appris à réciter avec l'*Arturo Ui* de Bertold Brecht la leçon édifiante de Hitler « agent du capital monopoliste » ? On se souvient de la famille Krupp, immortalisée par Luchino Visconti dans *Les Damnés*, et le nom IG Farben évoque irrésistiblement Auschwitz. Quelques hommes d'affaires et industriels prestigieux assis sur les bancs du procès de Nuremberg, et voilà le discrédit jeté durablement sur toutes les élites économiques allemandes. Est-ce à dire qu'elles furent toutes coupables, et si oui, de quoi ? Comme souvent, avec le recul et les progrès de la recherche, l'Histoire s'est dérobée aux schémas simplistes et a infirmé les poncifs d'origine marxiste qui dominaient les analyses de cette question.

Très tôt, l'ascension de Hitler a posé un problème théorique aux communistes. Et c'est dans le combat contre le nazisme, la « variante allemande du fascisme », que s'est constituée, après nombre d'avatars et de déclinaisons, la clef de voûte de l'analyse marxiste : « Le fascisme au pouvoir, c'est la dictature terroriste et ouverte des éléments les plus réactionnaires, les plus chauvins, les plus impérialistes du capital financier », selon la célèbre formule de Dimitrov[1]. Cette vision fut largement amendée et complétée après la Seconde Guerre mondiale. Dès la fin des hostilités, l'historien Daniel Guérin, reprenant ses analyses de 1936, mettait en lumière l'impossibilité de parler du « grand capital » au singulier, insistant sur les différences entre l'industrie lourde et l'industrie légère, une distinction désormais classique. De son côté, Charles Bettelheim montrait que l'« économie dirigée » nazie n'avait aucun caractère original. La nature capitaliste du système prévalait sur la nature idéologique du régime politique en place. De plus, le capitalisme contenait en puissance, de par sa structure même, les éléments qui avaient abouti à l'instauration du nazisme en Allemagne[2], démonstration savante de l'aphorisme brechtien : « Le ventre est encore fécond d'où a surgi la bête immonde. »

Récemment, l'historien américain David Abraham, un représentant du marxisme structuraliste, a rénové cette approche[3]. Il avance que la constitution d'un « capitalisme organisé », où l'État s'érige à la fois en agent économique et en arbitre des conflits sociaux, souleva de très profondes tensions dans l'Allemagne des années 1920. Les capitalistes se détachèrent progressivement de la république de Weimar à cause des concessions et des avantages qu'elle octroyait à la classe ouvrière et qui devenaient trop lourds à supporter, en particulier dans le contexte de crise économique. Puis, ils se tournèrent vers Hitler et le parti nazi, car les partis conservateurs et nationalistes traditionnels ne répondaient plus à leurs aspirations.

Ce revirement, qui se situe entre 1929 et 1933 et ne concerne que la frange la plus « monopoliste » du capital, s'explique non seulement par le conflit aigu entre la bourgeoisie et la classe ouvrière, mais également par les profondes divergences qui existaient au sein même des classes dirigeantes : conflits entre les agrariens et les industriels dont l'alliance traditionnelle du temps de l'Allemagne impériale (la *Sammlung*) avait été rompue après la Première Guerre mondiale ; conflits entre les industries lourdes cartellisées à tendance protectionniste et les industries de transformation, confrontées à la concurrence internationale et favorables à une meilleure insertion dans le marché mondial ; conflits de nature politique et sociale sur la nécessité des ententes avec les syndicats ouvriers. Cependant, aussi élaborée soit-elle, cette analyse repose sur des postulats historiques qui sont aujourd'hui remis en question : le soutien effectif et le financement du Parti nazi d'avant 1933 par le « grand capital », ou encore la nature organique des liens entre celui-ci et le régime nazi après la prise du pouvoir. Postulats inlassablement repris par de nombreux auteurs, marxistes ou non.

Si le débat revêt une telle importance dans le cas de l'Allemagne nazie, par comparaison aux autres régimes autoritaires ou fascistes, c'est parce que le capitalisme allemand a connu dès la période de Guillaume II, dans les années 1890, un très fort développement. Le grand patronat représentait une puissance considérable au sein de la société allemande, qui perdura après 1933, le capitaine industriel et financier constituant l'un des principaux pouvoirs de la « polycratie » nazie avec le parti, l'armée et la bureaucratie. Par « grand capital », on entend généralement les principaux actionnaires et dirigeants des plus importantes entreprises industrielles, commerciales et financières. Parmi elles, 158 sociétés avaient un capital social supérieur à 20 millions de Reichsmarks (RM) en 1927 : elles détenaient à elles seules plus de 46 % du capital total des sociétés par actions dont elles ne représentaient en nombre que 1,3 %. Les plus importantes, donc les plus influentes, étaient : le trust chimique de l'IG Farben ; Siemens et l'Allgemeine Elektricitäts-Gesellschaft (AEG) dans la construction électrique ; les Aciéries réunies (Vereinigte Stahlwerke), ainsi que Krupp et Hoesch, les grands trusts sidérurgiques ; les grandes banques telles la Deutsche Bank, la Disconto-Gesellschaft, la Dresdner Bank, etc. La plupart avaient atteint un très haut niveau de concentration : les *Konzerne*, groupes industriels à concentration verticale (l'IG Farben contrôlait toute sa chaîne de production chimique, de la source d'énergie au comptoir de vente) et les cartels, à concentation horizontale (les ententes entre les différentes sociétés du Cartel de l'acier leur permettaient de contrôler près de 80 % de la production intérieure).

Puissance économique, le grand patronat allemand était aussi une puissance politique du fait de la force de ses organisations professionnelles. Leur vocation était double : négocier avec les syndicats ouvriers (eux aussi très influents bien qu'également divisés en plusieurs tendances), rôle dévolu par exemple à l'Union des employeurs allemands (*Vereinigung der Deutschen Arbeitgeberverbände*) ; discuter des questions de politique économique avec le gouvernement et l'administration, tâche de l'Association de l'industrie allemande (*Reichsverband der Deutschen Industrie*), dirigée, à partir de septembre 1931, par Gustav Krupp von Bohlen und Halbach. Il était donc logique qu'un parti aspirant au pouvoir cherche à se ménager les faveurs de ces groupes de pression qui pesèrent très lourd dans le destin de la république de Weimar, ou, tout au moins, de ne pas les compter parmi ses adversaires résolus. Or le NSDAP en était, semble-t-il, assez loin.

De par sa vocation « ouvrière », en effet, le parti national-socialiste des travailleurs allemands n'avait guère de quoi susciter l'enthousiasme des grands industriels à l'origine. Dans son programme en 25 points de février 1920, les paragraphes économiques avaient été rédigés par Anton Drexler et surtout Gottfried Feder, un ingénieur connu pour sa théorie sur l'abolition de l'intérêt, défini comme le « loyer de l'argent ». Jusqu'en décembre 1934, après avoir occupé pendant dix-huit mois un poste insignifiant mais symbolique de sous-secrétaire d'État au ministère de l'Économie, Gottfried Feder fut la bête noire des industriels acquis à la cause hitlérienne et un épouvantail commode pour les autres. Le programme nazi demandait « la suppression des revenus obtenus sans travail et sans peine, et l'affranchissement de la servitude capitaliste », c'est-à-dire celle de l'intérêt (point 11), la confiscation des bénéfices de guerre (point 12), la nationalisation des Konzerne (point 13), la « participation » (sans autre précision) aux bénéfices des grandes entreprises (point 14), la remise des grands magasins à l'administration communale et leur location à bas prix aux petits commerçants (point 16), et une réforme agraire qui envisageait des expropriations à grande échelle (point 17). Enfin, le dernier point ébauchait un corporatisme sommaire en prévoyant la création de « Chambres professionnelles », courroies de transmission d'un « fort pouvoir central »[4]. Ni étatisation de l'économie, ni même programme cohérent, ces intentions ne visaient que des cibles traditionnelles dans le contexte de la crise du début des années vingt : les monopoles, les capitaux spéculatifs et « apatrides », les grands propriétaires agrariens.

A ce programme anticapitaliste du Parti nazi, s'ajoutaient les conceptions assez floues de son chef en matière économique et sociale. A ce sujet, la discussion reste ouverte : Hitler considérait-il que l'économie était une « chose d'importance secondaire », comme il le proclamait dans un discours de septembre 1922 ? Il est certain que, dans *Mein Kampf*, le sujet n'est jamais évoqué, sauf pour souligner qu'un parti voué tout entier à la *Weltanschauung* et qui s'occuperait de problèmes économiques risquerait de détourner son énergie des tâches politiques fondamentales. En revanche, une fois au pouvoir, Hitler se montra souvent intéressé par les questions touchant à l'économie du réarmement ou des matières premières, et il joua un rôle direct dans l'élaboration du Plan de quatre ans. Il ne fut cependant jamais un chaud partisan de la propriété privée, donc du système capitaliste traditionnel, et soutint sans discontinuer le primat de la politique sur l'économie. Mais alors pourquoi le monde des affaires aurait-il choisi d'appuyer Hitler et les nazis ?

L'analyse marxiste, qui ne voyait en Hitler qu'un simple instrument aux mains des capitalistes, considérait comme négligeable la réponse à cette question. Henry A. Turner, lui, l'a reprise dans un ouvrage récent en y répondant de façon nette : les archives du patronat allemand et du Parti nazi démentent la thèse selon laquelle le grand capital aurait apporté un soutien progressif et massif à Hitler avant les élections de mars 1933, donc *a fortiori* avant sa nomination au poste de chancelier. Et ce sur trois points essentiels : le ralliement des industriels au nazisme, le financement du NSDAP par de l'argent patronal et la constitution d'un groupe de pression pro-hitlérien dans les dernières années de la république de Weimar[5].

A partir de 1926, le Parti nazi se lança à la conquête

d'une certaine respectabilité. Par tactique, Hitler mit entre parenthèses les 25 points, car il s'adressait de plus en plus à des auditoires composés de dirigeants économiques. Ce fut le cas lors de la première rencontre d'Essen, le 18 juin 1926, suivie de trois autres en 1926 et 1927, comme lors de tournées dites « triomphales » dans la Ruhr à l'automne 1931, et plus encore lors de la rencontre au Club industriel de Düsseldorf, le 26 janvier 1932. Mais, si l'on en croit Henry A. Turner, la vision d'un Hitler « venant, parlant et conquérant » est un mythe forgé de toutes pièces par la propagande nazie. Le résultat de ces tournées fut au total assez maigre. Des ralliements, voire des adhésions au NSDAP, il y en eut mais très peu parmi les grands capitalistes, et encore moins parmi les personnalités qui pouvaient avoir une influence notable, en particulier au sein des puissantes fédérations professionnelles. Ces ralliements revêtirent toujours un caractère individuel, les grandes organisations patronales n'ayant jamais pris publiquement position en faveur de Hitler avant 1933.

Fritz Thyssen, fondateur et principal actionnaire des Aciéries réunies, fut le plus notable de ces adhérents. Il rejoignit le NSDAP en janvier 1931 par l'entremise de Goering, conséquence logique de ses positions ultranationalistes. Il avait d'ailleurs déjà soutenu le putsch de Munich[6]. Il fut le seul industriel d'envergure à s'engager sans réticence au côté de Hitler. D'autres capitalistes de moindre importance soutinrent le Parti nazi. Emil Kirdorf, industriel militariste et réactionnaire, surnommé le « Bismarck du charbon », adhéra au Parti nazi en 1927, à l'âge de quatre-vingts ans, pour en démissionner un an plus tard, échaudé par les thèses anticapitalistes toujours actives. Friedrich Flick, magnat de la Ruhr sans grands scrupules, qui arrosait de ses subsides tous les partis, y compris le Parti social-démocrate (SPD), tissa des liens en 1932 avec Heinrich Himmler. Membre du NSDAP en 1937, il fit partie de ces grands industriels qui devinrent les complices actifs du IIIe Reich. La présence des banquiers Emil Georg von Stauss et Kurt von Schröder ne traduisait pas une adhésion massive des milieux financiers, mais c'est à l'initiative de ce dernier et dans sa villa qu'eut lieu la rencontre décisive entre Hitler et Franz von Papen, le 4 janvier 1933, qui devait aboutir à la constitution d'un ministère de coalition dirigé par Hitler. D'où le rôle démesuré que lui a attribué l'historiographie classique.

On observa en revanche de nombreux ralliements de cadres et de patrons de petites et moyennes entreprises, beaucoup plus hostiles que les grands hommes d'affaires à la social-démocratie et aux syndicats ouvriers, donc plus sensibles au discours antimarxiste des nazis. On compte parmi eux d'importants dirigeants du IIIe Reich. Wilhelm Keppler, directeur dans une petite entreprise badoise, rallié en 1927, animateur du cercle portant son nom et chargé de la propagande dans le monde des affaires, devint en 1935 le conseiller économique de Hitler. Albert Pietzsch, un petit industriel munichois, fut placé à la présidence de la Chambre économique nationale du Reich. Otto Wagener, qui abandonna la direction d'une entreprise de machines à coudre pour être nommé en août 1929 chef d'état-major de la SA, fut promu par la suite chef de la section économique du NSDAP. A cette liste, il faut ajouter Walther Funk, éditorialiste économique à la *Berliner Börser-Zeitung*, qui fut ministre de l'Économie du Reich de 1937 à 1945.

Or, de tous ces noms, y compris Fritz Thyssen, aucun n'avait une influence ou une crédibilité suffisante pour attirer les grands milieux d'affaires dans l'orbite du Parti nazi. Seule exception de taille : Hjalmar Schacht, sans conteste le plus prestigieux des « compagnons de route ». Ce financier magicien de Weimar, auteur du spectaculaire redressement monétaire de 1924 après l'hyperinflation, se rapprocha de Hitler en septembre 1930, après avoir démissionné de la présidence de la Reichsbank. Schacht, comme l'ensemble de l'« opposition nationale » hostile au traité de Versailles et les cartels de l'industrie lourde, rejetait le plan Young de 1929, qui prévoyait un rééchelonnement des réparations mais non leur suppression.

Malgré ces ralliements et la propagande active de

Goering, de Schacht, de Thyssen ou du Cercle Keppler, le Parti nazi ne reçut jamais d'importants subsides du monde des affaires. Henry A. Turner conteste par exemple que Hugenberg, chef du Parti national populaire allemand et leader de l'« opposition nationale », ait drainé de l'argent patronal vers les caisses du Parti nazi, son rival direct, lors des élections de septembre 1930, qui marquèrent la progression spectaculaire de celui-ci au Reichstag.

Enfin, la constitution d'un groupe de pression patronal pronazi dans les dernières années de la république de Weimar relève aussi de l'interprétation abusive, sinon de la légende pure et simple. A l'automne 1932, avant les élections cruciales de novembre, les nazis menèrent une violente campagne anticapitaliste, populiste et proagrarienne qui incita nombre de grands industriels (Krupp, Albert Vögler, le directeur des Aciéries réunies, Siemens, etc.) à intervenir directement contre eux. Ils proposèrent ainsi, lors d'une réunion à Berlin, le 19 octobre 1932, l'unité de toutes les forces nationalistes et conservatrices *à l'exclusion du NSDAP*, et le soutien au chancelier von Papen.

Selon Henry A. Turner, cette politique contribua à faire reculer les nazis au bénéfice relatif de ses adversaires de droite. Le même auteur met en pièces un cliché toujours colporté dans la littérature sur le nazisme : l'adresse que Schacht envoya au président Hindenburg juste après les élections de novembre 1932, et qui demandait, au nom de grands dirigeants du monde des affaires, la nomination de Hitler au poste de chancelier. Or, révèle Henry A. Turner, aucun nom du grand capital industriel et financier n'accorda sa signature, à l'exception de Schacht lui-même, de Thyssen et du banquier von Schröder, tous trois connus depuis longtemps pour leurs sympathies nazies[7]. Enfin, il n'existe aucune preuve que la rencontre entre von Papen et Hitler, qui sonna le glas de la république de Weimar, ait été autre chose qu'une initiative personnelle du banquier von Schröder, voire, le doute subsiste, de von Papen lui-même. En tout cas, rien ne permet d'affirmer, comme le font depuis plus d'un demi-siècle la plupart des auteurs, que von Schröder ait agi sur l'injonction des milieux industriels avec lesquels il n'entretenait d'ailleurs aucune relation. Même Fritz Thyssen, le « patron nazi » par excellence, semble être resté dans l'ignorance des préparatifs de cette entrevue.

Au total, Henry A. Turner conclut non à la complicité mais à la passivité des grands industriels et financiers face à la nomination de Hitler. Bien que très divisés, la plupart étaient d'accord pour en finir avec le système parlementaire et pour favoriser l'avènement d'un régime présidentiel de nature plus autoritaire. Mais leurs préférences – et leur argent – allèrent beaucoup plus volontiers aux partis conservateurs et nationalistes. Leurs responsabilités dans l'effondrement de la république de Weimar n'en sont pas pour autant minorées, même si toutes les analyses récentes insistent sur les faiblesses de l'ensemble des partis politiques et des groupes sociaux face à la montée du nazisme[8]. Mais la perception traditionnelle du nazisme se trouve en revanche bouleversée. Le Parti nazi, parti de masse, comptant sur l'énergie et la mobilisation de ses militants, n'eut pas besoin de l'argent du grand capital pour accéder au pouvoir. Il ne fut donc pas, après 1933, débiteur envers les milieux d'affaires.

Complicité des milieux d'affaires ?

Dans les premières années du régime, les industriels s'accommodèrent assez bien de la nouvelle situation, au point de conclure une alliance tant avec l'État et le parti, qu'avec l'armée. Cette alliance se traduisit d'abord par la nomination de Schacht au ministère de l'Économie à l'été 1934. Dès 1933, il était redevenu président de la Reichsbank, poste qu'il conserva jusqu'en janvier 1939. Du 21 mai 1935 jusqu'en octobre 1936, il fut en outre plénipotentiaire général à l'Économie de Guerre. Or si Schacht n'avait pas entraîné de ralliements massifs avant 1933, il constitua un gage de sécurité pour des milieux d'affaires restés méfiants envers les projets des nazis. Cette alliance s'illustra ensuite par des soutiens importants des grands patrons au Parti nazi, alors minoritaire dans le ministère de coalition constitué le 30 janvier 1933. Le 20 février, Goering parvint pour la première fois à obtenir des fonds substantiels en vue des élections législatives de mars 1933. Le 23 mars, jour du discours d'habilitation de Hitler au Reichstag, après une séance orageuse, la puissante Association de l'industrie allemande proclama, sous la houlette de Gustav Krupp et les violentes pressions de Fritz Thyssen, sa confiance envers le nouveau gouvernement.

Ce revirement reposait en fait sur des intérêts communs plus que sur une communauté de vue. Hitler avait besoin des grands capitalistes pour mener à bien sa politique de réarmement et enclencher la lutte contre le chômage, qu'il exposa en personne aux industriels le 29 mai 1933. Ceux-ci comptaient sur le nouveau gouvernement pour assurer la stabilité économique, et surtout la stabilité sociale qui prit la forme d'une mise au pas de la classe ouvrière. Les premières lois promulguées par l'État nazi dans le domaine économique et social renforcèrent ainsi les structures capitalistes existantes. En juillet 1933, les lois sur la cartellisation et la concentration obligatoire entérinèrent la puissance déjà assise du capital monopoliste : entre 1931 et 1938, le nombre de sociétés par actions tomba d'environ 10 000 à un peu plus de 5 000, tandis que leur capital social moyen augmentait de 2,25 à 3,39 millions de Reichsmarks.

La loi sur « la préparation organique de l'économie allemande », de février 1934, réorganisait celle-ci sur des bases apparemment nouvelles. Elle regroupait d'une part les secteurs et les branches d'activité au sein de 7 *Reichsgruppen* et plus de 600 *Fachgruppen* et *Unterfachgruppen*. D'autre part, elle créait un réseau d'organisations territoriales : les 23 chambres économiques régionales, la seule réelle innovation, et une Chambre économique nationale du Reich. Mais, contrairement aux visées corporatistes de la tendance de gauche du parti, cette organisation fut essentiellement « horizontale » et non « verticale » : au lieu d'intégrer toute la chaîne de production, de l'ouvrier au patron, d'un même secteur ou d'une même branche, dans une organisation unique, elle établissait une séparation nette entre les sphères de direction et le monde du travail, renforçant de surcroît le pouvoir des monopoles. En vertu du *Führerprinzip* (principe du chef), les grands chefs d'entreprise voyaient leur autorité renforcée, tandis que les travailleurs étaient, eux, enrégimentés dans une organisation unique de type totalitaire : le Front du Travail (*Deutsche Arbeit Front*). Ces réformes furent d'ailleurs élaborées avec la volonté explicite de maintenir l'ossature des anciennes organisations patronales, alors qu'elles démantelaient celle des anciennes organisations syndicales ouvrières. Elles accrurent considérablement l'autonomie de la sphère économique, tout en la maintenant sous le contrôle étroit des appareils de l'État nazi, et marquaient l'abandon définitif des aspirations corporatistes, au grand soulagement des milieux d'affaires[9].

Dans cette première période qui va de 1933 à 1936, l'alliance entre les capitalistes et les nazis se concrétisa également par des gains de nature économique. La politique de blocage des salaires mit un terme à la pression que les revendications ouvrières faisaient peser sur les grandes entreprises allemandes : entre 1931 et 1938, la part des salaires dans le revenu national baissa de 58 % à 52 %, tandis que la part des bénéfices augmentait. Dans le même temps, les prélèvements fiscaux sur les profits industriels furent diminués : en 1932, ils étaient 3,5 fois plus importants que les prélèvements sur les profits individuels ; en 1936-1937, ils n'en représentaient plus que le double.

Si le grand capital allemand, comme le reste des élites dirigeantes, se voyait dans l'obligation de se soumettre à la férule de l'État et à celle de la politique hitlérienne, il n'en tirait pas moins de substantiels avantages, en particulier dans les secteurs bénéficiant des commandes publiques dans le cadre du réarmement. Mais c'est cette même politique, qui allait entraîner les premières réticences des milieux d'affaires.

Contrairement aux idées reçues, la mobilisation économique de l'Allemagne, qui s'accéléra en 1936-1937, fut toute relative. En 1938, les dépenses liées au réarmement se montaient à moins de 10 % du produit national brut.

Cette faiblesse, compte tenu des ambitions stratégiques du Reich, fut la conséquence de plusieurs facteurs. D'une part, les dirigeants nazis ne pouvaient accroître indéfiniment le volume des dépenses publiques, déjà multiplié par deux entre 1936 et 1939, sans risquer à nouveau l'inflation et donc la déstabilisation sociale. D'autre part, la difficulté de concilier les multiples intérêts politiques et économiques concurrents au sein du complexe « militaro-industriel » aboutit à l'inefficacité, voire à l'absence de réelle planification de l'économie de guerre, et ce jusqu'au tournant de la Seconde Guerre mondiale, en 1942. Enfin, la volonté de ne pas menacer la relative prospérité dont jouissait à nouveau la population allemande, à qui l'on ne demanda réellement des sacrifices que lors de la phase dite de « guerre totale », à partir de 1942-1943, se traduisit par un souci de produire autant de beurre que de canons, contrairement à une autre idée reçue, très répandue à l'époque, surtout en France.

Ces contraintes et ces choix expliquent très largement l'adoption de la stratégie dite du « *Blitzkrieg* ». Loin de n'être qu'une tactique militaire, une « guerre-éclair » utilisant de façon combinée l'aviation et les blindés, le « *Blitzkrieg* » constituait un véritable choix politique. Il permettait, dans la phase de préparation, entre 1936 et 1939, d'éviter une mobilisation économique générale, qui aurait pu menacer la stabilité du régime. Seuls quelques secteurs industriels clefs étaient invités à produire de façon intensive – l'acier, le charbon, l'aéronautique, la chimie –, le reste de l'économie échappant au carcan d'une économie de guerre.

Or cette politique souleva de grandes résistances au sein du monde industriel. D'une part, elle creusa un peu plus le fossé entre les industries lourdes et les industries de transformation, ces dernières étant victimes d'une véritable pénurie de main-d'œuvre. Ensuite, appliquée dans un cadre autarcique qui répondait plus à des impératifs idéologiques qu'économiques, elle aboutissait à des non-sens. Le Cartel de l'acier refusa ainsi en 1937 d'augmenter ses capacités de production et donc de soutenir l'effort de réarmement : l'obligation d'utiliser du minerai de fer allemand ne contenant que 26 % de métal au lieu du minerai suédois qui en contenait 46 %, augmentait les coûts de production ; les prix de vente risquaient de s'effondrer une fois le réarmement terminé, en raison de la surproduction. D'où certaines aberrations, illustrées par l'exemple de Krupp qui vendait à l'étranger des armes de qualité supérieure car elles étaient fabriquées avec un meilleur minerai que celles qu'il fournissait à la Wehrmacht. D'où, également, la constitution d'un secteur économique particulier, ni public ni privé, mais directement lié au Parti nazi, comme les Hermann Göring Werke, qui se chargèrent d'exploiter précisément certaines mines de fer allemandes, secteur n'obéissant pas à une logique de rentabilité économique. De même, l'IG Farben ne se lança qu'avec réticence dans la fabrication du caoutchouc synthétique (buna), compte tenu des prix de revient élevés, en jouant des rivalités entre Schacht, très hostile à la politique d'autarcie et donc aux ersatz, et les nazis Goering, Keppler et Funk.

Cette période fut donc marquée à la fois par la rupture de certains industriels et financiers avec la politique hitlérienne et par le renforcement des liens entre quelques grandes entreprises privilégiées et le nazisme, comme l'illustre le cas limite de l'IG Farben. Schacht abandonna ses responsabilités en matière d'économie de guerre en octobre 1936, et, à l'été 1937, démissionna du ministère de l'Économie. Goering prenait la tête de la pléthorique administration du Plan de quatre ans, dont le rôle ne cessa de croître, et Funk fut nommé ministre de l'Économie. Thyssen, très aigri, accusa Hitler en 1939 de mener le pays au désastre avant de s'exiler. A ces défections volontaires, s'ajoutait l'épuration des grands dirigeants d'origine juive. Ils furent écartés des responsabilités lors de l'aryanisation de l'économie allemande en 1937, à l'instar de Carl von Weinberg, vice-président du Conseil des Anciens de l'IG Farben, pourtant fervent partisan du national-socialisme, ou de certaines grandes figures, tel Paul Reusch, qui gravitèrent plus tard dans les cercles de l'opposition conservatrice. Cela étant, l'aryanisation fut, sous couvert d'idéologie et en dépit de certaines absurdités économiques, un moyen efficace de concentration et d'élimination de la concurrence, qui bénéficia à de grandes entreprises, telles la Dresdner Bank ou l'omniprésente IG Farben [10].

Cette évolution s'acheva au cours de la guerre. C'est essentiellement par le biais de l'exploitation des pays occupés que quelques secteurs, et surtout quelques entreprises, purent réellement tirer profit de leur complicité avec le IIIe Reich. Krupp utilisa par exemple la main-d'œuvre d'une soixantaine de camps de concentration ou de prisonniers de guerre. Dans l'ensemble des usines de l'IG Farben, près de 46 % de la main-d'œuvre était d'origine étrangère en 1944, tandis qu'à la même date le pourcentage s'élevait à 59 % dans les usines des Hermann Göring Werke.

Le principal mérite des recherches récentes, outre qu'elles ont rétabli la matérialité des faits, est d'avoir montré qu'il n'existait pas de lien mécanique entre le nazisme et le capitalisme, affirmation déterministe que l'analyse marxiste avait toujours posée en préalable. La transformation du capitalisme traditionnel en un capitalisme de type « néo-corporatiste », dans lequel les négociations entre l'État et des groupes d'intérêt constitués (syndicats ouvriers, organisations patronales) remplacent l'affrontement dual entre classes sociales, s'est amorcée, en Allemagne, dès la république de Weimar. Le nazisme, loin d'accompagner cette évolution, l'a au contraire contrecarrée, car il était issu, à l'origine, d'une révolte contre ce capitalisme « néo-corporatiste », révolte des laissés-pour-compte, des petits entrepreneurs hostiles aux négociations avec les syndicats, de tous ceux qui se trouvaient en dehors du jeu [11]. Une partie des milieux d'affaires, par hostilité à la république et parce que certains pensaient pouvoir contrôler Hitler, faute d'une autre solution conservatrice, a suivi le mouvement. Mais la plupart l'ont fait après 1933, et une minorité d'entre eux seulement est devenue la complice active du IIIe Reich après 1936-1937. Il n'est donc plus possible aujourd'hui de prétendre que c'est le système capitaliste qui a conduit l'Allemagne au nazisme. Parce qu'il reposait sur le principe intangible du primat du politique, parce qu'il imposait sa logique de destruction même aux élites qui l'avaient soutenu, le nazisme ne constitua pas l'El Dorado des capitalistes. Cela étant, parmi les couches sociales qui purent tirer avantage du système hitlérien, les industriels et les financiers qui choisirent l'alliance avec les nazis ne furent pas les derniers servis. Mais est-ce réellement une surprise ?

Notes

1. Rapport au VIIe Congrès de l'Internationale, 2 août 1935, dans *L'Internationale communiste et la Lutte contre le fascisme et la guerre, 1934-1939*, Moscou, Éd. du Progrès, 1980.

2. Voir Daniel Guérin, *Sur le fascisme,* t. II, *Fascisme et Grand Capital*, Paris, Maspero, 1971 (1re éd. 1936 et 1945) ; Charles Bettelheim, *L'Économie allemande sous le nazisme*, Paris, Maspero, 1971 (1re éd. 1946).

3. David Abraham, *The Collapse of the Weimar Republic, Political Economy and Crisis*, Princeton University Press, 1981 (2e éd. revue et corrigée : New York/Londres, Holmes and Maier, 1986). La 1re édition souleva une très violente polémique : Abraham fut accusé (de façon en partie justifiée) par H.A. Turner, G.D. Feldmann, et d'autres germanistes américains, d'avoir commis intentionnellement de graves erreurs dans l'utilisation de ses sources, à tel point qu'il fut « interdit de séjour » dans les universités américaines et perdit son emploi (Voir l'*American Historical Review* n° 88, 1983). Lors de la 2e édition, malgré les corrections, la polémique reprit de plus belle, portant cette fois sur la pertinence de la démonstration plutôt que sur le mauvais traitement des sources (cf. entre autres *The New York Review of Books*, 13 septembre 1987). Il est étrange qu'un tel débat, essentiel par sa nature comme par les questions soulevées, n'ait eu qu'un très faible écho en France.

4. Cf. le texte complet dans Martin Broszat, *L'État hitlérien. L'origine et l'évolution des structures du Troisième Reich*, Paris, Fayard, 1985, p. 573-576.

5. Henry A. Turner, *German Big Business and the Rise of Hitler*, New York/Oxford, Oxford University Press, 1985. Sur l'importance de cet ouvrage, voir le compte rendu de Philippe Burrin dans *Vingtième Siècle. Revue d'histoire*, n° 10, avr.-juin 1986, p. 129-130.

6. Ayant rompu avec les nazis en 1939, réfugié en Suisse puis en France où il sera livré aux nazis par Vichy, il fera une confession publique publiée aux États-Unis (*I paid Hitler*, New

York, 1941), dans laquelle il prétendra avoir donné « 100 000 marks-or » à Hitler, lors du putsch du 23 octobre 1923. H.A. Turner, preuves à l'appui, conteste cette allégation, de même qu'il conteste l'appui que Hugo Stinnes, un autre magnat de la Ruhr, aurait apporté au NSDAP naissant.

7. Beaucoup d'auteurs français et étrangers continuent d'écrire que cette adresse fut « signée par les grands noms de l'industrie allemande », dont Krupp, Siemens, Reusch, Bosch, etc. L'erreur provient d'une confusion entre l'adresse elle-même, dont H.A. Turner donne les 19 signataires *réels*, et un brouillon retrouvé dans les papiers de von Schröder, qui prévoyait de contacter une série de noms prestigieux, un document utilisé au procès de Nuremberg (J.A. Turner, *op. cit.*, p. 303 et 405). La pérennité de cette erreur est d'autant plus surprenante, notamment chez des historiens non marxistes, que le document original qui a permis de lever le doute a été découvert et publié en 1956 par des historiens d'Allemagne de l'Est.

8. Sur les reponsabilités des partis de gauche, voir la somme de H.A. Winkler, *Von der Revolution zur Stabilisierung. Arbeiter und Arbeiterbewegung in der Weimarer Republik, 1918 bis 1924*, 1984 ; *Der Schein der Normalität. Arbeiter und Arbeiterbewegung in der Weimarer Republik, 1924 bis 1930*, 1986 ; *Der Weg in die Katastrophe. Arbeiter und Arbeiterbewegung in der Weimarer Republik, 1930 bis 1933*, 1987, Bonn, Verlag JHW Dietz Nachf.

9. Sur ce point, voir l'analyse réalisée dès 1942 par Franz Neumann, *Béhémoth. Structure et pratique du national-socialisme, 1933-1944*, Paris, Payot, 1987, p. 229 *sq*.

10. Cf. Raul Hilberg, *La Destruction des Juifs d'Europe*, Paris, Fayard, 1987, p. 84 *sq*.

11. Sur ce point, voir notamment les analyses de Charles Maier, *Recasting Bourgeois Europe. Stabilization in France, Germany and Italy in the Decade after World War I*, Princeton University Press, 1975.

Orientation bibliographique

Nazisme, capitalisme et société allemande.

David Abraham, *The Collapse of the Weimar Republic. Political Economy and Crisis*, Princeton, Princeton University Press, 1981 (1re éd.) ; 2e éd. revue et corrigée : New York, Londres, Holmes & Maier, 1986.

Martin Broszat, *L'État hitlérien. L'origine et l'évolution des structures du Troisième Reich*, Paris, Fayard, 1985.

Charles Maier, *Recasting Bourgeois Europe. Stabilization in France, Germany and Italy in the Decade after World War I*, Princeton, Princeton University Press, 1975.

Timothy Mason, *Sozialpolitik im Dritten Reich*, Opladen, Westdeutscher Verlag, 1977.

Franz Neumann, *Béhémoth. Structure et pratique du national-socialisme, 1933-1944*, Paris, Payot, 1987 (1re éd. 1942 et 1944).

David Schoenbaum, *La Révolution brune. Une histoire sociale du IIIe Reich, 1933-1939*, Paris, Laffont, 1979 ; la traduction française inclut deux essais de H.A. Turner et T. Mason.

Arthur Schweitzer, *Big Business in the Third Reich*, Bloomington, Indiana University Press, 1964.

Henry A. Turner, *German Big Business and the Rise of Hitler*, New York/Oxford, Oxford University Press, 1985.

Sur l'économie de guerre.

Ludolf Herbst, *Der Totale Krieg und die Ordnung der Wirtschaft. Die Kriegswirtschaft im Spannungsfeld von Politik, Ideologie und Propaganda 1939-1945*, Stuttgart, Deutsche Verlags-Anstalt, 1982.

B.H. Klein, *Germany's Economic Preparation for War*, Cambridge Harvard University Press, 1959.

A.S. Milward, *The German Economy at War*, Londres, Athlone Press, 1965 ; *War, Economy and Society, 1939-1945*, Berkeley/Los Angeles, University of California Press, 1977.

Secteurs et entreprises.

John Gillingham, *Industry and Politics in the Third Reich. Ruhr, Coal, Hitler and Europe*, New York, Londres, Stuttgart, 1985.

P. Hayes, *Industry and Ideology. IG Farben in the Nazi Era*, Cambridge University Press, 1987.

N. Mühlen, *L'Incroyable Famille Krupp*, Paris, Buchet-Chastel, 1961.

Le cas de l'IG Farben

La nazification du grand capital.

L'évolution des relations entre les nazis et l'un des plus importants *Konzerne* de l'industrie allemande, illustre assez bien, même si elle constitue un cas limite, l'intégration progressive d'une partie du grand capital allemand à l'État hitlérien.

Jusqu'à la veille de la prise de pouvoir par Hitler, le Groupement d'intérêts des industries de matières colorantes (*Interessen Gemeinschaft der Farbenindustrie*) est une cible privilégiée du NSDAP qui l'accuse tour à tour d'être un instrument de la finance internationale, ou encore une « entreprise juive », l'« IG Moloch ». Ce n'est qu'à partir de 1932, par l'entremise de quelques cadres favorables aux nazis (Heinrich Gattineau et Heinrich Buetefisch), que cessent les attaques. Mais, comme la plupart des autres grands trusts, l'IG Farben ne participe pas aux tractations qui mènent à la nomination de Hitler au poste de chancelier.

En mars 1933, après la rencontre entre le directeur général Carl Bosch et Hitler, et malgré une violente altercation entre les deux hommes sur le refus de Bosch d'écarter les ingénieurs juifs, l'IG Farben commence à placer ses cadres dans l'appareil d'État nazi : Hermann Schmitz, adjoint de Bosch, devient député honoraire au Reichstag, Buetefisch est promu colonel dans la SS, tandis que Max Ilgner, neveu de Schmitz, participe à l'élaboration du programme secret de réarmement. En décembre 1933, l'IG Farben conclut un accord avec le gouvernement en vue d'accroître la production de pétrole synthétique, et, en 1936-1937, après l'élimination de Schacht, est adopté un programme similaire pour le caoutchouc synthétique. Dès lors, le trust chimique a le vent en poupe. A l'été 1936, Carl Krauch, le confident de Bosch, est nommé dans le cabinet de Goering. Il est responsable, au sein du Plan de quatre ans, du département Recherche et Développement des matières premières. Un autre cadre, Johannes Eckell, s'occupe de toutes les questions relatives à l'industrie chimique.

En 1937, alors que les dirigeants juifs sont éliminés, la plupart des cadres de l'IG Farben adhèrent au Parti nazi. Au sein du parti, comme de la Wehrmacht, l'influence du trust chimique devient considérable. Pendant la guerre, il bénéficie de l'exploitation des pays occupés, grâce aux accords forcés conclus avec ses anciens concurrents (par exemple en France, avec Kuhlmann, lors de la création de Francolor, en 1941), ou par l'utilisation des travailleurs du STO et des prisonniers de guerre. A Auschwitz-Monowitz, que l'IG Ferben administre conjointement avec la SS, des déportés sont employés à la construction d'une usine de buna, qui a tué des milliers d'hommes, et n'a jamais produit une seule tonne. L'IG Farben fournit en outre le tristement célèbre Zyklon B, utilisé dans les chambres à gaz d'Auschwitz-Birkenau.

Après bien des hésitations anglaises et américaines, 24 dirigeants et cadres de l'IG Farben sont jugés à Nuremberg, entre mai 1947 et mai 1948. Outre qu'elles s'appliquent à des crimes manifestes, ces inculpations permettent de limiter les poursuites contre d'autres industriels, l'IG Farben symbolisant, avec Alfred Krupp et Friedrich Flick, les responsabilités de l'ensemble de l'industrie lourde dans la conduite de la guerre hitlérienne. 12 dirigeants de l'IG Farben sont condamnés pour « esclavage, spoliation et meurtres collectifs » à des peines relativement légères (un à 8 ans de prison), dont Carl Krauch et Fritz Ter Meer, un des fondateurs. Le trust, lui, est démantelé en 1951, mais au profit des sociétés constitutives, dont BASF, Bayer et Hoechst. Celles-ci retrouveront dès la fin des années cinquante leur place parmi les plus grandes entreprises mondiales, grâce, en partie, à l'aide de capitaux américains.

H.R.

L'ordre nouveau règne à Berlin

Pierre Ayçoberry

Dans la soirée du 30 janvier 1933, à la lueur de milliers de torches, les SA (*Sturmabteilungen*, les troupes de choc nazies) défilèrent 6 par 6, en rangs serrés, et traversèrent tout le centre de Berlin jusqu'à la chancellerie pour y rendre hommage à leur chef. Adolf Hitler venait d'être désigné à la tête du gouvernement du Reich. Le comte Kessler, un aristocrate libéral qui assistait à cette manifestation, la jugea inquiétante : « Atmosphère de carnaval [...], une vraie parade militaire, la Wilhelmplatz bourrée de badauds. » Moins impressionné par la vulgarité des SA, leur discipline et leur ascendant sur la foule, l'ambassadeur de Grande-Bretagne ironisait le lendemain sur le bluff des nazis : ils prétendaient avoir fait défiler 500 000 hommes, alors que ses collaborateurs en avaient compté dix fois moins sur place. Gigantesque ou pas, la fête nocturne organisée par le chef régional (*Gauleiter*) du Parti national-socialiste, Joseph Goebbels, était triomphale. Les SA, qui mettaient la capitale du Reich à feu et à sang depuis des années en se distinguant lors de leurs combats de rue avec les communistes, les SA tenaient ce soir le haut du pavé. Ils avaient repris à leur compte la traditionnelle cérémonie militaire de la retraite aux flambeaux, ils s'affichaient comme les maîtres de la ville.

Depuis la fin de l'Empire, en novembre 1918, Berlin exerçait une sorte de fascination. En 1930, dans le cadre austère de sa *Géographie universelle*, le Français Emmanuel de Martonne écrivait par exemple : « Aucune des grandes villes d'Allemagne ne joue aussi bien ce rôle éclatant et dangereux, spécialité des capitales qui sont devenues vraiment des villes mondiales. » De fait, entre

1918 et 1922, Berlin avait joué ce « rôle dangereux », connu trois guerres civiles (la révolte des spartakistes, réprimée lors de la « Semaine sanglante » en janvier 1919, celle des communistes en mars de la même année et le putsch de Kapp en mars 1920) et été le théâtre de 300 assassinats politiques, sans que ces violences l'empêchent d'engager une course à la primauté culturelle et économique.

Alors que sous l'Empire l'activité intellectuelle et artistique s'était répartie entre cinq ou six foyers, la capitale exerça une attraction nouvelle dès les lendemains de la guerre. Les raisons en étaient matérielles (on n'y trouvait pas moins de 40 théâtres, et les principaux studios de cinéma), aussi bien que politiques (les émigrés russes s'y installaient par préférence, et de leur côté les autorités socialistes favorisaient l'art moderne, même si les artistes ne leur répondaient pas toujours par une sympathie inconditionnelle). Il n'est donc pas exagéré de considérer Berlin comme le centre de cet univers fascinant, la « culture de Weimar », durant ses phases successives, de l'expressionnisme à la « nouvelle objectivité », et dans des domaines aussi variés que le film, la mise en scène théâtrale ou les arts plastiques. Univers sans doute limité à quelques milliers de personnes, mais qui rayonnait sur le monde entier.

La République, acceptant ce que l'Empire avait toujours refusé, créa en 1920 le « Grand Berlin » (3 800 000 habitants sur 1 500 km^2) grâce à l'annexion de faubourgs semi-ruraux et de 7 villes satellites. Décision progressiste, prise par une majorité de gauche, mais qui devait accélérer des processus de croissance urbaine parfois malsains. Une fois passée l'impuissance des années d'inflation (1921-1923), la municipalité démocrate et socialiste paria sur la pérennité de la prospérité et recourut aux crédits américains pour financer le développement de la ville : élaboré par des architectes d'avant-garde, le plan d'urbanisme de 1925 présida à la construction de nouveaux quartiers avec de petits immeubles et beaucoup de verdure, qui tranchaient sur les sinistres « casernes de location[1] ». La multiplication des emplois créés par les entreprises municipales de transports et d'énergie, ainsi que par les écoles, suscita les craintes de la droite, épouvantée par cette « socialisation ». Mais elle permit d'augmenter la mobilité et la qualification de la main-d'œuvre, et favorisa par contrecoup le secteur privé.

Ainsi, à la fin des années 1920, Berlin comptait un million d'ouvriers, 700 000 employés et fonctionnaires, soit un dixième du total de la population active allemande. L'industrie de l'électricité et celle des métaux, fers de lance de l'économie berlinoise, étaient connues dans le monde entier. Et la seule « ville Siemens [2] », aux ateliers et aux bureaux ultra-modernes, employait 100 000 personnes.

La crise économique donna un coup d'arrêt à cette expansion. Dès 1929, le maire démocrate [3], compromis dans un scandale, dut démissionner et laisser la place à un ami du maréchal Hindenburg, président de la République. Les finances étaient grevées par le poids des dépenses d'aide aux chômeurs et l'interruption du flux des crédits étrangers, consécutive au krach boursier d'octobre 1929. En 1931, le gouvernement du *Land* (État fédéré) de Prusse, pourtant orienté à gauche, imposa son contrôle direct à la ville et renforça les pouvoirs du maire au détriment de ceux du conseil municipal.

La crise aggrava les violences de rue et les votes de protestation aux extrêmes. Lors d'une manifestation, le 1er mai 1929, la police – dirigée par des socialistes – tira sur les communistes, faisant de nombreux morts : quelques mois plus tard, aux élections municipales, le KPD (Parti communiste) rattrapa presque le SPD (Parti social-démocrate). De leur côté, exploitant les scandales et le désordre, les nazis firent entrer 13 des leurs au conseil municipal : petite troupe, mais décidée à saboter tout travail constructif. Cependant les partisans de Hitler étaient loin d'avoir gagné la « bataille de Berlin » : en novembre 1932, lors des dernières élections vraiment libres au Reichstag, ils ne remportèrent dans la ville que 26 % des voix, guère plus que les socialistes (23 %) et nettement moins que les communistes (31 %). Leurs résultats restaient presque aussi médiocres chez les bourgeois du quartier de Zehlendorf (29 %) que chez les prolétaires de Wedding (25 %). L'historien Hans Herzfeld a pu écrire que « Berlin ne s'était pas renié ». Le 30 janvier 1933, la manifestation des SA était donc plus une pétition de principe que la célébration d'une victoire. Berlin restait à conquérir.

Cette conquête de Berlin fournit justement un bon exemple des méthodes grâce auxquelles le NSDAP parvint à mettre la main sur des institutions où il était minoritaire. En effet, même lors des élections de mars 1933, en pleine terreur, il n'obtint que 86 sièges de conseillers municipaux sur 225. Les nazis contournèrent alors le problème de manière radicale en promulguant une loi qui substituait au conseil municipal une commission restreinte, choisie par le maire sur présentation du *Gauleiter*. Quant au pouvoir exécutif, il devint bicéphale : le maire, un conservateur, garda sa place, mais le *Gauleiter* Joseph Goebbels ne cessa plus d'intervenir dans les affaires de « sa » ville. Il commença par épurer le corps enseignant : 3 % des maîtres du primaire, 5 % de ceux du secondaire et 15 % de ceux du technique – sans doute plus « infecté » –, soit plusieurs centaines en tout, furent chassés. Après deux années de répit, imposé par les contraintes de la gestion municipale, l'appareil administratif fut à son tour nettoyé de ses éléments racialement et politiquement « impurs ». La ville avait ainsi été noyautée sans que l'apparence extérieure de ses institutions fût modifiée. En 1936, les spectateurs des Jeux olympiques purent même assister à une exposition sur « la commune allemande » qui feignait d'honorer la tradition germanique d'autonomie municipale.

Conquérir la masse des Berlinois était un programme autrement complexe. Les nazis s'efforcèrent de le réaliser en jouant simultanément sur l'enthousiasme que pouvaient susciter les valeurs de la « communauté du peuple » (*Volksgemeinschaft*), exaltées par la doctrine hitlérienne, et sur la peur. Car c'est dans la capitale du Reich que les mesures répressives prises entre février et juillet 1933 et qui fondèrent le totalitarisme hitlérien eurent le plus grand retentissement. En quelques mois, le peuple berlinois se trouva ainsi atomisé, coupé de toutes les structures collectives (partis, syndicats, presse, associations) sur lesquelles reposait son identité. C'est une erreur de croire, comme l'ont fait bien des contemporains et, plus tard, des sociologues à l'instar de Hannah Arendt, que les Allemands avaient déjà été réduits à l'état de foule amorphe par la Grande Guerre, l'hyperinflation puis la crise de 1929. Au contraire, les collectivités sociales de base – locales, philosophiques, professionnelles – étaient restées extraordinairement vivantes dans tout le pays. Ce sont ces premiers mois de 1933 qui permirent au régime d'en faire la table rase sur laquelle il comptait édifier un homme nouveau.

L'atmosphère qui régnait alors à Berlin nous est connue grâce aux notes journalières prises par des intellectuels, des hauts fonctionnaires, des diplomates et des journalistes étrangers, dont le plus célèbre est l'Américain William Shirer[4]. Dans ces commentaires des « milieux bien informés » on trouve des nouvelles cachées par la presse : perquisitions des SA ou des SS chez un ami, arrestations brutales, disparitions suivies parfois de réapparitions. On lit des observations admiratives ou navrées sur le sort et le comportement des étoiles de la vie berlinoise : les producteurs de la radio « fatigués et prêts à tous les compromis, des gens de trente ou quarante ans qu'épouvante cette lutte primitive pour la vie » (Jochen Klepper[5]) ; le pianiste Arthur Schnabel et le chef d'orchestre Bruno Walter interdits de concert « par souci de l'ordre public » ; Albert Einstein soupçonné de dissimuler des explosifs (le grotesque se mêlant au tragique). On retrouve enfin des exemples de courage : Wilhelm Furtwängler, qui refusa d'abord de remplacer Bruno Walter à la tête de l'orchestre philharmonique de Berlin (mais qui finit par céder afin de sauver la vraie musique), le chirurgien Sauerbruch, qui menaça d'émigrer si on le séparait de ses collaborateurs juifs et réussit à les garder ; moins illustres, les médecins de Köpenick, qui signèrent une pétition contre les massacres de la « Semaine sanglante » (21 au 26 juin 1933)[6].

Sur les réactions des masses, ces observateurs étaient

réduits à des remarques plus floues. Le romancier Hermann Kesten traduit bien l'incertitude des Berlinois lorsque, à peine arrivé à Paris, il décrit à son ami Ernst Toller[7] cette « antichambre de l'enfer : des voisins fort braves gens qui, en un tournemain, deviennent des assassins ; la majorité, qui ne comprend rien, n'a ni pressentiment ni ressentiment ». Une grave interrogation transparaît : l'antisémitisme officiel est-il partagé ? Au lendemain du boycott des magasins juifs (1er avril 1933), l'ambassadeur de Grande-Bretagne notait qu'il rencontrait beaucoup de gens choqués, mais que, dans les jours suivants, la sympathie à l'égard des victimes n'avait en rien progressé. Pourtant, certains prenaient déjà leurs distances vis-à-vis du régime.

L'« opposition berlinoise » au nazisme.

La résistance au sens précis, celle qui prenait des risques graves ne fut au début, à Berlin aussi, que le fait d'individus, de groupes politiques de gauche et d'extrême gauche, de communautés religieuses de base. Quant aux membres de l'élite intellectuelle et administrative – y compris ceux qui devaient plus tard se conjurer réellement –, ils étaient convaincus que le régime « révolutionnaire » nazi ne durerait pas. Ils étaient attachés aux valeurs traditionnelles, qu'ils s'efforçaient de préserver, et en particulier au nationalisme, de sorte que les premiers succès diplomatiques de Hitler les laissèrent mi-admiratifs mi-perplexes.

Prenons l'exemple des journalistes de la presse libérale. Dans les dernières années de la république de Weimar, les quotidiens berlinois représentaient une formidable puissance. Les trois grands *Konzern* (groupes), Mosse, Ullstein, tous deux à tendance républicaine modérée, et Scherl, poussé de plus en plus à droite par son directeur Hugenberg, le chef des nationaux-allemands, atteignaient des publics multiples, chacun publiant simultanément un grand journal sérieux et des « feuilles de boulevard[8] ».

La prise du pouvoir par Hitler bouleversa évidemment le paysage. Tandis que les organes communistes et socialistes étaient interdits, les rédacteurs de ces grands journaux modérés nourrirent quelque temps l'espoir de subsister dans des « niches », de petits espaces d'autonomie à l'intérieur du système. A la vieille *Vossische Zeitung* (pendant quelques mois), à l'illustre *Berliner Tageblatt* (pendant trois ans), on courba le dos, on accepta une épuration limitée et l'on inventa à l'usage des lecteurs cultivés un langage codé, ironisant sur les côtés grotesques de l'actualité, citant des réactions étrangères ou des phrases à double sens des grands auteurs classiques. Les défenseurs de cette tactique ambiguë de « camouflage » ont pu se flatter après coup d'avoir fait de la « résistance » intérieure, mais le rédacteur en chef du *Tageblatt*, plus lucidement, questionnait : « Est-ce que je contribue à la chute des nazis, ou bien est-ce que je renforce leur système ? »

Certains artistes, même au sein de l'avant-garde « décadente » des années 1920 vilipendée par l'extrême droite, crurent aussi qu'ils pourraient survivre dans le système nazi. Ils exploitèrent pour cela la rivalité entre la « Ligue de combat pour la culture allemande » fondée par le théoricien raciste Alfred Rosenberg, défenseur virulent du « sol et du sang », et la « Chambre de la culture du Reich » créée fin 1933 à l'initiative de Joseph Goebbels dont ils espéraient le soutien. Des étudiants des beaux-arts, des critiques, des conservateurs de musées réussirent ainsi à faire exposer les peintres August Macke et Emil Nolde ou le sculpteur Ernst Barlach en expliquant doctement que le « caractère nordique » de l'expressionnisme justifiait sa place dans le IIIe Reich. Les nazis orthodoxes commencèrent alors à dénoncer, non sans exagération, l'« opposition berlinoise » au sein du parti. Le conflit dut être tranché au plus haut niveau : au congrès de Nuremberg de l'automne 1934, Hitler condamna l'art moderne, et Goebbels céda, abandonnant ses préférences esthétiques. Désormais, la capitale fut livrée aux philistins. Alfred Rosenberg se vit confier la responsabilité de l'exposition suivante, et l'intitula « Le Peuple et la Terre ».

L'opposition religieuse commença, elle aussi, par se

perdre en dilemmes : devait-elle suivre, même imprudemment, les impératifs de la conscience, ou bien ruser pour préserver l'institution ? Dans leurs déclarations, les hiérarchies catholique et protestante balançaient entre l'approbation du « renouveau national » hitlérien et les réserves sur quelques excès regrettables – nourrissant ainsi sans le vouloir le mythe d'un Führer bienveillant mais mal entouré. Le surintendant de l'Église évangélique du Brandebourg, Otto Dibelius, mêlait ainsi l'enthousiasme nationaliste, l'anticommunisme, avec la répulsion pour le néopaganisme des « Chrétiens allemands »[9] et les appels à la clémence en faveur des persécutés. Sans doute cet « équilibre » ne parut-il pas satisfaisant, car il fut révoqué. Quant à Mgr Bares, l'évêque des 400 000 catholiques berlinois, il avait les mains liées par le concordat signé en juillet 1933 entre Hitler et l'Église catholique[10]. Ce concordat n'était que tromperie, comme on s'en aperçut le 30 juin 1934, quand le président de l'Action catholique de Berlin, Klausener, fut assassiné. Mais, même après ce crime, Bares se borna à recommander à son clergé « la réserve qui s'impose, sans oublier le bien de l'Église dans son ensemble ».

Le refus le plus net des chrétiens berlinois à l'embrigadement nazi fut le fait des mouvements de jeunes et de quelques paroisses. Au début de 1934, des jeunes protestants refusèrent de se laisser intégrer à l'organisation de jeunesse nazie. Au même moment, 1 500 jeunes catholiques, rassemblés pour une excursion en banlieue, défiaient la *Hitlerjugend* locale. Chez les adultes, la passivité initiale devant la domination des « Chrétiens allemands » fit place au scandale quand ceux-ci affichèrent leurs thèses sur la religion nordique et appuyèrent l'aryanisation du clergé. C'est alors que quelques pasteurs berlinois, Bonhoeffer, Niemöller à Dahlem, Jacobi à l'église de la Commémoration, purent regrouper des confrères et des laïcs dans les communautés de l'« Église confessante[11] », par-delà les divisions théologiques entre orthodoxes et libéraux.

Militants de gauche dans la clandestinité.

Parmi les partis politiques, deux seulement furent capables de résister : le Parti communiste et le Parti social-démocrate. Non que leurs dirigeants aient fait preuve d'une lucidité particulière. Les communistes se laissèrent surprendre par la rapidité de la répression et, dès le lendemain de l'incendie du Reichstag (27 février 1933), 1 500 permanents se retrouvèrent en prison, ou, pis encore, dans les locaux des SA. Ensuite, pendant deux ans, le Komintern persista à proclamer que l'adversaire principal était non le fascisme mais le socialisme, et à prêcher le soulèvement révolutionnaire, déclenchant chez les militants un activisme terriblement coûteux.

Au SPD (les sociaux-démocrates), le déchirement entre le bureau du parti, exilé, et les dirigeants restés sur place qui tentaient de sauver les meubles ne pouvait que désorienter la base. Il semble que certains militants socialistes aient été les premiers à comprendre que le IIIe Reich allait durer, et qu'avant de déclencher la révolution il fallait s'organiser dans l'illégalité. C'est alors que les anciens réseaux de camaraderie – amicales de loisirs, sociétés de funérailles, syndicats professionnels –, où l'étroitesse des rapports personnels offrait une garantie contre l'infiltration, furent réanimés. Dans certains syndicats, l'ex-premier secrétaire, trop connu pour prendre des risques, se cantonnait dans des tâches licites d'assistance aux familles des prisonniers ; mais son adjoint prenait contact avec les émigrés, et un troisième diffusait le journal clandestin, en même temps que des appareils à pression pour la bière, dans les auberges tenues par des militants : cinquante ans après Bismarck ressuscitait la *Kneipenkultur*, l'univers culturel et socialiste du bistrot. Cette activité était sans doute moins héroïque que celle des communistes, mais elle permit aux socialistes de tenir deux ans de plus avec moins de pertes et elle limita l'impact de l'idéologie officielle, au moins dans les grandes entreprises. Ainsi, en 1936 encore, les militants des ateliers du chemin de fer assuraient que les nazis avoués n'y représentaient que 10 % des ouvriers, le reste se partageant entre l'hésitation et le « refus passif ».

Rien de tout cela n'apparaissait évidemment au grand jour, même pas la répression, une fois la police unifiée et rationalisée. Il fallait être bien informé pour connaître le nombre des victimes : par exemple, au moins d'août 1935 et pour l'agglomération berlinoise, il y eut 119 arrestations pour « hostilité contre l'État et souillure raciale », 70 pour « agitation communiste », 68 pour « injures aux membres du gouvernement », 23 pour « préparatifs de haute trahison », 17 pour « diffusion de littérature illégale » et 11 pour « diffusion de fausses nouvelles sur de prétendues atrocités ». Extérieurement, le régime était maître de Berlin. De retour après cinq ans d'absence, en septembre 1934, William Shirer se disait exaspéré par « les incessants "*Heil Hitler !*", les talons qui claquent, les SA en chemise brune, les SS qui défilent en tous sens ». Six mois après, lors du rétablissement du service militaire (16 mars 1935), il observait la foule enthousiaste et concluait : « Il est bien peu d'Allemands qui, malgré leur haine du nazisme, n'acceptent cette mesure de bon cœur. La grande majorité apprécie ce pied de nez au traité de Versailles. » Et il est vrai qu'entre 1935 et 1937 le régime parut se consolider grâce à l'accumulation des succès extérieurs, à l'élimination du chômage et à une détente apparente sur le front religieux.

Urbanisme et gigantisme.

Dans ce IIIe Reich qui semblait appelé à durer, quelle devait être la place de Berlin ? Deux projets se succédèrent ou, plus exactement, se chevauchèrent. L'un consistait à afficher la continuité avec le passé, à faire de la capitale une vitrine « éclatante ». Les spectateurs des Jeux olympiques de 1936 se virent ainsi proposer, outre la mise en scène d'une factice fraternité sportive sur une musique de Richard Strauss, des services publics impeccables et toutes les richesses de la « ville de culture » : ses musées (on attendit octobre pour fermer la galerie d'Art moderne), ses 40 théâtres dont les plus grands maintenaient le répertoire classique, sa production cinématographique dont Goebbels écarta les films de propagande trop voyants. Mais Hitler semblait garder quelque méfiance vis-à-vis d'une ville trop enracinée dans le passé. Il refusa un projet de nouvelle extension urbaine avancé par le journal de Goebbels, refusa encore qu'on célébrât le 750e anniversaire de la fondation, sous prétexte qu'une cité importante devait fêter son millénaire, ou rien. Lorsque en 1937 chaque grande ville reçut un titre honorifique, Berlin fut proclamée « Capitale du Reich » – c'était bien le moins –, mais Munich resta « Capitale du Mouvement » et Nuremberg « Ville des Congrès du Parti ».

L'autre projet, esquissé dès cette date, visait à reconstruire un centre-ville entièrement neuf qui concrétiserait l'utopie nazie. Les théoriciens du parti, abandonnant leur phobie de la culture urbaine, venaient en effet d'élaborer une nouvelle philosophie de l'histoire, selon laquelle les villes auraient grandi à partir d'un noyau central : le siège du pouvoir politique et de ses manifestations. L'urbanisme consisterait donc désormais à remodeler les centres et non plus à humaniser les quartiers. En 1937, l'architecte Albert Speer, qui s'était fait apprécier à Nuremberg, fut nommé « inspecteur général pour les bâtiments et le remodelage de Berlin » et directement subordonné au Führer. De leurs conciliabules naquit d'abord la Nouvelle Chancellerie : les dimensions des pièces, la sévérité des matériaux, la lourdeur des portes toujours encadrées par deux statues ou par deux SS pétrifiés, symbolisaient déjà l'orientation du régime vers un style plus dur, ce que Pierre Milza appelle le « fascisme total ». Mais, contraint de respecter le tracé des rues, l'architecte n'avait pu donner aux façades l'ampleur souhaitée. Aussi, avant même la fin des travaux, Hitler fit-il dessiner, puis représenter en maquette, tout le centre du Berlin futur – une sorte de gigantesque Paris napoléonien qu'il voulait rebaptiser *Germania,* avec des avenues de cinq kilomètres, un dôme pouvant abriter des rassemblements de 150 000 personnes, un arc de triomphe de 120 mètres de hauteur, un palais du Führer de 600 mètres de longueur.

A sa demande, Albert Speer imagina même ce que donneraient les ruines de ces monuments, comme si le IIIe Reich, malgré sa prétendue éternité, devait sombrer fatalement dans la mort.

Guerre, pénurie, bombes et ruines.

La guerre vint, qui apporta d'autres ruines, bien réelles celles-là. Hitler pensa encore à Berlin tant qu'il fut victorieux : il s'y faisait acclamer lors des parades triomphales, dessinait des plans grandioses, comme celui de juin 1940 où le butin de la guerre de l'Ouest, notamment le wagon de Rethondes (dans lequel avait été signé l'armistice du 11 novembre 1918), devait orner une nouvelle place, toujours surdimensionnée. Puis il s'enferma dans ses quartiers généraux de l'Est, et bien des Berlinois se sentirent privés de protection. Il leur restait Goebbels, qui se fit nommer maire en 1939, puis, successivement, préfet de région, préfet de police et commissaire à la Défense. Qu'en pensait le peuple ? Comment vivait-il la guerre ? Les rapports du service de renseignements (SD) des SS, remarquablement réalistes, le laissent entrevoir.

La guerre ne fut pas accueillie avec le même enthousiasme qu'en 1914. Hitler avait pu le constater dès septembre 1938, pendant la crise des Sudètes, lorsque, faisant défiler dans les rues du centre une division motorisée et attendant sur son balcon les acclamations de la foule, il ne vit pas venir plus de 200 personnes, les autres s'étant engouffrées dans le métro dans un silence éloquent. La joie qui suivit l'accord de Munich (29-30 septembre 1938) reflétait plus un soulagement qu'un sentiment de victoire. Et l'on peut même supposer que les violences antisémites de la « Nuit de cristal », deux mois plus tard, furent déclenchées afin de ressouder contre les Juifs une « communauté populaire » ébranlée par le risque de guerre : espoir déçu, car le sentiment dominant fut l'indignation ou du moins la gêne. Dans les réunions amicales ou mondaines, l'élite conservatrice n'hésitait plus à critiquer sans ménagement le parti et Hitler, tout en gardant une confiance naïve dans la

« sagesse » de Goering. L'été 1939, l'escalade de la propagande antipolonaise précédant l'invasion, le choc du pacte conclu entre Hitler et Staline le 23 août et le début du rationnement alimentaire aggravèrent le mécontentement populaire. Quand les Berlinois apprirent l'entrée en guerre de l'Angleterre, ils restèrent stupéfaits. William Shirer, qui observait cette apathie, se demandait : « Est-il possible que la masse oublie ses sentiments envers le régime et considère de son devoir de défendre la patrie ? » Mais il se répondait à lui-même : « Je le crois. »

De fait, pendant les trois ans de guerre éclair (1939-1942), la majorité de l'opinion demeura déchirée entre l'indifférence, le mépris, la haine pour le parti et la fierté des victoires : antinazie mais hitlérienne. Les épreuves matérielles, comme la crise du charbon pendant le dur hiver 1940 et la pénurie d'aliments et de tissus, étaient portées au compte des bureaucrates incompétents, des « bonzes » corrompus, des riches égoïstes. Goebbels soulagea le moral des Berlinois en avantageant la capitale par rapport à la province, en rappelant que les années 1917-1918 et 1929-1932 avaient été bien pires, en diffusant le film *Campagne de Pologne* où la guerre apparaissait fraîche et joyeuse. Durant l'été 1940, prélèvements officiels et envois privés des soldats depuis l'Europe occidentale vinrent limiter la pénurie et même nourrir l'espoir que l'ordre nouveau apporterait l'aisance définitive.

Mais, peu après, les Anglais commencèrent à bombarder Berlin après avoir résisté aux attaques de l'aviation allemande. On distribua des masques à gaz, on recommanda d'évacuer les enfants à la campagne. Signes de malaise, rumeurs et ricanements se diffusèrent : Goering était tourné en ridicule ; on crut que les enfants allaient être arrachés à leurs parents ; en province, des voyageurs venant de la capitale en parlaient comme d'une ville ravagée, en proie aux épidémies. De nouveau, le ministre de la Propagande eut recours au bouc émissaire juif : à la fin du mois de novembre 1940 *Le Juif Süss* sortit sur les écrans et, à l'issue de la projection, le public – du moins s'il faut en croire les rapports du SD – criait : « Dehors les juifs ! »

Jusqu'au tournant de l'hiver 1942-1943, les Berlinois demeurèrent râleurs, bien que fidèles encore au régime, fatigués mais périodiquement revigorés par les victoires militaires. La nouvelle de la défaite de Stalingrad (février 1943) les atteignit de plein fouet. « C'est le commencement de la fin », disait-on jusque dans les ministères. Joseph Goebbels tenta de ranimer la foi collective lors du fameux meeting du Palais des Sports, le 18 février. « Voulez-vous la guerre totale ? » demanda-t-il, et la foule de hurler « Oui ! » – mais on sait aujourd'hui qu'il avait chauffé l'atmosphère par des applaudissements pré-enregistrés.

Surtout, Berlin était en train de devenir une autre ville. Les hommes valides étaient ailleurs, entre l'Ukraine et les Apennins ; les enfants, à la campagne. Il ne restait que 2 800 000 Berlinois de souche, 35 % de moins qu'au début de la guerre : ouvriers qualifiés, bureaucrates et policiers planqués, femmes mobilisées au Service du travail, jeunes auxiliaires de la défense antiaérienne. En compensation, les autorités avaient attiré, par des promesses ou par la force, une masse d'étrangers, des Européens de l'Ouest et surtout de l'Est, les malheureux *Ostarbeiter*. Ceux-ci, parqués dans des camps, affamés, tuberculeux, mouraient par milliers. Les femmes devaient se prostituer, seules les plus chanceuses réussissaient à être engagées comme domestiques dans les familles riches. Les décès, les allées et venues rendaient tout contrôle difficile et certains de ces étrangers finirent par se réunir dans les ruines pour organiser des coups de main (pas forcément contre le régime), constituant ainsi ce que la police appelait des « bandes terroristes ».

Car les ruines envahissaient Berlin. En mars 1944 commencèrent les bombardements américains de jour. Beaucoup de gens, pris de panique, refusaient de se rendre dans les caves des immeubles, refuges trop fragiles, et couraient sous les bombes vers les gros *Bunker* (abris) bétonnés. Les défaites à l'Est, que l'on devinait entre les lignes des communiqués officiels et que les lettres des soldats relataient, inquiétaient la population : les provinces orientales, d'où beaucoup de Berlinois étaient originaires et où leurs enfants étaient réfugiés, n'allaient-elles pas être envahies ? Et pourquoi pas Berlin même ?

Les plus optimistes attendaient la mise en service d'une arme miraculeuse. Quand les fusées V1 puis V2 furent lancées sur Londres, ce fut la joie, puis la désillusion : « A quand les V99 ? » ricanait-on. Les plus pessimistes annonçaient le crépuscule de l'Allemagne. Dans les milieux ouvriers, on envisageait la défaite avec moins d'angoisse : le bolchevisme ne serait pas pire que la situation actuelle et, au moins, on serait débarrassé des « dix mille de la haute société ». Mais les Berlinois faisaient encore confiance à la sagesse et aux capacités militaires du Führer. Hitler échappait généralement aux critiques envers les dirigeants, nazis corrompus et militaires imprévoyants (le maréchal Rommel seul faisant exception). Chacun de ses discours, attendus impatiemment, relevait le moral de la population pour quelques jours.

Faut-il croire les rapports du SD, quand ils affirment que l'attentat contre Hitler du 20 juillet 1944 suscita l'indignation des milieux populaires ? En fait, les SS voulaient démontrer que le complot était limité à une certaine élite sociale coupée du peuple, et sans doute ont-ils travesti les réactions de celui-ci. Un journaliste norvégien présent à Berlin notait au contraire que la masse était restée apathique : « Ils ne pleurent pas, ne se réjouissent pas, ne se mettent pas en colère. » En tout cas, avant que l'infaillibilité du Führer fût mise en doute assez massivement pour que la police s'en fît l'écho, il fallut attendre la fin de février 1945. Hitler en prit probablement conscience car, peu après, dans ses dernières conversations avec Albert Speer, il déclara que, décidément, le peuple allemand n'était pas à la hauteur de sa mission.

A la fin des opérations militaires, le 2 mai 1945, il n'y avait plus de « Grand Berlin », plus de « Capitale du Reich », mais seulement le plus grand tas de décombres du monde : sur 1 500 000 logements, la moitié étaient détruits, et un quart inhabitables. Mais, déjà, les évacués commençaient à y revenir.

Notes

1. *Mietskasernen :* blocs d'immeubles à bon marché entourant des cours étroites et obscures.

2. *Siemensstadt :* quartier du Nord-Ouest, entièrement occupé par les locaux de la firme Siemens (électricité) et les logements de son personnel.

3. *Oberbürgermeister :* élus pour six ans mais très souvent réélus, les « super-maires » des grandes villes allemandes étaient de véritables chefs de gouvernements.

4. William Shirer était correspondant à Berlin d'une chaîne de radio américaine entre 1934 et 1940.

5. Jochen Klepper, écrivain protestant, auteur de romans et de pièces radiophoniques, marié à une Juive.

6. Les SA et SS tuèrent en six jours 91 personnes, la plupart communistes ou socialistes, et en blessèrent plusieurs centaines.

7. Hermann Kesten, romancier socialiste, émigré en mars 1933. Ernst Toller, un des dirigeants de la république des Conseils de Munich en 1919, dramaturge expressionniste, émigré lui aussi.

8. Groupe Mosse : *Berliner Tageblatt,* etc. Groupe Ullstein : *Vossische Zeitung* (fondée en 1704), *Berliner Morgenpost, Berliner Illustrierte,* etc. Groupe Scherl : *Lokalanzeiger,* etc.

9. Chrétiens allemands : protestants nazis, qui voulaient « épurer » le christianisme de ses éléments juifs. Avec l'appui de Hitler (et de la majorité des votants aux élections ecclésiastiques du printemps 1933), ils purent installer le pasteur Ludwig Müller comme « évêque du Reich ».

10. Le concordat signé entre le Reich et le Vatican assurait à l'Église la liberté religieuse et l'aisance financière, mais interdisait toute activité politique au clergé et aux organisations catholiques.

11. D'abord appelé « Ligue de détresse des pasteurs », puis « Église confessante », ce courant condamnait le racisme, tout en reconnaissant – du moins au début – la légitimité de l'État.

Orientation bibliographique

En allemand.

Berlin und die Provinz Brandenburg im 19. und 20. Jahrhundert (sous la direction de H. Herzfeld et G. Heinrich), Berlin, W. de Gruyter, 1968.

Geschichte Berlins (sous la direction de W. Ribbe), t. II, Munich, Beck, 1987.

Deux recueils de documents.

Meldungen aus dem Reich (publié par H. Boberach), Munich, dtv Dokumente, 2e éd., 1968.

Hitlers Machtergreifung (publié par J. et R. Becker), Munich, dtv Dokumente, 1983.

En français.

Hildegard Brenner, *La Politique artistique du national-socialisme,* trad. fr., Paris, Maspero, 1980.

Louis Dupeux, *Histoire culturelle de l'Allemagne 1919-1960,* Paris, PUF, 1989.

Adelin Guyot et Patrick Restellini, *L'Art nazi. Un art de propagande,* Bruxelles, Complexe, 1983.

Alfred Wahl, *Cultures et mentalités en Allemagne, 1918-1960,* Paris, SEDES, 1988.

La « science nazie »

Michael Pollak

La « science nazie » : quel paradoxe ! Entre l'analyse rationnelle et expérimentale du réel, et une vision archaïque et irrationnelle de l'Histoire et de la société, le fossé n'est-il pas infranchissable ? Le régime nazi paraît en tout cas bien peu désireux de le combler, à le voir rejeter des universités allemandes des cerveaux de premier ordre pour la seule raison que ce sont des cerveaux juifs, à le voir condamner comme « science juive » la relativité et à exhorter ses savants à créer une « science allemande ». Le nom d'Einstein est à lui seul le symbole d'une politique dont tout le résultat sera d'enrichir des pays étrangers que les ambitions hitlériennes transformeront lentement mais sûrement en de mortels adversaires.

Dans l'ensemble, le monde scientifique allemand fera bon ménage avec le régime. Si dans certaines disciplines et institutions l'éviction des opposants politiques et des Juifs a vraisemblablement touché de 10 à 30 % des effectifs, si certains domaines de la recherche ont été sacrifiés ou considérablement appauvris, cela n'a pas suffi à arrêter une vie scientifique qui s'est rapidement soumise au contrôle du pouvoir. La sympathie des milieux académiques pour un renouveau autoritaire et nationaliste, sinon national-socialiste, a certainement contribué à produire cette soumission ; mais ont aussi joué le chômage universitaire et le blocage des carrières, qui font que les jeunes chercheurs se précipitent sur les chaires rendues vacantes par la persécution politique.

Le régime lui-même ne sera pas aveugle aux avantages que peut lui procurer la science. Il s'intéresse évidemment en premier lieu aux applications pratiques qui peuvent en être tirées, qu'il s'agisse des techniques militaires ou de l'appareil statistique nécessaire à la planification économique. Mais il ne dédaigne pas non plus, bien au contraire, la légitimité que la science peut apporter à la vision du monde qu'il cherche à faire partager à la population allemande. On ne sera pas surpris que, comme dans tous les régimes totalitaires, les sciences humaines aient été les premières mises à contribution. Ainsi en géographie, le concept d'« espace vital », forgé au XIXe siècle, devient le mot clef d'une discipline qui vise à justifier l'expansionnisme du régime. En histoire, les travaux portant sur la colonisation allemande en Europe centrale et orientale servent également à justifier par avance la future conquête de l'Est européen.

Mais c'est un domaine appartenant aux sciences dites exactes qui va se trouver tout particulièrement à l'honneur sous le régime nazi et qui, en retour, lui apportera une aide considérable. Il est vrai que ce domaine était en quelque sorte prédestiné à s'entendre avec une idéologie fondée sur l'obsession de la pureté raciale. Si l'expression de « science nazie » a un sens, c'est bien lorsqu'elle se rapporte à l'eugénisme, qui se veut la science de l'amélioration biologique de l'espèce humaine et qui regroupe en Allemagne plusieurs domaines : l'anthropologie physique, certains courants de la psychiatrie et la « biologie héréditaire » (la future génétique). Toutes ces branches avaient une tradition qui a préparé le terrain à la politique du régime nazi et lui a fourni les moyens de la mettre en pratique.

Dès son apparition dans la seconde moitié du XXe siècle, l'anthropologie physique est enseignée avec l'anatomie dans les facultés de médecine. En analysant les races humaines à partir de caractéristiques morphologiques (dimensions du crâne, du bassin, de la taille, pigmentation, couleur des yeux, force des cheveux), elle a l'ambition de dégager des lois héréditaires afin de pouvoir intervenir dans la reproduction et d'éliminer par exemple les tares héréditaires. Dans les années 1920, les techniques de mesure physiologique se développent considérablement et trouvent un champ d'application dans l'anthropologie judiciaire en 1926 lorsqu'elles sont admises comme instrument de preuve dans un procès en paternité.

De leur côté, les psychiatres se penchent également sur l'étude de l'hérédité des cas pathologiques. A partir du début du siècle, il y a ainsi une convergence entre les deux disciplines, qui se renforcera pendant la guerre et les années suivantes. Des hommes comme l'anthropologue Eugen Fischer et le psychiatre Rüdin sont, dans les années vingt, des personnalités scientifiques en vue. Tous les deux sont de fervents partisans de l'introduction de mesures eugéniques, comme la stérilisation obligatoire des malades mentaux ; des mesures au demeurant réclamées déjà avant 1914 dans les revues scientifiques. Entre 1920 et 1933, stérilisation et euthanasie font l'objet de multiples débats, et elles sont notamment prônées par la Société allemande pour l'hygiène raciale, qui regroupe des universitaires, des hauts fonctionnaires et des intellectuels venus d'horizons divers.

Constituée en véritable groupe de pression, cette société réclame de l'État l'adoption de mesures incitatives comme les certificats prénuptiaux, mais aussi de mesures répressives comme les stérilisations, les avortements eugéniques, l'euthanasie. Les premières doivent assurer une descendance de la meilleure qualité ; les secondes visent à éliminer le risque de transmission de tares irréversibles. Malgré les solides appuis dont ce mouvement eugénique dispose, la législation de la république de Weimar demeure très limitée, bien en deçà de ce qui existe alors aux États-Unis ou dans les pays scandinaves. Il reste qu'au sein de la communauté scientifique allemande les voix opposées à une telle législation se font de moins en moins entendre, de sorte qu'en arrivant au pouvoir les nazis peuvent compter sur un large appui des experts, voire sur celui d'une large fraction de l'opinion publique.

Dès 1933, les nouveaux dirigeants mènent avec énergie ce qu'ils appellent dans leur jargon la « politique de population », qui se traduit par une législation tout à la fois démographique, eugénique et raciale. Pour citer les commentateurs de l'époque, « l'État s'est assuré définitivement la primauté et l'autorité dans les domaines de la vie, du mariage et de la famille ». Une première série de lois, promulguées dès 1933, vise à prévenir la transmission des tares héréditaires. Les examens prénuptiaux sont rendus obligatoires, la stérilisation est prescrite dans le cas d'un certain nombre de maladies supposées héréditaires (faiblesse mentale congénitale, schizophrénie, psychose maniaco-dépressive, épilepsie, cécité, surdité, malformation physique et alcoolisme grave). Mais elle doit être aussi appliquée à une autre catégorie de personnes, les criminels classés dangereux et irrécupérables. Autre pilier de cette « politique de population », les lois de Nuremberg, promulguées en septembre 1935 et qui visent, elles, à assurer la pureté raciale des Allemands en interdisant le mariage et les relations sexuelles avec les Juifs.

Toutes ces lois ouvrent un vaste champ d'activité aux experts scientifiques. Les psychiatres occupent ainsi le terrain ouvert par la législation eugénique. La décision de stériliser une personne est en effet prise par un tribunal composé d'un juge et de deux médecins spécialisés, qui sont souvent des psychiatres vu la nature des cas concernés. Quand on sait que, pour certaines des maladies héréditaires, la stérilisation peut être justifiée par une probabilité de transmission évaluée à 10 %, on mesure la responsabilité prise : mieux vaut éliminer que courir le moindre risque. Du coup, on ne s'étonnera pas d'apprendre que le nombre des stérilisations effectuées pendant les trois premières années du régime est estimé à trois cent mille.

Certains psychiatres iront plus loin et réclameront un élargissement progressif des notions de « criminel irrécupérable » et d'« asocial » pour y inclure tout individu qui « montre par son comportement qu'il ne veut pas s'intégrer dans la communauté ». On ne s'arrêtera pas en si bon chemin et, dans les années de guerre, des êtres considérés comme inférieurs ou anormaux, tels les tsiganes et les homosexuels, entreront dans le domaine d'application de la stérilisation. Ajoutons que les psychiatres réclament en 1938 la légalisation de l'euthanasie, mesure que le pouvoir n'officialisera jamais, mais qu'il commencera à pratiquer sur une grande échelle au lendemain de l'éclatement de la guerre.

Les anthropologues, quant à eux, s'empressent d'occuper le terrain ouvert par les lois raciales, qui posent à tous les Allemands le problème de leur identité raciale. Centralisés dans une administration généalogique, 8 instituts à travers l'Allemagne sont habilités à faire des expertises, notamment quand il s'agit de déterminer la part de « sang juif » chez un individu, par exemple dans le cas d'enfants illégitimes ou d'enfants adoptés. Comme leurs confrères psychiatres, les anthropologues vont pousser à l'extension du champ d'application des lois raciales ; dès 1937, un expert en vue propose ainsi des mesures pratiques de dépistage des Juifs et des métissés. Ils vont également s'efforcer de défendre l'exclusivité de leur compétence. Afin d'éviter les « dommages créés par des expertises frauduleuses », ils soulignent lors de leur congrès de Munich en 1939 la nécessité d'une formation de 3 ans et demandent la détermination légale des critères de recrutement et des fonctions d'activité des experts agréés par l'État et les tribunaux.

En voulant fixer le statut des experts en matière d'épuration biologique et raciale, c'est une position clef dans l'État nazi que psychiatres et anthropologues cherchent à obtenir. Car leur fonction ne se limite pas à l'exclusion des êtres jugés inférieurs. Elle joue également un rôle important dans le recrutement des élites nazies, celles de l'État et du parti, mais surtout celles de la SS, dont les membres doivent prouver la pureté raciale de leurs ancêtres en remontant d'autant plus loin dans le passé qu'ils occupent une fonction élevée.

La guerre, âge d'or de la biologie raciale.

La guerre à l'Est va éclairer d'une lumière crue les rapports qu'entretiennent cette « science nazie » et la politique du régime. Les années de guerre apparaissent, en effet, comme l'âge d'or de la biologie raciale dans la mesure où les experts sont appelés à dépister et donc à décider du sort de catégories de plus en plus nombreuses d'« êtres inférieurs ». C'est l'époque, rappelons-le, où l'État leur confie une tâche « historique », le classement racial des populations slaves pour déterminer les éléments jugés dignes d'être germanisés. Pour y faire face, et en raison de l'énormité du travail, il n'est plus question de raffiner. Alors qu'en 1939 les anthropologues exigeaient une formation plus longue, les nouveaux experts sont désormais formés en quelques semaines...

Leur responsabilité s'étend par ailleurs jusqu'aux camps d'extermination. En 1943, les médecins sont déclarés seuls compétents pour opérer les sélections à Auschwitz. Et c'est également à Auschwitz que sont pratiquées des expériences tristement célèbres, où s'illustre notamment le Dr Mengele, sur des cobayes humains. Comme le déclare à la même époque Eugen Fischer, grand patron de l'anthropologie et directeur de l'Institut Kaiser Wilhelm de Berlin où l'on analyse le matériel collecté dans les camps de concentration, « c'est une chance exceptionnelle et rare pour des recherches en elles-mêmes théoriques que de pouvoir être menées à cette époque. Grâce à la conception du monde dominante, ces recherches jouissent d'une reconnaissance et de soutiens officiels et la politique reprend immédiatement à son compte les résultats pratiques en les utilisant comme base des interventions de l'État ».

Ces recherches ne permettront évidemment pas d'apporter la preuve tant souhaitée d'une supériorité raciale. Mais jusqu'au jour de la débâcle militaire, des chercheurs tenteront désespérément de justifier les théories qui avaient inspiré le projet nazi d'une communauté nationale fondée sur la pureté de la race. Ironie de l'histoire : quarante ans plus tard, c'est grâce aux techniques de mesure perfectionnées par les chercheurs allemands de l'époque nazie que l'on pourra identifier au Brésil la dépouille du Dr Mengele. Dans cette expertise, la science retrouvait les limites d'un champ d'application qu'elle n'aurait jamais dû outrepasser.

Orientation bibliographique

François Bédarida (sous la direction de), *La Politique nazie d'extermination*, Paris, Albin Michel, 1989.

Ernst Klee, *Euthanasie im NS-Staat, die Vernichtung lebensunwerten Lebens,* Francfort, Fischer, 1983.

Eugen Kogon, Hermann Langbein et Adalbert Rückerl, *Les Chambres à gaz, secret d'État,* Paris, Éd. de Minuit, 1984, et Le Seuil, « Points-Histoire ».

Robert Jay Lifton, *Les Médecins nazis. Le meurtre médical et la psychologie du génocide,* traduit de l'américain par Bernard Pouget, Paris, Laffont, 1989.

A. Mitscherlich et F. Mielke, *The Death Doctors*, Londres, Elek Books, 1949.

Benno Müller-Hill, *Science nazie, science de mort : l'extermination des Juifs, des Tziganes et des malades mentaux de 1933 à 1945,* traduit de l'allemand par Olivier Mannoni, Paris, Odile Jacob, 1989.

Michael Pollak, *L'Expérience concentrationnaire*, Paris, Métailié, 1990.

Pour une bibliographie plus exhaustive sur ce sujet.

Michael Pollak, « Orientation bibliographique. Aux origines de la politique raciale nazie : le rôle de la science et du droit », *Bulletin de l'IHTP*, 27, 1987, p. 31-47.

Le nazi tel qu'on le parlait

Comme tous les régimes totalitaires, le IIIe Reich a marqué la langue en imposant une rhétorique typée et, à travers elle, des modes et des contenus de pensée. Le vocabulaire, pour l'essentiel, n'est pas neuf, les nazis l'ont repris des courants idéologiques dont ils étaient les héritiers ; mais ils en ont fait un usage si intense, grâce à leur contrôle des moyens de communication, qu'il est devenu plus ou moins le mode d'expression quotidienne de millions de personnes. Ci-dessous quelques-unes de ses caractéristiques.

1. *L'exploitation sur une grande échelle d'héritages lexicaux privilégiés.*

Hérités du nationalisme romantique, des mots comme :
• *Volk*, le peuple, la nation, et ses innombrables dérivés (*Volkstum, Volksgenosse, Völkisch*) ;
• *Gemeinschaft*, la communauté (*Volksgemeinschaft*, la communauté populaire) ;
• *Lebensraum*, l'espace vital ;
• *Heil*, vieille formule de salutation remise à l'honneur au XXe siècle par le mouvement nationaliste sportif de Jahn.

Du racisme pseudo-scientifique de la fin du XXe siècle, des termes comme :
• *Rasse, Sippe, Art* qui désignent tous la race ;
• *Arier*, l'Aryen ;
• *Blut*, le sang, *Blutgemeinschaft*, la communauté de sang, et par contraste l'étranger, *Fremd* ;
• *Verjudung*, l'enjuivement ;
• *Gift*, le poison... et tout un vocabulaire du microbe et du parasite pour désigner le Juif et son action.

2. *Le recours massif à un vocabulaire militaire et administratif.* Du premier, des termes comme *Einsatz* et *einsatzbereit*, intervention, prêt à intervenir, *Menschenmaterial*, le matériel humain,

mais surtout des mots désignant les qualités du combat (*kämpferisch*) et de l'héroïsme (*Heldentum*). Du second, des mots tirés de la grisaille bureaucratique pour servir à camoufler une réalité meurtrière au plus haut degré : *Endlösung*, Solution finale ; *Sonderbehandlung*, traitement spécial...

3. La valorisation de tout un vocabulaire qui, dans la tradition libérale et démocratique, était péjorativement connoté. Cette inversion des signes est particulièrement frappante dans le cas de mots exprimant la dureté et la brutalité (notamment une série d'adjectifs interchangeables qui signifient impitoyable, sans égard, etc. : *rücksichtlos*, *erbarmungslos*, *unerbitlich*), le comportement aveugle (*blinde Glaube*, foi aveugle, *blinde Gehorsam*, obéissance aveugle), enfin et surtout le fanatisme (*fanatisch, Fanatismus*).

4. L'emploi démesuré de termes superlatifs : les réalisations du régime sont toujours *historisch* (historiques), les solutions qu'il propose ne peuvent être que *total*, et leur durée *ewig*, éternelle. Cette rhétorique du gigantisme et de l'hyperbole se marque en particulier dans le goût des chiffres astronomiques, l'exemple le plus connu en étant *der tausendjährige Reich*, le Reich de mille ans...

Quand les nazis se faisaient archéologues

Alain Schnapp

L'Histoire : Quand les nazis prennent le pouvoir en janvier 1933, quels sont le statut et le développement de l'archéologie allemande ?

Alain Schnapp : Dans l'Allemagne des années trente, l'archéologie classique est une discipline à son apogée. Tout le monde connaît Heinrich Schliemann et ses fouilles de 1870 à 1890 environ pour retrouver les sites homériques. Or c'est essentiellement à travers Schliemann que les grandes puissances européennes se sont intéressées à l'archéologie des civilisations classiques ou orientales. La supériorité des Allemands en la matière est évidente : Schliemann ayant été un précurseur, les Allemands ont formé des architectes qui exécutent d'excellents relevés des sites classiques. Mais ils disposent surtout d'un institut central, l'Institut archéologique allemand, qui supervise les travaux menés à Athènes, à Rome et ailleurs. Les Anglais et les Français, eux, n'ont, à Athènes ou à Rome, que des écoles sans aucun lien entre elles.

Doté d'un véritable programme, l'Institut allemand, en revanche, années après années, engage des fouilles, développe des campagnes de relevés et publie. A cette époque (1933), l'Institut archéologique est dirigé par un personnage exceptionnel, architecte de formation : Théodore Wiegand. C'est lui qui a véritablement créé l'archéologie classique de la Turquie moderne. Wiegand, qui a d'importants moyens financiers, s'est entouré de quelques-uns des meilleurs spécialistes, universitaires pour un grand nombre. Telle est la première orientation classique et orientaliste de l'archéologie allemande.

A cela s'ajoute un deuxième courant, national et régional : depuis 1902, il existe à Francfort un Institut romano-germanique, bientôt dépendant de l'Institut archéologique allemand, qui étudie la protohistoire et l'archéologie médiévale de l'Allemagne romanisée. Ce qui donne à l'archéologie allemande des racines nationales qui manquent cruellement, à la même époque, à l'archéologie anglaise ou française. A cela il convient d'ajouter la dizaine d'instituts régionaux de protection des monuments historiques, qui forment un très dynamique service des Antiquités.

Enfin, troisième et dernière tendance de l'archéologie allemande dans les années trente : la place de plus en plus grande prise par la proto- et la préhistoire. Nombre de préhistoriens se sont regroupés autour de l'Institut de Marburg, dirigé par von Mehrart. Pour la plupart, ils ont épousé les thèses aujourd'hui très discutées de Gustav Kossina (voir en annexe « A l'origine était Kossina ») ; ils travaillent avec les musées locaux ou régionaux et se plaignent du peu de considération dont ils jouissent dans l'Université. En 1933, tout est donc en place pour qu'il y ait des fractures à l'intérieur du grand corps des archéologues : entre, d'une part, les archéologues classiques, orientalistes ou romanistes, qui dominent l'Université allemande – dont on connaît la tradition philologique –, et, d'autre part, les préhistoriens, ces nouveaux venus qui réclament que l'Université leur fasse une place.

L'Histoire : L'intérêt des nazis pour l'archéologie est antérieur à leur prise du pouvoir. De quand peut-on le dater ?

Alain Schnapp : Officiellement de 1929, quand les nazis créèrent leur organisation culturelle, *La Ligue de combat pour la culture allemande* (6 000 membres au début de 1933), placée sous la houlette de l'idéologue officiel du parti, Alfred Rosenberg. Rosenberg, d'origine balte, élevé au contact de la culture russe et allemande, chassé par la révolution d'Octobre, est un peu le porteur de tous les « revanchismes » de l'Allemagne de 1918. Vulgarisateur, il s'intéresse aussi bien à l'Atlantide qu'aux fluides et aux théories de la glaciation universelle. Dès 1932, il crée dans sa ligue un « service préhistoire » et le confie à Hans Reinerth. Reinerth dénonce alors violemment les « deux grands courants antigermaniques ». Premier courant : les archéologues classiques, auxquels il reproche d'être « enjuivés » (il dénonce nommément Karo, directeur de l'Institut archéologique allemand d'Athènes, ou Bersu, directeur de l'Institut de Francfort) et de privilégier les cultures grecque et romaine aux dépens de la culture germanique. Second courant : la tradition éclairée de la Renaissance, qui considère les Germains comme des Barbares et privilégie, ici encore, Rome, porteuse de la civilisation.

Pour Reinerth, il s'agit désormais de fonder l'histoire de l'Allemagne sur « l'histoire raciale des hommes du Nord » et d'affirmer la germanité des cultures classiques et européennes, à commencer par celles des territoires de l'Est, polonais notamment... Reinerth renoue donc avec les thèses de Kossina, exposées dans l'ouvrage *La Préhistoire allemande*. Une science au plus haut point nationale. L'archéologie sera pangermaniste ou ne sera pas. Reinerth, pour faire triompher son point de vue, transforme la vieille Société allemande de préhistoire en *Ligue du Reich pour la préhistoire allemande*. Il s'appuie sur le ressentiment des préhistoriens à l'égard des archéologues classiques et oppose, à ces spécialistes de l'Allemagne du Sud romanisée, les protohistoriens de l'Allemagne du Nord.

L'HISTOIRE : Le triomphe des nazis a-t-il eu des effets immédiats dans les milieux des archéologues et des préhistoriens ?

ALAIN SCHNAPP : Oui. C'est d'abord une gigantesque chasse aux Juifs et aux libéraux. En six mois, les universités sont épurées de 14 % de leurs professeurs. L'opposition libérale, socialiste ou communiste, est impuissante. Au reste, rapidement elle est, elle aussi, expulsée de l'Université, sans qu'une seule voix ne s'élève pour la défendre, ni elle ni les Juifs. Il y a quelques exceptions : Bersu, directeur de l'Institut de Francfort, Juif, restera en poste jusqu'en 1936-1937. Passé cette date, tous les archéologues non nazis auront émigré ou seront en camp de concentration. La nazification des milieux archéologiques est paradoxale : elle est le fait des archéologues eux-mêmes. En effet, pour résister aux folles prétentions de Reinerth, appuyé par Rosenberg, les archéologues classiques, menés par Th. Wiegand, cherchent l'appui d'un autre dirigeant nazi, Himmler. En juillet 1935, Himmler fonde une nouvelle association, *L'Héritage des Ancêtres allemands,* financée par le budget de la SS. Parmi ses collaborateurs, on retiendra deux grands noms : H. Schleif, ingénieur spécialiste d'histoire de la construction, qui organisera les fouilles d'Olympie en 1939 et dirigera le service de préhistoire des SS, et, surtout, A. Langsdorff, brillant archéologue, spécialiste des œnochoés de bronze et dont les travaux sur ces vases à boire étrusques font aujourd'hui encore autorité.

L'HISTOIRE : Cette opposition entre fractions de la bureaucratie nazie est aussi une opposition de conceptions des fins et de l'utilité de l'archéologie.

ALAIN SCHNAPP : Oui. L'affrontement des baronnies de Himmler et de Rosenberg est en partie une opposition de références idéologiques, comme l'ont très bien montré deux jeunes historiens allemands [1]. Reinerth représente le courant « aryen populaire » : les Allemands sont les héritiers des Germains, véritables fondateurs de l'Europe puisqu'ils ont colonisé la Moscovie, l'Angleterre, l'Allemagne, l'Islande et peut-être l'Amérique. Les grands Germains blonds ont porté la civilisation à tous les autres peuples (les Grecs notamment puisque les Doriens étaient – selon cette mythologie raciale – des envahisseurs germains) et ces Indo-Européens auraient inventé l'écriture avant les Égyptiens ou les Sumériens.

Langsdorff et l'entourage de Himmler, en revanche, par leurs attaches universitaires et leur formation classique de latinistes et d'hellénistes, ne partagent pas toutes ces fantasmagories et ne cherchent pas à exalter une germanité mythique ; ils préfèrent montrer qu'il y eut une continuité historique entre les Grecs, civilisateurs de l'Orient comme de l'Occident, les Romains, fédérateurs de la Méditerranée, et les Germains, seuls véritables héritiers de cette supériorité intellectuelle et culturelle[2]. Ce courant, qui s'inscrit donc dans la droite ligne de la tradition philologique allemande du XIXe siècle, est beaucoup plus « élitaire » que le courant incarné par l'entourage de Reinerth et Rosenberg. *Germanien Erbe* (l'héritage des Germains), la revue de Reinerth, vise un grand public : présentation typographique soignée, papier glacé, parfois même de la couleur, et un tirage de 12 000 à 15 000 exemplaires. En revanche, *Germanien* (la Germanie), la revue de *L'Héritage des Ancêtres allemands* de Himmler, a un format réduit, comporte moins d'illustrations et elle a un ton incontestablement plus universitaire. Par ailleurs, Rosenberg innove dans la communication de masse : grâce à son appareil politico-culturel, il lance sur le marché des maquettes, des soldats de plomb, des livres qui développent auprès du grand public les thèses de Reinerth.

Mais la réalité du pouvoir appartient en fait à Himmler : il y a dans son entourage un personnage central, professeur d'ethnologie à l'université de Berlin : F.A. Six. Il est responsable auprès de la Gestapo du service de la *Weltanschauung* (vision du monde).

Passé 1934, tout professeur, pour être nommé en poste, doit avoir un avis favorable du service de Six. Ce qui explique le ralliement de la plupart des professeurs, archéologues et préhistoriens à *L'Héritage des Ancêtres,* qui multiplie ses sections préhistoire, philologie, philosophie, etc. A ces spécialistes de renom, tel F. Altheim, l'un des meilleurs historiens de la Rome antique, se mêlent cependant des pseudo-scientifiques : ainsi Hermann Wirth, Hollandais d'origine, qui s'est engagé pendant la guerre de 1914-1918 aux côtés des Allemands dans l'espoir d'être le ministre des Affaires culturelles en Hollande occupée et qui fut, bien avant Hitler, l'utilisateur de la croix gammée comme symbole des mouvements d'extrême droite.

A l'ombre des SS.

Wirth est un illuminé qui s'est rendu célèbre par la publication des chroniques *Ura-Linda*. Ces chroniques de la vie d'une famille prétendument saxonne du VIe au Ier siècle avant J.-C., publiées une première fois en 1872, avaient été dénoncées comme des faux. Quelques années plus tard, Wirth sera éliminé de la revue, et de l'association vers 1937, et sera remplacé par W. Wüst, professeur de langues indo-européennes à l'université de Munich, et bientôt recteur de la même université.

L'HISTOIRE : Tout au long de la période nazie, on peut observer le développement cohérent d'un véritable programme européen de fouilles archéologiques. Quel en est aujourd'hui le bilan ?

ALAIN SCHNAPP : Le plus troublant est que, jusqu'en 1944, les SS de Himmler et les adeptes de Rosenberg menèrent des campagnes de fouilles partout en Allemagne et en Europe, malgré la guerre. En Allemagne, la plus célèbre des fouilles demeure celle du site des *Externsteine* en Rhénanie, occupé dès le Moyen Age ; une campagne de fouilles demeurée célèbre par ses faux, le maquillage de la stratigraphie, etc. Mais l'archéologie nazie, c'était aussi des fouilles scientifiques, telles celles menées par H. Jankuhn sur le site viking de Haithabu, près de Hambourg.

En réalité, l'archéologie nazie a pu bénéficier de la tradition conservatrice de l'Université allemande apparue en 1918 au service de la « Revanche » : beaucoup d'archéologues allemands, reconnaissants à Hitler d'avoir libéré des chaires universitaires après l'élimination des Juifs, des catholiques et des opposants, se mirent au service du nazisme dont ils entreprirent de démontrer par des fouilles la validité historique des thèses : au nom de l'espace vital (*Lebensraum*) et au nom de la race, les archéologues allemands pillent la Pologne, embarquant les collections des musées de Varsovie, de Cracovie, faisant main basse sur tout ce qui est médiéval et touche aux chevaliers Teutoniques. Ils déforment les résultats des fouilles polonaises pour prouver que les restes de civilisation lusacienne sur le site de Biskupin sont germaniques et non pas autochtones. La Pologne, selon eux, n'aurait pu exister sans les peuples de langue allemande, tout comme en Russie on cherche à démontrer que la Moscovie et la Russie Blanche n'ont dû leur existence qu'aux Varègues scandinaves. Dans les Pays Baltes, les archéologues opèrent aux côtés de la division *SS Wiking* qui rafle et massacre les Juifs et les communistes. D'autres fouilles ont lieu en Croatie, en Bulgarie, à Olympie, – où les relevés furent très minutieusement faits. En France même, Neuffer reprend les fouilles sur le site celtique d'Entremont, près d'Aix-en-Provence ; dans le même temps, les archéologues nazis procèdent au premier relevé des alignements de Carnac. Un relevé qui sert aujourd'hui encore aux préhistoriens...

Tel est bien le bilan de l'archéologie nazie : financée par la bureaucratie hitlérienne, elle peut se targuer d'un certain nombre de résultats scientifiques. Mais, du fait même des réseaux de pouvoir qui l'entretenaient de leurs deniers, cette archéologie nourrissait, sur la base de ses travaux scientifiques, les délires les plus monstrueux. Himmler arrose les archéologues avec le même argent qui aide le médecin Rascher à faire des expérimentations humaines dans les camps de concentration, ou l'anatomiste Hirt à massacrer des prisonniers pour le seul plaisir de se constituer une collection de crânes juifs et slaves. Jamais les archéologues ne protestèrent : parce que Hitler avait redonné aux « professeurs » le statut social qui était le leur dans l'Allemagne de Guillaume II. Parce que les privilèges du corps universitaire étaient restaurés. Parce que l'antisémitisme et l'anticommunisme traditionnels de l'Université étaient flattés. Parce que, enfin, l'idéologie nazie apportait de fausses certitudes aux délicates questions sur les rapports entre race, ethnie et territoire, confondant le tout au nom de la germanité.

Le bilan global est négatif : des fouilles rapides, des résultats qui ne sont que des tissus d'affabulations – souvent reprises aujourd'hui par la *Northern League* dans le monde anglo-saxon ou la revue *Nouvelle École* en France[3]. Mais surtout, et c'est le pire, c'est l'exemple d'une démission intellectuelle collective de toute une discipline, au nom de la défense de ses privilèges. Le corps avait décidément tué l'âme.

Propos recueillis par Éric Vigne.

Notes

1. Reinhard Bollmus, *Das Armt Rosenberg und seine Gegner,* Stuttgart, 1970 ; Michael H. Kater, *Das Ahnenerbe der SS, 1935-1945,* Stuttgart, 1974. Voir aussi Volker Losemann, *Nationalsozialismus und Antike,* Hambourg, 1977, et la contribution d'Alain Schnapp (« Archéologie, archéologues et nazisme ») aux mélanges Poliakov, *Le Racisme, mythes et sciences,* Bruxelles, Complexe, 1981 (diff. PUF).

2. On lira la traduction du livre de W.F. Otto, *Les Dieux de la Grèce* (Paris, Payot, 1981), publié en Allemagne en 1929. Face aux nazis, Otto démontrait la radicale altérité de la religion grecque d'avec la civilisation allemande (voir *L'Histoire* n° 34, mai 1981, p. 92).

3. Voir Michael Billig, *L'Internationale raciste. De la psychologie à la « science » des races,* Paris, Maspero, 1981.

A l'origine était Kossina

Gustav Kossina (1858-1931), archéologue allemand, professeur à Berlin, développa dans de nombreux travaux et dans la revue *Mannus* qu'il fonda, l'utilisation de l'archéologie dans l'exaltation du passé des Germains et au service des revendications territoriales pangermanistes. Identifiant culture, archéologie, ethnie et race, il avait trouvé dans les migrations d'une « race nordique » la clef du phénomène indo-européen : cette « race nordique », par vagues préhistoriques successives à partir de son berceau scandinave, se serait progressivement assuré le contrôle de l'Europe et du monde indo-iranien. Cette thèse allait donner au national-socialisme le soubassement doctrinal que l'on sait.

La mise en pratique de ces théories fut, pour l'essentiel, postérieure à la disparition de leur auteur, mort en 1931. Mais Kossina revendiqua toujours les implications politiques de ses recherches. En 1918, il adressait aux négociateurs du traité de Versailles un mémoire démontrant qu'aux temps préhistoriques une bonne partie de la Pologne était occupée par les Germains ; et le titre de son œuvre principale est bien : *La Préhistoire allemande. Une science au plus haut point nationale* (1912). Son enseignement universitaire à Berlin était d'un grand retentissement, et ses thèses méthodologiques, notamment l'équation « culture archéologique = ethnie », sont à la source de débats qui ne sont toujours pas clos.

Voir Jean-Paul Demoule, « Les Indo-Européens ont-ils existé ? », *L'Histoire* n° 28, novembre 1981, p. 108-120.

La résistance allemande à l'hitlérisme

Jacques Droz

Peut-on parler d'une résistance au nazisme ? La question paraîtra étrange à ceux qui ont présents à l'esprit l'influence charismatique du Führer sur les masses, les Jeux olympiques de 1936 [1], la volonté de lutte qui a animé le peuple allemand jusqu'à la défaite finale. Dans ces conditions, les forces de résistance qui se sont tout de même développées en Allemagne sont le fait de personnalités isolées ou de groupes restreints, qui ne représentent qu'eux-mêmes et dont il est difficile d'évaluer l'importance numérique : rien de comparable aux masses qui ont rejoint la résistance en France, en Italie ou en Yougoslavie.

Ces résistants allemands, qui appartiennent à tous les milieux, sont mus par un impératif moral, par le dégoût que provoque en eux un régime fondé sur la terreur et l'oppression. Représentant un courant très minoritaire, ils n'ont été que faiblement soutenus à l'étranger dans les entreprises qu'ils ont menées contre le régime hitlérien.

Les historiens des deux Allemagne, RDA et RFA, ont insisté, les premiers sur le rôle des partis de gauche, et en particulier des communistes dans l'opposition ; les seconds sur les fractions de la bourgeoisie qui n'avaient pas accepté le régime. Il faut tenir compte, d'autre part, que dès 1933 la plus grande partie des opposants a dû s'exiler en URSS, en France, en Tchécoslovaquie, en Angleterre, puis aux États-Unis, se coupant de ceux de leurs compatriotes qui continuaient à combattre dans leur pays. C'est donc à l'étranger que se sont constitués les groupes antifascistes les plus importants.

Impossible union...

L'union des groupes de gauche, sociaux-démocrates du SPD et communistes du KPD, était rendue difficile par les polémiques échangées avant 1933, le KPD considérant les socialistes, traités de « sociaux-fascistes », comme leur principal adversaire et estimant que l'hitlérisme, qui ne parviendrait pas à s'installer en Allemagne, serait suivi de la dictature du prolétariat. Quant aux socialistes, ils s'étaient d'abord repliés sur un prudent attentisme qui excluait toute résistance armée.

Mais la répression s'était également abattue sur les deux partis, dont les états-majors furent obligés de s'exiler. A Prague, les leaders sociaux-démocrates constituèrent un comité directeur, la SOPADE, qui publia un *Neuer Vorwärts,* et firent pénétrer clandestinement en Allemagne des bulletins destinés à renseigner l'opinion sur les forces de résistance à l'hitlérisme. Willy Brandt, le futur chancelier de la RFA, fut étroitement mêlé à ces activités. Mais se considérant comme l'unique porte-parole de l'ancien parti, la SOPADE, restée profondément réformiste, ne put s'imposer à l'ensemble de la gauche non communiste.

Les relations avec les communistes restèrent longtemps très tendues, jusqu'au jour où le gouvernement soviétique se décida, par crainte du péril allemand, de se rapprocher des démocraties et favorisa la formation de fronts populaires : les communistes firent alors des propositions d'unité d'action ; mais les conférences que leurs leaders (Ulbricht, Dahlem) eurent alors avec les représentants de la SOPADE ne purent surmonter la méfiance dont ils étaient l'objet.

C'est alors qu'intervinrent les milieux intellectuels qui s'étaient établis à Paris. L'exemple du Comité de vigilance des intellectuels antifascistes amena certains d'entre eux à envisager un rapprochement des groupes de la gauche. Le communiste Willi Münzenberg[2] avait créé de nombreuses maisons d'édition comme Carrefour, qui constituaient des lieux de rencontre pour les exilés. Ce fut le romancier Heinrich Mann qui prit l'initiative de réunir un certain nombre de militants, hommes politiques et écrivains qui, en février 1936, à l'hôtel Lutetia, lancèrent l'idée d'un front populaire allemand, auquel des romanciers célèbres – Johannes Becher, Anna Seghers, Lion Feuchtwanger –, réunis dans l'Association des écrivains allemands, donnèrent leur caution. Mais l'entente péniblement établie ne résista pas à l'annonce des procès de Moscou et aux réactions diverses que suscita la guerre d'Espagne. Ce fut divisés que les deux partis affrontèrent la Seconde Guerre mondiale, qui devait se solder pour beaucoup d'exilés par l'internement dans des camps français, pour les plus fortunés par la fuite aux États-Unis.

La « Société du mercredi ».

En Allemagne même, des groupes de résistants autour de *Neu Beginnen* (« Nouveau recommencement ») avaient également cherché à donner un programme commun aux diverses fractions du monde ouvrier qui, dans son ensemble, avait été moins subjugué que la bourgeoisie ou la paysannerie par l'attrait de l'hitlérisme, comme le montrent les premières élections aux conseils d'entreprises. A vrai dire, les communistes, avec une opiniâtreté qui force l'admiration, avaient constamment tenté de reconstituer les cellules de résistance, malgré les pertes élevées que leur infligeait la Gestapo. Quant aux socialistes, ils se sont rendu compte plus tôt que la lutte clandestine était vaine et ont pris des contacts avec les militaires ou les hauts fonctionnaires qu'épouvantait l'évolution du régime.

Il existait en effet dans les milieux attachés à l'ordre social des personnalités qui, après avoir favorisé ou accepté l'établissement de Hitler au pouvoir, avaient redouté ses excès. Dans les milieux civils, cet état d'esprit fut représenté par le bourgmestre de Leipzig, Karl Goerdeler, qu'avait ulcéré la destruction de la statue du musicien Mendelssohn, parce qu'israélite, et qui, grâce aux voyages que lui procurait la firme d'un industriel, Robert Bosch, avait rendu visite aux milieux diplomatiques à l'étranger. Non que Goerdeler ait été le moins du monde un démocrate : il envisageait pour l'Allemagne, libérée du nazisme, un régime technocratique et conservateur ; bien plus, il espérait conserver à l'Allemagne une place prépondérante en Europe.

Mais, à travers la « Société du mercredi », Karl Goerdeler avait pris contact avec le général Ludwig von Beck qui, de son côté, avait été ulcéré comme chef de l'état-major de la façon dont Hitler s'était débarrassé, en invoquant des scandales de leur vie privée, du général von Fritsch et du ministre de la Guerre von Blomberg, et qui s'était déclaré franchement hostile aux projets de liquidation de la Tchécoslovaquie en 1939. Il existait donc tout un groupe, formé par des fonctionnaires, comme le secrétaire d'État aux Affaires étrangères von Weizsäcker, des financiers proches de Schacht, des membres des services de contre-espionnage, tel Hans Oster, qui essayèrent d'avertir l'opinion étrangère des ambitions démesurées de Hitler, sans qu'il leur fût accordé autre chose qu'une audience sceptique.

Les milieux conservateurs étaient d'autant plus alarmés que Hitler, après avoir professé un grand respect pour les religions, avait laissé se développer, sous l'influence des idées néopaïennes de Rosenberg, une vive persécution contre les Églises. Alors que dans l'Église catholique, à la suite du Concordat signé avec le pape Pie XI, et malgré les entraves apportées à l'éducation religieuse de la jeunesse, la résistance effective se limita à certains milieux isolés du clergé, il s'était constitué dans l'Église protestante, cependant traditionnellement plus asservie à l'État, une fraction importante, la *Bekenntrüsskirche* (« Église confessante »), à qui répugnait le racisme de ceux qui s'intitulaient « chrétiens-allemands », et qui dénonçait l'incompatibilité du national-socialisme avec le christianisme. Bien qu'il ait été originellement national-socialiste, le pasteur de Berlin-Dahlem, Niemöller, avait été enfermé dans un camp de concentration. Si la majorité des fidèles espère concilier sa foi et son adhésion au régime, il n'en reste pas moins qu'une partie importante du pastorat, même si elle le fait contre son gré, manifeste sa vigilance à l'égard des formes nouvelles que les hitlériens veulent imposer au christianisme.

20 juillet 1944.

Les diverses formes d'opposition au régime ont été pratiquement annihilées pendant la première partie de la Seconde Guerre mondiale, par suite des succès remportés par Hitler. Ce n'est qu'à partir de 1942 que les communistes restaurent leurs relations avec Moscou à travers la *Rote Kapelle,* qu'Anton Saefkow et Anton Jacob créèrent des liens avec les ouvriers étrangers travaillant en Allemagne et qu'après Stalingrad fut constitué le Comité national de l'Allemagne libre. Mais c'est dans les milieux plus ouverts que se nouent les contacts les plus utiles, par exemple dans la propriété de Helmuth von Moltke à Kreisau, où l'on rencontre, à côté des membres de l'aristocratie prussienne, des socialistes comme Adolf Reichwein et Carlo Mierendorff, des syndicalistes comme Wilhelm Leuschner et Julius Leber, des chrétiens sociaux, comme Klaus Bonhoeffer. Ces résistants devaient payer un lourd tribut à la répression hitlérienne, comme l'atteste le sacrifice du groupe catholique de la « Rose blanche » à l'université de Munich, autour de Hans et Sophie Scholl.

L'aggravation de la situation militaire de l'Allemagne devait amener un certain nombre d'officiers à envisager de mettre fin aux jours du tyran : le comte von Stauffenberg prépara contre Hitler un attentat (20 juillet 1944) dont les conjurés avaient attendu l'effondrement du régime, mais dont l'échec fut suivi d'une effroyable répression, signifiant jusqu'à la fin de la guerre l'arrêt de toute tentative de résistance.

Notes

1. Voir « Dossier : L'histoire des Jeux olympiques », *L'Histoire* nº 24, juin 1980, p. 16.
2. Voir François Fejtö, « Willi Münzenberg, un génie de la propagande politique », *L'Histoire* nº 17, novembre 1979, p. 78.

Orientation bibliographique

En allemand.

Les principaux documents sont conservés et exploités par l'*Institut für Zeitgeschichte* de Munich. Le *Röderberg Verlag* de Francfort s'est fait une spécialité dans la publication de travaux sur la résistance allemande.

H.A. Walter a publié une série d'études : *Deutsche Exilliteratur 1933-1950,* Darmstadt et Neuwied, 1974 *sq.*

Pour une vue d'ensemble, G. Weisenborn, *Der lautlose Aufstand,* Hambourg, 1953.

En français.

Marlis G. Steinert, *L'Allemagne nationale-socialiste 1933-1945,* Paris, Richelieu, 1972.

Jacques Bariéty et Jacques Droz, *République de Weimar et Régime hitlérien, 1918-1945,* t. III, *L'Allemagne,* Paris, Hatier, 1973.

Gilbert Badia, *Les Barbelés de l'exil,* Grenoble, Presses universitaires de Grenoble, 1979.

Gérard Sandoz, *Les Allemands qui ont défié Hitler,* Paris, Pygmalion, 1980.

« Appel à tous les Allemands »

Le groupe constitué par Hans Scholl, étudiant en médecine à l'université de Munich, et sa sœur Sophie, étudiante en philosophie, connu sous le nom de *Weisse Rose* (« Rose Blanche »), a sans doute ressenti de la façon la plus émouvante l'écœurement que l'hitlérisme a suscité chez certains milieux intellectuels allemands. Les deux Scholl furent condamnés à mort le 22 février 1943.

« La guerre tend inéluctablement vers sa fin. Comme en 1918 le gouvernement allemand cherche à détourner l'attention vers l'action des sous-marins, alors que les armées ne cessent de reculer à l'Est et que l'invasion est attendue à l'Ouest. Les armements américains n'ont pas encore atteint leur point culminant, mais dépassent dès maintenant tout ce que l'Histoire a connu de plus formidable. Selon une certitude mathématique, Hitler conduit le peuple allemand à son effondrement. Hitler ne peut gagner la guerre, mais seulement la prolonger. Une juste punition se rapproche de lui et de ses acolytes, dont le crime dépasse toute mesure.

» Que fait le peuple allemand ? Il ne voit rien et il n'entend rien. Aveuglément il suit ses chefs dans l'anéantissement. Victoire à tout prix ! ont-ils écrit sur leurs drapeaux. Je combats jusqu'au dernier homme, déclare Hitler – alors qu'il a déjà perdu la guerre.

» Allemands ! Voulez-vous être victimes, vous et vos enfants, du même sort que les Juifs ? Voulez-vous être assimilés à vos chefs ? Voulez-vous être éternellement le peuple haï et rejeté de l'humanité ? Non ! Alors séparez-vous de cette bande de sous-hommes que sont les nationaux-socialistes. Prouvez par l'action que vous pensez autrement. Une nouvelle guerre de libération est à vos portes. La meilleure partie du peuple se bat à vos côtés. Déchirez le manteau de l'indifférence qui enveloppe vos cœurs. Décidez-vous avant qu'il ne soit trop tard. »

G. Weisenborn, *Der lautlose Aufstand,* Hambourg, 1953, p. 151 *sq.*

3

Le nazisme et les Juifs

L'antisémitisme allemand menait-il à l'extermination ?

Jean-Claude Favez

« Comment le peuple allemand en est-il venu à détester les Juifs au point d'entreprendre, dans la joie et en toute bonne conscience, leur extermination systématique ?[1] » Cette question de Pierre Sorlin sera aussi la nôtre. Impossible, en effet, de parler de la persécution des Juifs en Allemagne sans tenir compte de ce qui s'est passé sous le IIIe Reich. Impossible de ne pas se demander si la Solution finale des nazis est l'aboutissement logique de l'antisémitisme germanique traditionnel.

L'histoire de l'Europe chrétienne est aussi celle de son antijudaïsme. Durant des siècles et sous des formes diverses, les Juifs sont séparés de la communauté nationale, méprisés, chassés, haïs et persécutés. Au XIXe siècle, des classiques de la doctrine raciste et de l'antisémitisme apparaissent en France et dans les pays anglo-saxons, alors que la Russie, au début de notre siècle, renoue avec la sanglante tradition des pogroms. C'est pourtant le IIIe Reich qui s'appliquera à opérer la liquidation de la question juive, réclamée sous une forme métaphorique, depuis des siècles, par tant d'Européens. Si le passage à l'acte est nazi, s'ensuit-il qu'il est allemand ?

Les historiens, depuis quelques années, se demandent si l'extermination physique et systématique des Juifs par les nazis résulte d'un plan préétabli et réalisé pas à pas ou si elle est l'aboutissement d'une série de décisions sectorielles et de circonstances, sur fond d'une intention globale, mais imprécise. Le rapport entre la Solution finale et l'antisémitisme allemand s'inscrit dans une alternative comparable. Pour certains auteurs, le chemin est direct qui conduit de Luther à Hitler. Pour d'autres, en revanche, l'explication du génocide doit être cherchée dans un ensemble de circonstances historiques qui dépassent le cadre particulier de l'antijudaïsme et de l'antisémitisme allemands.

Quoi qu'il en soit, la Solution finale occupe aujourd'hui, dans toutes les histoires du IIIe Reich, une place centrale. Le grand germaniste Edmond Vermeil pouvait encore, dans les années cinquante, ne consacrer que quelques pages des deux tomes de son *Allemagne contemporaine*[2] à l'antisémitisme sous Guillaume II (1888-1918) et à la doctrine raciale hitlérienne. Trente ans plus tard, comme le montre la controverse des historiens (*Historikerstreit*)[3] en République fédérale allemande, le génocide est considéré comme un enjeu fondamental, le premier des buts de guerre du IIIe Reich.

Que nous le voulions ou non, la Solution finale est omniprésente dans tout ce que nous pouvons dire de l'antisémitisme. Il suffit pour s'en assurer de comparer les entrées de ce dernier terme dans les encyclopédies avant et après la Seconde Guerre mondiale. D'où une double contrainte. Résister d'une part à la tentation téléologique, même si nous ne devons pas oublier la tragédie. Et, d'autre part, interroger le passé à partir des questions que soulève cette même tragédie, ses origines et son sens, car nous ne pouvons faire abstraction de la période de 1933 à 1945. Ainsi, il convient par exemple de se pencher moins sur les doctrines que sur leur efficacité sociale. Et de se demander comment des fonctionnaires, des officiers ou des médecins ont pu obéir aux ordres reçus, et même les devancer, sinon dans la joie et la bonne conscience, comme l'affirme Pierre Sorlin, du moins avec zèle et compétence, alors que ces ordres les entraînaient à commettre des actes en contradiction totale avec les valeurs dans lesquelles ils avaient été élevés et qui inspiraient jusque-là leur vision du monde. Y a-t-il, entre la violence spontanée et même la haine traditionnelle de l'Ancien Régime envers les Juifs et le massacre froidement perpétré par le IIIe Reich, un rapport aussi évident que le suggère l'enchaînement des textes antisémites de l'Antiquité à la Seconde Guerre mondiale ? Et si, comme l'affirme Saül Friedländer, « la persécution et l'extermination des Juifs par les nazis relèvent avant tout de la psychopathologie collective[4] », quelle part revient, dans l'explication, aux mentalités traditionnelles et quelle autre aux délires de la société contemporaine[5] ?

Arrivés en terre germanique, selon les archéologues, avec les légions romaines, les Juifs s'installent principalement en Rhénanie. Ils ne quitteront plus ces régions jusqu'au XXe siècle. La continuité est donc la première marque des rapports entre Juifs et Allemands, à la différence de ce qui s'est passé ailleurs en Europe, où, à plus d'une reprise, les communautés israélites seront brutalement expulsées, voire dépouillées et malmenées par les souverains, comme en Angleterre à la fin du XIIIe siècle, en France au début et à la fin du XIVe, et en Espagne un siècle plus tard. Persécutés et en partie convertis de force, les très nombreux Juifs de la péninsule Ibérique (sephardim) trouveront refuge dans l'Empire ottoman, alors que, dès le milieu du XIVe siècle, le royaume polono-lituanien abritera une importante communauté israélite germanophone (ashkenaz), qui vivra à l'abri des massacres jusqu'à la révolte cosaque de 1648.

Cette continuité ne doit toutefois pas faire illusion. Les divers États et villes de l'Empire germanique procèdent également à des renvois massifs. Mais, en raison du morcellement territorial ou de la place qu'ils occupent dans l'économie locale, les expulsés trouvent vite à s'installer ailleurs, quitte à revenir ensuite à leur point de départ. En 1671, par exemple, l'électeur de Brandebourg, Frédéric-Guillaume, accueille à certaines conditions les Juifs chassés de Vienne par les Habsbourg. Comme les huguenots de France après la révocation de l'édit de Nantes, en 1685, ils travailleront à la future puissance de la Prusse.

Protégée théoriquement par les empereurs, selon une tradition qui remonte aux Carolingiens, la minorité israélite n'est donc pas à l'abri de la persécution dans l'Allemagne médiévale. Elle est soumise à des violences périodiques qui lui rappellent qu'elle n'est qu'une colonie étrangère méprisée. En 1096, dans l'atmosphère tempétueuse de la première Croisade, les massacres anéantissent presque totalement la population juive de Worms, Mayence et Cologne. Cette crise, que l'autorité ecclésiastique et civile tente parfois, mais en vain, d'empêcher, semble marquer un tournant dans l'histoire des relations judéo-germaniques. Désormais, les descentes meurtrières des chrétiens dans les ghettos, autrement dit les pogroms, les assassinats et les pillages, ne cessent plus, notamment lors de la difficile période de la Grande Peste au milieu du XIVe siècle. Et même si elles diminuent d'intensité et de fréquence à partir du XVIe siècle, ces violences populaires particulièrement lors des crises financières, gardent l'apparence de décharges psychiques collectives où les assaillants manifestent à la fois leur agressivité, leur peur et leur ressentiment.

La présence permanente de judaïsme en Allemagne ne s'accompagne pas seulement de violences persistantes. Plus impressionnant peut-être est le progrès continu de la ségrégation. Dès le début, l'attachement des Juifs à leur culte, à leur communauté et à leur conviction d'être le peuple élu leur a valu un traitement à part que l'on peut comparer à celui que le Moyen Age réserve à tous les groupes d'étrangers. Mais les Juifs ne sont pas des étrangers comme les autres. Peuple déicide et peuple de Dieu, ils sont pour l'Église et pour les chrétiens un objet de scandale et d'interrogation.

Si l'antijudaïsme médiéval est incompréhensible hors de son contexte religieux, il ne s'explique pas non plus sans référence sociologique, puisque les Juifs survivent aux marges de la société. Écartés du système féodal, exclus de la propriété du sol et des corporations, ils ne peuvent exercer que des occupations marginales, voire illicites : le commerce d'abord, avec l'aide du réseau de solidarités qui unit les communautés, puis le prêt sur gage, l'usure, la vente à tempérament. Ces activités sont tout à la fois condamnées par l'Église, méprisées par la population et indispensables à la société.

Tolérés, puisque utiles, mais soupçonnés et haïs, parce que marginaux, les Juifs nouent avec leur environnement des relations d'une extrême ambiguïté. Et le fait qu'en

Allemagne ces relations ne soient marquées d'aucune interruption de longue durée ne les rend pas plus simples. Au contraire. Dès avant le IVe concile de Latran (1215), certaines autorités municipales ont commencé d'imposer des signes distinctifs qui permettent de définir et d'exclure. Le regroupement, par précaution d'abord, dans les quartiers réservés (*Judenviertel*) commence dès le XIe siècle. A l'abri dans leurs ghettos, les Juifs vivent dans une communauté qui a l'apparence d'une entité nationale, mais n'est ni souveraine ni libre. Ils y cultivent l'espoir dans un abri précaire et coûteux, car il n'y a pas de protection qui ne se paie pour les chrétiens. Et sitôt qu'ils le quittent, ils sont soumis à un ensemble de vexations, de discriminations et d'interdits dont on a pu dresser une étonnante comparaison avec les mesures de quarantaine prises par les nazis entre 1933 et 1942[6]. Dans ce sens, la législation raciale du IIIe Reich et la réouverture des ghettos à l'Est ramènent effectivement le nazisme aux sources médiévales de l'antisémitisme allemand.

L'imagerie démoniaque de l'antijudaïsme médiéval.

Mais l'apport essentiel du Moyen Age se situe probablement ailleurs. Car, aussi paradoxal que cela paraisse, il y a plus d'un rapport entre « l'horreur sacrée » (Pierre Sorlin)[7] éprouvée par les chrétiens du Moyen Age et le mythe moderne du Juif corrupteur du sang germanique. L'antisémitisme médiéval ne s'est pas contenté de tenir le Juif à l'écart, ni de le violenter et de le tourmenter, quitte à l'utiliser pour ses compétences financières ou à le dépouiller de ses richesses. Il a tiré de sa résistance à la conversion, de ses activités marginales, de sa double personnalité au-dedans et au-dehors du ghetto, toute une imagerie démoniaque de meurtres rituels, de perversions sexuelles, de puissance maléfique et de complot universel que l'on retrouve à toutes les époques dans le stéréotype du Juif, c'est-à-dire dans la représentation simplifiée que la société se fait de cet étranger, de cet exclu, de plus en plus considéré comme un ennemi.

Crûment exprimé dans une vaste littérature populaire, ou savamment dissimulé dans des écrits théologiques, érudits ou doctrinaux, ce stéréotype se révélera plus fort que la déchirure de la Réforme, puisqu'on retrouve sous la plume de Luther un emportement très médiéval contre le refus que le Juif oppose à la vraie foi. Et il survivra aussi au christianisme qui l'a vu naître, puisqu'il réapparaît, laïcisé, à l'époque contemporaine, pratiquement réparti dans toutes les familles politiques, de la gauche à la droite. A n'en pas douter, il constitue un élément d'une étonnante longévité dans les mentalités européennes.

Aux XVIe et XVIIe siècles, les souverains éprouvent le besoin d'utiliser le crédit et la compétence israélites. Peut-être faut-il voir là, avec le progrès de l'esprit critique, une des raisons du recul de l'antisémitisme médiéval. Les communautés juives, qui comptent probablement quelque deux cent mille personnes en Allemagne vers 1700, ont donc manifesté une vitalité remarquable. Elles ont survécu à la ségrégation croissante et à la persécution récurrente. Elles devront pendant longtemps encore faire face au mépris haineux, et les derniers ghettos du Reich ne disparaîtront qu'à la fin du XIXe siècle. Cependant, dès les XVIIe et XVIIIe siècles, la figure emblématique des Temps modernes n'est plus celle du Juif du ghetto, personnage difforme, toujours courant, courbé devant son protecteur détesté, mais celle du Juif de cour qui fournit aux princes éclairés les moyens de bâtir leur État et qui partage une part de leur train de vie somptueux. Encore ces postes en vue demeurent-ils menacés, comme le rappelle en 1738 la fin tragique de Süss Oppenheimer au Wurtemberg, dont Veit Harlan tirera un film célèbre (*Le Juif Süss*, 1940).

L'antisémitisme médiéval est aussi battu en brèche par les Lumières. Les hommes de l'*Aufklärung* (Lumières), à dire vrai, n'éprouvent pour le judaïsme pas plus de sympathie que les Encyclopédistes français. Ils voient en lui la source de l'aliénation religieuse dont ils entendent débarrasser l'humanité. Et s'ils souhaitent l'émancipation des Juifs, c'est parfois dans l'espoir de voir disparaître le judaïsme. Toutefois, dans l'Allemagne du XVIIIe siècle, dont la culture est française et le patriotisme cosmopolite, les appels à la tolérance d'un Lessing et d'un Mendelssohn, l'un chrétien, l'autre israélite, revêtent l'allure d'un dialogue des religions.

Les princes éclairés s'inspirent dans leur action des idées des philosophes. Ils espèrent aussi précipiter la fin du judaïsme en libérant les Juifs des contraintes historiques qui pèsent sur eux. Le mouvement d'assimilation, et même de conversion, que l'on constate à ce moment dans l'élite intellectuelle israélite ne peut que les encourager.

Le choc de la Révolution vient bousculer ces perspectives d'évolution. Le 27 septembre 1791, à Paris, l'Assemblée nationale constituante, après les protestants, émancipe les Juifs du royaume. Cette émancipation fait désormais partie du catéchisme révolutionnaire, pour les armées de la République française, qui l'appliqueront dans les territoires rhénans conquis, comme pour les patriotes allemands qui, en réaction contre la domination napoléonienne, forgent l'âme de la nouvelle Allemagne. Car les victoires françaises ont jeté bas l'ancienne organisation du corps germanique. La nouvelle patrie allemande sera une et son instauration n'est pas qu'une affaire politique et militaire. Elle représente avant tout une renaissance culturelle, un retour aux sources proprement germaniques, une mise à l'écart de tous les éléments étrangers, un approfondissement de tout ce qui fait l'esprit d'un peuple, selon les conceptions du philosophe Herder (1744-1803) : la langue, la culture, la tradition. Loin de renforcer le cosmopolitisme du XVIIIe siècle, la France des Droits de l'homme et des principes révolutionnaires universels a précipité en Allemagne la cristallisation d'un sentiment national particulariste et exclusif, qui n'hésite pas à rêver pour le nouvel État de frontières étendues aux limites de la langue et de la culture.

Entre les guerres de libération et les révolutions de 1848, la première moitié du XXe siècle est donc pour les Juifs très contradictoire, à l'image de ce qui se passe d'ailleurs dans la Confédération germanique (formée en 1815), restaurée dans ses formes traditionnelles, mais en proie à une fièvre patriotique et travaillée par les premières douleurs de l'industrialisation. D'une part, l'antijudaïsme chrétien et conservateur survit, notamment dans les milieux populaires. D'autre part, les patriotes allemands estiment que les Juifs sont inassimilables et qu'ils doivent abandonner leurs traditions s'ils veulent pouvoir entrer dans la communauté germanique ou pangermanique nouvelle. Enfin, l'antijudaïsme des Lumières renaît sous la plume des jeunes hégéliens (Bruno Bauer, Karl Marx, etc.).

Malgré une forte réaction antisémite dans les années qui suivent 1815 (et les révolutions de 1848), les gouvernements de la Confédération poursuivent l'œuvre législative et administrative d'émancipation, mais avec une grande lenteur. En 1812, la Prusse a promulgué un édit relatif aux conditions civiles des Juifs. Demeuré lettre morte pendant des années, il est mis graduellement en application jusqu'à l'émancipation totale en 1869. Vienne a précédé Berlin de deux ans et le Reich unifié suivra leur exemple en 1871 lors de la proclamation de l'Empire. Sur une échelle séculaire, les progrès sont donc incontestables, même s'ils apparaissent plus hésitants que dans les autres grands États modernes. D'ailleurs, le mouvement d'assimilation, mesuré notamment par le nombre des mariages mixtes, s'amplifie.

Mais, contrairement à ce qui se passe en France ou en Grande-Bretagne, la société civile ne suit pas à la même allure. Pour des raisons économiques sans doute, car la crainte de la concurrence juive mobilise bon nombre de commerçants et d'artisans. Pour des raisons culturelles aussi. Au fur et à mesure que tombent les prescriptions administratives des États de la Confédération, qui avaient fait des Juifs des étrangers sur sol allemand, de nouvelles barrières – le plus souvent non formelles – apparaissent, qui les maintiennent en quarantaine. Le mouvement commence très tôt dans les universités, ce qui n'est pas un hasard puisque celles-ci sont les foyers les plus avancés du patriotisme militant. On le remarque également dans les corps de l'État, la haute administration et l'armée en particulier. Il y a donc bien, dans la conscience nationale allemande qui s'affirme, une exclusive que la crise des années 1880 mettra en lumière.

Dans les dernières décennies du XIXe siècle, le Reich vit une accélération rapide du progrès industriel et capitaliste, partant, une aggravation des tensions culturelles et sociales. La proportion des Juifs dans la population tend à diminuer (moins de 1 %)[8], mais leur place dans la société devient plus importante. Profitant de l'émancipation, ils participent pleinement à l'essor économique, en particulier dans la banque (Bleichröder, Mendelssohn, Rothschild, Ballin, etc.). Ils cherchent à accroître leurs chances de réussite par la fréquentation de l'université. Ils investissent massivement des domaines encore peu pris en charge par les Allemands, comme le journalisme, le théâtre et même la politique. Cette concentration professionnelle et idéologique, et cette mobilité sociale collective sont caractéristiques des tensions objectives qui peuvent naître entre les Juifs et leur environnement. Peu de périodes dans l'histoire illustrent aussi bien ces tensions que l'époque de Bismarck et de Guillaume II.

La rapidité et l'intensité de la modernisation expliquent que l'Allemagne est alors plus touchée que d'autres nations par une remise en question de la société industrielle et de la science, qui débouche chez quelques intellectuels sur un profond pessimisme appelé à survivre jusqu'au XXe siècle.

Cette critique de la modernité fraye la voie au développement de la pensée raciste. Certes, l'Allemagne n'est pas seule en cause. Les origines – innocentes – de ce courant d'idées remontent aux sciences naturelles et à la philologie du XVIIIe siècle. C'est un Français, Arthur de Gobineau, qui réalise au milieu du XIXe siècle une des premières grandes synthèses du corpus d'idées qui circulent alors à propos de la classification et de la hiérarchisation des races humaines. Et des Anglais, Herbert Spencer et Francis Galton, qui prolongent dans le domaine social l'évolutionnisme de Darwin. Darwinisme social et eugénisme scientifique appartiennent à la culture européenne (et nord-américaine) à l'âge de l'impérialisme triomphant. Mais, rejoignant en Allemagne des frustrations nationalistes plus vives qu'ailleurs, ils débouchent sur une exaltation pseudoscientifique de la race nordique dont les *Grundlagen des 19. Jahrhunderts* (Fondements du XIXe siècle) du germanophile Houston Stewart Chamberlain, gendre de Wagner, restent l'expression achevée. Ils trouvent un écho plus large qu'ailleurs chez les intellectuels et dans le monde scientifique, ce qui est déjà inquiétant, et même une résonance publique, comme le prouve le succès de Julius Langbehn dont le *Rembrandt als Erzieher* (*Rembrandt éducateur*, 1890) connaît trente-neuf rééditions en deux ans.

Une nation et son ennemi : le Juif.

L'antisémitisme politique, pour des raisons que nous venons d'évoquer à propos de l'ère wilhelminienne, connaît une vive relance à la fin du siècle. Faut-il rappeler ici l'immense succès, en 1886, de *La France juive* de Drumont et l'éclatement, quelques années plus tard, de l'affaire Dreyfus ? Dans les empires dynastiques multinationaux – Autriche-Hongrie et Russie –, menacés de dislocation par les revendications des minorités nationales, l'antisémitisme sert les desseins des démagogues, comme le prouvent la carrière de l'avocat antisémite Karl Lueger, installé à la mairie de Vienne contre le vœu de l'empereur, ou les pogroms qui flambent dans la Russie de Nicolas II.

En Allemagne, l'antisémitisme apparaît sur la scène politique presque en même temps que le terme lui-même, dans les années 1880. Deux faits significatifs en témoignent. D'une part, une requête, solennellement remise à Bismarck en 1881 et à laquelle s'associent 225 000 signataires, qui demande l'arrêt de l'immigration juive et l'exclusion des Israélites de la fonction publique. D'autre part, quelques succès électoraux en dents de scie, entre 1881 et 1907, lors des élections au Reichstag et dans les parlements d'États, de partis et de mouvements se réclamant entièrement ou accessoirement de l'antisémitisme. Il convient toutefois de rappeler que le gouvernement impérial enterrera la pétition de 1881 et que les plus gros gains électoraux obtenus par les antisémites ne dépasseront pas 3,6 % des suffrages exprimés, en 1898. L'antisémitisme parlementaire, dont se réclament les chrétiens-sociaux (Stöcker) et les radicaux (Böckel), reste donc un phénomène marginal, bien que le ressentiment social des petits paysans et des classes moyennes se traduise par une hostilité croissante envers les Juifs.

Au regard de l'avenir, l'essentiel tient dans la constitution d'une vision du monde qui renouvelle profondément l'antisémitisme traditionnel, tout en renforçant et en laïcisant le stéréotype de l'ennemi juif. Journalistes et publicistes comme Wilhelm Marr (*Der Sieg des Judentums über das Germanentum, La Victoire du judaïsme sur le germanisme*, 1873) et Konstantin Frantz, professeurs d'Université comme Paul de Lagarde (*Deutsche Schriften, Écrits allemands,* 1875) ou Heinrich von Treitschke (*Ein Wort über unser Judentum, Un mot sur notre judaïsme*, 1880) ne se contentent pas de considérer les Juifs comme des étrangers, ni de voir en eux les principaux responsables des malheurs du temps (la débâcle bancaire de 1873, par exemple). La destinée manifeste, pour user d'une comparaison avec les États-Unis, qu'ils assignent à la supériorité germanique, ne saurait se réaliser dans une Allemagne enjuivée. Avec une telle perspective, le lien n'allait pas tarder à se créer entre le nationalisme pangermanique, l'antisémitisme, la doctrine raciale et le darwinisme social. C'est chose faite, ou presque, dès 1880, avec l'ouvrage d'Eugen Dühring, *Die Judenfrage als Rassen-Sitten-und Kulturfrage* (*La Question juive comme une question de race, de mœurs et de culture*). Dès avant la fin du siècle, l'antisémitisme racial, qui permet d'établir de façon « scientifique » l'infériorité et la nocivité juives, est ainsi établi en tant que doctrine.

Mais il l'est aussi en tant que sensibilité, car on ne saurait mesurer l'impact de cet ensemble d'idées grâce aux seuls ouvrages doctrinaux. Par le biais du nationalisme et de la critique du temps présent, il pénètre dans de puissantes organisations corporatives ou patriotiques, telle la Ligue pangermanique (*Alldeutscher Verband*). Et il circule sous forme de brochures et de journaux populaires. Beaucoup de demi-intellectuels déçus viendront y chercher l'explication de l'injustice dont ils sont victimes. Parmi eux, le jeune Adolf Hitler qui fait, au début du siècle, sur le pavé viennois, son noviciat antisémite.

Paul Leroy-Beaulieu écrivait en 1897 que l'antisémitisme était une importation allemande. Il le reste au XXe siècle, malgré la ferveur avec laquelle les Juifs défendent leur patrie allemande entre 1914 et 1918. A première vue, la guerre mondiale, l'Union sacrée, mais plus encore la république proclamée en novembre 1918 parachèvent leur intégration. Le nouveau régime leur ouvre en effet des portes qui demeuraient fermées dans l'État wilhelminien. Les partis modérés de gauche – sociaux-démocrates et démocrates – vers lesquels se porte la majorité de leurs suffrages sont maintenant au pouvoir. Modernité, libéralisme et critique sociale inspirent la vie artistique et intellectuelle. Un grand industriel juif, Walter Rathenau, est même nommé ministre des Réparations, puis des Affaires étrangères. Il occupe donc les postes les plus sensibles pour le sentiment national et l'honneur du pays, alors que le Reich affronte la difficile exécution du traité de Versailles.

Sa nomination a provoqué un choc. Son assassinat, en juin 1922, est un symbole. Car, comme au début et à la fin du siècle précédent, la perspective de voir le Juif sortir du ghetto provoque un renouveau d'antisémitisme et le besoin de définir de nouveaux modes de quarantaine. La république n'est-elle pas née de la défaite ? Et celle-ci n'est-elle pas le fruit de la révolution ? Et la révolution n'est-elle pas l'affaire des Juifs, si nombreux dans l'extrême gauche ? Émotionnellement et doctrinalement, l'antisémitisme racial, dont on a vu qu'il a déjà bien infiltré la droite patriotique et conservatrice sous le régime impérial, investit la totalité des mouvements et des partis hostiles à la révolution, à la république ou tout simplement aux partis démocratiques. Tous les maux du présent, du Diktat de Versailles à la grande dépression des années trente, en passant par l'hyperinflation de 1923, trouvent une explication dans le complot de la juiverie internationale, si clairement dévoilé par *Les Protocoles des Sages de Sion.* Ce faux antisémite ne décrit-il pas, en effet, la conspiration des Juifs pour s'emparer du contrôle du monde ? Une fois de plus, le stéréotype du Juif, ennemi, paria, bacille, fonctionne comme la figure du mal absolu, la représentation concrète de la menace mortelle qui pèse sur la race nordique. Et, cette fois, le Juif ne peut plus espérer échapper à sa condition, puisqu'il s'agit non plus de foi, de baptême, donc de conversion, mais de race, scientifiquement définie, et des lois éternelles de la nature.

Encore faut-il, pour imposer l'évidence de l'histoire, trouver les mots qui pénètrent au plus profond du désespoir et de la haine collective. Seul un homme au psychisme profondément perturbé semble capable d'entrer ainsi en phase avec son époque. Il sera alors, comme Hitler aimait à le dire de lui-même dans les années avant la prise du pouvoir, le tambour de la révolution nationale.

La difficile et lente constitution de la nation en un État moderne, la contradiction entre le rêve et la réalité ne sont probablement pas étrangères à cette hostilité, expression de la crainte des Allemands pour eux-mêmes. Pourtant, à plus d'une reprise depuis le XVIIIe siècle, les rapports entre les Juifs et leur environnement se sont améliorés. Des perspectives d'émancipation, voire d'assimilation, se sont ouvertes, qui auraient pu conduire à une reconnaissance du judaïsme dans la société. Cependant, chaque fois, le moment historique s'est achevé par le renforcement d'un nationalisme exclusif et agressif, que ce soit au sortir de l'occupation française, à l'époque de l'impérialisme ou sous la république de Weimar. « La nation allemande, écrit Jacques Madaule, est donc poussée à l'antisémitisme par une sorte de dynamique propre qui ne se retrouve pas au même degré ailleurs. »

L'antisémitisme allemand ouvre la voie à la Solution finale. Non seulement par sa virulence, mais par sa durée historique et, à l'époque contemporaine, par sa diffusion dans toute la société. Encore fallait-il, pour passer à l'acte, du moins dans le cas des individus qui ne souffraient pas d'une névrose antijuive, que le mythe racial se révèle plus fort que les normes du comportement social et individuel traditionnel. La profondeur de la crise morale et nationaliste traversée après 1918 par l'Allemagne l'a permis. Une crise qui a cumulé les effets des facteurs culturel, social et psychologique de l'antisémitisme. Et qui a, en même temps, totalement désespéré la faible conscience démocratique et libérale qui pouvait alors exister dans le Reich.

Notes

1. Pierre Sorlin, *L'Antisémitisme allemand*, Paris, Flammarion, 1969, p. 9. Nous nous sommes largement inspiré, pour les périodes médiévale et moderne, des perspectives de cette excellente mise au point qui demeure d'actualité.

2. Paris, Aubier, 1953.

3. Cf. *Devant l'histoire*, Paris, Éd. du Cerf, 1988.

4. Saül Friedländer, *L'Antisémitisme nazi. Histoire d'une psychose collective*, Paris, Le Seuil, 1971, p. 7. L'ouvrage de Friedländer est fondamental, et pas seulement pour les lecteurs francophones.

5. *Id.*, p. 12.

6. Raul Hilberg, *La Destruction des Juifs d'Europe*, Paris, Fayard, 1988, p. 18-21. La version française est désormais la plus complète des nombreuses éditions de cette somme sur la Solution finale.

7. Pierre Sorlin, *op. cit.*, p. 23.

8. Soit environ 500 000 personnes.

Orientation bibliographique

Les études d'ensemble consacrées uniquement ou principalement à l'antisémitisme allemand ne sont pas légion, alors que la Solution finale et l'antisémitisme proprement nazi font l'objet d'un nombre croissant de travaux. Les travaux d'histoire régionale se sont multipliés en République fédérale, mais ils ne sont publiés, en règle générale, qu'en allemand.

Outre les ouvrages déjà signalés en notes de Pierre Solin et Saül Friedländer, on trouve une grande érudition dans l'œuvre de :

Léon Poliakov, notamment *Histoire de l'antisémitisme*, Paris, Calmann-Lévy, 1955-1977, 4 vol.

En Allemagne.

H.G. Adler, *Die Juden in Deutschland. Von der Aufklärung bis zum Nationalzozialismus,* Munich, 1960.

W. Kampmann, *Deutsche und Juden*, Heidelberg, 1963.

Fritz Stern, *L'Or et le Fer, Bismarck et son banquier Bleichröder*, Paris, Fayard, 1990.

Sur la crise du nationalisme à la fin du siècle.

G.L. Mosse, *The Crisis of German Ideology. Intellectual Origins of the Third Reich,* New York, Grosset and Dunlop, 1964.

Fritz Stern, *The Politics of cultural Despair. A Study in the Rise of the Germanic Ideology*, Berkeley, University of California Press, 1961.

La guerre et la république de Weimar.

Norman Cohn, *Histoire d'un mythe. La « conspiration » juive et « Les Protocoles des Sages de Sion »*, Paris, Gallimard, 1967.

E. Zechlin, *Die deutsche Politik und die Juden im ersten Weltkrieg*, Göttingen, 1970.

Entscheidungsjahr 1932. Zur Judenfrage in der Endphase der Weimarer Republik, sous la direction d'E. Mosse et A. Paucker, Tübingen, 1965.

L'extermination des Juifs

Saül Friedländer

Holocauste : le regard de l'historien.

Sur les faits, tout a été dit ou à peu près. Le procès de Nuremberg, le procès Eichmann à Jérusalem ont rassemblé de volumineux dossiers ; de multiples témoignages ont donné matière à des milliers de livres dans toutes les langues ; on a pu calculer que près de 6 millions de Juifs européens ont été ainsi délibérément « éliminés » par le régime nazi. Reste encore à comprendre pourquoi.

Comme le rappelle Saül Friedländer, la monstruosité de l'assassinat collectif qui nous hante n'est réductible à aucune explication simple : elle résulte d'un enchevêtrement causal dans lequel il faut s'appliquer à trier l'important et l'accessoire.

Ce qui nous impressionne ici, c'est la rencontre destructrice d'un délire (l'antisémitisme) et d'une rationalité (l'application méthodique de la Solution finale*). On sait que c'est en 1942, alors que la guerre sur le front russe aurait dû monopoliser toutes les forces dont il disposait, que Hitler, contre toute raison, en engagea une bonne part à la destruction des communautés juives. Pour lui, ce n'était pas un moyen ; c'était un véritable but de guerre, – une guerre qu'il avait entreprise au lendemain de la défaite allemande de 1918 et qu'il ne crut pas avoir perdue à la veille de la défaite de 1945, déclarant quelques semaines avant sa mort : « On sera éternellement reconnaissant au national-socialisme d'avoir effacé les Juifs en Allemagne et en Europe centrale. »*

Que cet homme pût être porté au pouvoir dans un des pays les plus « civilisés » de la vieille Europe et qu'il pût réaliser une large partie de son programme exterminateur, ne laisse pas de nous troubler.

Si l'historien n'a pas de réponse définitive à offrir, du moins doit-il s'acharner à élucider les conditions du massacre : le concours de toutes les sciences dites humaines et sociales lui sera nécessaire (sinon suffisant), car ce n'est ni dans les manuels de diplomatie ni dans l'histoire traditionnelle des « idées » qu'il trouvera par quoi rendre raison de « l'holocauste ».

L'Histoire

Trois décennies nous ont permis d'accumuler les détails sur le sort des Juifs d'Europe pendant la Seconde Guerre mondiale, mais notre compréhension des faits se heurte à la même opacité qu'il y a trente ans. Pourtant, toujours la même question revient : comment l'extermination des Juifs d'Europe fut-elle possible, quelle explication peut-on en donner *en termes historiques* ? S'agit-il d'un événement absolument unique, ou de la modalité particulière d'un phénomène plus vaste, accessible, ne serait-ce qu'en partie, aux interprétations généralisantes ?

Le Mal absolu.

Les sources témoignent que les nazis n'ont jamais conçu de plan d'extermination totale des Polonais et des Russes. Quant aux Tsiganes, qui représentaient moins l'« ennemi » qu'un élément « asocial », ils firent, après bien des atermoiements, l'objet d'un plan d'extermination partielle, réalisé à faible échelle un seul mois durant, en 1944.

L'identification des Juifs au Mal absolu marque au départ la différence fondamentale entre l'action antijuive des Nazis et leur attitude à l'encontre de tout autre groupe. Mais si le caractère radical et absolu de l'antijudaïsme nazi ne permet pas de situer l'extermination des Juifs européens dans le contexte global des persécutions nazies, il permet moins encore de l'inscrire dans le cadre général de comportements idéologico-politiques contemporains comme le fascisme, le totalitarisme, la lutte des classes.

Au début de son étude sur le fascisme, l'historien allemand Ernst Nolte[1], parle d'une « interprétation juive [...] fondée sur la plus épouvantable de toutes les expériences humaines [...] et qui, du poids d'une telle expérience, conclut à une distinction entre national-socialisme et fascisme ». Or, il n'est point besoin d'être juif pour discerner sous le terme « fascisme » une multitude de phénomènes divergents et percevoir que ce commun dénominateur est d'une validité douteuse. L'un des points qui nous semblent le plus contestables chez Nolte est l'identification qu'il établit entre fascisme et antimarxisme car un tel raisonnement réduit la persécution et l'extermination des Juifs à n'être que la conséquence d'un courant général contre-révolutionnaire, antimarxiste – et rien d'autre. L'antimarxisme eût-il été leur mobile fondamental, les nazis auraient peut-être hésité à détruire de façon systématique une communauté juive essentiellement libérale et capitaliste. Ce sont bien les Juifs et non les marxistes qui furent la cible des premières comme des dernières déclarations politiques de Hitler ; et Martin Bormann donnait en 1944 une explication très claire du rapport entre antimarxisme et antisémitisme : « La doctrine nationale-socialiste est totalement antijuive, ce qui signifie anticommuniste et antichrétienne. Tout se tient dans le national-socialisme et tout concourt au combat contre le judaïsme. »

L'explication généralisante à partir du « totalitarisme » n'est guère mieux fondée que la précédente. Ainsi, une comparaison entre l'Allemagne nazie et la Russie de Staline sur la base de critères reconnus comme inhérents au « totalitarisme » montrerait aisément que les différences entre les deux régimes sont plus grandes que leurs similitudes. Il suffirait, par exemple, d'étudier la conception de l'ennemi dans les deux cas.

Le régime stalinien, par exemple, ne fit pas le secret sur le sort des déportés dans les camps de Sibérie, pas plus que n'avait été tue, dès les premières années du régime bolchevique, la liquidation en nombre desdits opposants. Les nazis, eux, ne gardèrent pas le silence sur les exécutions de leaders SA ou d'autres opposants au régime avant comme pendant la guerre. Mais leur attitude à propos de l'extermination des Juifs fut autre : l'impossible fut tenté pour occulter les faits. Aux yeux des nazis, cette extermination correspondait à une nécessité vitale, représentait une mission sacrée. Ni un geste pour l'exemple, ni un moyen pour d'autres fins.

Les marxistes face à la Solution finale.

Les historiens marxistes cherchent une explication dans le rôle prétendument économique de l'extermination des Juifs. Ils oublient que la persécution et le massacre des Juifs d'Europe ont supprimé une force de travail considérable tandis que le Reich nazi était engagé dans les phases les plus désespérées de la guerre totale. Au stade paroxystique des hostilités, moins d'un quart des Juifs de chaque convoi échappait à l'extermination dès son arrivée au camp ; et ceux-ci n'étaient de toute évidence que temporairement épargnés et voués à mourir d'épuisement. D'après les statistiques, la Solution finale a représenté pour l'économie de guerre allemande une perte telle que les biens récupérés sur les victimes n'ont servi qu'à en compenser une part infime. Rosenberg déclarait en 1941 : « En principe, aucune considération d'ordre économique n'entrera en compte dans la solution de ce problème. »

Unique dans le contexte nazi et inassimilable à d'autres phénomènes contemporains, l'extermination des Juifs peut-elle être comparée à de précédentes explosions meurtrières dans l'histoire ? D'aucuns ont mentionné la « chasse aux sorcières » durant les XVIe et XVIIe siècles et leur exécution par milliers. Mais cette comparaison ne tient pas. Tout d'abord, l'ampleur proportionnelle des persécutions : lors de la chasse aux sorcières qui dura environ deux cents ans en Europe occidentale et centrale, quelques dizaines de milliers d'entre elles tout au plus furent massacrées. Pour horribles que furent ces massacres, le chiffre correspond à celui atteint en quelques jours seulement à l'apogée de la Solution finale. Sur un autre plan – d'importance –, la confession de la sorcière, bien qu'elle ne l'exemptât pas nécessairement de la mort, la rapprochait de l'Inquisiteur : tous deux s'alliant dans un commun effort pour le salut de l'âme de la sorcière – fût-ce sur le bûcher. Ainsi, dans la pensée religieuse, il n'était pour l'être humain de damnation sans rédemption possible. Aux yeux des nazis, par contre, le Juif, irrachetable, était le Mal dans son essence même.

Rien de commun non plus avec d'autres tentatives de génocide (réussies ou pas), passées ou contemporaines. (L'exemple habituellement cité à titre de comparaison est le massacre des Arméniens par les Turcs durant la Première Guerre mondiale.) Ces autres cas d'attaques meurtrières résultent toujours de conflits ethniques et/ou politiques, aisément discernables, entre un groupe majoritaire et un groupe minoritaire ; la volonté d'anéantir que traduisent ces agressions est sans rapport aucun avec un mythe fantastique ou l'obsession du Mal incarné par le groupe à détruire. Que les victimes soient les Arméniens, les Juifs ou les Tutsi, la dimension criminelle est la même ; l'objectif : la suppression physique radicale d'un autre groupe, peut encore être identique. Mais les motivations diffèrent. A ce niveau, la volonté nazie d'exterminer les Juifs demeure singulière.

Enfin, dans la longue histoire des persécutions antijuives, les nazis jouèrent un rôle novateur. Les Juifs avaient connu la conversion forcée, l'expulsion, la violence sporadique, mais c'est seulement sous l'ère nazie que fut conçue et appliquée l'idée de leur extermination systématique.

Aucune explication unicausale ne saurait rendre compte du phénomène étudié. L'extermination des Juifs ne résulta pas de l'un des facteurs mis en relief par chacune des thèses avancées mais de la convergence, en une configuration unique, de certaines forces aisément identifiables.

En effet, on perçoit d'emblée que sans l'emprise bureaucratique et la technologie de domination et de destruction modernes, il n'y aurait pas eu de Solution finale, mais l'on perçoit aussi la résurgence de mythes anciens, d'obsessions qui rappellent les mouvements millénaristes et les visions d'apocalyptiques combats, la crainte de maléfices démoniaques, l'horreur de l'Impur. Ainsi, l'action des nazis apparaît comme liée à l'irruption d'obsessions archaïques, élaborées en termes idéologiques contemporains et traduites en une extermination de masse par les moyens de domination et de destruction modernes. *La Solution finale serait le résultat de la convergence des mythes les plus archaïques et des techniques de destruction les plus modernes.* Nous voici donc replongés dans l'histoire et, face à l'évolution du monde contemporain, en termes qui n'excluent pas l'analyse, mais dans un contexte unique.

Les racines de l'antisémitisme.

Une fois que le Juif eut été défiini comme l'un des principaux symboles du Mal dans la société contemporaine, les transformations profondes de cette société ont entraîné des changements dans les caractéristiques extérieures de ce symbole mais non dans sa nature même. En un sens, le Juif, contre-idéal de groupe, a assumé la fonction essentielle de catalyseur du Bien et du Mal, du Pur et de l'Impur, de révélateur des devoirs et des interdits sociaux. Les tensions sociales objectives entre les Juifs et leur environnement, à cause de l'autoségrégation des Juifs ou de leur pénétration dans les secteurs les plus sensibles de la compétition sociale, ont renforcé une situation induite par des facteurs indépendants de l'action même des Juifs. De génération en génération, le groupe majoritaire a projeté sur les Juifs certaines de ses craintes. Dans la plupart des cas, ces mécanismes projectifs, d'origine sociale et culturelle, se sont développés de façon relativement bénigne. Chez une minorité cependant, l'attitude antijuive est devenue un exutoire pour l'expression de désordres émotionnels profonds.

Dans les périodes relativement calmes, l'ampleur des obsessions des antisémites extrêmes trouve peu d'écho hors d'un groupe restreint ; mais en temps de crise sociale profonde, quand les intérêts vitaux sont en jeu, les normes et les certitudes menacées ou en voie de désintégration, la régression émotionnelle à laquelle les masses sont en proie de même que le relâchement des mécanismes de contrôle rationnel ouvrent un vaste champ d'influence à une telle minorité. C'est la toile de fond sur laquelle se propagea l'antisémitisme extrême dans la société allemande d'après la Grande Guerre, le terrain propice à l'éclosion des obsessions d'Hitler. Mais cette analyse très générale, certes éclairante sur le contexte de la montée de l'antisémitisme nazi, ne définit pas cette forme spécifique de haine du Juif, non plus qu'elle n'explique le rapport possible entre pathologie et bureaucratie – c'est-à-dire : entre les obsessions antisémites d'un groupe dirigeant et leur expression pratique dans le vaste cadre organisationnel de la Solution finale.

« Les Protocoles des Sages de Sion ».

Dans le mythe hitlérien du Juif, on retrouve, à des niveaux différents, les deux composantes fondamentales de toute mythologie sur le thème Juif, depuis le haut Moyen Age en tout cas : la force maléfique et l'être impur, deux éléments qui semblent aller de pair dans la caractéristique de groupes marginaux parmi les sociétés les plus diverses. Chez Hitler, ces caractéristiques générales apparaissent sous forme concrète à trois niveaux distincts :

Tout d'abord, une conception quasi métaphysique du Juif qui l'érige en principe cosmique du Mal. Cette déviation manifeste de tendances religieuses extrêmes de l'antisémitisme ressort clairement des entretiens de Hitler avec D. Eckart et de certains passages de *Mein Kampf* (« ... Si le Juif l'emporte, sa couronne sera la couronne mortuaire de toute l'humanité »). C'est à ce niveau, surtout, que Hitler intègre les divers récits ayant trait à la volonté des Juifs de dominer le monde : *Les Protocoles des Sages de Sion*, ce texte de l'antisémitisme moderne, dont l'authenticité ne fait pour Hitler aucun doute, permettent de constater et de prévoir les méfaits du « principe » juif du Mal, sur le plan politique.

Des preuves de cette action universelle des Juifs apparaîtront également au niveau suivant, auquel nous retrouvons une version extrémiste de la classique théorie des races : dressés contre les races génératrices de culture, les Juifs forment une race culturellement destructrice qui, au cours de l'histoire, s'est efforcée d'anéantir les efforts créateurs des races supérieures. Et maintenant, par le biais de la pollution raciale, de l'internationalisme, de la démocratie (le marxisme) et du pacifisme, ils visent à la domination mondiale.

Le « bacille juif ».

Enfin – et c'est là peut-être l'aspect le plus important du mythe –, les nazis considèrent le Juif comme un bacille, éventuel foyer d'une infection fatale. Cette approche bactériologique ne doit pas être confondue avec l'approche purement raciale. Mais, que la première ne s'intègre pas dans le contexte idéologique explicité ne diminue en rien son importance ; au contraire. C'est avant tout à travers l'expression spontanée que se révèle cette image du Juif, mais aussi dans les pratiques et les rites d'extermination.

Lors de son discours prononcé le 4 octobre 1943, à l'occasion d'une réunion de chefs militaires SS, Himmler parle des Russes en référence à un contexte racial et des Juifs en référence à un contexte bactériologique. S'il avait développé la métaphore raciale, il aurait assimilé les Russes à une race inférieure et les Juifs à une race destructrice. Mais Himmler a eu recours à la métaphore de la bactérie. Les Russes étaient semblables à des animaux, mais les Juifs étaient des bacilles à éliminer à tout prix et cela, précisait Himmler, de telle façon que ceux qui seraient engagés dans cette tâche ne soient pas contaminés : « Nous ne voulons pas, dans le processus d'élimination d'un bacille, être contaminés, tomber malades et mourir aussi. »

Comment la distinction entre les trois niveaux du

mythe permet-elle donc d'insérer la dimension pathologique dans le contexte de la politique d'extermination nazie et, plus précisément, d'établir un lien entre la pathologie d'un groupe restreint et la parfaite mise en œuvre du dessein meurtrier de ce petit nombre par l'immense machine bureaucratique ? L'argument de l'allégeance aveugle n'est pas une réponse suffisante ; aussi d'autres aspects doivent-ils être considérés.

Le charisme de Hitler a, sans conteste, beaucoup contribué à l'emprise et à la propagation de ses fantasmes antijuifs. Mais, bien plus encore, c'est la tendance constante du national-socialisme à éliminer toute distinction entre le plan du symbole et celui de la réalité qui facilite, par définition même, la pénétration constante du fantasme dans l'évaluation de faits réels. Enfin, d'un point de vue limité, l'idéologie raciste – et son cadre de références historiques – facilita la mise en relation entre l'image microbienne du Juif et la conception raciste générale. Ce qui dans la thèse bactériologique était réalité, devenait métaphore dans la théorie raciale. De cette façon, l'élément microbien dans le mythe nazi du Juif fut le facteur déclenchant de cet irréductible besoin d'exclure d'abord sa personne physique, de l'exterminer ensuite.

Adaptée à la mentalité de la petite et de la moyenne bourgeoisie de l'époque, l'idéologie raciale servit de cadre de référence. C'est sur ses critères que furent rationalisées les directives données au corps des fonctionnaires chargés de mettre au point les détails de la Solution finale. Mais cette idéologie était en fait trop nébuleuse pour jouer le rôle de premier moteur ; elle ne peut qu'avoir servi de courroie de transmission entre une tendance meurtrière de nature pathologique et l'organisation bureaucratique et technique de l'extermination.

Si, pour se traduire sur le plan bureaucratique, l'obsession du microbe chez les « vrais croyants » requérait une rationalisation à thème raciste, cette rationalisation s'inscrivait elle-même dans une synthèse plus large dont les autres composantes étaient les courants néoromantiques et antilibéraux ainsi que l'antimarxisme. Mais certaines des composantes de cette synthèse idéologique ne correspondaient elles-mêmes qu'à des modalités particulières d'expression, propres au nazisme, de courants idéologiques plus vastes auxquels adhéraient les petites et moyennes bourgeoisies européennes. L'idéologie se révèle ainsi être un lien entre l'attitude antijuive des nazis et le comportement des témoins, c'est-à-dire de la société occidentale.

La passivité des témoins.

Le lien structural entre le comportement des exterminateurs et celui des témoins dans le contexte de la destruction du judaïsme européen est évident : il n'a pas fallu plus de trois ans pour exterminer 6 millions de Juifs européens. Le processus a surgi et s'est développé sans entraves ; cela explique qu'il ait atteint de telles proportions en si peu de temps. Toute contreforce notable – se fût-il agi d'un vaste effort pour cacher des Juifs, de protestations réitérées ou d'une intervention au-delà des frontières de l'Europe occupée – aurait freiné le processus. L'absence, donc, de contreforces d'envergure suffisante, autrement dit, la passivité des témoins est cela même qui établit une relation entre leur comportement et celui des exterminateurs, pour différentes que fussent les motivations respectives et la part de culpabilité. La question est de savoir où réside la cause d'une telle passivité.

La « banalité du mal » ne suffit pas à expliquer la puissance de l'élan meurtrier des nazis contre les Juifs. Ainsi que nous avons essayé de le démontrer, il n'est ici de réponse sans référence à la pathologie. Quant à la passivité des témoins, elle relève du comportement le plus banal – égoïsme individuel ou collectif, choix pseudo-idéologiques ou antisémitisme traditionnel. Cependant, même à ce niveau de « banalité », cette passivité – pour ne pas parler de la collaboration avec les nazis – fut toujours l'effet d'un choix qui reléguait la survie juive après toute autre considération. Cela dit, la question demeure ouverte : au-delà de ces remarques de simple bon sens, l'historien peut-il trouver à la passivité des témoins des causes plus fondamentales ?

L'émancipation des Juifs avait signifié, avant tout, leur insertion dans le cadre juridique des États européens, en tant que citoyens égaux devant la loi. Mais elle n'avait pas signifié, sauf en de rares cas, qu'ils fussent acceptés sans discrimination par la société de ces États. La montée de l'antisémitisme en Occident dans la seconde moitié du XIXe siècle a créé un clivage de plus en plus manifeste entre le statut légal des Juifs, citoyens parmi d'autres, et leur statut réel au sein de la société ambiante. A travers ses différentes modalités, le courant antilibéral de l'époque en fut la cause directe. Le rejet croissant des valeurs légalistes et universalistes du libéralisme traditionnel allait de pair avec une disposition croissante à annuler l'égalité en droits des Juifs. La distinction, introduite par Maurras, entre « pays légal » et « pays réel » ne demeura pas l'apanage de *L'Action française* et représente l'un des thèmes clefs du problème en Europe occidentale (sur le continent, du moins). Ce processus, certes accéléré par les nazis dès 1933, se développa de façon quasi indépendante sous l'effet surtout d'une impulsion endogène.

« Personne n'en veut... ».

Quand Rothmund, le chef de la police suisse, donna aux Allemands, en 1938, l'idée d'imprimer la lettre « J » sur le passeport des Juifs d'Allemagne et d'Autriche, il suggérait par là, implicitement, de supprimer les droits légaux des Juifs dans le monde occidental. Quelques mois auparavant, la conférence d'Évian avait prouvé qu'aucun gouvernement ne voulait accepter d'immigrants juifs : « Personne n'en veut », titrait le *Völkischer Beobachter* du 13 juillet 1938. En novembre de la même année, George Rublee, directeur du comité intergouvernemental établi par la conférence d'Évian, écrit au département d'État : « ... depuis la conférence d'Évian, les portes se sont, partout ailleurs [qu'aux États-Unis et en Grande-Bretagne], systématiquement fermées aux émigrants [...] A quelques rares exceptions près, qui ne méritent pas d'être prises en considération, il n'y a pas de nouveaux pays d'accueil ouverts aux réfugiés. »

Les 936 passagers Juifs allemands du *Saint-Louis*, errant à travers l'Atlantique au printemps 1939, devinrent les symboles de la nouvelle situation juive – comme devaient l'être, en 1942, ceux du *Patria* qui, empêchés de débarquer par les Anglais, virent les rives de la Palestine et puis se sabordèrent.

Ce fut bien le ministre des Affaires étrangères Georges Bonnet qui, au cours d'un entretien avec Ribbentrop à la fin 1938, mentionna la possibilité d'embarquer des milliers de Juifs pour Madagascar...

Quand le gouvernement de Vichy promulgua les lois antijuives, il le fit de sa propre initiative – plutôt que sous la pression nazie. De son propre chef, il palliait ainsi l'écart entre « pays légal » et « pays réel ». Et quand Léon Bérard, l'ambassadeur de ce gouvernement auprès du Vatican, s'enquit des réactions du Saint-Siège à l'entrée en vigueur de décrets qui, de toute évidence, avaient laissé celui-ci impassible, Bérard se vit encouragé à abolir une égalité en droits jugée offensante pour la société chrétienne.

En rendant compte de l'attitude de la société occidentale à l'égard des Juifs, nous n'avons fait mention ni des actes de courage et de dévouement, ni de certaines protestations publiques, ni des manifestations de solidarité. Notre propos est, en effet, d'esquisser les principaux traits d'une tendance générale. De la même façon, les remarques qui suivent, concernant l'attitude des Européens à l'égard du national-socialisme, visent à souligner une tendance et non pas à donner une analyse des multiples facettes d'une situation historique très complexe. Dans cette ligne, donc, il apparaît que le comportement d'une fraction importante de la société occidentale à l'égard des Juifs fut lié à la même crise intérieure qui motiva l'attitude de ces groupes face au nazisme.

Plutôt Hitler que Staline.

A travers sa propagande comme dans son expression spontanée, le national-socialisme se présentait comme l'émanation des véritables valeurs de la culture occidentale et était perçu comme tel par nombre d'Européens. Nous avons déjà mentionné les causes de cette acceptation tacite ou explicite du nazisme comme partie intégrante de l'Occident : l'adhésion de larges couches de la petite et moyenne bourgeoisie au courant antilibéral et, surtout, leur aversion à l'encontre du marxisme, c'est-à-dire du bolchevisme.

Il n'est nul besoin, sur ce point, d'une démonstration élaborée. Évoquons seulement la multitude de justifications idéologiques de la politique d'apaisement ; l'admiration tacite ou explicite que suscita, par maints aspects, la révolution nationale-socialiste – et cela, pas seulement parmi les fascistes européens ni dans les rangs de la droite traditionnelle. Les soi-disant libéraux et même certains groupes considérés comme de tendance socialiste n'étaient pas exempts de tentations de cet ordre. Ces prises de parti se révélèrent au grand jour. Jusqu'au milieu de la guerre, le Reich fut considéré par beaucoup comme un partenaire acceptable ; le désir d'« ordre nouveau » n'était pas l'apanage d'une minorité de collaborateurs extrêmes ; c'était plutôt la collaboration qui était acceptée, sinon recherchée, par d'importants secteurs de la société des pays de l'Europe occupée ou neutre.

C'est en 1943 seulement que l'opinion publique européenne à l'égard du Reich changea fondamentalement. On peut en déduire que la révolte plus ou moins explicite des classes moyennes contre la tradition libérale a contribué à l'isolement des Juifs et que cette même révolte, de pair avec un antibolchevisme extrême, a favorisé l'acceptation tacite de bien des traits du national-socialisme jusqu'au milieu de la guerre.

Ainsi, tandis que les Juifs, perdant leur statut légal, étaient en train de devenir des « outsiders » dans leur rapport au monde occidental, les nazis continuaient à apparaître aux yeux de beaucoup (surtout après qu'ils eurent engagé la bataille contre l'Union soviétique) comme d'authentiques détenteurs des valeurs occidentales : de vrais « insiders » – bien qu'étant des ennemis formels. Or, aider l'« outsider » contre l'« insider » requiert une forte motivation et pour une seule raison déjà, les Juifs n'avaient aucune chance de se voir prêter grand secours avant que, pour tant d'entre eux, il ne fût trop tard.

Les Conseils juifs.

Après avoir tenté de formuler quelques hypothèses sur le comportement des exterminateurs, celui des témoins et sur la relation entre les deux, nous observerons maintenant les victimes et poserons la question de savoir si certains traits du comportement des Juifs ont facilité le travail des exterminateurs ou leur ont, au contraire, créé des difficultés. L'attitude des Juifs a-t-elle un tant soit peu contribué à la passivité des témoins ?

Ainsi posée, la question renvoie, de prime abord, au comportement des Juifs pendant la guerre et, plus précisément, à celui de leur *leadership* : les Conseils juifs dans l'Europe occupée. Nous ne nous étendrons pas, cependant, sur ce thème – qui, certes, demeure l'objet d'une violente polémique – et référons à l'étude d'Isaiah Trunk qui suscita ce commentaire de Raul Hilberg : « Il faut mettre l'accent sur le fait que les Conseils juifs *n'*étaient *pas* de leur plein gré les complices des Allemands. Ils n'en furent pas moins, dans la superstructure allemande, les principaux artisans. Même quand leurs activités étaient bénignes, consistant à loger les réfugiés ou à améliorer les conditions sanitaires, par exemple, ils contribuaient parfois au dessein global et aux objectifs ultimes de leurs intendants allemands. L'institution même d'un ghetto organisé fut, somme toute, un maillon essentiel dans la chaîne de destruction. En organisant cet ordre et en le préservant, les Conseils servaient inévitablement l'ennemi. »

Il nous semble nécessaire de distinguer ici entre les

données objectives de la situation et ses aspects subjectifs, entre la sphère des intentions et le monde des réalisations. Si, objectivement, les Conseils juifs ont dans bien des cas facilité la tâche des nazis, subjectivement les intentions de leur leadership visaient à l'extrême opposé.

Le destin juif.

Pour qui cherche à cerner la part de responsabilité des Juifs dans leur propre extermination, l'attitude des Juifs d'Europe dans l'entre-deux-guerres est tout aussi significative que celle du leadership juif pendant la guerre.

On sait aujourd'hui l'inconscience des Juifs concernant la menace qui se profilait dès les années 30. On peut alléguer qu'il n'existait aucun moyen de prévoir l'exact déroulement d'un processus aussi unique. Mais un sens de l'imminence du danger, dès la prise du pouvoir par Hitler, eût pu se développer parmi les Juifs. Or, la plupart ne surent comprendre que le temps des changements radicaux était arrivé.

Nombre de Juifs allemands, de Juifs européens en général, se refusaient à constater l'échec de l'assimilation-symbiose, la vanité de leurs espoirs et de leurs efforts. Ils n'étaient pas disposés à jeter un regard critique sur le passé ni à reconnaître que leur statut légal ne correspondait pas à leur statut réel. Abandonner leurs illusions les aurait réduits à en venir aux conclusions les plus pénibles. Pas seulement sur le plan abstrait, mais concernant la véritable nature de leur judéité et à propos même de l'existence physique des Juifs en Europe. Cela eût impliqué jusqu'à des décisions bouleversant le cours de leur vie quotidienne ; des conclusions que beaucoup n'avaient pas le courage de tirer et qui eussent signifié : se couper de racines considérées comme puissantes et réelles, s'engager dans une nouvelle voie – déplaisante pour la plupart –, celle de l'expatriation, quelle que fût leur destination géographique.

Qui plus est, les Juifs se voyaient membres à part entière de la société occidentale et adoptaient ses critères de perception et de jugement. Aussi leur était-il difficile de tirer, quant au national-socialisme, des conclusions non partagées par les couches les plus influentes de la société occidentale. Que les Juifs d'Europe réagirent avec véhémence aux mesures des nazis est un fait ; mais beaucoup d'entre eux étaient intimement convaincus, comme bien d'autres Européens, que les nazis – membres de la société occidentale, après tout – s'« installeraient ». Entre 1933 et 1938, le taux d'émigration de l'Allemagne fut relativement faible.

L'incapacité de percevoir l'évolution de la situation est une facette de la situation juive ; mais il y en a une autre encore. Il s'agit d'une certaine forme de participation juive aux grands bouleversements des débuts du siècle ; participation qui contribuera à renforcer les attitudes de rejet et de passivité de ceux qui seront les spectateurs de la catastrophe.

« Capitaliste » et « révolutionnaire ».

On sait combien les slogans antisémites du XIXe siècle ont été alimentés par la forte implantation des Juifs dans l'essor et l'expansion du capitalisme moderne ; on sait le retentissement que connurent cette réalité et ces slogans après la Première Guerre mondiale. Ajoutons que, malgré le déclin réel du facteur juif dans le capitalisme du XXe siècle, les apparences sont inverses, et ceci dans des contextes particulièrement propices à l'exploitation hostile. Il ne s'agit pas seulement de la fréquence des scandales financiers à grand retentissement des années 1920 et 1930, où les Juifs tiennent une part marquante (Barmat, Sklarek, Stavisky...), mais de faits anodins en apparence dont l'incidence sur l'opinion publique fut cependant immense. Mentionnons, à titre d'exemple, un seul cas, celui du rôle des Juifs dans l'économie de guerre allemande.

Le problème se pose dès la nomination, au début du conflit, de deux magnats juifs de l'économie allemande, Walter Rathenau et Albert Ballin, l'un à la tête du « service des matières premières », l'autre à celle de la « Société centrale d'achats ». D'emblée l'identification entre le Juif et l'exploitation du pays en guerre est possible. Sous l'égide de ces deux organismes, de nombreuses sociétés commerciales se forment et le nombre de Juifs qui y travaillent ou qui les gèrent est considérable. Or, au fur et à mesure que croissent la misère et l'amertume par suite de la prolongation du conflit, des exemples de ce genre, enflés par la rumeur publique, s'incrustent dans les esprits... Il semble que le capitalisme juif exploite le pays au moment de sa plus grande détresse.

Mais bien plus important encore sera le type du Juif révolutionnaire – et détracteur des valeurs établies. Ainsi, en Allemagne et en Autriche, les critiques les plus acerbes des valeurs les plus sacrées étaient juifs – Harden, Krauss, Tucholsky ; ils s'en prenaient aux valeurs culturelles reconnues, et jusqu'au mauvais usage de la langue allemande... Rien n'aurait pu davantage envenimer les plaies d'une société profondément blessée et en proie au sentiment que ses traditions les plus précieuses étaient en voie de désintégration brutale. Même si, *in abstracto*, ces critiques juifs avaient raison, ils étaient fâcheusement innocents de la sensibilité morbide des groupes qui les entouraient.

C'est l'engagement particulier des Juifs dans les mouvements révolutionnaires, pendant comme après guerre, qui revêtit le plus de signification. Dans l'histoire de l'Occident, le lien intime entre les Juifs et les mouvements révolutionnaires depuis la Révolution française a été amplement décrit : l'origine en est bien connue. Sécularisation, tout d'abord, sur les plans idéologique et politique, des idéaux messianiques de la religion juive. Par ailleurs, après s'être rebellés contre la tradition religieuse et avoir quitté le cadre de leur communauté, nombre de Juifs – tournés vers d'autres horizons – ne s'intégrèrent jamais véritablement à la société non juive. Libérés de leurs liens anciens et sans l'entrave d'une allégeance à de nouvelles entités traditionnelles, ils étaient plus ouverts aux perspectives de changement radical que beaucoup de leurs contemporains non juifs. Les leaders révolutionnaires juifs étaient le plus souvent des idéalistes bien intentionnés, brûlant de ferveur bien que manquant parfois de notions claires sur la manière dont la société pouvait être transformée en pratique. Des études récentes sur le rôle des Juifs dans les révolutions allemandes confirment ces traits de caractère – mais, aux yeux des antisémites et de la société non juive en général, ces nuances n'avaient guère de poids.

Pour éviter des interprétations erronées de notre thèse, nous dirons ceci : quoi que les Juifs aient fait ou n'aient pas fait, ils n'auraient pu réduire l'antisémitisme en tant que tel ni contrer l'émergence de la forme meurtrière qu'il prit chez les nazis, sous l'effet d'un courant démentiel et d'une désintégration sociale croissante – deux facteurs totalement indépendants des Juifs. Toutefois, nous l'avons déjà souligné, si l'antisémitisme nazi a atteint une telle ampleur, c'est qu'il n'existait pas de contreforces suffisantes dans la société européenne. L'absence de telles forces est due au fait que le Juif était considéré comme l'« outsider », le nazi comme l'« insider » – vision que les Juifs n'auraient pu radicalement altérer. Toutefois, il n'est pas improbable que l'identification des Juifs à la Révolution mondiale a facilité l'impact de la propagande nazie et a renforcé la tendance préexistante de la société occidentale à considérer les Juifs comme des éléments indésirables à exclure – quoi qu'il s'ensuive de cette exclusion. Mais l'une des raisons pour lesquelles une fraction de la société juive s'est tournée avec ardeur vers les révolutions est, semble-t-il, qu'après avoir quitté le ghetto physiquement et spirituellement, ces Juifs n'ont pas trouvé de société non juive qui fût prête à les intégrer, à les accepter tels qu'ils étaient – au-delà des pleins droits de citoyenneté qui leur furent accordés.

La dialectique de l'antisémitisme est implacable.

« Vous n'êtes rien du tout ».

En 1944, Hannah Arendt évoquait, à travers la « tradition paria », la totale étrangeté, la solitude du Juif ; elle citait cette phrase du *Château* de Kafka : le héros, symbole du Juif, s'entend dire : « Vous n'êtes pas du château, vous n'êtes pas du village, vous n'êtes rien du tout. »

L'idée d'une « tradition paria » est dépouvue de sens si l'on considère la situation du Juif du point de vue de l'exterminateur. Se fût-elle référée au phénomène qui fait l'objet de ces pages, Hannah Arendt aurait pu choisir la dernière scène du *Procès*, qui narre l'exécution de sang-froid d'un homme sans défense. Peut-être aurait-elle mentionné le détail le plus ambigu de cette scène : au dernier moment, la victime voit d'une fenêtre, au loin, quelqu'un se pencher et esquisser un geste qui, à cette distance, pourrait sembler de commisération. Mais le héros ne peut interpréter ce geste, d'aucun secours en tout cas. Puis il est frappé « comme un chien », dit-il, et il meurt.

Si nous considérons maintenant, dans la configuration globale de l'histoire, le rapport du Juif à cette société occidentale dans laquelle il a essayé de s'intégrer et dont il a été éjecté – cette société qui l'a laissé seul à l'heure du plus grand besoin –, alors le symbolisme du *Château* revêt une profonde signification que Hannah Arendt n'a pas mentionnée : le héros du roman, le Juif, est un étranger qui croit avoir été autorisé à pénétrer dans le système social représenté par le château du village. Certes, il y a été formellement invité (cela même est-il certain ?), mais, quand il essaie de s'adapter au système, il s'aperçoit que personne n'est disposé à l'accepter. Puis il devient révolutionnaire à sa façon : il tente de contourner le canal traditionnel de l'autorité, exprime son indignation face à l'injustice telle qu'il la voit pratiquée, se range aux côtés des parias du système (la famille Barnabé).

L'effort révolutionnaire du héros du *Château* est ambigu. Aussi est-il, en ce sens, symbole de la situation juive dans la société moderne. Son aspiration au changement radical est contrecarrée par un intense désir d'*appartenir* à la société telle qu'elle est, à la communauté majoritaire. Plus le héros du roman, le Juif, s'efforce d'appartenir, plus il est isolé, plus sa chute est certaine. On peut imaginer le terme de sa malédiction, le verdict final.

Kafka n'a jamais terminé ce roman, mais il raconta à certains de ses amis la fin qu'il envisageait. D'après la relation de Max Brod : le héros tombe de plus en plus bas. Soudain, un message en provenance du château : il est accepté. Mais le message arrive trop tard. Le héros est mourant ou déjà mort.

Quand, après la fin de la guerre, la société occidentale a ouvert les bras aux Juifs ; quand, en réaction à la découverte de l'ampleur des massacres perpétrés par les nazis, la tradition antisémite fut – temporairement du moins – mise à l'écart, la plupart des Juifs d'Europe ne pouvaient plus pénétrer dans la nouvelle société.

La question la plus difficile demeure – à jamais, peut-être – sans réponse ; la question la plus cruciale pour comprendre le passé et prévoir l'avenir : le Château a-t-il envoyé le messager parce que l'injustice, le mal commis était reconnu ; ou bien le messager fut-il dépêché parce que le héros était, enfin, mort ?

Note

1. Ernst Nolte, *Le Fascisme dans son époque*, Paris, Julliard, 1970 (3 vol.).

Orientation bibliographique

Dans l'immense bibliographie consacrée à l'extermination des Juifs, nous avons privilégié les plus importants ouvrages en langue française. Mais le livre fondamental reste celui de Raul Hilberg, *The Destruction of European Jews*, Chicago, Quadrangle Books, 1961.

Sur l'antisémitisme de Hitler.

Saül Friedländer, *L'Antisémitisme nazi : histoire d'une psychose collective*, Paris, Le Seuil. « L'Histoire immédiate », 1971, et « L'extermination des Juifs d'Europe : pour une étude globale », *Revue des études juives*, janv.-septembre 1976.

Adolf Hitler, *Libres propos sur la guerre et sur la paix*, recueillis sur l'ordre de Martin Bormann, Paris, Flammarion, t. II, 1954, p. 347.

Eberhard Jäckel, *Hitler idéologue*, Paris, Calmann-Lévy, 1973.

Pour l'interprétation « économique ».

Joseph Billig, *Les Camps de concentration dans l'économie du Reich hitlérien*, Paris, PUF, 1973, p. 66.

Abraham Léon, *La Conception matérialiste de la question juive*, Paris, Études et Documentation internationales, 1968, p. 155 (la connaissance des événements par l'auteur fut partielle puisqu'il termina son ouvrage en 1943 et mourut deux ans plus tard à Auschwitz).

Sur l'irruption des obsessions archaïques.

Norman Cohn, *Les Fanatiques de l'Apocalypse*, Paris, Julliard, 1962.

Saül Friedländer, *Histoire et psychanalyse*, Paris, Le Seuil, « Univers historique », 1975, et *L'Antisémitisme nazi, op. cit.*

Léon Poliakov, *Histoire de l'antisémitisme*, Paris, Calmann-Lévy, vol. III, 1955-1968.

Sur l'attitude des gouvernements.

Saül Friedländer, *Pie XII et le IIIe Reich*, Paris, Le Seuil, « L'histoire immédiate », 1964.

Carl Ludwig, *La Politique pratiquée par la Suisse à l'égard des réfugiés au cours des années 1933 à 1945*, Berne, 1958.

Arthur Morse, *Pendant que six millions de Juifs mouraient*, Paris, Laffont, 1969.

Robert O. Paxton, *La France de Vichy*, Paris, Le Seuil, « Points-Histoire », 1976.

Sur les Conseils juifs.

E. Ringelblum, *Chronique du Ghetto de Varsovie*, Paris, Laffont, 1959, p. 339.

Isaiah Trunk, *Judenrat, The Jewish Councils in Eastern Europa under the Nazi Occupation*, New York, Macmillan, 1972.

L'organisation du génocide

Discrimination (1933-1939)

1er avril 1933	Boycott des magasins juifs.
7 avril 1933	Première loi « aryenne » sur la « restauration de la fonction publique ».
15 septembre 1935	Lois raciales de Nuremberg.
9-10 nov. 1938	Pogroms de la « Nuit de cristal ».
12 novembre 1938	Conférence de Goering, suivie d'une intensification des mesures antijuives.

Émigration (1938-1940)

Avril 1938	Création à Vienne du Centre d'émigration juive (Eichmann).
Janvier 1939	Création de l'Office central du Reich pour l'émigration juive.
Août 1940	Projet de transfert à Madagascar de 4 millions de Juifs.

Concentration en ghettos (1939-1941)

21 septembre 1939	Instructions de Heydrich aux chefs SS en Pologne, projet de « réserve juive ».
27 septembre 1939	Formation du RSHA (Office central de sécurité du Reich).
1940	Construction des ghettos de Lodz (avril) ; de Varsovie (octobre).
1941	Ghettos de Cracovie (mars) ; de Lublin (avril).

Extermination (1941-1944)

Après le 22 juin 1941 et jusqu'en août 1942, liquidation des Juifs d'URSS par les *Einsatzgruppen* : massacres collectifs par fusillades puis chambres à gaz roulantes après le printemps 1942.

Extermination secrète et planifiée

31 juillet 1941	Lettre de Goering à Heydrich annonçant la « Solution finale ».
Décembre 1941	Ouverture du premier camp d'extermination polonais (Chelmno).
20 janvier 1942	Conférence de Wannsee ; fixe le plan d'extermination.
Mars à juillet 1942	Ouverture des camps d'extermination des Juifs polonais à Belzec, Treblinka, Sobibor, Maïdanek (par l'oxyde de carbone).
Juin 1942	Début de l'extermination par le Zyklon B à Auschwitz-Birkenau.
Juillet 1942	Déportations massives de Varsovie et de Paris.
1943	Démantèlement, au cours de l'automne, des camps de Belzec, Treblinka et Sobibor.
Mai-juin 1944	Activité de pointe à Auschwitz avec la déportation des Juifs hongrois.
Octobre 1944	Arrêt des exterminations à Auschwitz.

Vichy et les Juifs

Selon des estimations vraisemblables, quelque 350 000 Juifs vivaient en France à la veille de la guerre, dont la moitié était de nationalité française et dont le quart était né de parents français.

Le 3 octobre 1940, sans avoir subi la moindre pression allemande, le gouvernement de Vichy prit l'initiative de soumettre tous les « Juifs de nationalité française » à un « Statut » qui fut sévèrement modifié le 2 juin 1941 : ils furent désormais exclus de toute fonction élective comme de la fonction publique, de la magistrature, de l'armée (sauf s'ils étaient anciens combattants) et ne pouvaient exercer aucune responsabilité dans le domaine culturel et les médias. Un *numerus clausus* strict limita leur accès à l'Université (3 %) aussi bien qu'à certaines professions libérales (2 %) ; en outre, tous les Israélites avaient dû faire apposer sur leur carte d'identité la mention « Juif » ; ils avaient perdu toute qualité de citoyen à part entière.

Le « Statut » et l'aryanisation.

Le gouvernement allemand, sous couvert d'« aryaniser » les entreprises françaises, s'efforça de faire main basse sur les biens juifs et de s'approprier bon nombre d'œuvres d'art pour les « mettre à l'abri ». C'est alors que Vichy, en partie pour limiter le pillage nazi, décida à son tour que pourraient être mises en liquidation forcée toutes les entreprises juives, à la tête desquelles seraient nommés des curateurs : on supprimait du même coup « toute influence israélite de l'économie nationale ».

Les Allemands, non contents de ces spoliations, firent payer à la communauté juive un tribut fixé à un milliard.

On allégua, plus tard, que le gouvernement de Vichy pratiquait là un antisémitisme d'État et non de peau. C'était pourtant bien à une définition strictement raciale que répondait le Statut puisque était « regardée comme juive toute personne issue de trois grands-parents de race juive » alors que la législation du Reich reposait avant tout sur des critères religieux.

Les Allemands, quant à eux, avaient imposé en zone occupée un recensement systématique des personnes sur la base d'une ordonnance du 27 septembre 1940 qui considérait comme juifs ceux et celles qui pratiquaient le judaïsme, ou dont plus de deux grands-parents avaient été pratiquants ; la grande majorité des Juifs, français ou étrangers, qui n'avaient pas encore perdu toutes leurs illusions, tombèrent dans le piège.

Étoile jaune et « Vent printanier ».

En mai 1942, tous les Israélites âgés de plus de 6 ans durent porter, cousue et bien visible, une étoile jaune. Quelques semaines plus tard, les mesures vexatoires allaient se multipliant : les Juifs étaient dorénavant exclus des lieux publics (cafés, cinémas, théâtres, bibliothèques, piscines, foires, parcs...) et ne pouvaient faire leurs emplettes que dans l'après-midi, à une heure où il ne restait quasiment rien dans les magasins d'alimentation. L'État français, sans vraiment préconiser une extermination raciale, imposait avec hargne ce que Xavier Vallat allait dénommer, après Maurras et avec la bénédiction de Pétain, « l'antijudaïsme d'État ». Ledit Vallat était d'ailleurs un artisan zélé de cette prophylaxie xénophobe qu'il menait à la tête du Commissariat aux questions juives créé en mars 1941.

Le 4 octobre 1940, les préfets de zone occupée avaient reçu pouvoir d'interner les Juifs étrangers ou apatrides. En février 1941, 40 000 d'entre eux étaient entassés dans des camps sordides à Gurs, Rivesaltes, Vernet, Noé... d'où ils allaient être transférés à Drancy en 1942 et 1943. Les nazis, eux, avaient installé à Pithiviers, Beaune-la-Rolande, à Drancy surtout, des camps de transit pour ceux qu'ils avaient raflés dès 1941 : le 14 mai 1941, des milliers de Juifs d'Europe centrale avaient été arrêtés et internés ; le 12 août, c'était tout un arrondissement de Paris, le XIe, qui avait été cerné ; le 12 décembre, 743 personnalités juives de nationalité française étaient appréhendées, transférées à Royallieu : au bout de trois mois de détention, une centaine était déjà morte, les autres, à quelques exceptions près, partirent pour Auschwitz : l'État français – à l'évidence – se révélait incapable de protéger des ressortissants de nationalité française qu'il proclamait placer sous sa sauvegarde. Les autorités d'occupation obtinrent même que ce soient des policiers français qui, les 16 et 17 juillet 1942, encadrent l'opération « Vent printanier » au cours de laquelle 12 884 hommes, femmes et enfants israélites furent arrêtés à Paris et parqués au Vel'-d'Hiv. Et c'est sous le contrôle de l'État français que furent opérées en août 1942, un peu partout en zone sud, des rafles d'étrangers ou que, en janvier 1943, des Juifs français et étrangers furent appréhendés lors de la destruction du vieux port de Marseille.

Le 27 mars 1942, le premier convoi de « déportés raciaux » s'ébranla vers la Solution finale. Il y en eut 75 autres dont le dernier quitta la gare de Drancy-Le-Bourget le 31 juillet 1944 pour rejoindre Auschwitz. Presque tous avaient suivi le même itinéraire. 75 721 Juifs au minimum furent ainsi déportés de France. Sur les 70 000 pour lesquels on possède des renseignements d'état civil suffisamment précis, on compte 23 000 ressortissants français et 47 000 étrangers ; plus de 10 000 étaient âgés de moins de 18 ans (2,7 % avaient moins de 6 ans ; 5,8 % entre 6 et 12 ans ; 5,8 % entre 13 et 18 ans) ; les premiers enfants apparaissent dans le convoi 19 du 14 août 1942.

On peut estimer – selon toute vraisemblance – qu'ont survécu moins de 2 500 « déportés raciaux » de France, soit 3 % des partants. Voir à ce sujet S. Klarsfeld, *Le Mémorial de la déportation des Juifs en France,* Paris, Éd. B. et S. Klarsfeld, 1978.

Extraits de *Nouvelle Histoire de la France contemporaine*, t. XIV, Jean-Pierre Azéma, *De Munich à la Libération*, Paris, Le Seuil, « Points-Histoire », 1979.

Hitler et la « Solution finale » : le jour et l'heure

Hélène Coulonjou

Sur l'extermination des Juifs par les nazis durant la Seconde Guerre mondiale, tout a-t-il été écrit ? Dans *La Destruction des Juifs d'Europe*[1], Raul Hilberg, au terme d'un minutieux travail, a livré le tableau du fonctionnement de la *Shoah* et un bilan du massacre systématique. Les témoins et les rescapés n'ont jamais cessé de nous rappeler au devoir de la mémoire, ni les philosophes de s'interroger sur la singularité de ce génocide que les juristes ont appelé « crime contre l'humanité » pour que nul n'en ignore le caractère exceptionnel[2]. Il semble, enfin, que les historiens aient aujourd'hui exhumé toutes les archives disponibles sur la Solution finale, qu'ils les aient passées au crible pour tenter de démonter les mécanismes de la barbarie et que tout ait été dit sur la politique de Hitler à l'égard des Juifs.

Dans l'introduction à l'édition en langue anglaise du livre de l'Allemand Gerald Fleming, *Hitler et la Solution finale*[3], le grand spécialiste de l'histoire de l'antisémitisme allemand, Saül Friedländer, professeur à l'université de Tel Aviv, écrivait pourtant : « Nous connaissons dans le détail ce qui est arrivé, nous savons la séquence des événements et leur interaction probable, mais la dynamique profonde du phénomène nous échappe. » Et il évoquait à ce propos la « paralysie de l'historien ». Car, au-delà de la nature littéralement monstrueuse du génocide juif qui interdit sa « compréhension » au sens propre, il y a la nature du système qui a commandé le massacre. Or, de ce point de vue, le IIIe Reich apparaît comme un tissu de contradictions : ce régime dirigé par un chef au pouvoir théoriquement absolu s'empêtre dans des querelles personnelles de sous-chefs ; cette bureaucratie froide qui planifie méthodiquement vit dans l'urgence et l'improvisation chaotique ; cette société, « moderne » au point d'inventer le meurtre industriel, est animée par le fanatisme le plus archaïque. Dès lors, l'historien peut-il prétendre reconstituer la genèse de la Solution finale ?

Une interprétation en trois points.

Depuis une dizaine d'années, cette question fait l'objet d'un débat passionné entre les historiens. D'un côté, les tenants de l'interprétation traditionnelle (les intentionnalistes) maintiennent que l'extermination des Juifs fut l'aboutissement d'un programme cohérent, établi de longue date par Hitler. De l'autre côté, les partisans d'une remise en cause de cette explication (les fonctionnalistes) avancent que le génocide fut le résultat improvisé de la radicalisation du régime, à cause des circonstances de la guerre.

Dans le livre *Hitler et les Juifs* (Le Seuil), l'historien genevois Philippe Burrin – dont on avait déjà remarqué *La Dérive fasciste* (Le Seuil, 1986) – s'est penché sur le sujet. Il procède à une étude de la décision, une analyse concise et rigoureuse de la manière dont l'extermination des Juifs a été ordonnée. Cette nouvelle interprétation, très convaincante, constitue aussi une remarquable mise au point historiographique, car l'auteur confronte en permanence les thèses déjà émises à la sienne et aux sources. Il rappelle d'emblée les éléments de la controverse qui oppose les intentionnalistes aux fonctionnalistes, mais il refuse de s'y enfermer : « Comme les intentionnalistes, écrit-il, j'estime que Hitler entretenait l'intention d'exterminer les Juifs [...] Comme les fonctionnalistes, je tiens que la conjoncture fut essentielle pour la réalisation de cette intention. » Qu'on ne croie pas, pour autant, que Philippe Burrin se contente de renvoyer les autres historiens dos à dos. « J'ai tenté, nous précise-t-il, d'appliquer une nouvelle grille de lecture à des archives qui étaient déjà connues, pour l'essentiel, mais qui avaient été interprétées en fonction de présupposés différents. J'ai pu vérifier qu'aucune de ces sources ne contredisait mon hypothèse de travail. Cela dit, je ne peux pas écarter l'éventualité que ma démonstration soit un jour invalidée, à la faveur de la découverte de nouvelles informations, par exemple lorsque les Soviétiques décideront d'ouvrir leurs archives. »

L'interprétation de Philippe Burrin tient en trois points.

1. L'antisémitisme est le principe constitutif de l'idéologie hitlérienne, et non une simple annexe, même monstrueuse, de la politique nazie.

2. Depuis la défaite allemande de 1918, Hitler est obsédé par l'idée de débarrasser l'Europe des Juifs, mais, jusqu'au dernier moment, il garde à l'esprit deux solutions contradictoires : les expulser et, si possible, les concentrer dans une « réserve » (c'est la « solution territoriale ») ; les garder en otages pour faire pression sur les démocraties et, éventuellement, se venger si les choses tournaient mal.

3. La décision d'extermination a probablement été prise par Hitler au moment où celui-ci s'est aperçu que la campagne de Russie était un échec, c'est-à-dire entre la mi-septembre et la mi-octobre 1941, quand il n'a plus été certain de la victoire militaire de l'Allemagne.

« Hitler voulait éliminer le "danger juif", nous affirme Philippe Burrin. Cela dit, pour expliquer le basculement de sa politique antisémite dans l'extermination à un moment donné, il faut analyser en quoi une situation historique neuve, l'échec de l'offensive allemande éclair en URSS, a pu créer les conditions du passage à l'acte. Car l'intention de Hitler, telle qu'il l'exprime dès les années 1930, a toujours été conditionnelle : si l'Allemagne devait subir une nouvelle défaite, il la ferait payer très cher aux Juifs. A l'été 1941, il entre donc dans une logique complètement phantasmatique. Il se persuade qu'en tuant les Juifs, dans une sorte de sacrifice sauvage et fétichiste, il leur fait expier le sang allemand versé et contribue en même temps au renversement de la situation militaire. Il signe ainsi sa volonté de lutte à outrance. Il reprend l'initiative qui lui échappe militairement en même temps qu'il se venge par avance d'une défaite possible. »

Pour parvenir à reconstituer le cheminement de la décision d'extermination, il y a une clef indispensable : la vision du monde de Hitler et le caractère à la fois central et spécifique qu'y tient l'antisémitisme. On connaît les idées exposées dans *Mein Kampf* (1925) et répétées jusqu'à la nausée par la propagande nazie sur la régénération de la « race » allemande. On sait moins ce que montre Philippe Burrin : chez Hitler, la haine des Juifs reste étroitement associée au traumatisme de la guerre et de la défaite. En novembre 1918, l'armistice et la révolution allemande l'ont fait passer d'un antisémitisme banal à un antisémitisme obsessionnel et délirant où les Juifs sont tenus pour responsables de l'humiliation du Reich face aux Alliés et de sa « décomposition » intérieure – l'avènement de la démocratie. Dès lors, aux yeux du chef du Parti national-socialiste, les Juifs sont non seulement une « menace » permanente et mondiale – sur ce point, ses convictions sont celles de l'extrême droite allemande –, mais cette menace apparaît d'autant plus dangereuse et appelle une réponse d'autant plus radicale que l'Allemagne connaîtrait de nouveau une guerre longue.

La recherche d'un territoire.

L'examen de ses propos et de ses écrits des années 1920 révèle que Hitler n'évoque nulle part les mesures antisémites qu'il envisage d'appliquer une fois parvenu au pouvoir. Philippe Burrin en conclut que si le massacre était en permanence présent à son esprit, il n'était pas pour autant déterminé à exterminer les Juifs. Le Führer exprime pour la première fois publiquement cette intention dans son discours au Reichstag du 30 janvier 1939 qu'il qualifie lui-même de « prophétie » : « Si la juiverie internationale, en Europe et hors d'Europe, poussait une nouvelle fois les peuples dans la guerre mondiale, le résultat n'en serait pas la bolchevisation de la terre et la victoire des Juifs, mais la destruction de la race juive en Europe. » Voilà en quoi la menace d'extermination reste conditionnelle, liée à une situation de guerre mondiale, c'est-à-dire à la mise en péril du projet de domination nazie.

En temps de paix, comme en temps de succès militaires, la perception de Hitler est différente. Philippe Burrin l'explique à travers un texte qui n'avait jamais été utilisé jusqu'ici par les historiens du génocide : le compte rendu d'une réunion tenue le 25 septembre 1935 sous la présidence de Walter Gross, le responsable du Bureau de politique raciale du NSDAP. Celui-ci y rappelait la priorité que lui avait indiquée le Führer pour l'application des lois raciales de Nuremberg : la politique antijuive devait être menée en fonction de la restauration de la puissance nationale ; elle ne devait pas contrarier cet objectif. D'où la décision de Hitler (prise à l'encontre de la volonté du parti) de ne pas inclure les personnes ayant seulement un ou deux grands-parents juifs dans le champ d'application des lois de Nuremberg, avec cette réserve capitale que, « dans le cas d'une guerre sur tous les fronts », il pourrait revenir sur cette résolution et adopter une solution radicale.

Aussi bien, durant les années 1930, la politique antisémite de Hitler, malgré des tergiversations, vise à expulser les Juifs du Reich. Depuis le boycott des commerces organisé en avril 1933 jusqu'aux pillages et aux meurtres de la Nuit de cristal (30 novembre 1938), tout est fait pour leur rendre la vie insupportable et les inciter à quitter l'Allemagne. Au point que les nazis encouragent l'émigration (illégale) des Juifs vers la Palestine et que l'une des lois de Nuremberg (1935) sur « la protection du sang et de l'honneur allemands » les autorise expressément à utiliser le drapeau sioniste bleu et blanc frappé de l'étoile de David... Le 24 janvier 1939, Goering confie à Heydrich la mission de mettre sur pied une centrale pour l'émigration juive, semblable à celle qui avait été créée à

Vienne après l'Anschluss (annexion de l'Autriche) de mars 1938. De 1933 à 1937, 130 000 Juifs quittent l'Allemagne, 118 000 en 1938 et 1939.

L'entrée en guerre ne modifie d'abord en rien cette politique de recherche d'une « solution territoriale » à la question juive, bien qu'elle complique sa mise en œuvre. Le 20 mai 1941, Goering indique encore au RSHA (Office central de sécurité du Reich) qu'il souhaite pousser le départ des Juifs allemands dans toute la mesure du possible. Du coup, il décide d'interdire l'émigration aux Juifs de Belgique et de France occupée afin de réserver aux Juifs allemands les quotas accordés par les pays d'outre-mer. Dans cette circulaire, Goering parle de la « Solution finale (*Endlösung*) de la question juive », expression apparue pour la première fois à la fin de 1939. « Formule redoutable, note Philippe Burrin, qui a induit en confusion bien des historiens, parce qu'elle sera utilisée ensuite pour désigner l'extermination. »

Or, jusqu'au début de l'automne 1941, la « Solution finale » semble bien avoir qualifié la politique de concentration des Juifs dans des « réserves » – c'est ainsi qu'il convient d'interpréter les déportations massives vers le Gouvernement général (la partie de la Pologne administrée par l'Allemagne) commencées sous l'autorité d'Eichmann en décembre 1939 – et leur expulsion hors d'Europe – envisagée, notamment, dans le « plan Madagascar » de juin 1940 qui ne sera jamais appliquée, faute de victoire allemande sur la Grande-Bretagne.

A quelle date l'expression « Solution finale » a-t-elle donc changé de sens pour signifier l'extermination physique des Juifs d'Europe ? A l'évidence, il n'existe aucun ordre écrit de Hitler à ce sujet et l'appareil nazi s'est efforcé de dissimuler sous des noms de code la réalité du génocide. Mais, durant la campagne allemande en URSS (commencée par l'opération *Barbarossa*, le 22 juin 1941), les directives de la SS, les rapports transmis par les chefs des groupes d'intervention (*Einsatzgruppen*) sur leurs activités de « nettoyage » dans les zones d'opérations armées, les monologues de Hitler que faisait transcrire son secrétaire particulier Martin Bormann, voire les *Car-*

nets que tenait régulièrement Joseph Goebbels permettent de reconstituer le déroulement probable des événements.

Comme lorsqu'ils étaient entrés en Pologne (1er septembre 1939), les nazis ont envoyé en Russie des *Einsatzgruppen* qui commencèrent à tuer des Juifs sur une grande échelle à l'arrière des lignes d'opérations. Mais, contrairement à la plupart des historiens, Philippe Burrin affirme que ces *Einsatzgruppen* n'avaient pas reçu d'ordre d'extermination générale avant le début de la campagne. De la fin juin à la fin d'août 1941, leurs activités suivent cependant une courbe exponentielle. Les bulletins quasi quotidiens du RSHA qui collationnait les rapports de ces commandos évoquent un véritable emballement de la tuerie. Les victimes désignées furent d'abord les membres de l'intelligentsia jusqu'à ce que, entre fin juillet et fin août, l'ordre tombe d'exécuter toutes les familles juives. Jusqu'à la mi-août, en près de deux mois, on estime que les *Einsatzgruppen* tuèrent environ 50 000 Juifs (dix fois plus que pendant la campagne de Pologne).

Le piège inexorable.

Pendant qu'il assiste à une fusillade de masse à Minsk, le 15 août 1941, Himmler perd contenance devant l'horreur de la scène. C'est alors qu'il ordonne aux chefs des *Einsatzgruppen* de chercher des moyens d'exécution « plus humains », pour les bourreaux. Aux yeux de Philippe Burrin, le fait que les nazis aient alors dû improviser une solution (en l'occurrence, le camion à gaz) prouve bien qu'ils faisaient face à une situation totalement imprévue, donc que l'ordre d'extermination générale n'avait pas encore été donné. Et même si la liquidation physique des Juifs soviétiques a été commandée au cours de l'été 1941, elle ne concerne pas pour autant les autres Juifs européens. L'auteur remarque, en outre, que Goering adresse à Heydrich, le 31 juillet 1941, un texte lui demandant clairement « d'apporter à la question juive, sous la forme de l'émigration ou de l'évacuation, la solution la plus favorable dans les circonstances ». La SS n'envisage encore que l'expulsion comme « Solution finale ».

Tout change à partir du 18 septembre 1941, date à laquelle une lettre de Himmler annonce la décision de Hitler de déporter tous les Juifs des territoires sous contrôle nazi à l'Est, mais non plus dans l'attente de les expulser une fois la guerre terminée. Il s'agit, cette fois, d'une « extermination physique ». A la mi-octobre, l'émigration des Juifs est interdite. Et, dès le début du mois d'octobre, la construction des camps d'extermination a commencé à Belzec et à Chelmno. Les méthodes de gazage déjà expérimentées depuis 1939, avec l'euthanasie des malades mentaux et des handicapés, y sont appliquées[4].

« En suivant au plus près l'action des exécutants de la politique antijuive, écrit Philippe Burrin, deux grands tournants sont apparus : le premier au cours du mois d'août [1941], lorsque les meurtres de Juifs en Union soviétique prirent une tournure de génocide ; le second vers le milieu de septembre, quand la décision de déporter à l'Est les Juifs du Grand Reich s'accompagna de préparatifs indiquant que tous les Juifs sous contrôle nazi étaient désormais promis à la mort, une mort immédiate ou différée. » Dans ces conditions, la fameuse conférence interministérielle de Wannsee – initialement prévue pour le 9 décembre 1941 et qui fut retardée au 20 janvier 1942 en raison de l'attaque japonaise à Pearl Harbor – n'a servi qu'à « faire avaliser par la bureaucratie ministérielle une entreprise déjà lancée ». Hitler a la certitude que la guerre sera mondiale avant même qu'elle ne le devienne avec l'entrée des Américains dans le conflit (dès août 1941, Churchill et Roosevelt signent la charte de l'Atlantique). A la fin de l'été, il sait que la guerre sera longue et que sa victoire n'est plus assurée. Son attitude, écrit Philippe Burrin, « était celle d'un homme qui avait toujours médité son échec et arrêté sa résolution en conséquence ». Le Führer décide de réaliser sa prophétie de 1939.

« La libération de l'Europe fut payée de la vie des Juifs », conclut Philippe Burrin. Doit-on en déduire que le génocide n'aurait pas eu lieu si Hitler avait gagné (ou pensé gagner) la guerre ? « Non, nous répond l'auteur. Dans tous les cas, le génocide était probable, car la guerre serait devenue mondiale. C'était le seul moyen d'arrêter Hitler, mais c'était aussi condamner à mort les Juifs européens. Tel était le piège inexorable. »

Notes

1. Fayard, 1988, éd. originale 1961.

2. Voir Pierre Vidal-Naquet, *Les Assassins de la mémoire*, Paris, La Découverte, 1987, et Alain Finkielkraut, *La Mémoire vaine*, Paris, Gallimard, 1989.

3. Commentaire/Julliard, 1988, éd. originale 1982, éd. anglaise 1984.

4. Sur ce point, voir Benno Müller-Hill, *Science nazie, Science de mort. La ségrégation des Juifs, des Tsiganes et des malades mentaux de 1933 à 1945*, Paris, Odile Jacob, 1989, trad. de l'allemand, éd. originale Hambourg, 1984.

Génocide : les Alliés savaient !

André Kaspi

Incroyable. Inimaginable. On ne savait pas. Personne n'aurait pensé que... Le 12 avril 1945, le général Eisenhower découvre l'horreur. Voici Buchenwald, l'un de ces innombrables camps de concentration qui parsèment l'Allemagne nazie. Ce n'est pas Auschwitz ni Treblinka. Et pourtant, quel choc ! « Je ne me suis jamais senti capable de décrire mon émotion, lorsque, pour la première fois, je me trouvai devant la preuve irréfutable de la barbarie nazie », observe le commandant en chef des armées alliées. Pudeur ? Sécheresse de cœur ? Non, les mots ne rendent pas compte du spectacle. Eisenhower poursuit : « Jusqu'à ce jour, je savais cela d'une manière générale, par l'intermédiaire de sources secondaires [...] Je visitai les coins et les recoins du camp, parce que j'avais le sentiment qu'il serait de mon devoir désormais de porter témoignage, si jamais dans mon pays on se mettait à croire que les histoires sur la brutalité des nazis n'étaient que de la propagande. » Que Washington dépêche des journalistes et des hommes politiques qui verront de leurs propres yeux ! Qu'ils deviennent à leur tour les grands témoins de l'histoire [1] !

Les propos d'Eisenhower sont significatifs. L'existence des camps n'était pas ignorée, mais l'ampleur du système restait inconcevable. La vérité était si invraisemblable qu'il fallait multiplier le nombre des observateurs. Sinon, les preuves n'attesteraient plus rien : les Allemands soutiendraient plus tard qu'ils étaient victimes d'accusations abominables ; les Américains, les Soviétiques et les Britanniques soupireraient à leur tour qu'ils ne se doutaient pas et qu'en tout état de cause ils n'auraient rien pu faire. C'est dire combien le problème historique de la connaissance, plus ou moins étendue, des faits débouche sur des considérations politiques et éthiques. Au fond, aujourd'hui comme hier, la vigilance la plus attentive n'est-elle pas prise en défaut ? L'indignation n'est-elle pas sélective ? Qu'aurions-nous su, dit et fait il y a quarante ans ?

A vrai dire, les nazis ont essayé de garder le secret sur leurs intentions et sur leurs actions. Leur langage est hermétique. Les termes courants qu'ils emploient revêtent une signification que les contemporains ne saisissent pas. Que veut dire, par exemple, pour les hommes et les femmes de 1942, « la Solution finale de la question juive » ? Quel sens donnent-ils à l'expression « traitement spécial » ou bien « opérations spéciales » ? Que dissimulent « les évacuations », « les déplacements de populations », « la déportation » ? Les déportés, où vont-ils ? Que deviennent-ils ? Sont-ils tous destinés à l'extermination ? Est-il possible que certains envoient des cartes postales qui invitent leur famille à les rejoindre ? Autant de questions qui restent sans réponse. Le mystère est soigneusement entretenu. Les futures victimes savent, à Drancy, qu'elles partent « pour l'Est », qu'elles vont à Pitchipoï (lieu imaginaire), une manière dérisoire de cacher l'angoisse. Pierre Laval feint de croire que les Juifs, rassemblés là-bas dans la lointaine Pologne, seront astreints à des travaux de jardinage.

Les documents allemands ne sont, cela va de soi, nullement explicites. Georges Wellers a suivi avec minutie l'histoire du *Sonderbehandlung* (« traitement spécial »)[2]. L'expression date, semble-t-il, de septembre 1939. Reinhard Heydrich, chef du RSHA (Office pour la sécurité du Reich), établit une équivalence entre « traitement spécial » et « exécution ». Il ne s'agit pas seulement des Juifs. Quand les *Einsatzgruppen* reçoivent la mission de liquider les populations juives sur le territoire soviétique, « traitement spécial » devient « une périphrase pour désigner l'exécution. C'était usuel, en pratique, dans le jargon SS ». Dans ce langage codé, « les actions spéciales » signifient les exécutions à la mitrailleuse. Une année plus tard, des camions « spéciaux » sont chargés du gazage. A Auschwitz, les déportés « soumis au traitement spécial » sont les personnes sélectionnées pour la chambre à gaz. Peu importe, en fin de compte, le mode d'exécution. Les Juifs sont, en priorité, destinés au « traitement spécial ».

Il reste à savoir qui comprenait le jargon de la SS. Car, même à l'intérieur de cet État dans l'État, les consignes de prudence sont strictes. A preuve, le discours que prononce Himmler, le 4 octobre 1943 à Posen (aujourd'hui Poznan, en Pologne), devant les dignitaires SS : « Je voudrais vous parler très franchement d'un sujet extrêmement important. Entre nous, nous allons l'aborder franchement et, cependant, en public, nous ne devons jamais en parler [...] Je voudrais parler de l'évacuation des Juifs, de l'extermination du peuple juif [...] C'est une page glorieuse qui n'a jamais été écrite et ne le sera jamais [3]. » Entendons qu'il ne faut pas laisser de traces écrites et que la « Solution finale » sera la grande victoire du nazisme.

Pas de traces écrites qu'on puisse aisément comprendre. Pas de traces matérielles qui, la défaite approchant, pourraient servir de preuves aux accusateurs. Les « actions spéciales » des *Einsatzgruppen* doivent rester l'une de ces péripéties tragiques inhérentes à la guerre. Dans le camp de Birkenau, l'une des annexes d'Auschwitz tout exprès construite pour l'extermination massive, les quatre crématoires ont quasiment disparu : l'un d'eux a été détruit à la suite de la révolte d'un commando « spécial », les autres ont été dynamités par les SS peu avant l'arrivée des soldats soviétiques. Des scénarios comparables se sont déroulés ailleurs. Dans la mesure du possible, les camps les plus sinistres, comme Treblinka ou Chelmno, sont « arrangés » pour devenir présentables, sinon anodins.

Le secret répond à trois motivations. En premier lieu, il faut éviter que les victimes ne comprennent trop tôt le sort qui leur est réservé, ne sombrent dans le désespoir ou ne se livrent à des actes de résistance qui gêneraient le fonctionnement de la machine. En deuxième lieu, les nazis veulent accélérer le processus pour aboutir le plus vite possible au but ultime. Enfin, et ceci ne vaut que pour la dernière période de la guerre, le secret permet de garder la possibilité de nier en cas de défaite, bref de préparer le négationnisme de l'après-guerre. Si l'on ajoute que les commandos de la mort, chargés de vider les chambres à gaz et de remplir les fours crématoires, étaient à leur tour exécutés, que les camps d'extermination sont situés en dehors du territoire traditionnel de l'Allemagne, on comprendra que savoir n'était pas à la portée de tous.

Mais enfin, les membres de la SS, soumis au secret le plus absolu, les fonctionnaires des chemins de fer, les policiers qui recevaient la mission de faire les rafles, comment n'auraient-ils pas su ? Une installation aussi gigantesque que Birkenau avec ses cheminées, ses fumées, ses odeurs, ne pouvait pas passer inaperçue. Le voisinage voyait, respirait, entendait, conversait, ne fût-ce qu'en toute hâte, avec les équipes de travail qui sortaient du camp pour la journée. Les mouvements de résistance n'ont pas tardé à informer les gouvernements alliés. Un secret bien gardé, oui, mais un secret qui n'exclut pas les fuites. Il est vrai que les fuites ne jouent un rôle que si elles sont recueillies avec soin, analysées et prises au sérieux. Elles peuvent alors déclencher un mouvement d'opinion.

Un seul exemple suffira. Dès 1939, l'Allemagne nazie décide de pratiquer l'euthanasie des malades mentaux. Bien sûr, un secret absolu entoure cette politique. L'opération sera scientifiquement menée ; l'indiscrétion, punie. C'est une sorte de répétition générale qui servira le jour où sera entreprise « la Solution finale de la question juive ». Or, en dépit des précautions, la rumeur se répand. L'inquiétude naît. Les Églises élèvent des protestations. De simples particuliers font part de leur opposition. Et le 24 août 1941, l'euthanasie cesse d'être pratiquée[4]. Rien de tel ne s'est produit pour la « Solution finale ». Est-ce le régime de terreur qui explique le silence des Allemands ? Faut-il invoquer les mille et un soucis de la guerre qui détournent l'attention vers d'autres problèmes ? Convient-il de parler d'un lâche soulagement, d'une satisfaction discrète des antisémites, d'une vigilance à éclipses des bonnes âmes ? Les questions ne manquent pas. Les réponses, toutefois, ne vont pas de soi. Elles nécessitent bien des nuances, suivant les dates, les lieux et les milieux. Pour l'essentiel, y compris pour la France, l'étude reste à faire.

Et pourtant, l'année 1942 correspond à un tournant décisif. L'information commence à circuler, non sans hésitations ni erreurs. Au cours de l'été 1941, les services de renseignement du gouvernement britannique ont intercepté des messages qui font état des massacres commis par les *Einsatzgruppen*. L'historien américain Walter Laqueur, dans un ouvrage[5] qui a fait du bruit, note les étapes. Dans un premier temps, les *Einsatzgruppen* accomplissent leur besogne, sans que l'information atteigne « le monde libre ». En quatre mois, ils massacrent un demi-million de Juifs, non pas dans l'indifférence générale, mais à l'insu des Alliés. De temps à autre, des informations, tantôt exactes, tantôt inexactes, paraissent dans la presse britannique et américaine. Elles sont fragmentaires et ne permettent pas de dégager une impression d'ensemble. Le 25 novembre 1941, l'Agence télégraphique juive annonce l'assassinat de 52 000 Juifs à Kiev, l'un des « massacres les plus révoltants de l'histoire du peuple juif ». Elle dément quatre mois plus tard. Non, il n'y aurait eu qu'un millier de victimes. En fait, c'est le démenti qui est erroné, on le sait aujourd'hui. En janvier, puis en avril 1942, le gouvernement soviétique memtionne les Juifs parmi les victimes des exécutions sanglantes, tout en citant aussi les Russes, les Ukrainiens, les Lettons et les Arméniens. Une troisième note du 14 octobre 1942 ne parle plus des Juifs. Quant à établir une macabre arithmétique, personne n'en prend le risque. Au début de l'été 1942, un million de Juifs ont sans doute été passés par les armes en Pologne et en Russie.

Les informations continuent à tomber au goutte à goutte. Le *Sunday Times* a annoncé la mort de 120 000 Juifs roumains. L'*Evening Standard* mentionne les 60 000 victimes de Vilna. La BBC a donné, le 2 juin 1942, un total de 700 000 victimes juives. Une semaine plus tard, le général Sikorski, qui préside le gouvernement polonais en exil, déclare à la radio anglaise que « la population juive de Pologne est condamnée à l'anéantissement [...] Cette année, des dizaines de milliers de Juifs ont été massacrés à Lublin, à Vilna, à Lvov, à Stanislavov, à Rzeszow et Miechow ». Des journaux britanniques commencent à prendre conscience que pour les Juifs la persécution aboutit à l'extermination systématique.

Alertée par des représentants du Bund (mouvement socialiste juif d'Europe orientale), l'opinion anglaise et américaine est maintenant au courant de ce qu'ont fait les *Einsatzgruppen*. Mais, d'une part, il est trop tard : le mal est irréversiblement accompli. D'autre part, les nouvelles de la guerre, d'une guerre totale et mondiale, sont toutes lugubres. Le 20 juin 1942, l'*Office of Strategic Services* (*OSS*), le service de renseignement américain, reçoit un rapport qui réunit les observations d'un officier britannique de retour du ghetto de Varsovie : « L'Allemagne ne persécute plus les Juifs. Elle les anéantit systématiquement [...] Les enfants meurent d'atrophie. » Himmler veut accélérer « l'anéantissement virtuel » de tous les Juifs, par exemple à Lublin où « pendant quelque temps des convois chargés à bloc étaient arrivés quotidiennement à la gare de Sobibor, dans les faubourgs, puis conduits dans une zone isolée où ils avaient été mitraillés ». De fait, depuis six mois, les nazis ont mis en route la « Solution finale ». Les chambres à gaz fonctionnent à Chelmno, à Belzec et à Auschwitz. Or le mur du silence n'a toujours pas été brisé.

Washington ne transmet pas !

D'ailleurs, quelle signification donner à cette série de massacres auxquels les nazis se sont livrés ? La réponse, ou plutôt l'une des réponses possibles, est fournie le 8 août 1942. Gerhart Riegner, représentant le Congrès juif mondial à Genève, envoie un télégramme à Londres et à Washington à ses correspondants habituels par l'intermédiaire des services diplomatiques. « Reçu nouvelle alarmante qu'au quartier général du Führer discussion et examen d'un plan selon lequel après déportation et concentration à l'Est tous les Juifs des pays occupés ou contrôlés par l'Allemagne représentant 3,5 à 4 millions de personnes doivent être exterminés d'un coup pour résoudre définitivement la question juive en Europe. Exécution prévue pour l'automne, méthodes à l'examen, y compris acide prussique. Transmettons information sous toutes réserves, son exactitude ne pouvant être confirmée. Informateur considéré comme ayant rapports étroits avec les plus hautes autorités allemandes et comme communiquant nouvelles en général fiables[6]. »

A Londres, le Foreign Office transmet le télégramme à son destinataire, mais il souligne qu'il ne peut ni confirmer ni infirmer la nouvelle. En revanche, il n'est pas question de publier l'information qui, pour l'instant, paraît exagérée. A Washington, le département d'État ne transmet pas[7]. Le destinataire américain, le rabbin Stephen Wise, est averti, le 28 août seulement, par le Foreign Office. Pourtant, une semaine auparavant, dans une conférence de presse à la Maison-Blanche, le président Roosevelt a dit aux journalistes : « La communication que je viens de recevoir [...] donne lieu de craindre que, la défaite des ennemis approchant, le régime d'occupation ne devienne encore plus barbare et plus impitoyable, et n'aille même jusqu'à l'extermination de certaines populations. » Une déclaration bien vague, il est vrai, mais qui n'en révèle pas moins que Roosevelt a appris quelque chose.

Les diplomates mènent alors leur enquête, procèdent à des recoupements, utilisent les renseignements que leur fournissent les services spécialisés. Des rapports confirment les rumeurs. En Allemagne, dans les pays neutres, des langues se délient. Le 5 octobre 1942, l'Agence télégraphique juive rompt le silence. Les Juifs de Lodz, annonce-t-elle, « sont empoisonnés au gaz ». Des journaux juifs de New York, des quotidiens en hébreu de Palestine reprennent l'information. Le 25 novembre, le New York Times publie un article sur les camps de Belzec, Sobibor et Treblinka. Il fait allusion aux chambres à gaz et aux fours crématoires d'Auschwitz. Il cite Stephen Wise qui estime à 2 millions le nombre des Juifs déjà massacrés. Certes, l'article paraît dans les pages intérieures. Mais il est accessible à des centaines de milliers de lecteurs. Et la réputation du *New York Times* lui assure, malgré tout, un retentissement international.

Le 8 décembre, non sans mal, Stephen Wise, accompagné d'autres responsables de la communauté juive américaine, est reçu par le président. « Le gouvernement des États-Unis, leur déclare Roosevelt, est parfaitement au courant de la plupart des faits sur lesquels vous attirez aujourd'hui mon attention. Nous en avons malheureusement reçu confirmation, et cela par de nombreuses sources. Des représentants du gouvernement américain en Suisse et dans d'autres pays nous ont fourni des preuves qui confirment les horreurs dont vous nous parlez. » Roosevelt serra alors les mains de ses visiteurs et promet son aide « dans ces moments tragiques ».

Pourtant, il est impossible de soutenir qu'un flot de nouvelles déferle désormais sur le monde, que ce que savent les gouvernants et les chefs des mouvements de résistance est parfaitement perçu par l'opinion publique. Il y a différents niveaux de connaissance. L'attention que suscite « la Solution finale » est inégale suivant les milieux et les circonstances. Combien sont-ils les lecteurs de Raphaël Lemkin[8], qui ont retenu la définition d'un néologisme, le *génocide* ? Les Juifs américains commencent à agir auprès de leur gouvernement pour que, compte tenu des circonstances exceptionnelles, les États-Unis accueillent de nouveaux immigrants. Ils demandent à la Grande-Bretagne d'ouvrir les portes de la Palestine, sans grand effet. En mars 1943, le secrétaire d'État américain, Cordell Hull, « souleva la question des 60 000 ou 70 000 Juifs qui se trouvent en Bulgarie et sont menacés d'anéantissement, si nous n'arrivons pas à les faire sortir ». Le ministre des Affaires étrangères britannique Anthony Eden répondit que « l'ensemble du problème des Juifs d'Europe est très difficile et que la proposition de faire sortir tous les Juifs de la Bulgarie doit être considérée avec la plus grande prudence. Si nous le faisons, les Juifs du monde entier vont nous demander de faire des offres similaires pour la Pologne et l'Allemagne. Hitler pourrait très bien nous prendre au mot et il n'y a tout simplement pas assez de bateaux et de moyens de transport dans le monde pour les déplacer [9] ».

Les informations s'accumulent.

Entre-temps, le département d'État américain a demandé à son représentant en Suisse de ne plus envoyer « les rapports qui vous sont soumis afin d'être transmis à des personnes privées aux États-Unis ». Il n'empêche qu'à la fin de 1943 et au début de 1944 les informations s'accumulent sur l'écrasement du ghetto de Varsovie, sur les camps de Maïdanek, de Treblinka, de Rawa-Ruska. Depuis janvier 1944, l'OSS dispose d'un rapport très complet sur Auschwitz, avec des chiffres précis, une description des méthodes de sélection et de gazage. Peu après, l'OSS reçoit un autre rapport, celui de Rudolf Vrba et d'Alfred Wetzler, deux Juifs qui, fait rarissime, se sont évadés d'Auschwitz. Le 4 avril 1944, un avion de reconnaissance américain survole bien les installations d'Auschwitz, mais c'est pour localiser les usines de caoutchouc de Monowitz (Auschwitz III). Bref, le stade des rumeurs et des supputations est franchi. Les vérifications ont été faites. Qui veut savoir sait. Le secret des SS ressemble désormais au secret de Polichinelle. Inutile d'ajouter que les neutres, comme la Turquie, la Suisse, le Vatican ou l'Espagne, que la Croix-Rouge internationale possèdent les moyens diplomatiques pour obtenir toutes sortes de renseignements sur le drame et pour les transmettre.

Et pourtant, l'information est si énorme, si effrayante qu'elle paraît invraisemblable. *Grosso modo*, on peut distinguer deux réactions. La première vient de ceux qui, d'un revers de main, écartent la possibilité d'un génocide. Pour eux, toutes les guerres suscitent des histoires d'atrocités, comme en 1914-1918. Il ne faut surtout pas céder au bourrage de crâne. D'ailleurs, ajoutent certains, les Juifs ont tendance à se plaindre exagérément, à se faire passer pour d'éternelles victimes. Sans doute souffrent-ils, mais la guerre en fait souffrir beaucoup d'autres.

La deuxième réaction est différente. Dans ses *Mé-*

moires, Raymond Aron l'a décrite à merveille : « Le génocide, qu'en savions-nous à Londres ? Au niveau de la conscience claire, ma perception était à peu près la suivante : les camps de concentration étaient cruels, dirigés par des gardes-chiourme recrutés non parmi les politiques, mais parmi les criminels de droit commun ; la mortalité y était forte, mais les chambres à gaz, l'assassinat industriel d'êtres humains, non, je l'avoue, je ne les ai pas imaginés, et parce que je ne pouvais les imaginer, je ne les ai pas sus[10]. » Ne raconte-t-on pas aussi que des déportés partaient de Drancy en sachant ce qui les attendait à Auschwitz et qu'à peine dans le train ils ne croyaient plus à ce qu'ils savaient ? Le drame dépassait l'entendement. Il relevait de l'indicible, de l'intransmissible, donc de l'incroyable.

Est-ce l'incapacité des Alliés à prendre conscience du génocide qui explique leur passivité ? Ou bien est-ce, à l'inverse, leur volonté de rester passifs qui permet de comprendre leur refus de prendre conscience ? Toujours est-il que les Américains, les Britanniques et les Soviétiques n'engagent pas contre l'Allemagne nazie la guerre psychologique qui aurait pu pallier, en partie, l'impossibilité de venir au secours des victimes. En janvier 1942, 8 gouvernements en exil à Londres dénoncent publiquement les atrocités de la guerre. Ils ne mentionnent pas le calvaire des Juifs. Le 17 décembre, Anglais et Américains élaborent une déclaration commune sur les crimes de guerre : « Les responsables de ces crimes n'échapperont pas au sort qu'ils méritent[11]. » Ce qui revient à dire que les Juifs seront sauvés après la guerre,... s'il en reste. Le 1er janvier 1943, l'Union soviétique se joint aux Anglo-Américains pour lancer, à Moscou, une proclamation qui promet des représailles contre les auteurs des crimes de guerre et reste muette sur les Juifs. Roosevelt n'amendera ce texte en y ajoutant le cas des Juifs qu'en mars 1944.

De fait, les trois Grands ne sont pas exempts d'hypocrisie. Les Soviétiques combattent depuis juin 1941 le fascisme, le nazisme et le militarisme. Pour eux, les Juifs sont des victimes parmi d'autres. Ils font semblant de croire que les Juifs sont des Russes, des Ukrainiens ou des

Polonais. Et sont-ils imperméables à toute forme d'antisémitisme ? Certainement pas. La Grande-Bretagne exerce de lourdes responsabilités en Palestine. La déclaration Balfour du 2 novembre 1917 a promis aux Juifs qu'ils pourraient y construire « un foyer national », mais Londres a aussi beaucoup promis aux Arabes. Puissance mandataire, elle s'est empêtrée dans une politique qui ne manque pas de contradictions. Parce que l'immigration juive en Palestine s'est accrue de 1919 à 1931, qu'après 1933 des Juifs allemands et polonais viennent y chercher refuge, que les Arabes s'inquiètent de cet afflux et provoquent des émeutes antijuives, les Britanniques publient en 1939 un livre blanc qui fixe à 75 000 seulement le nombre des Juifs qui pourront immigrer dans les cinq années suivantes. Alors, si les Alliés tiraient de l'enfer nazi de centaines de milliers de Juifs, qu'en ferait-on ? Les laisserait-on entrer en Palestine ? Courrait-on le risque de provoquer un nouvel accès de colère des Arabes, déjà sensibles aux slogans antibritanniques de la propagande allemande ? Mieux vaut fermer les yeux sur le drame de l'Europe pour ne point susciter une menace sur l'Empire.

Quant aux Américains, ils éprouvent des sentiments contradictoires. Ils ne restent pas insensibles à la sauvagerie des nazis. Mais la loi des quotas, qui date de 1924, limite très strictement l'immigration. Pas question de laisser entrer un plus grand nombre de réfugiés, à supposer que la fuite vers l'Amérique soit encore possible après 1941. En avril 1943, lors de la conférence des Bermudes, Londres et Washington échangent leurs points de vue. Les arguments sont toujours les mêmes : il faut d'abord gagner la guerre, ne pas tenter d'échanger des Juifs de Pologne ou de Roumanie contre le paiement d'une rançon, ne pas envoyer de nourriture ou de médicaments aux ghettos et aux camps puisque les nazis s'en serviraient pour leur propre effort de guerre, ne pas pousser les Anglais à ouvrir toutes grandes les portes de la Palestine, ne pas affaiblir les moyens réservés aux transports de munitions et de troupes en les mettant à la disposition des Juifs, se méfier des réfugiés parmi lesquels se glisseront, à coup sûr, des espions. Les Juifs américains, Eleanor Roosevelt et une bonne partie de la presse tentent néanmoins de bousculer l'administration. En vain. Le 6 octobre 1943, 400 rabbins orthodoxes viennent à Washington pour demander des mesures d'urgence. Le vice-président les reçoit. Roosevelt, lui, est pris « par d'autres tâches ».

C'est Henry Morgenthau, le secrétaire au Trésor, qui provoque l'évolution décisive. Le 7 janvier 1944, il convainc le président que les États-Unis n'ont pas cessé jusqu'à présent « d'acquiescer à l'assassinat des Juifs ». Quinze jours plus tard, un Bureau des réfugiés de guerre (*War Refugees Board, WRB*) est créé pour contrecarrer « les plans nazis visant à l'extermination des Juifs ». Le WRB possède peu de pouvoirs, mais il peut inciter les neutres à intervenir en Europe, verser une aide financière, stimuler la guerre psychologique, manifester, d'une manière efficace, l'intérêt que les États-Unis portent désormais au sort des Juifs. Pas question, en revanche, de passer outre à la loi de 1924. Pas question, non plus, de bombarder Auschwitz ou les autres camps de la mort ni les voies ferrées qui y conduisent. Le secrétaire adjoint à la Guerre des États-Unis, John McCloy, au demeurant bien disposé à l'égard des Juifs, déclare, le 4 juillet 1944, que des bombardements de ce genre seraient « d'une efficacité douteuse » et déclencheraient les représailles (lesquelles et contre qui ? On ne sait pas) des Allemands. Les États-Unis contribuent toutefois, avec une relative efficacité, à sauver des chambres à gaz la moitié de la communauté juive de Hongrie, mais refusent le marchandage que propose Himmler[12].

Cette prudence du gouvernement de Washington, la timidité des Juifs américains reflètent également un antisémitisme qui reste, malgré tout, vivace. Ne disait-on pas que le New Deal était un « Jew Deal » ? Que les Juifs s'acharnaient en 1940 et 1941 à entraîner le pays dans le conflit mondial ? Que Roosevelt voulait transformer la guerre contre le nazisme en une guerre pour les Juifs ? Le Ku Klux Klan des années 1919-1930, les démagogues d'avant-guerre, les attitudes traditionnelles ne témoignent-ils pas, chacun à sa manière, qu'au pays du *melting pot* les tensions ethniques n'ont pas disparu ? En avril 1939, 42,3 % des personnes interrogées par un institut de sondage manifestent de l'hostilité à l'endroit des Juifs. Encore en février 1945, l'Institut Roper note que pour 14 % des Américains les Juifs constituent une menace pour la nation. Quelles que soient leurs opinions personnelles, les hommes politiques ne peuvent pas ne pas être paralysés, ou pour le moins prudents, s'ils savent que l'opinion ne les suivra pas. Roosevelt comme les autres, qui est à la fois l'un des leaders les plus prestigieux du « monde libre » et le président de tous les Américains.

De toute évidence, savoir ne suffit pas. Il faut agir en fonction de ce que l'on sait, disposer des moyens de changer le cours des événements. Bien sûr, comme l'écrivait Léon Poliakov en 1949, « les Alliés auraient pu freiner l'extermination des Juifs d'Europe[13] ». Mais ni les gouvernements alliés ni les communautés juives ne pouvaient éviter le déroulement de la tragédie. Il est juste de s'interroger sur les comportements et les politiques des États qui combattaient le nazisme. Il ne l'est pas de leur refuser les circonstances atténuantes.

Notes

1. Dwight Eisenhower, *Crusade in Europe*, Garden City (N.Y.), Doubleday, 1948, p. 408-409.

2. Georges Wellers, « Le “traitement spécial” – “*Sonderbehandlung*” – qu'est-ce que c'est ? », *Le Monde juif*, la revue du CDJC, n° 100, 1980. Les principaux articles parus dans ce périodique ont été réunis dans un volume, sous le titre *Mémoire du génocide*, publié par le CDJC (17, rue Geoffroy-l'Asnier, 75004 Paris) et l'Association des fils et filles des déportés juifs de France (32, rue de la Boétie, 75008 Paris).

3. Cité par Henri Monneray, *La Persécution des Juifs dans les pays de l'Est, présentée à Nuremberg*, Paris, Éd. du Centre, 1949, p. 67-68.

4. Lire le chapitre III dans Eugen Kogon, Hermann Langbein et Adalbert Ruckerl, *Les Chambres à gaz secret d'État*, Paris, Éd. de Minuit, 1984.

5. Walter Laqueur, *Le Terrifiant Secret. La « Solution finale » et l'information étouffée*, Paris, Gallimard, « Témoins », 1981, p. 86-97.

6. Le télégramme est cité intégralement dans Walter Laqueur, *op. cit.*, p. 97.

7. Sur les attitudes américaines à l'égard du génocide, lire attentivement David Wyman, *L'Abandon des Juifs, Les Américains et la Solution finale*, Paris, Flammarion, 1987.

8. Lemkin utilise le mot « génocide » dans *Axis Rule in Occupied Europe*, 1943. Voir Yehuda Bauer, *The Holocaust in Historical Perspective*, Seattle, University of Washington Press, 1980, p. 34-35.

9. Cité par Raul Hilberg, *La Destruction des Juifs d'Europe*, Paris, Fayard, 1988, p. 969. L'ouvrage de Hilberg est, sur l'histoire du génocide, un monument d'érudition dont il est impossible de se passer.

10. Raymond Aron, *Mémoires*, Paris, Julliard, 1983, p. 176.

11. La déclaration du 17 décembre 1942 est adoptée par les

Nations unies. Elle porte spécifiquement sur l'extermination des Juifs par les nazis. Voir *Mémoire du génocide, op. cit.*, p. 188.

12. En mai 1944, Himmler propose, par l'intermédiaire d'Eichmann, l'échange d'un million de Juifs contre 10 000 camions, du café, du thé, du cacao et du savon. Joël Brand est chargé de transmettre aux gouvernements alliés. Voir Wyman, *op. cit.*, p. 316-323.

13. Dans *Mémoire du génocide, op. cit.*, p. 186. Il convient de noter que le gouvernement soviétique ne bombarde pas davantage les camps d'Auschwitz ni n'accepte le moindre marchandage.

Orientation bibliographique

Stéphane Courtois et Adam Rayski, *Qui savait quoi ? L'extermination des Juifs 1941-1945*, Paris, La Découverte, 1987.

Jean-Claude Favez, *Une mission impossible ? Le CICR, les déportations et les camps de concentration nazis*, Lausanne, Payot, 1988.

Raul Hilberg, *La Destruction des Juifs d'Europe*, Paris, Fayard, 1988.

Walter Laqueur, *Le Terrifiant Secret. La « Solution finale » et l'information étouffée*, Paris, Gallimard, « Témoins », 1981.

David S. Wyman, *L'Abandon des Juifs. Les Américains et la Solution finale*, Paris, Flammarion, 1987.

« La négation du génocide juif », par Henry Rousso, *L'Histoire*, nº 116, décembre 1987, p. 76.

« Résistants et collaborateurs, les Français dans les années noires », *L'Histoire*, nº 80, juillet/août 1985.

4

Le nazisme et la guerre

La machine de guerre allemande

Klaus Jürgen Müller

Les succès fulgurants des guerres éclairs (Blitzkriege*) de 1939-1941 ont fait oublier que l'armée jetée par Hitler dans la bataille en 1939 était loin d'être fiable et bien rodée. Certes, elle n'a rien à envier à l'armée allemande de 1933, au moment où Hitler est désigné comme chancelier du Reich. Il suffit pour s'en convaincre d'un rapide inventaire : en 1933, il n'y avait en fait d'armée de l'Air (Luftwaffe*) que quelques centaines de pilotes entraînés ; l'armée de Terre (Heer*) comptait 7 divisions*, plus 3 divisions de cavalerie légère, mais pas d'artillerie lourde ni de blindés ; la flotte possédait un seul cuirassé* moderne et aucun sous-marin.

Lorsque la guerre éclate en 1939, les 2,4 millions d'hommes de l'armée de Terre allemande se répartissent en 104 grandes unités, de puissance et de structure très diverses, dont 6 divisions blindées (5 sont au maximum de leur capacité), 4 divisions d'infanterie motorisée, 4 divisions légères et 3 divisions de montagne. L'armée de l'Air compte 302 escadrilles*, soit environ 4 000 avions, parmi lesquels plus de 1 500 bombardiers, y compris les fameux Stukas*, et près de 1 100 avions de chasse mono- ou bimoteurs. À cela s'ajoutent 21 régiments d'artillerie antiaérienne qui représentent un tiers du total des effectifs de l'armée de l'Air, c'est-à-dire 375 000 hommes. La Marine (Kriegsmarine*) possède 2 cuirassés d'escadre*, 3 cuirassés de poche*, 2 croiseurs* lourds et 6 croiseurs légers, 22 destroyers*, 12 torpilleurs et 57 sous-marins (*U-bott : Unterseeboot*), soit plus de 78 000 marins.

* Voir Lexique, p. 306.

A première vue, l'énorme effort de réarmement fourni en six ans est un exploit. Mais la rapidité avec laquelle il a été accompli est à l'origine de défauts de structure et de faiblesses logistiques qui se manifesteront très vite et dont les états-majors sont très conscients : en 1939, l'armée de Terre n'est pas prête à entrer en guerre, surtout pas dans une guerre de longue durée.

Dans l'hypothèse d'un conflit avec la Grande-Bretagne, la Marine est encore moins prête. En octobre 1936, une étude de l'amirauté qualifiait encore de suicidaire toute idée d'une guerre maritime contre l'Angleterre. Depuis la fin 1937, pourtant, l'état-major de la Marine a pris cet objectif pour point de départ de ses réflexions et de son travail : en novembre 1937, la possibilité d'intensifier la construction des sous-marins est mise à l'étude. Puis, à la suite de la crise de mai 1938, lorsque les Allemands des Sudètes en Thécoslovaquie réclament leur rattachement au IIIe Reich, Hitler donne le coup d'envoi à de nouveaux projets dans le cadre du plan Z. Dans la perspective d'une guerre de course avec la Grande-Bretagne, ce plan prévoit, entre autres, la construction de 10 cuirassés d'escadre, 15 cuirassés de poche, 65 croiseurs, 8 porte-avions* et près de 250 sous-marins. Mais il excède largement les capacités des arsenaux allemands, celles de l'industrie sidérurgique et de la production de carburants.

Au début de la guerre, le plan Z n'est que partiellement réalisé et le grand-amiral Raeder porte sur l'état de préparation de ses troupes et sur la perspective d'un conflit armé un jugement désabusé. Le 3 septembre 1939, il déclare : « Pour ce qui est de la marine de guerre, son niveau d'équipement ne lui permet en aucun cas d'entrer en guerre contre l'Angleterre [...] Les forces navales de surface sont, comparées à celles de l'Angleterre, d'une faiblesse telle, en effectifs comme en puissance, qu'elles ne pourraient au mieux que périr dans la dignité et laisser ainsi la place à une nouvelle flotte. »

Cette situation conduit l'état-major de la Marine à donner la priorité à la guerre de course dans l'Atlantique. Malgré une telle option, le rythme de production reste limité à 18 unités par mois et l'état-major ne peut opposer que 21 sous-marins à la Grande-Bretagne. Quant au cuirassé *Graf Spee*, il est détruit dès décembre 1939.

Au printemps 1940, à l'issue de l'occupation finalement victorieuse de la Norvège et du Danemark, la Marine a déjà subi des pertes considérables, d'autant plus dommageables qu'avec la Norvège l'Allemagne dispose à présent d'une remarquable base stratégique pour poursuivre la guerre dans l'Atlantique. Malgré la mise en service du cuirassé *Bismarck* et du croiseur *Prinz Eugen* en 1940, l'affaiblissement de la puissance navale allemande contribue fortement à l'abandon du projet d'invasion des îles Britanniques à la fin de l'été 1940. En dépit du renfort de 6 croiseurs auxiliaires dont les interventions, en 1940-1941, désorganisent le commerce maritime britannique, en dépit aussi d'opérations ponctuelles de surface, au cours desquelles le *Bismarck* est détruit en mai 1941, la guerre navale devient rapidement une guerre sous-marine.

La construction de sous-marins est intensifiée jusqu'en 1943, année où elle atteint un maximum de 288 unités, avant de décroître régulièrement. Entre juillet 1942 et mai 1943, la bataille fait rage dans l'Atlantique et, après de lourdes pertes infligées par les Alliés, l'Allemagne est finalement contrainte à renoncer à la guerre sous-marine. Quelques amorces de reprise échouent à l'automne 1943, en dépit d'innovations techniques importantes comme le *Schnorchel** et les dipositifs antiradar. La marine disposera au total de 1 170 sous-marins qui seront responsables de 62 % des pertes navales alliées mais dont 721 seront détruits en retour. Des 40 000 hommes embarqués à bord des sous-marins, 32 000 trouveront la mort.

La situation de l'armée de l'Air est meilleure. Malgré les nombreux retards intervenus dans son programme de modernisation, les anciens appareils ont cédé la place à des modèles plus récents, mais qui ne seront réellement efficaces que pour des opérations tactiques, c'est-à-dire pour le combat lui-même, lors de raids ponctuels, et non pour une stratégie d'envergure. En raison d'une pénurie croissante de matières premières, le développement d'un quadrimoteur bombardier, indispensable à une guerre aérienne stratégique, est interrompu en 1937. Certes, diverses améliorations sont apportées aux types existants et il existe d'innombrables projets de modèles nouveaux, mais l'état-major de la Luftwaffe ne parviendra jamais, pendant toute la durée de la guerre, à moderniser de façon décisive sa flotte de bombardiers.

Après les victoires fulgurantes de Pologne et de France, la faiblesse de l'armée de l'Air se manifeste lors de la Bataille d'Angleterre, dans laquelle plus de 1 500 avions sont engagés à partir de la fin juillet 1940. Conçus pour un emploi tactique, les bombardiers sont certes rapides mais insuffisamment armés pour pouvoir se défendre, et ils sont d'autant plus vulnérables que leur rayon d'action est trop réduit. L'absence de quadrimoteurs bombardiers se fait sentir dès cette période. Les 8 000 avions allemands engagés au total contre les îles Britanniques jusqu'en mars 1941 ne peuvent venir à bout ni de la Royal Air Force (RAF), ni de la détermination de son état-major, ni de l'industrie aéronautique et encore moins du moral de la population. Entre le 10 juillet et la mi-novembre 1940, l'armée de l'Air allemande perd 1 818 appareils ; en mars 1941, ce nombre atteindra 3 000, sans compter une perte plus lourde encore, celle de 6 000 aviateurs entraînés au combat.

En 1941, environ 3 300 appareils sont engagés dans la campagne contre l'Union soviétique : 1 000 bombardiers, 425 Stukas et 950 chasseurs, soit un effectif inférieur à celui utilisé sur le front occidental en 1940, pour un champ de bataille dix fois plus vaste et alors que plus de 1 800 avions sont engagés sur d'autres fronts – chiffres qui illustrent le manque de moyens pour combattre efficacement sur plusieurs fronts. Les erreurs de planification dues à un réarmement trop hâtif sont sensibles et, là encore, il manque des bombardiers stratégiques, capables d'atteindre les installations industrielles de l'Oural. L'armée de l'Air parvient néanmoins dans un premier temps à détruire la plus grande partie des forces aériennes soviétiques et à fournir un appui tactique à l'armée de Terre. Mais, à partir de l'été 1942, ses positions sur le front de l'Est s'affaiblissent considérablement. Après les premières attaques massives des bombardiers alliés sur les villes allemandes, l'état-major de l'armée de l'Air doit donner la priorité à la défense du Reich. De ce fait, 20 % seulement des appareils sont engagés sur le front oriental en 1943, contre 67 % en 1941, au moment même où l'aviation soviétique, reconstituée, gagne beaucoup en agressivité.

En 1944, 2 000 appareils allemands combattent encore sur le front de l'Est, face à des appareils soviétiques dont le nombre dépasse parfois 12 000 et qui, peu à peu, conquièrent la maîtrise du ciel. Une part importante des bombardiers légers et moyens est reconvertie et adaptée à la chasse de nuit, dans le cadre de la défense du Reich. La production aéronautique étant axée sur l'aviation de chasse, les bombardiers feront défaut lorsqu'il s'agira de riposter au débarquement allié de Normandie. Il n'y aura plus alors que 800 avions allemands stationnés en France, dont à peine 150 sont aptes à des opérations de bombardement.

La grave crise de production provoquée par des erreurs de planification et de construction est surmontée à partir de 1942. Si les attaques répétées des Alliés causent de lourdes pertes à l'armée de l'Air, sur le plan défensif ses succès sont suffisamment importants pour remettre en cause l'offensive aérienne adverse qui ne reprendra pleinement qu'à partir de 1944. Pourtant, l'industrie de guerre allemande ne sera pas, et de longtemps, menacée sérieusement. Elle atteint même sa production maximale en 1944, avec 40 000 appareils, plus que n'en a produits l'URSS à la même époque.

Jusqu'à la fin de la guerre, le problème de l'armée de l'Air sera, plus qu'un problème de production, un problème de formation de pilotes et d'approvisionnement en carburants. Ainsi l'introduction d'appareils plus performants, tels que le premier avion à réaction, le Me 262, en octobre 1944, ne modifiera-t-elle pas fondamentalement le cours de la guerre aérienne. Ceci vaut aussi pour la dernière grande opération contre les aérodromes alliés du front occidental le 1er janvier 1945. Certes, 800 appareils alliés sont détruits mais aussi plus du quart des 1 000 avions allemands, et les Alliés auront bientôt la maîtrise du ciel sur l'ensemble du Reich.

Les nouveaux engins à longue portée ne pèseront pas non plus sur l'issue de la guerre, même s'ils mobilisent de nombreux soldats alliés dans la chasse et dans la défense antiaérienne. Le 13 juin 1944, le premier V1 (*Vergeltungswaffe* : « arme de vengeance ») est tiré sur les îles Britanniques ; c'est une bombe volante mue par un pulso-réacteur, portant une tête explosive de 500 à 850 kg mais d'une précision très relative : des 8 000 V1 tirés, 29 % seulement atteindront plus ou moins leur objectif. Au début de septembre 1944, le V2, fusée balistique porteuse d'une tête explosive d'environ 1 000 kg et volant à Mach2 (environ 2 400 km/h), est mis en service ; 1 000 exemplaires en seront tirés jusqu'à la fin mars 1945.

C'est dans l'armée de Terre que la situation laisse le plus à désirer en 1939, de l'avis même de ses chefs qui ne la jugent pas prête à entrer en guerre. A chaque division d'infanterie non motorisée manque encore un bataillon ; la mise sur pied complète de l'artillerie et des blindés a été programmée en fait pour 1941 ; 2 des 6 divisions blindées ne datent que de 1938, et une des 2 divisions légères ainsi que 2 divisions de montagne et 2 divisions d'infanterie proviennent de l'armée autrichienne. Les divisions mobilisables sont de qualité très variable, en hommes comme en matériel. Mais le problème le plus important est celui de l'approvisionnement en munitions dans les premières semaines de la guerre. Les stocks sont largement inférieurs aux quatre mois prescrits par l'état-major et le rythme de production ne permet pas d'alimenter les armées en cas de guerre sur plusieurs fronts. De même, les 50 nouvelles divisions de l'armée de Terre n'ont pu être équipées régulièrement, d'où une hétérogénéité considérable des structures et des équipements, puisque 15 d'entre elles reçoivent des armes de l'ancienne armée tchèque et que 10 % des blindés et divisions blindées sont aussi d'origine tchèque.

Plus grave est le problème des hommes : l'armée de Terre ne comprend que 50 % d'hommes jeunes et ayant reçu une instruction militaire moderne. Le reste provient de l'armée territoriale qui rassemble des hommes nés avant 1901 et dont l'instruction militaire date au mieux de la Première Guerre mondiale. De plus, s'il y a, en 1939, 19 400 officiers, il n'y en avait en 1933 que 4 000. Dès le début des années trente, le service des personnels de l'armée de Terre avait attiré l'attention sur le nombre insuffisant d'officiers, 1,6 %, alors que le taux souhaitable était évalué à 7 %. Des centaines de sous-officiers sont alors promus officiers du jour au lendemain ; de même, on incorpore de nombreux policiers et officiers de réserve. Le corps des officiers de 1939 est donc très hétérogène. En outre, le nombre des officiers d'état-major formés est extrêmement réduit : 272. C'est donc un jugement très réservé que les chefs de l'armée de Terre portent sur la capacité de leurs troupes. Par rapport à l'armée de 1914, mûrie et rodée depuis des décennies, celle de 1939 a grandi de façon trop rapide et désordonnée.

Ces faiblesses se font sentir dès la campagne de Pologne en 1939. La victoire allemande repose en fait sur l'emploi massif des blindés et de l'aviation ; en revanche, la résistance et la combativité de l'infanterie sont, selon l'état-major, inférieures à celles de l'armée de 1914. Mais, surtout, l'équipement matériel est nettement insuffisant. Si bien que la consommation de munitions excède largement la production mensuelle. En admettant que les armées françaises soient passées à l'attaque sur le Rhin, les stocks auraient été très vite épuisés.

Le parc automobile est également très insuffisant en 1939. Les services et l'artillerie des divisions d'infanterie sont acheminés dans des véhicules tirés par des chevaux, tandis que les soldats marchent ! La production courante suffit à peine à l'entretien et au remplacement des 120 000 véhicules motorisés en raison de la pénurie de caoutchouc et d'acier, à laquelle remédient en partie le butin de guerre polonais et les livraisons de l'Union soviétique. En échange des matières premières stratégiques, le pays de Staline reçoit des appareils mécaniques, des outils d'armement et des pièces détachées de navires. De même, en raison du manque de devises, les matières premières de Finlande, de Suède et de Yougoslavie sont payées en armes, pourtant fort précieuses alors. Le manque de matières premières, avec ses répercussions sur la production, demeurera le point faible du potentiel de guerre allemand.

En 1939, l'armée allemande n'est pas prête.

Son avance qualitative sur les armées alliées donne pour un temps la suprématie à l'Allemagne ; pour reprendre les termes de l'historien militaire britannique Albert Seaton, elle lui permet de dissimuler ses faiblesses derrière « une façade rutilante ». Mais en réalité, en 1939, l'Allemagne n'est pas encore en mesure de faire une guerre prolongée contre des puissances économiquement fortes. En outre, l'absence de coordination et de planification dans l'industrie lourde et l'économie en général provoque des erreurs, des incohérences et des rivalités qui aggravent la situation. Bien des défauts de structure ne seront jamais corrigés mais simplement compensés au coup à coup. D'où le recours à la guerre éclair.

Cependant, au cours de l'hiver 1939-1940, un gros effort est fait pour la motorisation et l'équipement en blindés, surtout en blindés lourds. Le léger recul de la production qui en résulte est partiellement compensé par le recours à du matériel tchèque. Avec ses 10 divisions blindées et ses 7 divisions motorisées, l'armée de Terre a toutefois, en mai 1940, moins de blindés que les Alliés. Cela dit, les forces blindées et motorisées ainsi que les 35 divisions d'infanterie qui participent à la première offensive ont un niveau d'instruction plus élevé que le reste des troupes ; leur moral est solide, la formation des officiers satisfaisante et la direction des opérations bien meilleure que dans le camp opposé. La victoire rapide, acquise principalement, cette fois encore, grâce à l'appui de l'armée de l'Air et des unités blindées, dispense l'infanterie de faire ses preuves. La victoire à l'Ouest et la période de formation qui suit donnent à l'ensemble de l'armée, et aussi à ses chefs, une confiance en soi et une foi en la victoire sans doute fort excessives.

Entre la fin de l'été 1940 et le printemps 1941, l'armée

de Terre est réorganisée. On dédouble les divisions blindées en diminuant de moitié le nombre des blindés dans chacune d'elles, mais en multipliant par deux le nombre des régiments d'infanterie motorisée. De nouvelles divisions d'infanterie sont mises sur pied. L'armée compte désormais 20 divisions blindées, 10 divisions motorisées et 185 divisions d'infanterie. Mais on peut se demander si elles sont plus performantes que les 140 divisions de mai 1940. En effet, les divisions blindées disposent à présent de 140 à 190 chars, au lieu de 180 à 300, et cinq d'entre elles n'ont toujours que des chars tchèques faiblement armés. Il y a maintenant 16 catégories distinctes de divisions d'infanterie, dont quelques-unes ne sont aptes qu'à des fonctions d'occupation et de sécurité, ou encore à la lutte contre les partisans, mais en aucune façon à des engagements plus importants. Dans 73 divisions, moins d'un tiers des soldats sont aguerris.

Parmi les faiblesses structurelles de l'armée de Terre, il faut aussi évoquer les problèmes posés par l'éclatement institutionnel et par la dispersion géographique du commandement. Les quartiers généraux des armées de Terre, de l'Air et de la Marine, de même que le QG du Führer sont situés dans des lieux différents ; le commandant en chef de la réserve, lui, est stationné à Berlin. La coordination devient un problème encore plus délicat à partir de mars 1940, avec la création d'un ministère civil de l'Armement. Pendant la campagne contre l'Union soviétique, le commandement unique des différents théâtres d'opérations disparaît : l'ensemble des opérations du front de l'Est est coiffé par l'état-major de l'armée de Terre, l'OKH, alors que la défense aux côtes occidentales de Norvège jusqu'aux Balkans, la Méditerranée et l'Afrique du Nord est rattachée à l'état-major général des armées, l'OKW, dont le personnel est nettement insuffisant. Cette répartition ne sera cependant jamais remise en cause, alors même que la situation militaire exigeait un commandement unique et centralisé : le chaos au sein du commandement faisait partie des méthodes de direction du dictateur.

Au début de la guerre contre l'Union soviétique, la

formation et l'équipement se sont considérablement améliorés mais la production des blindés reste en deçà des prévisions. Leur nombre décroît donc progressivement dans chaque division. L'Allemagne, on le voit une fois de plus, n'est pas équipée pour une guerre longue nécessitant un renouvellement régulier du matériel.

De fait, l'échec de l'offensive allemande et la contre-offensive soviétique de l'hiver 1941-1942 apparaissent après coup comme un tournant irréversible pour la Wehrmacht*. Elle ne se remettra jamais des pertes énormes qui lui sont alors infligées : plus de 900 000 hommes, 4 240 blindés, plus de la moitié de ses véhicules motorisés et de ses chevaux. Un rapport de l'armée de Terre daté de la fin mars 1942 constate que des 162 divisions engagées sur le front de l'Est, 8 seulement sont encore pleinement utilisables pour de nouvelles opérations. C'est pourquoi l'attaque de 1942 ne se déroulera que sur l'aile sud. L'ingénieur Todt, ministre de l'Armement et des Munitions, déclare à Hitler dès l'automne 1941 que la guerre ne peut plus être gagnée militairement. Et le commandant en chef de l'armée de réserve affirme, lui aussi, qu'il devient urgent de faire la paix.

Sur ce front de l'Est, le manque d'effectifs est compensé par l'appel à des éléments féminins, notamment pour les services et unités de transmission, et par l'incorporation d'auxiliaires volontaires, de prisonniers de guerre soviétiques et de troupes auxiliaires non allemandes recrutées dans les pays occupés. Mais on ne parviendra pas à transférer dans l'armée de Terre les effectifs excédentaires de l'armée de l'Air et de la Marine. Grâce à un effort considérable, l'aile sud reçoit des forces suffisantes pour son offensive d'été. Les divisions qui y sont rassemblées ont retrouvé le niveau de l'été 1941 et sont parfois même mieux équipées. L'offensive est menée avec 68 divisions allemandes complètes et 50 divisions alliées (italiennes, roumaines, hongroises). Elle mènera ces divisions jusqu'au Caucase, mais aussi jusqu'au désastre de Stalingrad. La bataille de Stalingrad (septembre 1942-février 1943) et la retraite catastrophique de l'aide sud du front oriental coûteront en effet plus de 200 000 hommes à l'armée. Dans le même temps, 94 000 soldats allemands de l'armée d'Afrique sont faits prisonniers.

Quelques mois plus tard, au début de juillet 1943, a lieu la dernière grande offensive allemande à l'Est. Koursk, où plus de 70 % des troupes blindées ont été concentrées, va devenir le tombeau des « Panzer ». Plus de 20 000 hommes y périssent en huit jours. Entre le 1er juillet et le 1er octobre 1943, 536 000 hommes sont mis hors de combat ; 50 % seulement d'entre eux seront remplacés.

Des bataillons de sourds et de malades.

Certaines divisions ne comptent plus que 1 000 hommes, d'autres sont pratiquement rayées des effectifs. Après la défaite de Koursk, les 17 divisions du maréchal Manstein n'ont plus au total que 257 blindés. En raison de la pression soviétique, la retraite se solde par de nombreuses pertes matérielles et par des paniques dues au manque d'entraînement et à l'épuisement des hommes. En 1944 la pénurie d'hommes valides se fait très fortement sentir. En mai 1944, 41 divisions du front de l'Est avaient été anéanties ; elles ne seront jamais reconstituées. Les critères d'incorporation pour le front sont sans cesse abaissés : on envoie ainsi au front des bataillons de sourds et de malades. Outre les prisonniers russes, on mobilise des Alsaciens, des Luxembourgeois, des Allemands des minorités du Sud et de l'Est de l'Europe. Les Waffen-SS* recrutent à tour de bras. Ils disposent au début de 1945 de 16 corps d'armée SS et de 38 grandes unités, soit près de 900 000 hommes, dont 200 000 non allemands : 2 divisions cosaques ainsi que des unités caucasiennes, baltes, scandinaves, musulmanes d'Albanie, etc.

En 1944 surgit une « armée de libération » russe, constituée d'anciens prisonniers de guerre sous le commandement du général Vlassov, officier général soviétique prisonnier en 1941, et qui finira par compter 2 divisions. A cela s'ajoutent des « volontaires auxiliaires » de la Flak*, du génie et des Services. On estime en gros à plus d'un million le nombre des étrangers alors engagés dans les forces combattantes. Ce qui résulte davantage du manque d'hommes que de l'expression d'une idée nationale-socialiste de l'Europe, même si une telle conception a pu jouer chez certains.

Face à la perspective d'un débarquement allié à l'Ouest, le renforcement de la défense y devient prioritaire. Alors qu'en août 1943 38 divisions seulement étaient stationnées sur le front de l'Ouest, il y en a 59 en juin 1944. Les divisions blindées sont presque toutes équipées avec les nouveaux chars *Tiger* et *Königstiger*, disponibles depuis 1942-1943, respectivement équipés de redoutables canons de 88 mm, ainsi que d'un blindé plus léger, le *Panther*, doté d'un canon de 75 mm très précis. Hitler et l'état-major des armées estiment que les Anglo-Saxons, mieux armés, seront plus difficiles à réduire que les Soviétiques. Par ailleurs, Hitler est convaincu que le sort de la guerre se jouera à l'Ouest. Mais l'armée ne dispose plus d'aucune réserve stratégique : même si le nombre de divisions s'élève, sur le papier, à 285, il n'est guère possible de faire venir du front de l'Est plus d'un corps d'armée (2 à 4 divisions) en cas d'urgence. De toute façon, le manque de clarté dans le partage des responsabilités au niveau du commandement suprême interdit toute réaction rapide. Le simple déplacement de quelques divisions peut déclencher de violentes controverses entre l'état-major général de l'armée de Terre (OKH), celui de toutes les armées (OKW) et Hitler. Ce dernier a conservé la haute main sur certaines décisions stratégiques et tactiques, si bien que, par exemple, les maréchaux Rommel et von Rundstedt, après le débarquement allié du 6 juin 1944, sont parfois dans l'impossibilité de réagir immédiatement. La méfiance du Führer s'est d'ailleurs manifestée dès décembre 1943, avec la mise en place des officiers chargés de l'endoctrinement et du contrôle idéologique, qui sont de véritables commissaires politiques.

Entre juin et septembre 1944, l'armée de Terre subit trois défaites majeures qui sonnent le glas de la Wehrmacht. En juin, le Groupe d'armées « Centre » est écrasé en Biélorussie ; en France, l'ensemble du front commence à s'effondrer – il le sera définitivement en septembre –

tandis qu'en août la VIe armée est anéantie en Roumanie. Sur les fronts de l'Est et de l'Ouest, ce sont au total 106 divisions, plus qu'il n'en avait été engagé en 1939, qui disparaissent en une saignée de 1,2 million d'hommes, à laquelle s'ajoutent 750 000 blessés.

Le 20 juillet 1944, quelques officiers supérieurs et des civils conscients de leurs responsabilités tentent d'éliminer Hitler et de mettre fin par un coup d'État à cette guerre insensée. Ils échouent, et la répression qui suit, dont sont victimes 3 maréchaux et de nombreux généraux et officiers d'état-major, décime en fait le commandement militaire suprême. Les SS assurent dorénavant des fonctions militaires importantes. Ils prennent, entre autres, la direction de l'armée de réserve et des services secrets militaires ; les promotions récompensent plus que jamais la fidélité politique.

Malgré cette situation catastrophique, la production d'armes et de munitions atteint son maximum en 1944. La mobilisation effrénée de la population masculine de dix-sept à cinquante ans et plus permet d'envoyer au front des divisions nouvelles, aux capacités physiques souvent limitées, et aussi des divisions de « soldats du peuple », instruites dans un esprit résolument national-socialiste, organisées délibérément à l'écart des unités commandées par les officiers traditionnels, soupçonnés d'être réactionnaires. Elles reçoivent un armement de meilleure qualité – armes automatiques, armes individuelles antichars – mais leurs effectifs restent inférieurs à ceux des divisions classiques de 1944. Les divisions blindées sont également réorganisées ; en fait, elles n'ont le plus souvent que la moitié de l'effectif nominal, autrement dit 50 % des blindés prévus.

Anéantissement d'une puissance militaire.

Au début décembre 1944, même s'il manque à l'armée de l'Ouest 3 500 officiers et 115 000 hommes pour être à sa puissance nominale, l'état-major parvient encore à lancer dans la bataille 31 divisions, dont 9 divisions blindées et 2 divisions de parachutistes, soutenues par

1 700 avions. L'offensive des Ardennes sera la dernière grande offensive de l'armée de Terre ; elle s'interrompt au bout de quelques jours, après des succès initiaux importants mais des pertes considérables : 800 blindés et plus de 100 000 hommes. Cette fois, la puissance militaire de l'armée de Terre est brisée. Les dernières unités encore en état de combattre sont décimées.

Entre janvier et mars 1945, le front de l'Ouest s'effondre totalement. Les armées alliées franchissent les frontières du Reich et font leur jonction avec l'armée soviétique le 25 avril à Torgau, sur l'Elbe. Entre le 29 avril et le 8 mai, les unités allemandes capitulent l'une après l'autre, de l'Italie à la Norvège, et du mur de l'Atlantique à Berlin.

Traduit et adapté de l'allemand par Françoise Laroche.

Orientation bibliographique

Jacques Benoist-Méchin, *Histoire de l'armée allemande*, Paris, Albin Michel, 1964-1966, 6 vol. (périmé).

Georges Castellan, *Le Réarmement clandestin du Reich, 1930-1935*, Paris, Plon, 1954.

W. Deist, *The Wehrmacht and German Rearmement*, Londres, Oxford University Press, 1981.

Encyclopédie de la Guerre, 1939-1945, s.d. Marcel Baudot, Tournai, Casterman, 1977.

Germany and the Second World War (10 vol. à paraître), publiés par le Militärgeschichtliche Forschungsamt, Oxford University Press, vol. I : *The « Build-Up » of German Agression*, 1988.

A. Heusinger, *Hitler et l'OKH, 1933-1945*, Paris, Berger-Levrault, 1952 (ancien chef du bureau d'opération à l'OKH, premier inspecteur général de la Bundeswehr).

E.L. Homze, *Arming the Luftwaffe*, Lincoln, 1976.

A. Milward, *The German Economy at War*, Londres, Athlone Press, 1965.

Klaus Jürgen Müller, *The Army, Politics and Society in Germany, 1933-1945*, Manchester, University Press, 1987.

W. Murray, *The Luftwaffe, 1933-1945*, Baltimore, 1985.

A. Seaton, *The German Army, 1933-1945*, Londres, Weidenfeld and Nicolson, 1983.

G.H. Stein, *The Waffen-SS, Hitler's Elite Guard at War*, New York, Cornell University Press, Ithaka, 1966.

W. Warlimont, *Inside Hitler's Headquarters*, Londres, Weidenfeld and Nicolson, 1964 (ancien chef d'opération de l'OKW et numéro 2 du Wehrmachtsführungsstab).

Lexique

Blitzkrieg : « Guerre éclair ». Conception de l'offensive surprise élaborée et mise au point par l'EMG allemand, et imposée sous l'influence de Hitler. Il s'agit de l'emploi massif et combiné des divisions blindées et de l'aviation qui permet de surclasser la puissance de l'adversaire et de progresser rapidement, sans attendre que le terrain soit occupé au préalable.

Croiseurs (légers et lourds) : Navires intermédiaires de 6 000 à 14 000 tonnes, plus rapides et moins armés en principe que les cuirassés. Ils sont destinés à jouer un rôle d'éclaireur et de protection vis-à-vis de ces derniers, et à faire la guerre de course. La Marine allemande a notamment lancé le *Prinz Eugen* (14 000 tonnes), ainsi que le *Scharnhorst* et le *Gneisenau,* appelés « croiseurs de bataille » car ils atteignent plus de 30 000 tonnes et sont équivalents à des navires de ligne.

Cuirassés
Cuirassé d'escadre : Navire lourd de 41 000 tonnes, armé de canons de 380 et 400 mm. Théoriquement interdit par le traité de Washington en 1922. Le *Bismarck* et le *Tirpitz* (30 nœuds) appartiennent à cette catégorie.

Cuirassé de poche : Navire de ligne limité à 12 000 tonnes, mais équipé de canons de 280 mm et pouvant naviguer à 28,5 nœuds (55 km/h), à l'exemple du *Graf Spee,* de l'*Admiral Scheer* et du *Deutschland.*

Destroyer (terme de la Marine britannique) : Initialement conçu pour détruire les torpilleurs (bâtiments de surface) et les sous-marins. Appelé plus tard en France « contre-torpilleur », puis « escorteur », il est plus léger et plus rapide que le croiseur, mais de tonnage très variable (800 à 3 000 tonnes) et équipé de canons à tir rapide, ainsi que de tubes lance-torpilles.

Division : La plus petite des « grandes unités tactiques ». Commandée par un général, elle compte au moins 10 000 hommes, et jusqu'à 17 000 dans l'infanterie, répartis en une, 2 ou 3 brigades qui comprennent chacune de 2 à 3 régiments – un régiment inclut 2 à 4 bataillons de 800 à 1 000 hommes chacun.

Entre 1939 et 1945, l'armée allemande a formé 16 types différents de divisions dont les plus célèbres sont :

La division blindée (Panzerdivision, issue de l'ancienne division de cavalerie) : Fer de lance de la guerre éclair, on en compte 10 en 1940, composées chacune d'une brigade de 288 chars de 6 à 20 tonnes répartis en 2 régiments et, plus tard, souvent d'un régiment de chars ; d'une brigade de fusiliers portés (*Panzergrenadiere*) ; d'un régiment de canons de 105 mm automoteurs ou tractés. Ces régiments sont appuyés par un bataillon d'éclaireurs motorisés, un bataillon antichars, un bataillon du génie, un bataillon de transmissions et une escadrille d'avions d'observation.

La division légère : Formée d'automitrailleuses, d'infanterie portée et d'un bataillon de 86 chars légers ou moyens. Elle est cependant souvent transformée en division blindée.

La division de montagne : Bavaroise ou autrichienne, après 1938, à l'origine. Plus légère que la division d'infanterie, elle est entraînée au combat en montagne.

La division d'infanterie motorisée : Elle est composée de fantassins classiques portés par camions avec leur artillerie.

Escadrille : formation de base de l'aviation, elle comprend de 9 à 15 appareils pour la chasse et de 9 à 10 pour le bombardement. A chaque escadrille sont rattachés mécaniciens, transports et transmissions.

Flak (Flugzug-Abwehr-Kanone) : Artillerie de défense antiaérienne de la Luftwaffe (DCA).

Heer : Armée de Terre incluant l'infanterie, la cavalerie, l'artillerie, les blindés et les services. Elle est dirigée par l'OKH le commandement en chef de l'armée de Terre (Oberkommando des Heeres), dont l'organisme le plus important était l'état-major général de l'Armée, lui-même subordonné à Hitler en tant que chef des Armées.

Kriegsmarine : Marine de guerre, composée de la marine de surface classique (cuirassés, croiseurs, torpilleurs) et de la flotte de sous-marins. Commandée par le grand-amiral Erich Raeder et après 1943 par Karl Dönitz.

Luftwaffe : Armée de l'Air. Commandée par le Reichsmarschall Goering, elle comprend une véritable armée avec infanterie, artillerie, génie, etc., de 375 000 hommes. En font partie les parachutistes, la Flak (DCA) et, plus tard, des divisions d'infanterie formées par des soldats de l'armée de l'Air, mais sous contrôle de l'OKH à l'Est et de l'OKW ailleurs.

Porte-avions : Le premier exemplaire de porte-avions apparaît dans la Marine britannique en 1918. Très employé entre 1939 et 1945, il porte de 50 à 80 avions pour un tonnage de 25 000 à 33 000 tonnes. L'Allemagne n'a jamais pu mener à bien ses projets de porte-avions.

Schnorchel : Apparu en 1942, ce tube à valve automatique permet aux sous-marins allemands en faible plongée de pomper l'air nécessaire à leurs moteurs diesel sans avoir à « refaire surface ».

Stuka (Sturzkampfflugzeug) : Avion de bombardement léger en piqué, mis au point pendant la guerre d'Espagne (1936-1939) pour des bombardements précis et pour désorganiser les troupes à terre. Il possède une bombe lourde ou deux bombes légères et deux à quatre mitrailleuses. Il y en a 336 en 1939.

Waffen-SS : Unités militaires créées dans le cadre de la SS (Schutzstaffel : « échelons de protection ») en 1940 et entraînées comme troupes d'élite. En 1945, elles regroupent 900 000 hommes en 38 divisions qui forment 16 corps d'armée. Elles incluent notamment 200 000 volontaires étrangers de plus de 17 nations.

Wehrmacht (« Force de défense ») : Elle regroupe à partir de 1935 les trois armées de Terre, Air et Mer, plus l'armement et les services. Le terme est utilisé par erreur par les Français depuis 1940 pour désigner l'armée de Terre (voir Heer). L'OKW (Oberkommando der Wehrmacht) était l'état-major militaire de Hitler en tant que commandant en chef des Armées (Oberbefehlshaber der Wehrmacht) à partir de 1938.

Les victimes du nazisme

Jean-Pierre Azéma

Dès les années vingt, les nazis ne s'embarrassèrent pas de scrupules pour éliminer physiquement leurs adversaires. Arrivés au pouvoir, ils en eurent encore moins, eux qui abhorraient la philosophie des droits de l'homme et exaltaient la violence comme force accoucheuse de l'Histoire. Il est difficile de chiffrer avec toute la précision souhaitable le nombre des victimes du nazisme. Si l'on s'en tient à celles qui furent, en Allemagne comme dans les pays occupés par la Wehrmacht, pourchassées et persécutées de façon systématique, on peut affirmer que plus de 12 millions d'hommes, femmes et enfants ont été tués ou exterminés [1] par un régime dont la singularité fut d'être à la fois totalitaire, raciste et expansionniste.

Car les nouveaux maîtres de l'Allemagne n'entendaient pas seulement fonder un régime autoritaire : dans leur utopie totalitaire, il leur fallait façonner un homme nouveau, qui surgirait lorsqu'il aurait triomphé des ennemis intérieurs et extérieurs du *Volk* (le peuple) allemand, ce *Volk* régénéré par le national-socialisme. Leur *Weltanschauung*, on le sait, était raciste et les nazis croyaient unanimement en « l'authentique génie du peuple allemand » dont la marche en avant n'avait été arrêtée que parce qu'il traînait derrière lui trop de bâtards et de tarés. L'une des tâches historiques qui incombaient au nouveau régime était donc la purification du patrimoine héréditaire d'un peuple voué *sui generis* à la conquête, et l'amélioration biologique du « sang allemand ».

Cette « hygiène héréditaire et raciale » imposait d'éliminer de façon impitoyable, d'une part les tarés qui risquaient de transmettre génétiquement maladies mentales ou sexuelles, d'autre part les êtres racialement inférieurs, soit impurs, soit abâtardis. Deux catégories de ces « sous-hommes » (*Untermenschen*) menaçaient particulièrement l'intégrité du patrimoine allemand : les Tziganes (*Zigeuner*) et surtout les Juifs, les corrupteurs par excellence de la « race ». La « loi pour la protection du sang et de l'honneur allemand », de 1935, dite loi de Nuremberg, prenait bien soin d'interdire toute relation sexuelle entre « Aryens » et « non-Aryens ». Elle réservait la qualité de « *Reichsburger* » (citoyen du Reich) et, partant, les droits politiques, aux seuls Allemands racialement purs.

Outre ces ennemis « biologiques », les nazis traquèrent les « asociaux » qui, pour être moins dangereux *a priori* que les Juifs, leur paraissaient nuisibles. En 1936, est classé comme asocial tout individu « qui manifeste par son comportement qu'il ne veut pas s'intégrer dans la communauté ». Pareille définition était suffisamment vague pour englober pêle-mêle des criminels récidivistes, des marginaux et les homosexuels – depuis le 1er septembre 1935, ceux qui étaient convaincus du « crime » d'homosexualité pouvaient être punis de dix ans de travaux forcés et même de l'internement à vie.

Après un tel « nettoyage », le *Herrenvolk* (la race des seigneurs) pourrait affronter cette épreuve décisive et nécessaire qu'est la guerre. Il dominerait l'Europe continentale et avancerait vers l'Est pour conquérir son « espace vital » en colonisant des territoires sur lesquels vivaient des êtres qui, dans le panthéon racial nazi, étaient à peine plus que des « sous-hommes » : les Slaves.

Au total, et si l'on ajoute à ces trois groupes les adversaires politiques du nouvel État, ceux que le IIIe Reich considérait comme ses ennemis irréductibles étaient nombreux. Les succès de ses armées – la guerre est, à cet égard, la coupure décisive – allaient les transformer, dans des conditions stupéfiantes, en victimes pitoyables.

Soulignons bien que, depuis la fin du XIXe siècle, les théories eugénistes et les thèses du darwinisme social s'étaient répandues dans les milieux lettrés et politiques.

Dans les années vingt, l'antisémitisme politique avait progressé, de même que le rejet social des marginaux, des homosexuels ou des Tziganes. Par ailleurs, l'élimination musclée des forces de gauche, communiste (KPD) et sociale-démocrate (SPD), fut facilitée par les compromis de fait que le NSDAP avait passés avec les milieux nationalistes conservateurs ou réactionnaires ; et la perspective d'une expansion territoriale aux dépens des Slaves fournissait un autre terrain d'entente politique. Reste que les nazis eurent des méthodes bien à eux pour mettre en œuvre un programme qui n'était pas seulement le leur. Leur tâche était relativement aisée en raison de l'absence totale de solidarité entre les minorités – raciales ou sociales – menacées. Les bourreaux eurent tout loisir de pratiquer en maîtres une véritable « répression-salami ».

Le rodage de la machine répressive commença dans les mois qui suivirent la prise du pouvoir. Dès le 28 février 1933, en effet, le décret-loi pris après l'incendie du Reichstag instaurait l'état d'urgence qui autorisa l'arrestation de quelque 4 000 militants et sympathisants du Parti communiste allemand. Après le 1er mai, sous les applaudissements de toutes les droites allemandes, les milieux syndicalistes, puis le SPD, furent frappés à leur tour. C'est pour eux que la police politique ouvrit, dès 1933, les premiers camps de concentration à Dachau (près de Munich) et à Oranienburg-Sachsenhausen (non loin de Berlin). En 1937 et 1939 seront construits ceux de Buchenwald (près de Weimar) et de Ravensbrück (destiné aux femmes). On y enferma pour des « raisons de sécurité » des asociaux, récidivistes et « délinquants sexuels » (les homosexuels purent y être internés comme « portant atteinte moralement, physiquement, matériellement à la population allemande »), des Juifs et beaucoup de « politiques » : témoins de Jéhovah, ecclésiastiques, membres du SPD et surtout militants communistes (le mouvement communiste international lança, en vain, une grande campagne pour faire libérer le secrétaire général du KPD, Ernst Thälmann, qui mourra à Buchenwald en août 1944). Au début, les camps étaient censés servir à la « rééducation » des détenus : on pouvait espérer en sortir vivant, même si les conditions de vie y étaient dures. De 1935 à 1938, le nombre total des internés oscilla entre 4 500 et 6 000 ; en septembre 1939, ils étaient environ 22 000 répartis sur six camps.

Parallèlement, les nazis s'employèrent à améliorer le « sang allemand ». Une loi prise en 1934 étendit le champ d'application des stérilisations : on estime que, en six ans, les médecins en pratiquèrent plus de 350 000 sur des malades héréditaires et des asociaux. Comme ils devaient également déclarer à la naissance les enfants anormaux, environ 5 000 trisomiques, hydrocéphales et handicapés moteur disparurent sans laisser de traces.

C'est encore au nom de la préservation du précieux sang aryen que les nazis opérèrent, sans provoquer de grands remous dans l'opinion, l'isolement légal, politique et social, de quelque 500 000 Juifs allemands. Chassés des écoles, de l'Université, de la Wehrmacht, de toutes les professions libérales – ou presque –, ils furent contraints de céder leurs biens qui étaient « aryanisés » : ils ne cessaient pas seulement d'être des citoyens, ils devenaient des parias, qui ne pouvaient plus choisir librement leurs conjoints, auxquels on retirait le permis de conduire et dont la liberté de mouvement était de plus en plus réglementée. Ils subissaient toutes sortes de violences : contre les synagogues, contre les biens, contre les personnes. La « Nuit de cristal », vaste pogrom organisé par Goebbels en novembre 1938, provoqua la mort de 91 Juifs et entraîna pour 26 000 d'entre eux le transfert – en principe temporaire – dans des camps où, déjà en juin 1938, 1 500 Juifs avaient été enfermés dans le cadre de « l'action de Juin ».

Les nazis patronnaient également un « Office central pour la lutte contre le péril tzigane » et diligentaient une enquête pour détecter les Tziganes, nomades ou sédentaires vivant dans les limites du Reich : ils en dénombrèrent 34 000. Singulière démarche à l'encontre de gens qui passaient pour originaires de l'Inde, donc Aryens ! Mais les spécialistes en science raciale s'étaient faits fort de montrer 1) qu'ils n'appartenaient pas à la « race aryenne nordique » ; 2) qu'ils n'avaient cessé de s'abâtardir ;

3) qu'ils étaient « de sang étranger » ; 4) que leur « hérédité notoirement chargée » les rendait nécessairement « asociaux ». Eux aussi cessèrent d'être citoyens allemands et, contraints de se faire tous enregistrer, ils furent soumis à une législation particulière. Les nomades durent se sédentariser et furent astreints à certains travaux.

La guerre permit de mener à bien des entreprises qu'il avait fallu différer en temps de paix. Les nazis purent ainsi programmer sur une grande échelle l'euthanasie des malades mentaux. Elle reçut le nom de code « Action T4 » (les locaux de la police criminelle qui la supervisait étaient situés 4, Tiergartenstrasse, à Berlin). Après une expérimentation faite dans un asile polonais, l'opération fut placée sous la responsabilité d'un dignitaire de la chancellerie et d'un des médecins de Hitler. Dans une lettre antidatée du 1er septembre 1939, le Führer avait assuré l'impunité aux médecins, tous volontaires : l'intérêt national ne commandait-il pas de libérer des places dans les hôpitaux pour les soldats blessés ? Ils sélectionnaient, sur dossier, celles et ceux qu'ils envoyaient à la mort (en principe, les schizophrènes, les épileptiques, les séniles et les paralytiques). Les cars de la « Société d'utilité publique pour le transport des malades » emmenaient ces victimes désignées dans un des quatre « instituts d'euthanasie » mis en service, où elles étaient gazées, selon un processus qui variera peu jusqu'à la fin de 1944 : les malades, qui étaient censés prendre un bain, étaient contraints de se déshabiller ; ils se retrouvaient dans une fausse salle de douche ; après la fermeture des portes, ils étaient gazés et leurs cadavres étaient brûlés dans un crematorium.

Le secret qui entourait cette euthanasie sauvage finit par être percé, et l'évêque de Münster la condamna publiquement ; si bien qu'il y fut mis fin le 24 août 1941. Elle avait coûté la vie à 71 088 adultes. Dans un certain nombre de camps de concentration, cependant, on continua périodiquement de gazer les « irrécupérables » (nom de code : Opération 14f13).

Les victoires du *Blitzkrieg* (la guerre éclair) ouvraient la voie à la nouvelle colonisation germanique. Hitler déclara, le 2 octobre 1939 : « La Pologne doit être traitée comme une colonie. » Tous les non-Germains devaient en principe être expulsés des territoires polonais annexés et ce qui subsistait de la Pologne, le « Gouvernement général », devint un dépotoir à Polonais, Juifs et *Untermenschen* divers. Ce « remembrement » devait être définitif ; c'est pourquoi l'Office central de sécurité du Reich programma, le 17 octobre 1939, la « liquidation physique de tous les éléments polonais a) qui par le passé ont occupé une quelconque responsabilité en Pologne, b) qui pourraient prendre la tête d'une résistance polonaise ».

La liquidation de l'intelligentsia polonaise.

Cette « polonisation » visa particulièrement l'intelligentsia. Un mémorandum, en date du 25 novembre 1939, concernant « le traitement de la population des territoires ex-polonais du point de vue politique et racial », stipulait que « le terme intelligentsia comprend avant tout les prêtres polonais, les enseignants (y compris les professeurs des écoles supérieures), les médecins, dentistes et vétérinaires, les officiers, les fonctionnaires des échelons supérieurs, les commerçants importants, les grands propriétaires fonciers, les écrivains et journalistes, ainsi que toutes les personnes ayant fait des études supérieures ou secondaires ». Le 6 novembre 1939, 183 professeurs, assistants et chargés de cours de l'université de Cracovie étaient arrêtés dans un amphithéâtre pour être déportés au camp de Sachsenhausen. On estime que 28 % des enseignants du supérieur et 13 % des professeurs du secondaire furent victimes de la répression nazie.

Cette liquidation fut d'abord confiée à des commandos spécialisés de SS, placés sous la responsabilité directe du *Reichsführer-SS* Himmler qui avait été nommé commissaire du Reich chargé du renforcement de la race allemande. Leur brutalité fut telle qu'elle suscita des critiques dans les rangs de la Wehrmacht. C'est l'ensemble du peuple polonais qui fut traité de façon abominable : que pouvait valoir, aux yeux d'un membre du peuple des seigneurs, la vie d'un sous-homme polonais ? En y incluant les Juifs, près de 6 millions d'entre eux (soit 15 % de la population), dont la très grande majorité étaient des civils, périront pendant le conflit.

La déclaration de guerre n'améliora pas, on s'en doute, le sort des Juifs. La majeure partie des 330 000 Juifs du Reich et des pays annexés en 1938 fut transférée dans le Gouvernement général. Et, là, ils furent progressivement parqués dans des ghettos. Le symbole en fut le nouveau ghetto construit, en octobre 1940, en plein Varsovie : 445 000 Juifs allaient s'y entasser (on dénombrait 7,2 personnes par pièce). Environ 50 000 d'entre eux pouvaient, au début, aller travailler dans la partie « aryenne » de la ville en franchissant l'un des 15 points de passage contrôlés. Puis, petit à petit, le ghetto dut vivre totalement replié sur lui-même.

Bon nombre de ces hommes, de ces femmes et de ces enfants, plongés dans une épouvantable misère physique (ils avaient droit officiellement à 2 kilos et demi de pain noir par personne et par mois) et morale, crurent qu'ils étaient seulement en transit avant de pouvoir gagner un « territoire » juif. Il est vrai que le diplomate Franz Rademacher avait proposé en juin 1940 de les transférer dans une île : ce fut le « Plan Madagascar » étudié en haut lieu. Mais ce qui commença le 27 juillet 1942, sous le nom de « transfert vers l'Est », conduisait en fait directement les habitants du ghetto de Varsovie vers le camp d'extermination de Treblinka.

Pour le sujet qui nous occupe, la quasi-totalité des spécialistes du nazisme en est d'accord, l'invasion du territoire soviétique le 22 juin 1941 (l'opération Barbarossa) a eu des conséquences incalculables. Le 30 mars 1941, Hitler avait déclaré à ses généraux que la campagne à venir serait « *ein Vernichtungskrieg* », une guerre d'extermination : on exterminerait les bolcheviques, et aussi les Juifs soviétiques qui étaient les propagateurs les plus redoutables du virus communiste. La liquidation des « Judéo-Bolcheviks » serait le prélude au refoulement des influences « asiates » et à la domestication de ceux qui, pour la plupart, n'étaient racialement et culturellement que des « sous-hommes ».

Cette guerre, qui mariait l'antibolchevisme, l'antisémitisme et l'expansion vers l'Est, Hitler la considérait comme sa « tâche historique », comme la « seconde révolution » du national-socialisme. Deux directives en donnaient le ton : la directive Barbarossa du 13 mai 1941 et le « décret sur les Commissaires » du 6 juin suivant. La première modifiait les procédures de la justice militaire, autorisant par là même la Wehrmacht à se montrer expéditive à l'égard de tous ceux, quels qu'ils soient, qui résisteraient. Le second donnait l'ordre impératif de fusiller ou d'exécuter, où qu'ils soient, les commissaires politiques qui accompagnaient les armées soviétiques. Il fut complété, le 28 juin, par un texte qui préconisait le meurtre des fonctionnaires du Parti et des communistes « agitateurs » ou « fanatiques ».

Les SS « nettoient » l'arrière du front russe.

Ces instructions furent appliquées à la lettre : trois puis quatre *Einsatzgruppen* (groupes d'action), recrutés parmi des SS de confiance, opérèrent derrière le front et procédèrent méthodiquement au « nettoyage » des cadres communistes et des Juifs. Après avoir tergiversé pendant quelques semaines, la Wehrmacht autorisa des Kommandos d'*Einsatzgruppen* à opérer dans les camps de prisonniers de guerre : entre juin 1941 et mai 1945, ils s'emparèrent pour les exécuter d'au moins 580 000 prisonniers soviétiques, soit un dixième de l'effectif total. Des généraux, qui avaient naguère tiqué sur les méthodes utilisées en Pologne par les groupes d'action, laissèrent faire, parce qu'ils redoutaient l'insécurité derrière le front et parce qu'ils étaient de farouches partisans de la croisade judéo-bolchevique : l'ordre du jour du général Reichenau, que Hitler jugea « excellent », assignait à ses soldats « la tâche historique de libérer, une fois pour toutes, la nation allemande de la menace asiatico-juive ».

Tous les prisonniers soviétiques, même ceux qui n'étaient ni juifs, ni communistes, pâtirent de cette guerre d'extermination. Sur les 3 300 000 qui avaient été raflés après six mois de conflit, 2 millions étaient déjà morts en janvier 1942 : certains avaient été exécutés sommairement, la plupart étaient morts de froid, de maladie et de faim – la Wehrmacht, en effet, avait pratiquement cessé de les nourrir. A partir de 1942, les nazis estimèrent plus rentable de mettre les prisonniers soviétiques au travail. Mais ils eurent, jusqu'au bout, un régime différent des autres prisonniers : un travail beaucoup plus harassant, des portions de nourriture plus congrues. Un certain nombre fut envoyé dans des camps de concentration. On ne s'étonnera pas que sur un total de 5 700 00 environ 3 500 000 d'entre eux aient péri.

Quelques semaines après le déclenchement de l'opération Barbarossa, la décision de programmer la « Solution finale » (*Endlösung*) des Juifs d'Europe fut définitivement prise. Le 31 juillet 1941, le maréchal Hermann Goering écrivait au chef de l'Office central de sécurité du Reich qui contrôlait la Gestapo, le SS Reinhard Heydrich : « Je vous charge, en outre, de me présenter sous peu un projet d'ensemble sur les mesures préparatoires à prendre concernant l'organisation, la mise en œuvre et les moyens matériels nécessaires pour réaliser la Solution finale désirée de la question juive. » C'est en septembre, semble-t-il, que le projet fut approuvé. En tout cas, le 24 octobre 1941, Müller, chef de la Gestapo, interdit l'émigration de tout Juif hors d'Europe. Et le 20 janvier 1942, à Wannsee, dans la banlieue de Berlin, se tint la première réunion plénière consacrée à la Solution finale. Sous la présidence de Reinhard Heydrich, des responsables du parti et des secrétaires d'État y mirent au point les modalités administratives et pratiques de l'extermination immédiate ou différée des 11 millions de Juifs d'Europe.

A cette date, l'extermination avait, en fait, déjà commencé. Les quatre *Einsatzgruppen* s'étaient livrés, dès l'été 1941, à des massacres méthodiques : le seul groupe D avait fusillé, dans les deux journées des 29 et 30 septembre, 33 771 hommes, femmes et enfants juifs à Babi Yar, près de Kiev. Si l'on en croit un rapport interne d'avril 1942, les SS avaient déjà exécuté 461 500 Juifs soviétiques. En mars 1942, avait débuté « l'opération Reinhard » – la liquidation, sur une grande échelle, des

Juifs polonais qui étaient directement transférés des ghettos dans des chambres à gaz. On a bien lu « chambres à gaz », car, quoi qu'aient pu affirmer ceux qu'on a pris l'habitude de dénommer les « révisionnistes », elles ont bien existé dans un certain nombre de camps : je renvoie à cet égard à des travaux qui font autorité[2]. »

3 camps, situés dans le Gouvernement général, ceux de Belzec, Sobibor et Treblinka, furent les lieux d'une extermination de masse. On peut d'ailleurs à peine parler de camps : c'étaient avant tout des terminus ferroviaires débouchant sur des chambres à gaz où, après le monoxyde de carbone, fut utilisé l'acide cyanhydrique, commercialisé sous le nom de Zyklon B. A leur arrivée, les femmes, les enfants et les hommes se déshabillaient en vue d'une douche fictive et ils pénétraient dans un boyau qui les amenait à la chambre. Après le gazage, les cadavres étaient brûlés. A Belzec, entre mars et décembre 1942, moururent 550 000 Juifs ; à Sobibor, d'avril à octobre 1943, 200 000 ; à Treblinka, de juillet 1942 à octobre 1943, 750 000. Ajoutons le château de Chelmno (la rampe conduisait à des camions à gaz où furent tués 152 000 Juifs) et le camp de Maïdanek (près de Lublin) : au total, 2 100 000 Juifs furent exterminés dans ces 5 camps.

Pour gagner une guerre devenue totale, le Reich était contraint d'utiliser toutes les ressources dont il disposait. Même ceux qui étaient promis à la mort pourraient, pour une partie d'entre eux, être exterminés de façon différée, après avoir été broyés dans la machine de guerre du Reich. C'était le sens de la lettre qui fut envoyée au Reichsführer-SS Heinrich Himmler, le 30 avril 1942, par Oswald Pohl, le patron de l'Office central administratif et économique (WVHA) de la SS, qui supervisait l'essentiel de l'effort économique de guerre : « La guerre a amené un changement marqué dans la structure des camps de concentration et a considérablement changé leur rôle en ce qui concerne l'emploi des prisonniers. L'internement de prisonniers pour les seules raisons de sécurité, d'éducation ou de prévention, n'est plus la condition essentielle ; l'accent est à porter maintenant sur le côté économique.

Ce qui est maintenant au premier plan et le devient de plus en plus, c'est la mobilisation de tous les prisonniers capables de travailler. »

Cette mobilisation générale impliquait que toute résistance fût impitoyablement brisée. L'Office central de la sécurité du Reich traqua celles et ceux qui s'efforcèrent d'enrayer la machine nazie. La répression fut particulièrement féroce à l'encontre des résistants allemands qui apparaissent doublement coupables puisque, en s'engageant dans la lutte contre Hitler, ils trahissaient, aux yeux des nazis, leur patrie.

Pour s'en tenir aux retombées de l'attentat manqué contre le Führer du 20 juillet 1944, la plupart des 200 conjurés exécutés furent mis à mort dans des conditions atroces, après une très longue agonie. Dans les pays occupés, à l'Ouest et dans les Balkans, l'Abwehr (le service de contre-espionnage de l'armée), la Gestapo (la police secrète d'État) et le SD (le service de sécurité) ont pourchassé réseaux et mouvements de résistance avec les méthodes que l'on sait. Les résistants qui ne mouraient pas sous la torture ou qui n'étaient pas immédiatement exécutés étaient, en règle générale, envoyés dans les camps les plus durs. Certains étaient voués à disparaître sans laisser de traces « dans la nuit et le brouillard » (c'est le 7 décembre 1941 qu'avait été pris le décret Nuit et Brouillard – *Nacht und Nebel Erlass*)

La « Solution finale » à Auschwitz.

Les efforts considérables qu'il était nécessaire de consentir pour gagner la guerre n'arrêtèrent pas, bien au contraire, la mise en œuvre de la Solution finale. C'est le complexe d'Auschwitz-Birkenau, situé en Pologne non loin de Katowice, qui devint le principal camp d'extermination. Des convois, à la marche méthodiquement planifiée par le service des chemins de fer, convergeaient de toute l'Europe vers Auschwitz : entre mai et juillet 1942, 34 000 hommes, femmes et enfants étaient partis du centre de Westerbrok, aux Pays-Bas ; en décembre 1942, Auschwitz comptait déjà 42 500 déportés en provenance de Drancy, en France ; entre mars et août 1943, 43 000 des 56 000 Juifs de Salonique furent dirigés sur la Pologne. Quant aux Juifs hongrois, 437 402 d'entre eux furent transférés à Auschwitz en moins de quatre mois (du 27 avril au 9 juillet 1944).

A l'arrivée de tous les convois, les hommes et les médecins de la SS divisaient, sur la rampe de Birkenau, les survivants en deux files : les enfants, les vieillards et les adultes les plus faibles partaient directement pour les chambres à gaz ; les autres, les « sélectionnés », étaient astreints au travail forcé. Hitler prit même le soin d'ouvrir, près de Prague, un camp qui pût être montré à la Croix-Rouge, celui de Theresienstadt, où étaient regroupés des Juifs allemands âgés ou mariés à des Aryens, des anciens combattants décorés, des personnalités qui pouvaient servir de monnaie d'échange. Pourtant, 16 832 d'entre eux, seulement, survécurent sur les 141 184 qui y furent immatriculés (la plupart d'entre eux ayant été ensuite envoyés à Auschwitz). Au total, on peut affirmer que 5 100 000 Juifs au moins sont morts à la suite des persécutions nazies. C'est le chiffre minimal auquel est parvenu Raul Hilberg après de minutieuses recherches sur « l'holocauste ».

L'extermination de la seconde « race » que les nazis considéraient comme dangereuse pour le sang allemand, les Tziganes, mérite qu'on s'y intéresse de près, même si elle ne fut pas poursuivie avec autant de hargne et de méthode que le génocide juif et qu'elle n'eut pas la même ampleur. Sans doute, ceux de la tribu des Sinti, qui étaient censés être de sang totalement pur, furent relativement épargnés. Mais la plupart des autres, quand on ne les obligea pas à se faire stériliser, furent envoyés dans des camps. Ils y subirent le plus souvent le sort des Juifs : ainsi environ 5 000 (dont près de 2 700 enfants) de ceux transférés à Lodz furent ensuite gazés à Chelmno. A Birkenau, il est vrai, les familles tziganes furent installées, à compter de février 1943, dans un camp à part, sans être séparées et dans des conditions relativement privilégiées. Mais, en avril 1944, bon nombre de Tziganes furent transférés dans des camps réputés difficiles et ceux qui étaient demeurés à Birkenau furent gazés dans la nuit du 1er août 1944. Cette persécution fut poursuivie par des auxiliaires des nazis : ainsi les Oustachis (les terroristes nationalistes croates menés par Ante Pavelić, qui collaborèrent avec les Allemands en Yougoslavie) en assassinèrent 28 000 sur les 28 500 recensés en Croatie. Au total, 240 000 Tziganes (sur les 700 000 qui vivaient en Europe à la veille de la guerre) furent exterminés.

Le nazisme, par nature, est concentrationnaire. Les historiens établissent cependant une distinction entre camps de concentration et camps d'extermination : Buchenwald, à bien des égards, n'était pas Treblinka. Encore existait-il une hiérarchie des camps de concentration. Les nazis eux-mêmes, le 2 janvier 1941, les avaient numérotés de I à III, selon la dureté des conditions d'internement. De certains camps de la catégorie I on pouvait, après avoir été « rééduqué », espérer sortir vivant. Les autres étaient en fait des camps d'anéantissement par le travail : la probabilité de survivre pour ceux qui avaient été affectés aux Kommandos de Gusen-Mauthausen (près de Linz) était à peu près nulle.

La logique perverse de l'univers des camps.

L'histoire de ce système concentrationnaire explique la dégradation progressive de la condition des détenus. Jusqu'en 1938, les camps, peu nombreux, recevaient avant tout des « politiques » allemands ; les conditions de vie y étaient très dures sans être inhumaines. De 1938 à 1942, le nombre des camps a crû sous l'afflux de déportés (*Häftlinge*) en provenance de toute l'Europe. L'arrivée des Polonais puis des prisonniers soviétiques, dont la vie ne comptait pas aux yeux d'un SS, rendit les camps invivables. La situation se stabilisa relativement entre 1942 et 1944, dès lors que les détenus devaient devenir rentables en termes économiques. Dans un certain nombre de camps, la ration alimentaire semble bien s'être quelque peu améliorée pendant l'année 1943. A compter de l'automne 1944, en revanche, les conditions de vie devinrent proprement effroyables : les épidémies, notamment le typhus, fauchaient des êtres épuisés par le travail et tenaillés par la faim. Devant l'avance des troupes alliées, les SS décidèrent un repli et la plupart des déportés durent rejoindre à marches forcées les camps situés dans ce qui subsistait du Reich.

On a souvent décrit la logique démente et perverse de cet univers concentrationnaire. Les camps avaient grossi de façon démesurée : 80 436 *Häftlinge* étaient immatriculés à Buchenwald au 1er avril 1945 (il y en avait 149 en juillet 1937). On dénombrait en 1944 20 « camps de concentration » et 165 camps de travail satellites. Ils étaient alors régentés par un peu plus de 35 000 gardes-chiourme. Dans cet univers clos et codé, où se côtoyaient « politiques » (dont des résistants de toute l'Europe), « droit commun », « asociaux », Polonais et prisonniers soviétiques, il fallait, coûte que coûte, économiser ses forces pour lutter contre la faim (l'ennemie numéro 1), les épidémies, les maladies, le froid, les appels interminables, le manque de sommeil, le travail forcé, les humiliations quotidiennes, les provocations, les incitations à la prostitution (femmes et hommes), les punitions, parfois les expérimentations médicales, presque toujours mortelles, et la menace permanente d'être exécuté. Il fallait nécessairement intérioriser les codes, comprendre et admettre que la bonne marche et la vie quotidienne du camp, voire la survie de tout un chacun, dépendaient également de déportés, employés au secrétariat général du camp, au service de la comptabilité, à l'infirmerie (*Revier*), où à la cuisine. Le « doyen du camp », les doyens des baraques, les hommes de chambrée étaient des déportés qui répondaient devant les SS de la tranquillité des Blocks. Les Kapos (le nom a gardé une connotation fortement négative tant bon nombre d'entre eux étaient d'une brutalité bestiale), choisis le plus souvent parmi les prisonniers de droit commun, étaient placés à la tête des Kommandos de travail dont ils garantissaient la productivité.

Pour un déporté, les premières semaines qui suivaient l'arrivée au camp étaient capitales parce qu'il était confronté à un quitte ou double vital. Se révolter conduisait quasi obligatoirement à la mort : il fallait savoir se faire oublier et se couler dans le moule. Celles et ceux qui avaient l'âme bien trempée, qui pouvaient renouer avec d'anciens camarades, qui étaient soutenus par leurs convictions politiques ou religieuses, parvenaient, tout en étant devenus par nécessité des *Häftlinge* conformes, à se préserver de toute collusion avec le système peaufiné par les SS. Ils tranchaient sur les détenus qui tentaient de s'en sortir par le système D moyennant quelques lâchetés. Quant aux *Häftlinge* qui perdaient pied, faute d'appuis ou par incapacité à s'adapter, ou parce qu'ils étaient trop vieux, ils étaient condamnés à l'état de « *Muselmänner* » (les « Musulmans », dans l'argot des camps, désignaient les cachexiques, à qui il ne restait strictement que les os) et voués à une mort proche.

Solidarités et révoltes des déportés.

Dans les camps et ailleurs, la grande majorité des victimes, hébétées, abasourdies, affaiblies physiquement et moralement, subissaient, parfois sans mot dire. On a surtout souligné la « passivité » des Juifs. Raul Hilberg l'explique par le poids d'une culture qui prône plus la résignation que la révolte et par le rôle des « Conseils juifs ». Depuis novembre 1939, il devait exister un Conseil juif (*Judenrat*) par ghetto : il comprenait des notables qui s'occupaient jadis des synagogues ou de l'enseignement religieux. Au moment des départs dans les camps, les Conseils durent se faire les porte-voix des ordres et des règlements des nazis tout en cherchant à s'accommoder avec ceux qui seraient leurs bourreaux. La communauté juive, il est vrai, ne pouvait attendre aucun secours de l'extérieur. On sait que les gouvernements alliés, pourtant dûment avertis depuis l'été 1942, choisirent de se boucher les oreilles : un plan de sauvetage généralisé des Juifs ne s'imposait pas à leurs yeux et pouvait retarder la victoire militaire.

Dans ces conditions, monter une organisation collective pour tenter d'échapper au sort fixé par les nazis était une entreprise particulièrement difficile et dangereuse.

Les ghettos, minés par des dissensions internes, surent rarement se donner des structures efficaces. Dans les camps, la diversité était de règle. Des déportés travaillant dans des usines d'armement prirent le risque, notamment à Dora, de pratiquer le sabotage larvé. On chercha avant tout à mettre en place, contre l'arbitraire des SS et des Kapos, des réseaux de solidarité et de protection qui s'efforcèrent de protéger des catégories de déportés particulièrement vulnérables. A Ravensbrück, 65 jeunes Polonaises (les « Lapins »), qui, après avoir servi de cobayes pour des expériences de vivisection, étaient promises à la mort, purent ainsi être cachées parmi les 40 000 femmes du camp. Il en fut de même, à Buchenwald, pour 46 responsables d'un collectif de résistance, directement menacés.

Il arriva que ces réseaux jouent un rôle capital quand l'univers concentrationnaire devint totalement fou dans l'hiver 1944. Ils parvinrent, parfois, à négocier avec les SS en évitant le pire. Les révoltes furent rares. Ce furent surtout des Juifs qui s'insurgèrent. Dans le ghetto de Varsovie, certains, en effet, combattaient la ligne de conduite adoptée par le *Judenrat* et refusèrent d'être « transférés à l'Est ». Avec l'énergie du désespoir, ils tinrent tête aux SS pendant presque un mois, du 19 avril au 16 mai 1943. A Treblinka (2 août 1943), à Sobibor (14 octobre 1943) et à Birkenau (7 octobre 1944), des membres du *Sonderkommando* (un Kommando de Juifs qui ramassaient les effets, transportaient et brûlaient les corps, avant d'être à leur tour gazés) prirent les armes et s'échappèrent. Il y eut quelques dizaines de survivants.

La destruction des archives d'un certain nombre de camps ne facilite pas le dénombrement exact des détenus à la fin de la guerre. Selon l'estimation la plus précise, 1 650 000 hommes, femmes et adolescents ont été déportés, entre septembre 1939 et janvier 1945, dans les camps de concentration proprement dits, donc sans compter la population des camps d'extermination. Quant au nombre de ceux qui y ont péri, l'hypothèse basse s'établit à 550 000. Le taux de mortalité varia relativement en fonction des catégories de déportés – celui des homosexuels (environ 20 000 d'entre eux y sont morts) fut un des plus élevés (60 %).

Les historiens de bonne foi, et j'en exclus les « révisionnistes » français (qui, eux, ne le sont pas), partagent en gros les mêmes analyses sur le nombre des victimes et sur les modalités de leur calvaire. Depuis une dizaine d'années, les enjeux historiographiques se sont déplacés : c'est sur la genèse de la répression que portent les débats qui mettent aux prises « intentionnalistes » et « fonctionnalistes ».

En cherchant à classer les victimes selon la genèse de leur mise à mort, on pourrait distinguer trois catégories. Hitler eut un rôle déterminant dans l'élimination des malades mentaux, de l'intelligentsia polonaise et des membres du Parti communiste soviétique. En revanche, c'est plutôt l'engrenage de la machine répressive et concentrationnaire qui est responsable de l'extermination finale des Tziganes, de l'exécution des malades dans les camps et de certaines catégories de détenus de droit commun systématiquement déportées à partir de 1943. Troisième catégorie, celle des prisonniers soviétiques : leur sort tragique pendant les premiers mois du conflit avec l'URSS a dépendu moins de la volonté délibérée du Führer ou des méthodes des technocrates de la mort que de l'indifférence et du mépris raciste manifestés par les responsables de la Wehrmacht. Quant aux victimes de la Solution finale, les modalités de leur extermination les rangent, nous semble-t-il, tout à la fois dans la première et la deuxième catégorie.

Au-delà de l'analyse théorique, lorsque les victimes se souviennent, demeure cette impression formulée par un médecin juif qui évoquait cette période d'airain : « La vie n'était pas un droit mais une concession accordée par l'État SS. »

Notes

1. Ce chiffre ne comprend pas les morts pour stricts faits de guerre ; il ne prend pas non plus en compte les victimes civiles dont on ne possède pas de dénombrement suffisamment précis, notamment la population civile soviétique non juive dont les pertes se chiffrent pourtant, selon toute vraisemblance, par millions.

2. Se reporter à Pierre Vidal-Naquet, *Les Assassins de la mémoire*, Paris, La Découverte, 1987.

Orientation bibliographique

L'Allemagne nazie et le Génocide juif, Paris, Gallimard/Le Seuil, 1985 (Colloque de l'EHESS).

Raul Hilberg, *La Destruction des Juifs d'Europe,* Paris, Fayard, 1988.

G. Hirschfeld (éd.), *The Policies of Genocide*, Londres, Allen et Unwin, 1986.

D. Kenrick et G. Puxon, *Destins gitans,* Paris, Calmann-Lévy, 1974.

Eugen Kogon, Hermann Langbein et Adalbert Rückerl, *Les Chambres à gaz secret d'État,* Paris, Le Seuil, « Points-Histoire », 1986.

R. Plant, *The Pink Triangle : The Nazi War against Homosexuals*, New York, Henry Holt, 1986.

Germaine Tillion, *Ravensbrück,* Paris, Le Seuil, 1988.

O. Wormser-Migot, *Le Système concentrationnaire nazi,* Paris, PUF, 1968.

Actes du colloque tenu à Paris en décembre 1987 sur « la politique nazie d'extermination » ; voir en particulier les communications de Philippe Burrin et de Michael Pollak.

Survivre à Dachau

Joseph Rovan

Français d'origine allemande, Joseph Rovan, qui était alors étudiant, fut déporté à Dachau en juillet 1944 en raison de ses activités dans la Résistance. De cette expérience, il a livré plusieurs témoignages, dont *Les Contes de Dachau* (Julliard, 1987), l'un des livres les plus originaux et les plus forts sur le système concentrationnaire nazi. Catholique, partisan convaincu de l'amitié franco-allemande – on lui doit notamment une biographie d'Adenauer chez Beauchesne (1987) –, Joseph Rovan n'a cessé d'œuvrer pour le rapprochement culturel et politique des deux pays depuis la fin de la Seconde Guerre mondiale.

L'HISTOIRE : On a parfois parlé d'un statut des « politiques » parmi les déportés.

JOSEPH ROVAN : On ne peut pas avancer cela parce que l'histoire des camps de concentration allemands est celle d'une « création continue », elle résulte plutôt d'une succession de décisions, soit locales, soit d'origine supérieure, et surtout d'improvisations. Chaque fois que l'on dit quelque chose des camps nazis, il faut préciser la date et le lieu. Parler dans ces conditions d'un « statut des détenus politiques » est un non-sens. A l'époque où j'ai connu le « système » des camps à travers le cas Dachau, il y avait de nombreuses catégories de détenus mais, à deux ou trois exceptions près, ils étaient tous traités de la même manière et se reconnaissaient à la couleur du triangle cousu sur leur vêtement : rouge pour les « politiques », vert pour les « criminels de droit commun », noir pour les « asociaux », violet pour les « témoins de Jéhovah », rose pour les homosexuels. Le tout étant parfois complété par un triangle jaune renversé qui, avec l'autre, formait l'étoile de David. Cela pouvait donc être un « Juif politique » ou un « Juif asocial ».

Cependant, à Dachau, les prêtres catholiques allemands jouissaient d'un statut spécial (exemptés de travail, autorisés à célébrer une messe par jour). Peu à peu, ce statut s'étendit aux prêtres étrangers. Il y avait également un petit nombre de « détenus d'honneur », autorisés à garder leurs cheveux (ils devaient être porteurs d'une « carte de cheveux ») et bénéficiant de la cantine SS. Enfin, hors du camp de détention proprement dit, il y avait une baraque réservée à des personnes de marque, comme le fameux pasteur Niemöller, qui étaient traitées comme des internés civils, portant leurs propres vêtements et pouvant recevoir des visites.

L'HISTOIRE : Il y avait plusieurs catégories de camps. A laquelle Dachau appartenait-il ?

JOSEPH ROVAN : A un certain moment, probablement vers 1942, les camps avaient été, selon leur dureté et leur destination, classés en trois « degrés », ceux qui appartenaient au troisième étant des camps d'extermination. Dachau, destiné le cas échéant à être montré aux visiteurs étrangers, était « degré I », Mauthausen et Auschwitz, « degré III ».

Le grand tournant dans la vie des camps fut le moment où la direction suprême SS décida (vers 1942) d'ajouter à la fonction « punition et extermination » la fonction « exploitation du travail détenu ». Ces fonctions restèrent concurrentes ; dans certains camps tels que Auschwitz, l'extermination demeura prépondérante. A Dachau, ce fut le contraire.

De plus, un acte du Führer avait créé, vers 1941 sans doute, la catégorie « Nuit et Brouillard » (*Nacht und Nebel* ou *NN*), qui comprenait des résistants (« terroristes ») arrêtés dans les pays occupés et destinés à disparaître sans traces. Les camps d'extermination étaient précisément réservés aux Juifs et aux NN. Les Français de mon convoi (2 juillet 1944) étaient tous NN et n'auraient jamais dû rester à Dachau, mais déjà, en été 1944, le système ne fonctionnait plus selon ses propres règles, paralysé entre autres par les arrivées trop massives de déportés. En été 1943, à Dachau, on en était à attribuer aux nouveaux arrivés des numéros autour de 30 000 ; en été 1944, on avait dépassé 70 000 ; à la fin, en avril 1945, on atteignit 160 000 (les numéros commencent en 1940).

L'Histoire : La machine concentrationnaire fonctionnait donc moins « parfaitement » qu'on ne le croit ?

Joseph Rovan : En effet, parallèlement aux situations « officielles » en perpétuel mouvement, il y avait les situations concrètes d'une *sociabilité* sauvage dont les prisonniers tiraient profit : un « *kommando* » où l'on pouvait organiser (se procurer) des choses utiles, faire du troc avec les civils ; l'autorité que conférait le prestige dont tel ou tel jouissait parmi ses compatriotes ; les services qu'on pouvait rendre par la connaissance de l'allemand ou une capacité manuelle. Chaque *nationalité* poussait ses pions pour accéder à des postes d'utilité « publique ». Mais il existait aussi des *solidarités politiques, transnationales,* très développées chez les communistes et chez certains catholiques.

L'administration des SS et des Kapos.

En fait, au fur et à mesure que les camps grandissaient et que la guerre exigeait des hommes « frais », les SS confièrent l'administration interne des camps à des détenus de confiance : chargés de camp, de bloc et de chambrée, *kapos* des *kommandos* de travail.

Au début (après 1940-1941), on fit avant tout appel à des « noirs » et des « verts » pour contrôler les politiques. Peu à peu, l'exigence du travail mieux fait imposa d'utiliser des politiques, ce qui permit l'organisation d'une sorte de résistance à l'intérieur de certains camps. Mais cette évolution accentua aussi les rivalités entre nationalités et « familles » politiques.

L'HISTOIRE : Cet encadrement des internés par eux-mêmes a quelque chose de pervers.

JOSEPH ROVAN : On a beaucoup disserté là-dessus, et sur les cas de conscience qui ne cessèrent de se poser. Administrer consistait, en effet, à contrôler l'infirmerie, à dresser les listes des *kommandos* de travail, à sauver certains de nos camarades et à en vouer d'autres au pire destin. Mais tout était pervers dans les camps puisqu'ils incarnaient une volonté de perversion, d'humiliation, de salissure ! A partir du moment où vous vous trouvez à Dachau, il ne sert à rien de raisonner sur des principes généraux ou des règles abstraites. Il faut choisir au jour le jour non la solution la meilleure, mais la moins mauvaise ; c'est-à-dire raisonner en termes de rapports de force. En pratique, notre activité d'encadrement ressemblait beaucoup à celle d'un syndicat illégal, mais qui pèse lourd face à l'administration officielle, incapable de gérer une affaire devenue trop compliquée pour les SS. Entre 1933 et 1938, le camp de Dachau était un lieu de punition et de mort pour les adversaires allemands des nazis. En 1938, viennent les Autrichiens, en 1939 les Tchèques, en 1940 les Polonais. Devenu trop petit et reconstruit en 1940 pour 9 000 prisonniers, Dachau était donc passé en avril 1945 à 160 000 détenus ! Ces chiffres disent presque tout : encombrement, masse incontrôlable, fonctionnement irrationnel. Dans le même temps, les cadres SS disponibles avaient été envoyés au front et remplacés par d'anciens blessés ou de nouveaux SS enrôlés d'office, donc inopérants et sans grande motivation idéologique. Plus l'administration directe SS faiblissait ainsi, plus l'administration indirecte des détenus se renforçait.

L'HISTOIRE : Contrairement à Buchenwald, Dachau n'était pas « contrôlé » par les déportés communistes.

JOSEPH ROVAN : Non, lors du déclin des *kapos*, les SS avaient repéré les communistes : il s'agissait d'opposants allemands fichés de longue date, reconnus et suivis depuis les débuts du nazisme ; ils ont été écartés de l'encadrement. Le renversement de la tutelle des *kapos* s'est donc fait au « profit » – certains mots sont vraiment peu appropriés ! – d'un curieux mélange : sociaux-démocrates et monarchistes autrichiens déportés après l'Anschluss de 1938, Tchèques du parti socialiste national – le parti de Benès et de Masaryk –, prêtres et officiers polonais. Dans les fonctions principales, le « doyen » du camp, véritable chef de cette administration parallèle, était un monarchiste autrichien ; son adjoint, également autrichien, était un social-démocrate ; le chef des *kommandos*, un catholique tyrolien. Seul le responsable de la police était un *kapo*, un « noir » (criminel de droit commun) arménien : les prisonniers l'ont tué à la libération.

Sont arrivés là-dessus de très nombreux détenus français. Cela a créé un grand remue-ménage, car les Français ont vite compris qu'ils devaient, eux aussi, s'organiser pour survivre et défendre leurs « intérêts ». Il a donc fallu les canaliser, leur concéder des places, trouver de nouveaux équilibres.

L'HISTOIRE : Le fait national primait-il le fait politique au sein de cette hiérarchie interne ?

JOSEPH ROVAN : Si Marx avait eu raison, nous eussions dû nous allier en fonction de notre milieu, de notre classe et non en fonction d'un sentiment de solidarité nationale. Ce fut pourtant le plus souvent cette seconde solidarité qui domina, à l'exception des communistes, et encore... Chaque groupe voulait des postes influents pour servir ses compatriotes et ses amis. Ce qui n'empêchait pas la conclusion de « pactes », plus politiques ou sociaux, entre personnes de nationalités différentes. Les clivages se sont précisés vers la fin. Avant, la plupart des détenus étaient écrasés, laminés par ce qui leur arrivait. Et puis les solidarités se chevauchaient. Si nous, les « gaullistes », nous combattions les tentatives de « prise de pouvoir » des communistes, nous nous sentions quand même, sur beaucoup de points, solidaires des communistes français.

Cette prééminence du sentiment national s'explique également par l'absence de formation politique et idéologique : beaucoup de nos camarades s'étaient retrouvés à Dachau à la suite de rafles ou à cause de leurs activités

« anti-allemandes ». Très peu avaient été militants ou cadres de quelque parti que ce soit. Ce qui compliquait, soit dit en passant, la gestion des comportements collectifs. Je m'en rendis compte lorsqu'on me demanda de travailler auprès du secrétaire général du camp parce que je parlais l'allemand. Nous essayions simplement de faire en sorte que le plus grand nombre puisse survivre, en donnant la priorité aux amis personnels ou politiques.

Discours bureaucratique et réalité incohérente.

L'HISTOIRE : Aviez-vous conscience de la nature bureaucratique, voire industrielle, de la machine concentrationnaire ?

JOSEPH ROVAN : Les historiens ont vu tout cela après coup. Pour nous, au camp, nous ne disposions pas encore d'une vue générale. Chaque camp avait sa logique, et l'incohérence allait croissant. Ainsi, l'ordre d'extermination générale des détenus en cas de déroute allemande, donné et répété jusqu'au dernier moment, ne fut finalement pas appliqué.

Dans l'analyse de ce genre de situations, on oublie généralement deux choses. La première, c'est la différence entre le discours bureaucratique et la réalité des faits. Le nazisme de concentration, puis d'extermination, s'est voulu rationnel, banalisé, gestionnaire jusqu'au moindre rouage. En pratique, semble-t-il, il n'a jamais su dominer ses pulsions anarchiques, brouillonnes, désordonnées jusque dans le crime à grande échelle. A lire les textes, on peut croire à l'existence d'une machine froide. Dans les faits, c'était épouvantable, mais j'incline à penser, même aujourd'hui, que la responsabilité des personnes comptait plus que l'impersonnalité voulue de l'appareil, si tant est que cet « appareil » implacable ait jamais été au point.

Et voilà le deuxième élément que l'on omet souvent : l'existence théorique d'une organisation industrielle de la déportation et de la mort permettait à certains de commettre leurs fautes en se déchargeant de leur responsabilité sur le « système ». Mais je ne crois pas que cette industrie ait connu la forme « parfaite » à laquelle elle aspirait et que les textes laissent supposer. D'où, j'insiste, l'importance des comportements individuels.

L'HISTOIRE : Une telle expérience ne pousse-t-elle pas au scepticisme quant à la nature de l'homme ?

JOSEPH ROVAN : Pourquoi donc ? Jamais la notion de choix personnel, de choix moral, n'a été aussi perceptible que dans cet univers qui se voulait fonctionnel et anonyme mais devenait un terrible révélateur des personnes. Rien ne m'y a surpris, s'agissant de la nature humaine. J'ai toujours été persuadé que nous avions vocation à faire le bien mais qu'il ne fallait pas sous-estimer la tentation du mal.

Propos recueillis par Jean-Maurice de Montremy.

Gerhart Riegner, l'homme qu'on ne croyait pas

André Kaspi

Genève, le 16 juillet 1988. Gerhart Riegner me reçoit dans son bureau du Congrès juif mondial. Un homme tout rond, le visage ouvert, un léger sourire aux lèvres, la voix un peu sourde. « Les temps extraordinaires produisent des personnages extraordinaires », lance-t-il au détour de la conversation. Mais lui-même a tout de l'homme ordinaire. Et pourtant, quel destin ! Son rôle a été capital. Dès le mois d'août 1942, il a confirmé au monde occidental que les nazis avaient mis en œuvre « la Solution finale de la question juive ».

« Que faisiez-vous à Genève pendant la guerre ? »

Lorsque Hitler a accédé au pouvoir, Riegner avait vingt et un ans et était stagiaire au tribunal de première instance de Berlin. Suspendu de ses fonctions dès le 1er avril 1933, il part pour Paris et décide d'y terminer sa licence de droit. En 1934, le Parlement français vote une loi suivant laquelle les étrangers ne pourront pas, dans les dix ans qui suivront leur naturalisation, exercer une profession juridique. Riegner quitte la France pour s'établir à Genève. Il suit les cours de l'Institut universitaire des hautes études internationales, y rencontre beaucoup de réfugiés juifs, des militants de l'antifascisme, des journalistes, des diplomates. Lorsque, en 1936, Nahum Goldmann fonde le Congrès juif mondial pour lutter contre le nazisme et assurer la protection des communautés juives, Riegner répond présent. Le CJM à Genève, c'est lui. A tel point que le courrier qu'on lui adresse porte quelquefois une seule mention : « Monsieur Mondial. »

Réunir des informations, maintenir des rapports avec les communautés de l'Europe centrale et orientale, mettre sur pied des comités d'aide... Genève est un lieu idéal. La Société des nations est une source de documentation de premier ordre. Les journaux officiels des pays occupés y parviennent régulièrement. Des messagers, officiels ou non, font le détour. Les dossiers de Riegner sont de plus en plus épais. A partir de 1940, il est au centre d'une toile, dans laquelle tombent des renseignements de toutes sortes et de toutes origines. Il reçoit des comptes rendus de Prague, de Pologne, des États baltes, de Roumanie, d'Allemagne. Des communautés juives lui envoient les papiers les plus confidentiels.

« Nous étions très bien renseignés », conclut-il sobrement. D'ailleurs, ajoute-t-il, « il est étonnant de constater à quel point nos estimations étaient justes ». Son dernier télégramme de novembre 1944, dans lequel il dresse le bilan tragique de la *Shoah*, en fait foi. Or, ces informations n'ont d'intérêt que si elles sont confirmées par différentes sources, passées au crible du jugement critique qui permet de choisir entre le vrai et le faux, enfin transmises à New York, à Jérusalem, à Londres.

« Mais enfin, qu'est-ce qui vous a fait croire que l'extermination des Juifs était en cours ? Pourquoi avez-vous cru nécessaire de transmettre les rumeurs de 1942 ? »

« Après la guerre, dit Riegner en puisant dans sa mémoire, on a prétendu qu'on ne savait rien. On savait beaucoup. On a oublié ce qu'on savait. Quand j'ai quitté l'Allemagne en 1933, je savais qu'il y avait des camps de concentration. » Les lois de Nuremberg de 1935, la Nuit de cristal de 1938 « étaient l'avertissement de la politique d'anéantissement ». Mais ces indices prennent leur signification pleine et entière au cours de l'année 1941 : « La grande coupure, c'est la guerre avec la Russie. » C'est alors que des centaines de milliers de Juifs sont assassinés. « A partir de l'automne de 1941, viennent des nouvelles de l'Est. Des choses terribles se passent. On n'a pas une vue d'ensemble. Ce sont les premières nouvelles des *Einsatzgruppen* (les "groupes d'action" SS). » En octobre, Riegner écrit à Nahum Goldmann pour lui rapporter qu'à son avis, peu de Juifs survivront à la guerre.

En 1942, voilà que l'on entend parler des gaz qui serviraient à l'extermination. Ce sont des bruits. Ils sont confirmés en août par un industriel allemand. Cette révélation est importante « pour deux raisons : c'était le premier rapport de source allemande ; c'était le premier rapport de quelqu'un qui avait accès au Quartier général du Führer ».

« La nouvelle était si énorme qu'elle a dû, au moins dans un premier temps, vous paraître incroyable. »

« Non, répond Riegner, elle n'était pas inimaginable. Premièrement, Hitler avait depuis janvier 1939 fait trois ou quatre discours dans lesquels il annonçait l'extermination des Juifs. J'ai pris ses discours au sérieux. Deuxièmement, à la mi-juillet et en août 1942, ont eu lieu dans toute l'Europe occidentale de grandes rafles de Juifs. A Paris, à Lyon, à Marseille, à Anvers, à Amsterdam. On savait qu'il y avait des déportations de Vienne, de Berlin, de Prague. On n'avait pas encore de nouvelles de Pologne. » Quelle signification donner à ces nouvelles ? L'annonce de la Solution finale faisait comprendre la multiplicité et la simultanéité des rafles. « Troisièmement, continue Riegner, je connaissais les nazis, leur brutalité, leur fanatisme. Je les avais rencontrés, observés. Je me convainquis qu'ils étaient capables de le faire. »

« Un être humain normal ne pouvait pas comprendre. »

« Et pourtant, cette nouvelle qui vous paraissait vraisemblable n'a pas convaincu tous vos interlocuteurs. »

Riegner commence par noter combien les diplomates britanniques et américains, en poste à Berne et à Genève, l'ont aidé. Ils ont tout de suite compris et transmis. Certes, le Département d'État a peu après interdit à son représentant en Suisse de faire passer les messages de

Riegner. Et le télégramme du 8 août 1942, s'il est bien parvenu à Washington, n'a pas été acheminé jusqu'à son destinataire final, Stephen Wise, l'un des principaux responsables de la communauté juive aux États-Unis. Un éclair de malice brille alors dans les yeux de Riegner. Il avait confiance dans la démocratie américaine, mais il avait une plus grande confiance encore dans le parlementarisme britannique. Il croyait, dur comme fer, que le Foreign Office n'empêcherait pas un membre de la Chambre des communes de recevoir son télégramme et l'a chargé de le transmettre aussi à New York. L'obstacle, soudainement dressé par le Département d'État, a été ainsi contourné.

« Mais on ne m'a pas cru, pour plusieurs raisons : 1) il n'y avait pas eu de précédent. Certains dirigeants juifs restaient sceptiques. 2) On avait affaire aux mensonges de la propagande de la Première Guerre mondiale. 3) Le secret. « Ils » ont inventé un langage pour le cacher. 4) Il y avait de l'antisémitisme du côté allié. Et l'antisémitisme était fort. 5) Ce n'était pas compréhensible. Un être humain normal ne pouvait pas comprendre. »

Et Riegner raconte une histoire qui, aujourd'hui encore, lui semble révélatrice. Un jour, il reçoit de New York une demande : il faudrait envoyer 30 000 paquets à des Juifs polonais. Quoi ! avec les deux ou trois personnes qui l'assistent, il devrait entreprendre cette tâche gigantesque, vérifier les adresses, les fixer sur des colis. Et puis, nous sommes en 1944. Que reste-t-il de la communauté juive en Pologne ? Ses correspondants de New York sont parfaitement au courant du génocide. Ce sont eux-mêmes des leaders du CJM. Et ils n'arrivent pas à y croire. Ils agissent comme si les nouvelles de 1942, de 1943, de 1944 pouvaient encore être démenties. « Savoir et accepter les faits », deux démarches différentes, observe Riegner qui conclut d'une phrase : « Il est pratiquement impossible de vivre avec l'idée du Mal absolu. »

« Que pensez-vous de l'attitude du gouvernement des États-Unis ? Il aurait pu faire davantage. Ne porte-t-il pas, lui aussi, une part de responsabilité ? »

Gerhart Riegner est moins sévère que beaucoup d'autres. Son héros, dit-il, c'est Henry Morgenthau, le secrétaire au Trésor, qui est parvenu à secouer la torpeur ou la mauvaise volonté de Washington. Au fond, grâce au *War Refugees Board*, un demi-million de Juifs hongrois ont été sauvés. Il est vrai que les Juifs américains ont été étonnamment discrets, surtout avant 1942. C'est que l'antisémitisme les contraignait au silence. Ne disait-on pas, en 1940 et en 1941, que les États-Unis étaient poussés dans la guerre par les Juifs ? Que Roosevelt s'appelait en réalité Rosenfeld, qu'il était juif ?

La conversation dure depuis plus de deux heures. Elle pourrait se prolonger. Gerhart Riegner est tout entier plongé dans le passé. Mais il est aussi l'homme du présent. Cela fait cinquante ans qu'il milite avec la même foi, le même dynamisme, la même tranquillité. « Excusez-moi, me dit-il en guise d'au revoir, demain, je pars pour le Canada. »

Un SS nommé Barbie

Jacques Delarue

Le 21 mai 1942, l'*Obersturmführer* (lieutenant) [1] Klaus Barbie est nommé chef du commando extérieur de Gex, à la frontière franco-suisse. Un événement est le plus souvent la rencontre d'hommes, de lieux et de moments de l'Histoire. L'homme, Barbie, le lieu, Gex, et le moment, mai 1942, sont tous très particuliers.

Le lieu d'abord. Lors de la signature de la Convention franco-allemande d'armistice, le 22 juin 1940, le général Keitel, qui présidait la délégation allemande, posa sur la table une carte de France sur laquelle une ligne était tracée. L'article 2 de la Convention précisait : « En vue de sauvegarder les intérêts du Reich allemand, le territoire français situé au nord et à l'ouest de la ligne tracée sur la carte ci-annexée sera occupé par les troupes allemandes. Dans la mesure où les régions du territoire occupé ne se trouvent pas encore au pouvoir des troupes allemandes, leur occupation sera effectuée immédiatement après la conclusion de la présente Convention. » La seconde phrase est très importante car l'avance extrême des détachements de reconnaissance allemands n'atteignait pas, en beaucoup d'endroits, la ligne tracée. Celle-ci englobait toute la façade atlantique du pays, jusqu'à la frontière espagnole. A l'est de Tours, elle suivait en gros le cours du Cher jusqu'à Bourges, englobait Moulins, remontait au nord jusqu'à Chalon-sur-Saône, passait au sud de Dole puis s'infléchissait brusquement vers le sud et descendait parallèlement à la frontière, par un étroit couloir limité à la route nationale ; à Bellegarde, elle rejoignait le Rhône dont elle remontait le cours jusqu'à Chancy, poste frontière de la Suisse. Dans cette excroissance, appelée le pays de Gex, se trouvent les principaux accès à la Suisse et les voies ferrées qui la relient à la France. L'occupation du pays de Gex donnait donc à l'Allemagne le contrôle presque absolu du trafic de la Suisse vers l'extérieur. Seule une voie ferrée, venue du sud par La Roche-Foron et Annemasse et qui pénétrait en Suisse par Saint-Gingolph sur la rive du Léman, restait libre.

La SNCF, qui avait cessé d'exploiter la ligne en 1938, la remet en service en juin 1940 pour assurer l'acheminement des marchandises transportées par la flotte autonome suisse en Méditerranée, mettant ainsi en échec le contrôle allemand. Le 2 juillet, sur cette ligne, un sabotage destiné à provoquer l'éboulement du tunnel des Aires échoue. Le trafic est rétabli le 9 juillet. Le 4 septembre, une énorme explosion jette à bas deux piliers de pierre du viaduc des Fleuries qui permettait à la même voie ferrée de franchir les gorges du Foron : la dernière voie ferrée de communication entre la Suisse et l'extérieur, non contrôlée par l'axe Berlin-Rome, est détruite. Les dégâts sont énormes ; il faudra du temps pour rétablir la circulation des trains.

A Gex, il faut un homme de confiance du parti.
Ce sera Barbie.

L'Inspection générale de la police criminelle à Vichy délègue le commissaire divisionnaire Belin. En deux semaines, Belin établit que les deux attentats ont été commis par le même groupe d'hommes, des Belges qui, une demi-heure avant l'explosion, sont rentrés en zone occupée par le poste de Clarafond où des officiers de la *Kreiskommandantur* (commandement du district militaire) de Gex les ont accueillis. L'enquête de Belin progresse très vite ; il identifie plusieurs Belges et découvre qu'ils entretiennent les meilleures relations avec les autorités militaires allemandes. Apparemment, les saboteurs sont repartis pour Anvers. Boemelburg, chef de la Gestapo de Paris, reçoit Belin et l'invite formellement à cesser l'enquête en zone occupée ; il assure qu'il s'en chargera, ainsi qu'à Anvers où fonctionne, dit-il, « un centre très actif d'espionnage au profit de la Grande-Bretagne ». Belin n'est pas dupe. Dès le début de l'enquête, il avait formulé la bonne question : « Qui a intérêt à créer des difficultés de ravitaillement à la Confédération helvétique ? »

Après la guerre, l'affaire sera définitivement élucidée : l'équipe de saboteurs comprenait 12 Belges, recrutés par un membre du mouvement belge pronazi, la Fédération nationale flamande (VNV), lui-même membre d'un groupe de l'*Abwehr* (service militaire d'espionnage et de contre-espionnage) dirigé par le major Hoffmann, *alias* Hotzel, *alias* Klinger. Après une courte formation à l'utilisation des explosifs et au sabotage, ces Belges avaient été amenés à pied d'œuvre par des militaires allemands. Deux d'entre eux affirmèrent au cours de l'instruction que Hitler lui-même avait donné l'ordre de détruire cette voie ferrée dont les Allemands n'avaient pas réalisé, quand fut fixée la ligne de démarcation, qu'elle pourrait être remise en service[2]. En fait, Hitler hésita longtemps sur la conduite à tenir à l'égard de la Suisse. Un plan d'invasion militaire était déjà préparé. Le pays de Gex constituait une vanne de sécurité qui permettait de lui retirer toute possibilité d'approvisionnement extérieur dont elle ne pouvait se passer. Jusqu'en mai 1942, le pays de Gex fut contrôlé par les militaires installés dans une *Kommandantur* annexe, dépendant de la *Feldkommandantur* de Besançon. Le poste *Abwehr* de Dijon, très important, s'y intéressait aussi.

Le moment, mai 1942, est une date clef de l'occupation de la France et de la lutte sourde qui oppose, chez les Allemands, les politiques aux militaires. Au début de l'Occupation, les militaires détiennent tous les pouvoirs de police de la zone occupée. Les services de police, aux mains de Himmler et de la SS en Allemagne, ont envoyé des commandos spéciaux, camouflés, qui imposent leur présence aux militaires mais sont dépourvus de pouvoir. Patiemment, Himmler, chef suprême de la SS et de toutes les polices, et son second, Heydrich, grignotent ces pouvoirs et persuadent Hitler de « soulager » les militaires en confiant tous les pouvoirs de police aux détachements de la SIPO (Police de Sûreté – Gestapo + Kripo –) et du SD (Service de sécurité de la SS), c'est-à-dire aux SS, gardiens intransigeants de l'orthodoxie nazie. Le 5 mai 1942, Heydrich vient à Paris pour y conduire le *Brigadeführer* (général) Karl Oberg qui prend la direction effective des polices allemandes pour l'ensemble de la France occupée. La passation des pouvoirs a lieu le 1er juin ; les ex-commandos de la SIPO-SD s'étoffent de nouveaux membres et leurs chefs traitent désormais directement avec les autorités françaises, sans passer par les militaires plus ou moins mis sous surveillance.

Pour Gex, lieu exceptionnel, à une époque exceptionnelle, marquée par « la victoire des SS sur les militaires », il faut un homme sûr et dynamique, un homme de confiance du parti : Barbie est choisi. Dans tout régime totalitaire, il existe deux hiérarchies, celle de l'État et celle du parti, et la seconde l'emporte toujours sur la première. Barbie n'est pas un fonctionnaire de l'État mais un permanent du Parti nazi. Ses premiers contacts avec le SD datent de l'époque où il achevait ses études secondaires à Trèves. Il devient l'informateur du SD au début de 1933, puis il y entre comme membre permanent ; le 26 septembre 1935, il est immatriculé à la SS. Le 1er mai 1937, il entre au NSDAP (Parti national socialiste des travailleurs allemands) ; désormais toute tracée, sa vie se déroulera dans le cadre du parti, dont il est un rouage.

En septembre 1936, Himmler avait placé son second, Heydrich, à la tête de l'ensemble policier en civil, groupé dans un vaste organisme, le RSHA (Service central de la Sécurité du Reich), mais chacun des organismes qui le constituaient conservait sa personnalité. La police politique, la Gestapo, demeurait un organisme d'État dont les fonctionnaires recevaient des grades fictifs d'assimilation dans la SS. La police criminelle, Kripo, était également organisme d'État. Par contre, les services du SD qu'on leur juxtaposa demeuraient des organismes de la SS, c'est-à-dire du parti. Seules la Gestapo et la Kripo, groupées sous le vocable de SIPO – Police de sûreté – , détenaient le pouvoir exécutif, c'est-à-dire d'arrestation.

Dans les territoires occupés, la distinction sera beaucoup moins nette et les chevauchements de compétences et de pouvoirs seront fréquents. Théoriquement, le SD est chargé de recueillir des renseignements sur tous les « ennemis » du Reich et les arrestations sont du ressort de la section IV, la Gestapo.

La carrière de Barbie, membre du SD et fonctionnaire du parti, suit un cours normal, compte tenu de son grand zèle au travail. En 1938, après un passage de trois mois dans l'armée – sans doute un stage de formation d'espionnage –, il est affecté au SD de Dortmund. Le 20 avril 1940, il est promu *Untersturmführer* (sous-lieutenant) et, le 29 mai, il est affecté au détachement extérieur d'Amsterdam, dépendant du commando de la SIPO-SD de La Haye. Selon l'expression de son chef, « il s'y plonge intensément dans le travail du SD » : chasse aux Juifs, aux francs-maçons et à tous les antinazis et démocrates hollandais susceptibles de résister un jour. Il participe activement aux premières rafles de Juifs et à la formation du premier convoi de déportation (22 février 1941) vers les camps de Buchenwald et de Mauthausen. Son ardeur est vite récompensée : le 9 novembre 1940, il est nommé *Obersturmführer* (lieutenant). Son zèle et son orthodoxie lui valent d'être nommé chef du commando extérieur de Gex.

Chargé des renseignements extérieurs et de l'espionnage, il endosse bientôt des responsabilités accrues : le 21 septembre 1942, 280 hommes de la SIPO-SD et de l'*Abwehr*, parmi lesquels des spécialistes de la détection radio, pénètrent en zone libre avec l'accord et l'assistance des autorités de Vichy qui les ont munis de « vraies » cartes d'identité françaises, établies à de fausses identités. Ils sont répartis en 5 groupes, dont le plus important s'installe discrètement au casino de Charbonnières, dans la banlieue de Lyon, et les autres à Marseille, Montpellier, Pau et Tarbes. Une semaine plus tard, la gendarmerie française les repère à Saint-Julien-en-Genevois, puis à Annemasse ; la frontière suisse intéresse beaucoup les services allemands !

Le 17 octobre, la radio de Londres dénonce leur

présence à Lyon. Mais l'officier français détaché près du chef du groupe *Gestapo-Abwehr* de Lyon signale à Vichy qu'en plus de la détection des postes clandestins de radio de la Résistance, ils repèrent des bâtiments, des itinéraires, et se comportent en détachements précurseurs qui préparent l'invasion de la zone libre. L'analyse est exacte : le 10 décembre 1940, Hitler avait donné l'ordre d'étudier l'invasion de la zone libre puis, par une instruction nº 42 du 29 mai 1942, il en avait fixé les modalités d'exécution. Vichy ne réagit pas à cette mise en garde.

Le 21 septembre 1942, quand les commandos camouflés arrivent en zone libre, le 66e corps d'armée de réserve, fort de 3 divisions, est constitué pour envahir la zone libre ; son état-major s'installe à Nancy le 27. Lorsque les troupes allemandes entrent en zone libre le 11 novembre 1942, sous prétexte que le débarquement allié en Afrique du Nord les oblige à assurer la sécurité de la côte méditerranéenne, le gros du personnel des commandos SIPO-SD de Lyon, Marseille et Montpellier est déjà sur place depuis près de deux mois. Le chef du commando de Lyon est le *Sturmbannführer* (commandant) Rolf Mühler, universitaire qui a refusé un poste de professeur de lycée pour entrer au SD, qui parle bien le français et l'anglais. Membre du service central du SD à Berlin, puis membre de la SIPO de Paris et, le 1er juillet 1942, chef du détachement de la SIPO-SD de Rouen, il devient le premier chef du commando SIPO-SD de Lyon où il restera jusqu'au début de 1943. Werner Knab, qui lui succède alors, a été assesseur au RSHA puis à la SIPO-SD de Kiev ; il parle également bien le français[3].

Un tortionnaire sadique
sous l'aspect d'un petit fonctionnaire.

Le 15 novembre 1942, Barbie est affecté à Lyon en qualité de chef de la section IV, c'est-à-dire la Gestapo. Il n'en demeure pas moins membre du SD de Dortmund dont il est détaché à l'extérieur. C'est du reste sur proposition du commandant du SD de Dortmund qu'il sera promu *Hauptsturmführer* (capitaine) le 9 novembre

1944. Après l'évacuation de la France, il réintégrera le SD de Dortmund. Le présenter comme un banal capitaine de l'armée allemande qui « faisait son travail », comme l'a fait son défenseur, Jacques Vergès, ne correspond à aucune réalité. Barbie n'était ni militaire, ni même fonctionnaire de l'État allemand, mais fonctionnaire de la SS et du parti. Peut-être est-ce en raison de sa pratique correcte du français, de son zèle et de sa formation au contre-espionnage qu'on lui confie le commandement de la section IV-Gestapo à Lyon, ville clef de la zone ex-libre. C'est en bon nazi convaincu qu'il y accomplira sa tâche, sans jamais douter de la légitimité de son action.

C'est un parfait Allemand « moyen », il a presque vingt-neuf ans, est marié depuis trois ans et demi, père d'une fillette de deux ans et demi, et il correspond au signalement classique : taille moyenne (1,70 m), front moyen, nez moyen. Encore svelte, le visage carré et rose, les cheveux châtain clair et les yeux plus gris que bleus, il n'a rien du grand aryen blond dolychocéphale de la mythologie raciale nazie. Fils d'instituteur de vieille souche paysanne sarroise, il a fait des études secondaires assez ternes et est devenu un rouage du parti. C'est là qu'il s'est découvert. Ce médiocre s'est vite enivré de la puissance sans limite attachée à ses fonctions. Quand on sert bien le « parti » on peut presque tout se permettre. Sa forte mâchoire carrée, ses lèvres minces que retrousse souvent un ricanement, révèlent sa volonté opiniâtre : l'occupation de la France est une occasion unique de faire une brillante carrière.

Presque toujours en civil, coiffé d'un feutre, il a l'allure d'un petit fonctionnaire paisible, mais ce « petit chef » se révèle vite un tortionnaire sadique. Une aura de terreur entoure l'homme à l'imperméable mastic, que l'on appelle Barbier, on s'écarte de ce nazi fanatique, implacable, dangereux, zélé dans son affreuse besogne. On sait qu'à la Gestapo on torture sans pitié les hommes, les femmes avec des raffinements particuliers, et parfois même les enfants. On frappe, on cravache, on brûle, on plonge dans la baignoire jusqu'à l'asphyxie ceux qui résistent. On brise les os et les crânes, on abat des prisonniers dans la cave. Les témoignages abondent sur ces horreurs qui sont pratiques courantes à la Gestapo de Lyon.

Sous le double commandement de Mühler et de Barbie, l'activité de la Gestapo de Lyon se développe dans toutes les directions. Les arrestations et les déportations de Juifs avaient commencé en août 1942, quand Vichy avait accepté de livrer aux Allemands des Juifs apatrides ou étrangers qui se trouvaient en zone libre. L'invasion de cette zone aggrave singulièrement la situation.

Au début de 1943, Barbie a bien en main l'équipe qu'il a constituée pour sa Gestapo. Le 9 février 1943, ses hommes arrêtent au siège de l'UGIF[4] toutes les personnes qui s'y trouvent et les déportent. L'été 1943 est dominé par la chasse aux résistants et plus spécialement par la célèbre affaire de Caluire et l'arrestation de Jean Moulin. Cette affaire est l'aboutissement d'une longue enquête policière classique, aggravée dans ses conséquences par deux phénomènes particuliers à l'Occupation : l'attitude de Vichy et l'usage quasi systématique par la Gestapo de sévices graves, de tortures ou de pressions morales très fortes, telle la menace d'arrestation et de représailles sur la famille et les êtres chers.

Vichy entretenait l'illusion d'une réelle souveraineté gouvernementale : jusqu'au printemps 1942, on fit en zone libre la chasse aux espions allemands et encore plus aux premiers résistants. Dès décembre 1940, la direction de la police nationale avait diffusé une mise en surveillance, aux frontières, de l'ex-préfet Jean Moulin, dont on pensait qu'il allait essayer de gagner Londres. Cet avis fut vite connu de la Gestapo : le 5 décembre 1940, elle installe une « délégation » à Vichy. Son chef, le *Hauptsturmführer* Hugo Geissler est Alsacien, comme son adjoint Robert Roth. Parlant parfaitement le français, ils nouent d'utiles relations, se ménagent des entrées officielles et officieuses dans les administrations de Vichy et obtiennent communication de nombreux renseignements.

Pendant l'année 1941, les services de police français arrêtent de nombreux résistants et démantèlent en zone libre plusieurs organisations. Leurs membres ne sont pas encore livrés aux Allemands et certains sont même relâchés, mais la police française connaît de mieux en mieux les organisations de la Résistance et une partie des renseignements qu'elle détient parvient à Geissler. Quand les commandos *Gestapo-Abwehr* arrivent clandestinement en zone libre en septembre 1942, ils opèrent secrètement pendant huit semaines au sein d'une population qui ignore leur présence et est de ce fait très vulnérable.

Dans le même temps où Vichy combat la Résistance, ses services – Surveillance du territoire et Contre-espionnage militaire – arrêtent périodiquement en zone libre des agents de l'*Abwehr* et les déferent aux tribunaux militaires qui les condamnent. En mai 1941, le Contre-espionnage détruit un réseau qui opère sur la Côte d'Azur, saisit 8 postes émetteurs et arrête 26 agents, dont le chef, le capitaine Helmut Hasse-Heyn[5], rapidement transféré à Oran, est condamné à mort. Les Allemands se fâchent, menacent de fusiller 10 otages et leur agent est finalement restitué. Dès l'occupation de la zone libre, Hasse-Heyn reprend ses fonctions à Marseille ; il a une revanche à prendre. Au début de 1943, l'*Abwehr* Paris met au jour un réseau de rapatriement vers l'Angleterre, via l'Espagne, d'aviateurs alliés tombés en Hollande, Belgique et Nord de la France. Ce réseau, connu sous le nom d'Akropolis, dispose d'une boîte aux lettres à Marseille. Hasse-Heyn est chargé d'y poursuivre l'enquête à laquelle la Gestapo de Marseille reçoit l'ordre de collaborer.

A la même époque, une autre enquête suivie à Paris débouche également sur Marseille. Elle concerne un réseau de l'Intelligence Service, désigné sous le nom de code « *Grossfürst* » (grand-duc). Bientôt, ces deux affaires s'imbriquent étroitement car peu de gens alors s'engagent dans la dangereuse aventure de la Résistance et les règles du cloisonnement ne sont pas respectées : beaucoup travaillent en même temps pour plusieurs réseaux, ont des contacts avec d'autres organisations et établissent des relations personnelles. Les conséquences en seront catastrophiques.

Le 10 mars 1943, la Gestapo découvre dans la boîte aux lettres d'Akropolis un message faisant état de « 7 000 recrutés dont 4 000 sûrs » (chiffres hautement fantaisistes). Pour elle, aucun doute : il s'agit de l'Armée secrète (AS). Or, pour les Allemands, la Résistance ne peut être que militaire. Ils mettent alors en œuvre des moyens exceptionnels ; un groupe spécial est créé et la chasse commence. Une série de filatures permet de « loger » un certain nombre de résistants. Le destinataire de la lettre interceptée et remise en place est Auguste Floiras ; il a fait un stage de formation à Londres, travaille pour le réseau *Grossfürst* et utilise le pseudonyme de Deschamps. Son fils Lucien lui sert de courrier. Le 14 avril, Ernst Dunker, *alias* Delage, sous-officier dynamique de la Gestapo de Marseille, frappe à la porte de Floiras. Auguste et Lucien sont absents ; il arrête Mme Thérèse Floiras, également membre du réseau, et sa fille Paulette, âgée de seize ans. Thérèse Floiras parvient à alerter son réseau mais les arrestations continuent.

Le 21 juin 1943 Jean Moulin tombe entre les mains de la Gestapo.

Le 15 avril, la boîte aux lettres de *Grossfürst* est découverte ; on la laisse fonctionner et 5 membres du réseau sont arrêtés en deux jours. L'un deux, qui est aussi responsable des Mouvements unis de la Résistance (MUR) à La Ciotat, fait le courrier pour les terrains d'atterrissage. L'enquête se développe dans toutes les directions ; entre le 11 avril et la fin mai, 122 personnes sont arrêtées, dont la plupart seront déportées. Cette hécatombe touche la plupart des organisations et frappe des responsables locaux, départementaux et régionaux. Des membres « de base », des agents de liaison et des courriers. L'AS, Franc-Tireur, les groupes francs des MUR, Libération, le COPA (Centre des opérations de parachutages et d'atterrissages), d'importants responsables des MUR, de « Combat » et l'imprimeur des journaux clandestins et de faux papiers sont arrêtés. Chaque arrestation apporte de nouveaux renseignements, chaque perquisition des documents, ce qui entraîne d'autres arrestations.

Les Allemands tiennent le fil et s'y cramponnent. C'est une enquête absolument classique... Au début de l'affaire, les services allemands disposaient déjà d'une information fragmentaire mais importante. Les documents saisis et les auditions des détenus leur permettent de compléter l'organigramme des MUR et de l'AS. Hasse-Heyn, spécialiste des agents doubles, et Dunker s'efforcent de « retourner » les résistants arrêtés et de les amener à collaborer. Sur 122 résistants, 5 accepteront, un chiffre remarquablement faible compte tenu de leur manque de formation à la vie clandestine et des moyens de pression employés.

L'un d'eux va jouer un rôle capital et, dans son cas, on peut parler de trahison. Agent d'assurances en Poitou, Jean Multon est entré dans un groupe de résistance pendant l'été 1942 avec l'intention de rejoindre la France libre. Intégré à « Combat », il devient l'homme de confiance, le secrétaire et le factotum de Maurice Chevance, *alias* Bertin, à Marseille. Résistant de la première heure, Chevance a tout quitté pour passer à la clandestinité. Compagnon de lutte de Frenay, il est devenu, en novembre 1941, membre du Comité directeur de l'organisation qui naît des premières fusions de mouvements clandestins ; il en est responsable pour la région de Marseille. Depuis le retour de Laval au pouvoir en avril 1942, il est recherché par la police de Vichy et a été condamné par défaut à Lyon le 30 octobre 1942 à dix ans de prison pour son action à « Combat ». Son rôle est très important. Multon, *alias* Lunel, est donc rapidement au courant d'une foule de choses : pseudonymes, noms authentiques, adresses, fonctions des uns et des autres, boîtes aux lettres, etc., dans la région de Marseille, à Toulouse, Limoges, Lyon et quantité d'autres lieux. Quand il l'arrête à Marseille, le 28 avril 1943, Dunker ne soupçonne pas encore l'importance de sa prise. Le soir même, Multon donne les adresses de trois responsables de « Combat », dont celle de son chef Chevance. La nuit même, Benjamin Crémieux, chef du SR, et Crouzet, responsable du recrutement et de la propagande, sont arrêtés. Chevance réussit à s'enfuir pendant la perquisition de son domicile. Les jours suivants, Multon participe à des souricières et désigne les résistants qu'il reconnaît.

Cette trahison [6] n'est pas seule responsable du désastre. Les Allemands, qui contrôlent et laissent fonctionner plusieurs boîtes aux lettres, rassemblent les éléments du puzzle dont beaucoup ont trait à la région de Lyon avec laquelle les liens sont étroits. La direction de la Gestapo à Paris suit attentivement l'affaire. Le 2 ou 3 mai, Multon est mis à la disposition de la Gestapo de Lyon. Pour éprouver « sa bonne volonté », on lui demande des renseignements sur « Gervais » qu'il reconnaît sur des photographies : c'est le capitaine Frenay, chef national de « Combat ». La Gestapo a déjà un gros dossier sur Frenay qu'elle voudrait bien arrêter mais Multon ignore comment le joindre. On le renvoie à Marseille où Dunker lui explique qu'il doit « prendre exemple sur le maréchal Pétain et suivre sa politique ». Il est bientôt si compromis que Dunker le libère et l'autorise à aller voir sa famille.

Quelques jours plus tard, vers le 20 mai, accompagné d'un agent français immatriculé à l'*Abwehr*, Robert Moog, il est mis à la disposition de Barbie. Avec son aide, un guet-apens est organisé à l'hôtel de Bourgogne à Mâcon où une importante réunion doit avoir lieu. L'adjointe et conseillère de Frenay, Bertie Albrecht, et trois autres résistants y sont arrêtés alors que Barbie en attendait une dizaine d'arrestations, dont celle de Frenay ; c'est donc un demi-échec [7]. Au cours des opérations de Marseille, l'existence d'une boîte aux lettres est découverte à Lyon. Début juin, un message y est intercepté ; il annonce un rendez-vous à Paris le 9 juin entre « Vidal », le général Delestraint qui dirige l'AS depuis l'automne 1942, et plusieurs responsables, dont celui du NAP (Noyautage des administrations publiques) – Fer (SNCF), René Hardy, *alias* Didot.

Hardy, qui sait que la boîte aux lettres de Lyon est grillée, ne reçoit pas le message mais prend le train le 7 juin pour se rendre à Paris où il a un autre rendez-vous le 9. Ce soir-là, le hasard multiplie les coups de dés : Multon et Moog prennent le même train pour apporter leur concours à la Gestapo de Paris qui va arrêter les participants au rendez-vous du 9 juin. Les importantes fonctions de Vidal et de Didot sont déjà connues de la Gestapo ; or Multon et Moog sont dans le compartiment voisin de celui de Didot que Multon a eu l'occasion de voir à Marseille. Selon ses aveux, il n'est pas certain de reconnaître Didot, et c'est Moog qui prend l'initiative de demander à Didot ses papiers et de le faire descendre à Chalon-sur-Saône où il le remet à la police allemande et alerte Barbie à Lyon. Le 9, le général Delestraint et tous ceux qu'il devait rencontrer sont arrêtés. Le soir même, Multon et Moog regagnent Lyon. Le 11 juin, Multon va chercher des instructions chez Barbie ; il y rencontre Didot que Barbie était allé chercher lui-même à Chalon-sur-Saône, sans savoir exactement qui il était car Didot voyageait sous sa véritable identité et l'équation Didot = Hardy n'était pas encore résolue. Elle l'a sans doute vite été. Multon et Hardy se rencontrent donc le 11 juin et se croiseront une seconde fois, une semaine plus tard, dans l'escalier de la Gestapo.

Démêler l'écheveau volontairement embrouillé des certitudes, des mensonges, des erreurs et des hypothèses qui amèneront Barbie et ses sbires le 21 au rendez-vous de Caluire et à l'arrestation de Jean Moulin et de ses compagnons nous entraînerait trop loin. Henri Noguères a fait là-dessus un remarquable travail de mise au point et de clarification, en confrontant les différentes versions et en démontrant mensonges et impossibilités matérielles [8]. Un autre témoin, Mme Deletraz, agent de liaison de la Résistance, que la Gestapo pense avoir retournée mais qui renseigne son réseau, essaie vainement de donner l'alerte le 21. Elle assure avoir vu Didot le matin même avertir la Gestapo qu'une réunion aurait lieu l'après-midi ; « Max », délégué général de la France libre à Londres, y participerait.

Les 8 participants à la réunion sont arrêtés. Seul Didot parvient à s'enfuir dans des conditions suspectes. La Gestapo tient Max, mais elle ignore lequel de ses prisonniers est Max ; le 21, quand Jean Moulin est écroué avec ses camarades au fort Montluc, il est enregistré sous le nom de Jacques Martel, décorateur, né à Picquigny

(Somme). Le 23, il sera identifié. Frappé, torturé, Jean Moulin est conduit à Paris dans un état de demi-inconscience. Il mourut au cours de son transfert en Allemagne, vraisemblablement le 8 juillet. Son corps fut incinéré et il n'est pas certain que ses cendres soient celles qui reposent aujourd'hui au Panthéon.

Cette dramatique affaire ne trouvera sans doute jamais de conclusion certaine, malgré ou peut-être à cause du nombre des hypothèses qui ont été formulées. Le puzzle restera inachevé, sauf découverte extraordinaire mais bien improbable : on ne saura sans doute jamais qui est responsable de l'arrestation de Jean Moulin.

La personnalité et la mission de Jean Moulin ont conféré à cette dramatique affaire une dimension internationale qui a occulté la plupart des autres affaires, tout aussi dramatiques, qui figurent au bilan sanglant de la Gestapo de Lyon. En 1943, on respecte encore parfois les règles de la procédure et certains résistants arrêtés par la Gestapo comparaissent devant un tribunal militaire allemand qui siège au fort Montluc et prononce de nombreuses condamnations à mort : 6 le 3 novembre, 3 le 19, 5 le 17 décembre, 3 le 21, 4 le 1er janvier 1944. En janvier 1944 débute l'accélération folle du processus de répression aveugle : le 15 janvier, le tribunal condamne à mort 17 personnes au cours de la même audience. La Gestapo, de son côté, décide souverainement des déportations, qui sont nombreuses, et procède à des représailles instantanées. Le 10 janvier 1944, deux SS ont été abattus dans le quartier Saint-Clair ; le soir même, des rafles amènent à l'École de santé, siège de la Gestapo, des passants arrêtés au hasard. 22 sont abattus dans les caves ; la police française fait enlever les corps. Le 29 janvier, les hommes de la Gestapo opèrent dans l'Isère ; le bilan : 28 tués au hasard à Malleval, dont 6 personnes carbonisées, et 12 maisons incendiées. Le 12 février, 20 morts à l'Abergement de Varey, près d'Ambérieux. Les 21 et 22 février, 32 morts et des fermes incendiées près de Sanderon (Drôme).

Pour frapper de crainte les opposants potentiels, la Gestapo a recruté des membres de mouvements pronazis, surtout du PPF (Parti populaire français), et quelques repris de justice (ce sont parfois les mêmes) qu'elle fait agir sous l'étiquette d'un pseudo-Comité d'autodéfense antiterroriste ou d'un Mouvement national antiterroriste. A partir de novembre 1943, cette équipe de tueurs assassinera périodiquement des personnes soupçonnées d'aider la résistance. Leur première victime, M. Jutard, fut abattue parce que sa brasserie de l'Étoile à Lyon aurait servi de réunion à une loge maçonnique.

Presque chaque jour, en ce début de 1944, la Gestapo exige son sanglant tribut. Le 20 avril, 6 détenus du fort Montluc sont amenés en pleine campagne, à Dardilly, et abattus. Le 17 octobre 1945, Francis André, dit Gueule tordue, chef de l'équipe antiterroriste du PPF (les tueurs de la Gestapo), dira au cours d'un interrogatoire : « J'ai également bien connu le nommé Barbie qui était le véritable chef du SD (*SIPO und SD*) de Lyon. Personnage très dur et sanguinaire, il a dirigé la plupart des expéditions du maquis : en février 1944, région de Hauteville, Jura, région de Saint-Claude, Ain ; en mai, région de Gorlier ; il a fait dans ces régions un véritable massacre de paysans et de réfractaires. » Dans cette orgie de meurtres, les Juifs ne sont pas oubliés. Pour un SS consciencieux comme Barbie, il n'y a pas de petites affaires.

Le 6 avril, peu avant neuf heures, des enfants s'apprêtaient à déjeuner dans un home installé depuis quelques mois à Izieu (Ain). Tous étaient Juifs, à une exception près, plus de la moitié étaient étrangers, leurs parents avaient pour la plupart été déjà arrêtés et déportés.

Raid sur Izieu :
44 enfants juifs déportés à Auschwitz.

Après de nombreuses pérégrinations, ils semblaient avoir trouvé la paix dans ce village. Brutalement, deux voitures et deux camions s'arrêtèrent devant la propriété, une quinzaine d'hommes en sortirent, quelques civils – dont 3 miliciens – et des militaires d'un bataillon de la Flak (artillerie antiaérienne, équivalent de notre DCA) cantonné à Belley, requis pour la circonstance. Les 7 membres du personnel d'encadrement furent bousculés, en quelques minutes, sans qu'on les ait laissés prendre leur déjeuner déjà servi, 44 enfants furent « jetés dans les camions comme des colis », selon l'expression d'un voisin témoin de la scène. Les 7 adultes qui géraient le home durent monter dans les camions. Un seul enfant avait pu fuir. Le raid organisé par la Gestapo de Lyon avait été si rapide que personne n'avait pu sonner la cloche prévue en cas de danger, provoquant la dispersion des enfants dans les bois environnants. Quand le petit convoi démarra, les voisins entendirent les enfants chanter : « Vous n'aurez pas l'Alsace et la Lorraine. »

Tous ces « dangereux terroristes », âgés de trois à treize ans, furent amenés au fort Montluc et dès le lendemain transférés au camp de Drancy d'où ils partirent pour Auschwitz. Aucun n'en est revenu.

Le 6 juin au soir, Barbie avait adressé un télégramme au service central de la Gestapo à Paris, pour indiquer qu'il avait été « mis fin aux activités du foyer d'enfants juifs » d'Izieu. Barbie a prétendu que cette opération avait été organisée sur un ordre venu de Paris, explication peu crédible, car le télégramme ne comporte aucune référence à une instruction antérieure, ce qui est administrativement incompréhensible. Un des rares témoins survivants affirme que Barbie dirigeait lui-même l'opération, ce que celui-ci nie, naturellement. Cette tragédie – la déportation de ces petits enfants (les plus âgés, douze-treize ans, furent transférés à Drancy menottes aux mains) puis leur assassinat à Auschwitz – sera l'une des plus graves accusations portées contre Barbie lors de son prochain procès.

Après le débarquement de juin 1944, on passe à l'assassinat de masse : 19 prisonniers, dont un garçon de dix-sept ans, sont sortis de Montluc et abattus au bord de la route à Lissieu le 10 juin ; 22 autres prisonniers subissent le même sort le 12 juin à Neuville-sur-Saône ; le 15, c'est à Annecy que, sur ordre de Lyon, la Gestapo locale fusille 9 otages, dont le sous-préfet de Bonneville, M. Mespes. Le même jour, la Gestapo lyonnaise effectue un raid de terreur à Saint-Donat (Drôme) : incendies, arrestations, déportations, viols. Le 19 juillet, 52 détenus amenés de Lyon sont fusillés à Châtillon-d'Azergue. Dans la nuit du 25 juillet, une bombe endommage le café « Le Moulin à Vent », place Bellecour, lieu de réjouissance habituel des agents de la Gestapo et des femmes qui les fréquentent. Le lendemain à midi, un camion s'arrête devant le café ; des SS en font descendre 5 hommes qu'ils abattent à la mitraillette et dont les corps seront laissés sur le trottoir et dans le ruisseau, avec interdiction d'y toucher jusqu'à seize heures.

Au mois d'août 1944, la Gestapo joue le premier rôle dans les horreurs qui se succèdent. Après la Libération, on découvrira que les cratères creusés dans l'aérodrome de Bron lors du bombardement aérien du 14 août avaient été utilisés comme fosses clandestines. On en retira 109 corps, dont ceux de 6 femmes ; 55 seulement furent identifiés. Le 20 août 1944, alors que les gestapistes et leurs collaborateurs ont déjà bouclé leurs bagages, ils sortent des cellules du fort Montluc 110 prisonniers, dont quelques femmes, et les amènent dans un fort désaffecté, à Saint-Genis-Laval. Par groupes de cinq ou six, les prisonniers sont traînés dans l'ancienne loge du gardien et abattus. Une fois la maisonnette remplie de ces 110 corps, on y met le feu. Plusieurs prisonniers qui ne sont que blessés tentent de s'enfuir ; ils sont abattus, à l'exception d'un seul qui réussit à s'échapper.

Après la guerre, les agents de la Gestapo lyonnaise qui furent arrêtés expliquèrent que ce massacre avait été ordonné par Knab et Barbie. D'après Francis André, Barbie « a commandé certainement, si ce n'est dirigé, les fusillades de Saint-Genis-Laval et beaucoup d'autres dans la région lyonnaise. Il est revenu sur Lyon le 26 ou 27 août 1944, où il a été blessé par le maquis au pied droit et évacué sur Baden-Baden puis sur Prague ». Le 27 août, la Gestapo et ses complices, les voyous français comme Francis André, prennent la route de l'Allemagne. Les voyous seront pour la plupart arrêtés en 1945. Condamné à mort le 21 janvier, André sera exécuté le 9 mars. Son ancien patron, Barbie, bénéficiera, quant à lui, d'un très long sursis...

Par Dijon, les Vosges et l'Alsace, la Gestapo de Lyon arrive en Allemagne à l'automne. Barbie réintègre le SD de Dortmund, fait un séjour à l'hôpital pour une blessure et en sort peu avant l'effondrement final. Il n'y a plus d'administration ni de gouvernement allemands. Le 6 juin 1945, les Alliés décident d'administrer eux-mêmes ce pays dévasté. Parmi ce peuple errant, les anciens nazis et les SS, rejetés et traqués, endurent les pires difficultés.

La guerre froide : une aubaine pour les nazis en cavale.

Comme des dizaines de milliers d'autres, Barbie essaie de survivre. Interné au camp américain d'Oberursel, près de Francfort, comme prisonnier de guerre, il s'en évade. Il est inscrit sur la liste nº 1 des criminels de guerre mais ces listes comptent déjà plus de 70 000 noms en mai 1945 et s'allongeront encore. Dans le pays partagé en quatre zones d'occupation, sans véritable autorité, Barbie survit d'expédients, passe d'une zone à l'autre, multiplie rapines et combines. En avril 1946, à Cassel, il organise avec deux complices un vol aux faux policiers. Fait divers banal ; la police locale n'a aucun moyen et les occupants ont des tâches plus importantes ; il faudra beaucoup de temps et l'aide du hasard pour en identifier les auteurs.

En 1946 débute la guerre froide dont le coup d'envoi a été lancé par les Soviétiques en Iran, en novembre 1945. L'itinéraire de Barbie se calque désormais sur la chronologie des relations entre Alliés ; comme beaucoup de ses « confrères », il bénéficie de la confrontation Est-Ouest qui bloque le processus de dénazification. Les Américains s'engagent toujours plus dans le soutien des pays et des groupes hostiles aux Soviétiques. Le 6 septembre 1946, le secrétaire d'État américain Byrnes déclare à Stuttgart que la période répressive de l'occupation est terminée. Les prémices d'une guerre civile apparaissent en Grèce. Hitler avait prédit que, s'ils gagnaient la guerre, ses adversaires ne tarderaient pas à se battre entre eux. Très attentifs aux événements, les nazis en tirent parti. Ils font figure d'experts en matière de lutte antisoviétique et les services spéciaux de tous les pays les utilisent, les Soviétiques comme les autres, sans s'encombrer de scrupules ou de problèmes éthiques. Seule compte l'efficacité et un homme « avec tache » est plus apprécié qu'un autre : on le tient plus solidement. Chez les Américains, la situation est encore aggravée par la multiplicité des services rivaux. Les autres alliés ne sont pas plus regardants, si bien que les employeurs ne manquent pas.

En politique intérieure en France, même cynisme. Le ministre communiste de l'Air, Tillon, nomme président-directeur général d'une importante société nationalisée un ancien dirigeant du Service de police anticommuniste, qui sera arrêté, peu après, par la DST. Tel ancien journaliste, vedette tonitruante de la Milice, sort prématurément de prison et devient l'informateur des Renseignements généraux sur l'activité de ses anciens amis. Un ancien membre de la LVF (Légion des volontaires français contre le bolchevisme) est représentant d'une centrale d'achat polonaise avant d'être arrêté pour espionnage. Un des adjoints de Déat, Albertini, sera bientôt l'expert officieux pour les problèmes soviétiques et un ministre de l'Intérieur appelle en consultation à Paris Otto Skorzeny, l'une des vedettes de la SS, pour organiser la lutte contre des maquis communistes imaginaires. Skorzeny sera vite repéré et cela fera un beau scandale. Américains et Soviétiques se partagent von Braun et ses adjoints, techniciens des fusées qui ont odieusement exploité la main-d'œuvre concentrationnaire. Comme les autres, les Américains recrutent les hommes qu'ils pensent leur être utiles, si tarés soient-ils.

Au printemps 1947, Barbie commence à vendre des renseignements et recrute quelques anciens complices. En mai 1948, il est agent immatriculé d'un service américain qui emploie aussi d'anciens SS baltes et slaves ayant participé aux massacres des populations civiles. On découvrira plus tard que certains d'entre eux travaillent aussi pour les Russes : les réseaux américains antisoviétiques sont profondément infiltrés.

Février 1948 : coup d'État communiste à Prague ; 23 juin : blocus de Berlin-Ouest. Les pouvoirs et les crédits des services spéciaux américains augmentent. L'annonce de l'explosion de la première bombe atomique soviétique le 22 septembre 1949 achèvera de persuader les Américains de la légitimité de leur action. En 1954, Eisenhower crée une commission d'enquête sur les méthodes des services spéciaux ; d'après son président, le général Doolittle, le peuple américain doit apprendre, comprendre et soutenir « cette philosophie fondamentalement répugnante » qu'est l'emploi des criminels dans la lutte anticommuniste.

Barbie reprend de l'assurance. Il travaille au sein du dispositif le plus protégé d'Allemagne mais, en mai 1948, la Sûreté française découvre sa présence en zone américaine. Son état civil est encore incertain, mais, comme il figure sur la liste des criminels de guerre, on peut le réclamer. Le 15 mai, le commissaire Louis Bibes l'interroge dans un bureau américain, ce qui prouve qu'il est « couvert ». De mai 1948 à mai 1950, Barbie est interrogé plusieurs fois tandis que les autorités judiciaires et policières françaises multiplient les démarches pour obtenir sa remise. En vain : les Américains tiennent à leur expert. En fait, Barbie en sait beaucoup maintenant sur le fonctionnement des services spéciaux américains et le recrutement des nazis de haut rang, et les Américains le protègent car ils se méfient des services français qu'ils croient noyautés par les communistes. Si Barbie leur était livré, il s'empresserait de négocier et de divulguer ce qu'il a appris depuis 1947. Las d'essuyer des refus en Allemagne, le gouvernement français demande officiellement à Washington l'extradition de Barbie, en mai 1950, à l'occasion du second procès Hardy. Nouveau refus ; le *Counter Intelligence Corps* a décidé qu'en aucun cas Barbie ne serait remis aux Français. Nous savons maintenant que si Washington était passé outre à cette recommandation, Barbie aurait été abattu par ses employeurs : sécurité d'abord.

Le 10 avril 1949, le nouveau statut d'occupation de l'Allemagne de l'Ouest a été fixé et les nouvelles structures administratives se mettent en place. Barbie et ses deux complices du vol de 1946 à Cassel ont été identifiés. Le 26 juin 1950, un mandat d'arrêt est lancé contre Barbie. Ses employeurs commencent à le trouver encombrant, sa production présente peu d'intérêt et son prétendu réseau personnel paraît gonflé.

Itinéraire d'un bourreau :
1951, Gênes et La Paz ;
1983, Fort Montluc.

En 1947 le recrutement des criminels de guerre nazis par les Américains avait été dénoncé à l'ONU et les parlementaires américains posent des questions embarrassantes. Les anciens SS réellement importants et jugés utiles sont introduits clandestinement aux États-Unis sous de fausses identités, en violation des lois sur l'immigration, grâce à l'aide des services spéciaux. Barbie n'est qu'un personnage secondaire ; cette faveur ne lui est pas accordée mais, comme on ne peut le « laisser tomber », on l'aide à quitter l'Europe. En février 1951, à Munich, on lui remet un sauf-conduit provisoire sous l'identité de Klaus Altmann.

Muni d'un visa du consulat d'Italie, il gagne Gênes où le bureau local des réfugiés du Comité international de la Croix-Rouge, débordé de demandes, lui délivre, au vu du sauf-conduit américain, un passeport pour réfugié au nom de Klaus Altmann. Le double existe toujours dans les archives de la Croix-Rouge à Genève. La photo montre que, contrairement à Eichmann, il n'a pas modifié son apparence physique et ne porte ni moustache, ni lunettes. Six jours plus tard, il embarque sur le *Corrientes*, un bateau argentin, qui l'amène à Buenos Aires. Le 23 avril, sain et sauf mais presque sans argent, il arrive en Bolivie où il demeurera près de trente-deux ans. Contremaître dans une scierie, puis installé à son compte à La Paz, il noue des relations cordiales avec l'importante colonie allemande locale, puis avec des fonctionnaires et des militaires dont il devient l'homme de confiance. Le Mouvement national révolutionnaire (de gauche) qui prend le pouvoir en 1952 ne remet pas en cause sa présence et son ascension se poursuit. En octobre 1957, sa femme et lui sont naturalisés citoyens boliviens.

En novembre 1963, la justice allemande ouvre un dossier contre Barbie et découvre rapidement qu'il se trouve en Bolivie, probablement sous le nom de Willms, le nom de jeune fille de sa femme. La Sûreté aux armées en avise Paris mais rien ne permet d'identifier Barbie, *alias* Willms, avec le citoyen bolivien Altmann dont les relations sont puissantes. En 1966, avec les fonds d'une souscription nationale, Barbie crée la « Compagnie maritime bolivienne » qui loue des bateaux naviguant sous divers pavillons. Après une brève prospérité, l'affaire périclite ; fin 1971, Barbie est en difficulté ; des plaintes sont déposées contre lui : il doit se réfugier au Pérou.

L'alerte passée, il rentre à La Paz où il est arrêté le 2 mars 1972 à la suite d'une demande d'extradition adressée par la France. La justice bolivienne reconnaît qu'Altmann et Barbie sont bien la même personne mais rejette la demande : il est citoyen bolivien. En décembre 1974, le général Banzer est au pouvoir grâce à l'aide de la colonie allemande et de l'armée, reconstituée à la fin des années 1920 sous la direction de Röhm, l'homme qui avait « inventé Hitler ». Barbie se sent intouchable ; il donne des interviews, accepte d'être photographié et raconte volontiers l'affaire Jean Moulin ; à sa manière. Les attaques et les demandes d'extradition lancées contre lui – l'Allemagne le réclame aussi – le laissent indifférent. Il s'estime si protégé et par tant de hautes complicités que les changements de gouvernement et même de régime n'entament pas sa confiance. Et lorsque, en octobre 1982, le socialiste Siles Zuazo arrive au pouvoir, il ne réagit pas davantage. Il lui sera, pense-t-il, facile de se mettre à l'abri puisque tous les États d'Amérique latine comptent d'anciennes et puissantes colonies allemandes où nombre d'anciens nazis ont trouvé refuge. Cet excès de confiance le perdra.

En janvier 1983, la justice bolivienne ressort le vieux dossier de la « Transmaritime » et les dettes de Barbie qui est de nouveau arrêté. Depuis quelques semaines, le gouvernement français a engagé des tractations discrètes au plus haut niveau pour obtenir sa livraison. Le 4 février, Barbie est embarqué dans un avion Hercules, aux couleurs de l'armée bolivienne, et amené à la base française de Cayenne. Là il est transbordé dans un DC 8 français, qui décolle le 5 février. Le soir même, il est écroué à Lyon, au fort Montluc qui avait été, quarante ans plus tôt, l'antichambre de la mort pour tant de ses victimes.

Notes

1. Les correspondances de grade sont approximatives : la hiérarchie SS, différente de la hiérarchie militaire, comporte plus de grades.

2. Tous ont été poursuivis après la guerre par la justice militaire belge.

3. Knab a été tué au cours du mitraillage aérien de l'autoroute Berlin-Munich en février 1945.

4. Union générale des israélites de France. Créée en novembre 1941 sur ordre du chef de la section antijuive de la Gestapo pour regrouper toutes les associations philanthropiques juives.

5. Helmut Hasse-Heyn, né le 10 juillet 1910 à Dresde, a utilisé de nombreux pseudonymes. Avait travaillé en Éthiopie, au Soudan, en Angleterre. Affecté à l'*Abwehr* Paris en 1940. A la fin de 1944, était propriétaire du bar Cadix, calle Montserrat, à Barcelone, où il était installé.

6. Après avoir décrit en détail ses activités au profit de la Gestapo, Multon a été condamné à mort et fusillé le 10 septembre 1946.

7. Bertie Albrecht est morte à Fresnes, dans des conditions mal déterminées, et les trois autres furent déportés. L'un d'eux mourut dans le train des suites des tortures qui lui avaient été infligées à Lyon.

8. Henri Noguères, *La vérité aura le dernier mot*, Paris, Le Seuil, 1985.

Orientation bibliographique

Sur la fixation de la ligne de démarcation.

La Délégation française auprès de la CAA, Paris, Alfred Costes, 1947, t. I.

Sur les arrestations de Caluire.

Lucie Aubrac, *Ils partiront dans l'ivresse*, Paris, Le Seuil, 1984.

Gérard Chauvy, *Lyon 40-44*, Paris, Plon, 1985.

Daniel Cordier, *Jean Moulin. L'inconnu du Panthéon*, vol. I, préface ; vol. III à paraître. Œuvre monumentale et controversée par :

Charles Benfredj, *L'Affaire Jean Moulin. La Contre-enquête*, Paris, Albin Michel, 1990.

L. de Hoyos, *Barbie*, Paris, Robert Laffont, 1984.

Guy Morel, *Barbie pour mémoire,* Paris, Éd. de la FNDIRP, 1986.

Brendan Murphy, *The Butcher of Lyon. The Story of Infamous Nazi Klaus Barbie,* New York, Empire Books, 1983.

Henri Noguères, *La vérité aura le dernier mot*, Paris, Le Seuil, 1985.

Erna Paris, *L'Affaire Barbie. Analyse d'un mal français*, Paris, Ramsay, 1985.

Sur l'affaire d'Izieu.

S. Klarsfeld, *Les Enfants d'Izieu, une tragédie juive,* BP 104, 75722 Paris, Cedex.

Sur l'utilisation des criminels de guerre.

J. Loftus, *L'Affreux Secret*, Paris, Plon, 1985. Pour la première partie, publiée en 1982 aux États-Unis, au sujet des Biélorusses et des rivalités entre services américains. La partie ajoutée à propos de Barbie fourmille d'erreurs et d'imprécisions.

Sur les arrestations de Marseille.

M. Baudoin, *Histoire des groupes francs (MUR) des Bouches-du-Rhône de septembre 1943 à la Libération*, Paris, PUF, 1962.

M. Baudoin, *Témoins de la Résistance en région 2,* Université de Provence, Aix-Marseille I, 1977 (thèse du doctorat d'État).

Roger Faligot et Rémy Kauffer, *Les Résistants*, Paris, Fayard, 1988.

Les résistants allemands

François Bédarida

Le jeudi 20 juillet 1944, à 12 heures 50, au Grand Quartier Général de Hitler, la *Wolfschanze* (« le repaire du loup ») près de Rastenburg en Prusse orientale, une terrible déflagration secoue le baraquement où, penché sur une carte, le Führer entouré de son état-major examine les opérations en cours sur le front de l'Est. Dans la confusion qui s'ensuit, au milieu des cris, de la fumée, des débris de toute sorte jonchant le sol, Hitler émerge miraculeusement indemne, bien que commotionné, les vêtements en lambeaux, le bras gauche contusionné. Sur les 25 personnes qui l'entouraient, 4 ont été tuées ou mortellement atteintes et une douzaine blessées. Les autres, le maréchal Keitel en tête, sont saines et sauves. Aucun des hauts dirigeants du Reich n'a été atteint (ni Goering ni Himmler n'assistaient à la réunion, Goebbels se trouvait à Berlin). Par une chance inimaginable, Hitler vient d'échapper à l'attentat le mieux calculé et le plus minutieusement préparé qui ait été dirigé contre lui.

Cependant, quelques minutes plus tard, le colonel von Stauffenberg, qui est à la fois l'âme, le cerveau et le bras du complot, et qui a quitté la réunion aussitôt après avoir déposé la bombe, s'envole pour Berlin pour y retrouver les autres conjurés, persuadé, depuis qu'il a entendu la formidable explosion, que le Führer est mort. Le plan, en effet, consiste, une fois Hitler tué, et grâce aux ramifications étendues du complot dans l'appareil dirigeant, à s'emparer du pouvoir en ralliant l'armée à un nouveau gouvernement mi-civil mi-militaire formé d'opposants résolus au régime.

Dans un premier temps, le scénario prévu se met en

marche, les chefs des grandes unités dans la capitale et à travers le Reich obéissant aux instructions reçues des conjurés. Mais très vite tout bascule. D'abord en raison des hésitations et des lenteurs des chefs de la rébellion. Surtout se répand la nouvelle que Hitler est vivant. Dès lors ce sont les autorités nazies qui reprennent la situation en main. Dans la soirée même, les principaux conjurés sont arrêtés. Sur-le-champ 4 d'entre eux, dont Stauffenberg, sont fusillés après une parodie de cour martiale et le général Beck est contraint à se suicider. Dans les jours et les semaines qui suivent, une vague de répression et de terreur s'abat sur les milieux de l'opposition, faisant des centaines de victimes.

Point culminant de la résistance allemande au nazisme, la tentative du 20 juillet 1944 – avec son triple objectif : élimination de Hitler, renversement du régime, installation d'un nouveau pouvoir décidé à mettre fin à la guerre – n'a donc abouti qu'à un sanglant échec. Désormais, et jusqu'à la capitulation du Reich, il n'y aura plus d'opposition organisée. La résistance allemande, démantelée, a cessé d'exister comme force agissante.

Comment expliquer cet échec d'une résistance qui, chez les uns, existait depuis l'arrivée des nazis au pouvoir et qui, chez d'autres, s'était peu à peu imposée comme un impératif catégorique s'ils voulaient sauver leur pays de la ruine ? Un échec s'inscrivant de surcroît à contre-courant du mouvement général de la résistance en Europe, puisque partout ailleurs la lutte clandestine n'a cessé de gagner en ampleur au fur et à mesure que reculaient les armées du Reich, tandis qu'en Allemagne l'opposition s'est trouvée irrémédiablement brisée au cours de l'été 1944.

A qui veut comprendre le drame de la résistance allemande, en mesurer les difficultés et les faiblesses, en même temps que l'héroïsme de certains protagonistes, trois séries de questions se posent d'emblée. D'abord, quel statut conférer à cette résistance et comment interpréter un phénomène qui a donné lieu à des diagnostics contradictoires et à de furieuses controverses ? Ensuite, quelles sont ses caractéristiques, si on la compare notamment aux autres résistances européennes ? Enfin, sur quelles forces, sur quels groupes, sur quelles stratégies s'est-elle appuyée ?

A propos de la définition et du statut de la résistance, on a vu fleurir dès le lendemain de la guerre les divergences de diagnostic et d'interprétation. En commençant par des débats sur le langage. C'est en effet en pleine lutte clandestine qu'a été utilisé en Allemagne, mais de manière tout à fait minoritaire, le terme *Widerstand* (« résistance »), employé par le groupe de la Rose Blanche, cette poignée d'étudiants idéalistes et intrépides de l'université de Munich arrêtés et exécutés en février 1943. A preuve leur premier tract, fabriqué et diffusé en juin 1942, qui commence par ces mots : « Il n'est rien de plus indigne d'un peuple civilisé que de se laisser, sans résistance, régir par l'obscur bon plaisir d'une clique de despotes. » Et le tract poursuit en lançant explicitement cet appel : « Où que vous soyez, organisez une résistance passive, – une Résistance. » Quelque temps plus tard, un autre tract de la Rose Blanche parle même de « mouvement de résistance[1] ».

Cependant, ce n'est pas sans difficulté que le mot *Widerstand* s'est répandu après la guerre en Allemagne pour devenir peu à peu d'usage courant – par analogie avec la Résistance française. Nombreux ont été ceux qui, soit au-dedans, soit au-dehors, ont préféré parler plus simplement d'« opposition », en arguant du fait qu'on ne retrouve pas dans la résistance au nazisme des caractéristiques essentielles de la résistance européenne (lutte armée contre l'occupant, sabotages, maquis, presse clandestine, réseaux de renseignement, etc.). Plus récemment on a cherché à acclimater le mot *Resistenz*.

Bien entendu, derrière ces querelles de vocabulaire, se cachent la plupart du temps des débats de fond sur le sens et la portée de la résistance allemande. Parmi les historiens – dont on sait qu'ils n'échappent ni aux conditionnements idéologiques ni au poids de l'affectivité, surtout sur un sujet aussi incandescent –, les uns ont eu tendance à rabaisser l'action de la résistance en la traitant avec dédain, sinon hostilité. En France, en Angleterre, notamment dans les années qui ont suivi la guerre, ce fut le cas de bon nombre d'anciens adversaires du régime hitlérien, non sans de fréquents relents de germanophobie. De plus, l'échec indéniable de la lutte antinazie a renforcé le biais tendant à sous-évaluer ce qu'on a appelé « un des non-événements du XXe siècle[2] ».

Ainsi, pour des historiens aussi réputés que John Wheeler-Bennett ou Lewis Namier, les hommes du 20 juillet ne représentaient qu'une petite caste militariste presque aussi nationaliste que les nazis et dont la rébellion avait pour but principal d'éviter de sombrer en même temps que le régime. Ailleurs on lit que la résistance allemande, organisation « schématique et squelettique », se réduisait à « des conciliabules et des complots », celui du 20 juillet n'étant que le baroud d'honneur d'un « commando-suicide ». Un livre récent consacré à la résistance européenne et dû à la plume d'un excellent spécialiste britannique explique que même en Allemagne on trouvait des résistants[3]... Épisode symbolique : lors du premier congrès historique international sur les mouvements de résistance en Europe à Liège en 1958, le simple fait d'introduire une communication sur la résistance allemande – sous l'autorité scientifique pourtant irréprochable de l'historien du nazisme Helmut Krausnick – suscita un véritable scandale, provoquant des départs de la salle de séance.

Du côté allemand, force est aussi de reconnaître que, dans la mémoire collective, le combat mené contre le nazisme, bien que célébré rituellement en certaines occasions, reste fort mal connu. On n'en parle pas beaucoup à l'école et dans les médias. Selon un sondage effectué en RFA à quatorze ans d'intervalle, en 1970, dans le groupe des 16-29 ans, 47 % étaient incapables de citer un seul fait relatif à la conjuration du 20 juillet 1944. En 1984 le chiffre était monté à 63 %. Autre constatation troublante : en 1970 la moitié des personnes interrogées dans cette même tranche d'âge ne pouvaient citer un seul nom de résistant !

En sens inverse, les tentatives courageuses de certains historiens, indignés par une telle occultation et décidés à rééquilibrer la balance au profit d'une résistance méconnue, ont tourné assez spontanément, sous couleur de réhabilitation, à l'idéalisation, défaut auquel n'échappent pas des livres par ailleurs utiles et bien informés tels que *L'Autre Allemagne* d'Henri Bernard ou *Ces Allemands qui ont défié Hitler* de Gérard Sandoz. A trop vouloir faire des conspirateurs des paladins de la conscience, on donne de la résistance allemande une vision peu critique, voire hagiographique, incapable de rendre compte des conditionnements nationaux, sociaux ou idéologiques dans lesquels elle s'est développée, des obstacles qu'elle a rencontrés, et, par voie de conséquence, de ses limitations et de ses faiblesses.

Il en va de même lorsqu'on cherche, comme l'ont fait certains historiens allemands, à élargir de façon excessive le champ de la résistance, sous prétexte de ne pas réserver ce terme aux opposants politiques actifs ou aux auteurs d'attentats. Ainsi, quand on considère que la notion de résistance « englobe tout ce que la terreur du IIIe Reich a provoqué en fait de souffrance et de martyre, de dévouement humanitaire et d'aide aux persécutés, sans oublier une certaine manière de demeurer à l'écart en silence » (H.A. Jacobsen et E. Zimmermann), la définition devient si élastique que tout se brouille et que l'histoire perd toute rigueur et tout sens.

Dans les années soixante, Ralf Dahrendorf renouvelle en profondeur les analyses « classiques » à l'aide de la notion de modernisation, en s'appuyant sur les sciences sociales[4]. La modernisation a été freinée, sinon bloquée, explique-t-il, depuis Bismarck par la « classe dirigeante préindustrielle ». Cette élite conservatrice, après avoir laissé Hitler arriver au pouvoir en espérant qu'il restaurerait la vieille Allemagne impériale, a tenté finalement de le détruire. Les analyses de Dahrendorf ont permis de se libérer d'une approche idéologico-moralisatrice. On pouvait désormais faire la distinction entre l'interprétation socio-politique (ces opposants sont conservateurs et passéistes dans leur conception de la nation et de la société) et l'approche éthique (leurs qualités morales sont pleinement reconnues : force de conviction et foi religieuse, courage et noblesse d'âme).

Sur le plan de l'idéologie le danger n'était pas moins grand. Après 1945, en effet, au milieu du désarroi d'un pays écrasé et divisé et face aux tâches de la reconstruction de l'État et de la société, l'histoire de la résistance au nazisme a servi de moyen de légitimation du nouvel ordre en train de s'instaurer. De là l'élaboration de deux interprétations du passé, symétriques et opposées, tenant davantage du mythe fondateur que de l'histoire.

En RDA, la thèse officielle – se réclamant, bien à tort, du marxisme –, c'est qu'il n'y a eu qu'une résistance véritable, la résistance communiste, la seule à avoir combattu avec continuité et cohérence le fascisme hitlérien de 1933 à 1945. Peut-on d'ailleurs nier que c'est sur elle que s'est abattu le poids principal de la répression ? Que c'est elle qui a fourni le plus grand nombre de victimes ? A côté d'elle, il faut certes mentionner quelques actions menées par des opposants « bourgeois », au premier chef Stauffenberg, reconnu (tardivement) comme patriote « progressiste » et courageux. Mais une conclusion s'impose : de manière éclatante, l'Histoire fonde le droit de la RDA à se proclamer l'héritière de la résistance à Hitler.

En RFA, en vertu de la logique exactement inverse, la tendance a été d'affirmer la continuité entre la démocratie de Bonn et l'opposition menée contre le régime nazi au nom des droits de la personne et de la lutte contre la tyrannie totalitaire. Une tendance renforcée par le fait que, parallèlement, dans le contexte de la guerre froide et tout au long des années 1950, fleurissait la théorie du totalitarisme établissant une analogie de nature entre fascisme et communisme.

L'historiographie dominante en RFA a été longtemps caractérisée par 3 idées forces. D'abord, la glorification de la résistance bourgeoise et conservatrice culminant dans la conjuration du 20 juillet : celle des officiers, des hauts fonctionnaires, des propriétaires fonciers (du même coup on a voulu faire de ces hommes, au défi de toute vérité historique, les précurseurs de la démocratie libérale parlementaire de l'Allemagne fédérale, et aussi – ce qui est davantage acceptable – de l'intégration européenne en soulignant leur volonté de bâtir des « États-Unis d'Europe »). En deuxième lieu, le silence fait sur la résistance communiste, jugée suspecte et illégitime (ici on se contente d'un bref coup de chapeau à l'action de quelques sociaux-démocrates et à l'opposition populaire). Enfin, l'insistance mise sur la dimension morale de la résistance allemande : une résistance conduite au nom des principes les plus sacrés, par un sursaut de la conscience humaine et chrétienne. Ainsi, en RFA comme en RDA, quoique avec des méthodes très différentes, on a voulu dégager et légitimer une tradition politique et nationale en vue de conférer au nouvel État une identité fondée sur et par l'histoire.

La redécouverte de la résistance allemande.

Or depuis bientôt un quart de siècle s'est produite une vigoureuse remise en question qui a rénové de fond en comble l'historiographie ouest-allemande, tandis qu'en RDA, beaucoup plus récemment et seulement dans une très modeste mesure, les interprétations officielles ont commencé, elles aussi, à bouger. En République fédérale, les nouvelles approches, nourries par l'apport des sciences sociales et illustrées par les noms de Martin Broszat (avec son équipe de l'*Institut für Zeitgeschichte*) à Munich, Hans Mommsen à Bochum, Klaus Jürgen Müller à Hambourg, Manfred Messerschmidt (directeur du Centre d'histoire militaire) à Fribourg, ont abouti à des résultats de première importance : redécouverte de la résistance de gauche, communiste et socialiste ; enquêtes fouillées sur l'opinion et le pouvoir ; analyses fines, à l'échelle nationale et à l'échelle locale, du comportement des élites, de leurs objectifs – à la fois idéalistes et passéistes –, de leur stratégie politique à court et à long terme, de leurs intérêts de groupe et de classe, de leur présence dans l'appareil d'État et de leur isolement dans la société (on a parlé de « résistance sans le peuple » – *Widerstand ohne Volk* –, tandis que Hannah Arendt voyait là l'action d'une caste rétrograde et nationaliste, enfermée dans un monde clos[5]).

Par ailleurs, dans cette historiographie rénovatrice en plein essor, la résistance, au lieu de s'inscrire d'abord et avant tout dans une configuration morale – une révolte de la conscience –, comme le soutient Peter Hoffmann, apparaît comme le produit d'un contexte historique complexe et différencié, avec ses motivations plurielles et ses objectifs socio-politiques multidimensionnels[6]. D'où une gamme très étendue d'attitudes face au régime, depuis les formes les plus élémentaires de résistance passive (déviances, frictions, non-conformisme) jusqu'à la rébellion et à la sédition par la lutte clandestine active, en passant par tous les degrés intermédiaires (dissidence intérieure, opposition partielle, menus actes de refus, etc.). Clivages auxquels il convient d'ajouter une donnée supplémentaire qui complique encore la classification : bien souvent chez le même individu on trouve un croisement de plusieurs attitudes en fonction des problèmes, des enjeux, des circonstances.

Peu d'atouts, d'énormes obstacles, des faiblesses congénitales : par comparaison avec le reste de la résistance européenne, comment s'étonner que la résistance allemande au nazisme, victime de conditions aussi défavorables – les plus adverses de toutes –, ait eu une efficacité aussi limitée et pour finir ait aussi durement et misérablement échoué ? D'où l'interrogation : dans le contexte global du combat contre la domination hitlérienne qu'est-ce qui fait la singularité de la lutte antinazie en Allemagne ?

Dans la mesure où l'opposition a eu à livrer bataille contre le pouvoir national-socialiste depuis 1933 (répétera-t-on jamais assez que les premiers camps de concentration, cette année-là à Dachau et Oranienburg, étaient destinés à l'enfermement des adversaires politiques du régime ?), on peut, pour commencer, mentionner deux causes spécifiques d'affaiblissement. D'abord la durée. Douze années (dont près d'une dizaine de succès ininterrompus pour les maîtres du Reich), c'est terriblement long, et il y a là l'explication de maints découragéments, de maints reflux, de l'usure des énergies militantes, sans parler des vides creusés par la répression. D'autre part, l'émigration a commencé dès l'arrivée de Hitler au pouvoir et s'est poursuivie pendant six ans. Considérable en nombre et en qualité – de Thomas Mann à Bertolt Brecht, de Erich Maria Remarque au théologien protestant Paul Tillich –, elle a inévitablement privé l'opposition d'une partie de ses cadres naturels, d'autant qu'à la longue elle-même, non moins inévitablement, s'est coupée des résistants de l'intérieur (ce qui n'a pas été le cas dans la plupart des pays soumis à la férule allemande, d'où bien peu ont réussi à s'échapper).

Cependant, s'il s'agit là de facteurs non négligeables, ils demeurent secondaires par rapport aux 4 handicaps majeurs dont a souffert en Allemagne la résistance au nazisme.

1. Le loyalisme de la masse de la population envers le régime hitlérien a réduit la résistance à un phénomène à la fois très minoritaire et très solitaire. D'abord, aux yeux de l'immense majorité des Allemands, respectueux de l'ordre établi, le pouvoir en place est le pouvoir légal et légitime, consacré par le vote populaire, bénéficiant de la pleine reconnaissance de la communauté internationale, Vatican compris. D'autre part, jusqu'à 1942, il accumule les succès extérieurs, ce qui fouette le nationalisme dans toutes les classes de la société. Même en 1943-1944 on est encore persuadé que les revers ne sont pas définitifs et la popularité de Hitler demeure quasi intacte. Jusqu'au bout prédomineront l'obéissance et la soumission.

Par ailleurs il ne faut pas oublier que l'État national-socialiste présente un double visage, l'un séducteur, l'autre répressif. Quand on considère l'évolution de quelques-unes des figures les plus nobles de la résistance, les Scholl, les Stauffenberg, est-ce un hasard si ceux-là ont commencé par subir, même s'ils s'en sont vite détachés, l'attrait du nazisme, son appel à la restauration de l'esprit communautaire, au dévouement à la patrie, au sens de la camaraderie, aux vertus d'héroïsme et de sacrifice? Quant à l'autre face du national-socialisme, celle de l'État policier, de la répression, de la terreur, elle engendre le règne de la peur : une peur omniprésente, nourrie par le sentiment que la police est partout, toute-puissante, capable avec ses indicateurs et ses dénonciateurs de percer tous les secrets et toutes les conspirations. De là le sentiment d'isolement complet des résistants, leur solitude morale, eux qui œuvrent à contre-courant, au milieu d'une masse hostile ou apathique, condamnés à l'impuissance. Comme l'écrit tristement à la veille de la guerre Wilhelm Leuschner, l'un des chefs de l'opposition sociale-démocrate, à un ami anglais : « Nous sommes enfermés dans une vaste prison. La rébellion serait un suicide, tout comme les prisonniers ne peuvent pas se mutiner contre leurs gardiens armés[7]. »

2. A l'intérieur d'un pays dominé par le nationalisme, engagé de surcroît à partir de 1939 dans une guerre à mort, l'identification est immédiate entre rébellion et trahison. Entre la fidélité à l'État-nation et la fidélité aux valeurs universelles, c'est la conception instinctive d'un patriotisme érigé en absolu, primitif et catégorique, qui l'emporte, au détriment de l'effort de réflexion critique et de l'affirmation des droits de l'homme. Ce cruel dilemme qui ronge les résistants allemands, le pasteur Dietrich Bonhoeffer l'a résumé dans une formule lapidaire : « Ou bien souhaiter la défaite de la nation afin que survive la civilisation chrétienne ou bien souhaiter la victoire de la nation – une victoire qui détruirait notre civilisation[8]. » Avec la même conscience aiguë et la même lucidité froide, Stauffenberg confie à sa femme deux jours avant l'attentat du 20 juillet : « Le moment est venu d'agir. Mais celui qui a le courage d'agir doit savoir qu'il prendra place dans l'histoire allemande parmi les traîtres. En revanche, s'il n'agit pas, il sera un traître envers sa propre conscience[9]. » Autre figure de proue de la résistance, le comte von Moltke, l'animateur du cercle de Kreisau, s'exprime dans les mêmes termes : « Dans les autres pays asservis par la tyrannie de Hitler, même un criminel ordinaire a une chance d'être érigé en martyr. Chez nous, c'est différent : même le martyr est sûr d'être classé comme un criminel[10]. »

3. A partir du moment où l'objectif numéro un est de

renverser le régime par la force, la résistance est prise dans l'étau d'un choix tactique – qui est en même temps un choix de conscience : collaborer ou s'opposer radicalement. Où est l'efficacité, où est le devoir ? Dans la possibilité d'agir à l'intérieur du système, donc dans l'appareil d'État, quitte à lui apporter une légitimation, à accepter les compromissions, à être associé aux méfaits et aux crimes ? Ou bien dans le refus total et intransigeant, ce qui implique de se tenir à l'écart, les mains propres, mais en renonçant alors à la capacité d'agir sur le cours des choses ?

4. A la différence des autres mouvements de résistance européens, la résistance allemande n'a pu compter sur aucun appui extérieur, ni politiquement ni psychologiquement. Durant la guerre, les Alliés ont eu beau proclamer qu'ils faisaient la guerre à Hitler et non au peuple allemand, la distinction, facile à concevoir et à admettre au plan des principes, se brouillait vite au plan des mentalités et des comportements tant chez les civils que chez les militaires. D'autre part, le scepticisme manifesté par les Alliés à l'égard d'une opposition jugée marginale et peu fiable a miné de façon continue l'action des résistants allemands. Dès avant la guerre, le Premier ministre britannique Neville Chamberlain comparait ceux-ci aux « Jacobites », ces partisans sans espoir de la restauration des Stuarts réfugiés à la cour de Louis XIV après la révolution de 1688. Au lendemain de l'attentat du 20 juillet, Winston Churchill ironise dans un discours aux Communes sur ces « hautes personnalités du Reich en train de se massacrer » (il fera amende honorable après la guerre en rendant hommage à la résistance allemande). Au Foreign Office instruction est donnée en 1941 d'opposer un « silence complet » à toutes les approches de paix venues des opposants.

Quant au mot d'ordre de « capitulation sans conditions », décidé à Casablanca en janvier 1943, non seulement il jette la consternation parmi les résistants (la comtesse Dönhoff a raconté comment, en apprenant la nouvelle en compagnie de Peter Yorck von Wartenburg, tous deux se sont écriés : « Maintenant tout est fini pour nous[11] »), mais encore il contribue à rendre plus vains et plus chimériques que jamais les plans et les calculs des milieux néo-conservateurs, tout en insufflant une force inespérée à la propagande de Goebbels et en renforçant en fin de compte le soutien populaire à Hitler. Au total, à mesurer la puissance des handicaps dont souffrent les adversaires du nazisme en Allemagne, ou comprend la phrase de Goethe que le jeune résistant Hans Scholl, responsable du groupe de la Rose Blanche, a inscrite sur le mur de sa cellule avant d'être exécuté : « Braver toutes les forces contraires[12]. »

Hétérogène et fragmentée à l'extrême dans sa structure, étirée chronologiquement et changeante dans le temps en fonction de la conjoncture, différenciée et divergente dans sa tactique et dans ses moyens – de l'échec de la résistance de masse en 1933-1934 à l'échec du tyrannicide en 1944 –, la résistance allemande s'articule de manière très schématique autour de trois composantes, correspondant *grosso modo* à trois phases et à trois milieux sociaux.

D'abord la résistance de gauche, celle du mouvement ouvrier et socialiste, animée par le parti communiste, la sociale-démocratie, les syndicats – une résistance brisée très tôt par le succès de la *Gleichschaltung*, la « mise au pas » entreprise par le Parti nazi. Première par l'antériorité et par le nombre, cette résistance s'est heurtée simultanément aux illusions de la stratégie communiste (qui, jusqu'à 1935, continue de sous-estimer le phénomène national-socialiste comme elle l'avait fait avant 1933), à la passivité des sociaux-démocrates, et, de manière plus générale, à l'inadéquation des méthodes traditionnelles de la lutte ouvrière face à ce type inédit de pouvoir que constitue le pouvoir totalitaire – sans oublier bien sûr la dureté et l'efficacité de la répression. Cependant, jusqu'à 1945, des noyaux d'opposition, obstinés et courageux, maintiendront la flamme dans les milieux ouvriers, le plus souvent à l'état de groupuscules isolés, tenaces et indomptables[13].

En deuxième lieu viennent les Églises. Bien qu'on ait souvent majoré indûment leur rôle en inversant la balance entre minorités agissantes et majorités silencieuses, elles ont effectué un travail indéniable de sape à l'aide de leurs armes propres – les armes spirituelles –, une fois passée la période de passivité qui suit la prise du pouvoir par Hitler et au fur et à mesure que se dévoile le caractère foncièrement antichrétien du régime. Chez les protestants comme chez les catholiques, l'influence de cette opposition d'origine religieuse est difficile à mesurer car elle passe par de multiples relais et se décompose tantôt en action individuelle militante – allant jusqu'à la sédition –, tantôt en action au sein de petites communautés contestataires. Certes, rares ont été les personnalités affirmant hautement un refus sans compromission, tel Mgr Lichtenberg, doyen de la cathédrale Sainte-Hedwige à Berlin (c'est lui qui répond à un enquêteur de la Gestapo : « Je n'ai qu'un Führer : Jésus-Christ ») ou le pasteur Niemöller envoyé très tôt en camp de concentration. Plus complexe et plus représentatif a été un personnage comme Mgr von Galen, évêque de Münster, intransigeant dans la dénonciation des crimes commis contre les malades mentaux mais à qui son nationalisme et son anticommunisme font bénir la campagne de Russie.

Une conspiration pour assassiner Hitler.

La troisième composante enfin, – celle qui a donné lieu aux plus furieuses controverses –, ce sont les élites : l'armée, l'aristocratie, les hautes sphères de l'administration, ce qu'on peut appeler la droite nationale-conservatrice. Longtemps passive, impuissante ou résignée, c'est elle qui fomente et anime la conspiration de 1944. On y trouve aussi bien quelques éléments qui virent au communisme – autour de hauts fonctionnaires comme Harro Schulze-Boysen et Arvid Harnack, organisateurs d'un réseau d'espionnage au profit de l'Union soviétique, l'Orchestre Rouge – que des Junkers et des officiers révoltés par l'évolution du régime au nom des valeurs traditionnelles de la société aristocratique et militaire allemande.

C'est dans cette fraction de la résistance, inorganisée

jusqu'à 1938 et entrant véritablement en action en 1943-1944, que se produit une spirale de radicalisation. A partir du tournant de 1942, deux convictions inspirent ces hommes : d'une part, la clef de l'avenir pour l'Allemagne réside dans l'élimination immédiate et physique de Hitler ; d'autre part, seule l'armée – et plus particulièrement ses hauts gradés – est en mesure d'agir efficacement, non seulement parce qu'elle est seule à détenir la nécessaire puissance des armes, mais aussi parce qu'elle seule peut commander l'adhésion et la discipline de la population une fois Hitler disparu. D'où la mise sur pied d'une vaste conspiration autour de chefs militaires (le général Beck, le général Tresckow, le colonel von Stauffenberg, le maréchal von Witzleben) et de quelques civils (tels Goerdeler du côté conservateur ou Leber du côté social-démocrate). A ce stade, une stratégie unique en est venue à dominer la résistance allemande : l'assassinat de Hitler en vue de la conquête – de l'intérieur et par un putsch – de l'appareil d'État.

Toutefois avant la date fatidique du 20 juillet 1944, la liste est longue des tentatives manquées d'attentat contre Hitler. Ce fut d'abord le fait d'isolés. Ainsi, le 9 novembre 1938, à l'occasion de la parade célébrant chaque année à Munich l'anniversaire du putsch de 1923, un jeune catholique suisse, Maurice Bavaud, étudiant en théologie, se place face à la tribune officielle, armé d'un pistolet, mais il ne peut tirer car les bras levés des SA lui masquent le dictateur. L'année suivante, toujours le 9 novembre, c'est un ébéniste allemand, Elser, qui a failli réussir en déposant un explosif sophistiqué dans la brasserie historique de Munich où Hitler doit prononcer un discours, mais, comme le Führer quitte les lieux plus tôt que prévu, la bombe en éclatant n'atteint que des subalternes. On peut citer aussi un curieux projet ébauché en juillet 1940 par le comte Fritz von der Schulenburg, vice-préfet de police de Berlin, pour tuer Hitler à Paris en profitant d'un grand défilé de la victoire, mais le défilé est annulé par crainte d'une incursion de la RAF (il faut dire que du côté britannique on y avait également songé).

A partir de 1943, malgré les risques encourus et en

dépit des énormes difficultés techniques, les tentatives se multiplient au sein du petit groupe des officiers opposés au régime et bien décidés à en finir avec le Führer. Le 13 mars 1943, alors que Hitler s'est rendu au quartier général du maréchal von Kluge près de Smolensk, le lieutenant Fabian von Schlabrendorff dépose une bombe dans l'avion qui doit ramener le chef du Reich à Berlin. Déception : le dispositif de mise à feu ne fonctionne pas. Quelques jours plus tard, le 21 mars, nouvel échec : cette fois il s'agissait de profiter de la présence de Hitler à une exposition de matériel ennemi capturé, au cours de laquelle le colonel Rudolf von Gersdorff, chargé de la présentation, est prêt à se faire sauter en même temps que le Führer. La malchance veut que Hitler se contente de traverser l'exposition en vitesse sans laisser au conjuré le temps d'amorcer les deux petites bombes qu'il porte sur lui.

A l'automne 1943, un scénario semblable est mis au point, cette fois avec un officier aux services éclatants, écœuré par les massacres de Juifs auxquels il avait assisté en Ukraine : le capitaine Axel von dem Bussche. Lui aussi doit se faire sauter en compagnie de Hitler au cours d'une démonstration de nouveaux uniformes. Mais la date reste en suspens durant tout le mois de novembre jusqu'au jour où on apprend qu'un raid aérien sur Berlin a détruit le dépôt entreposant le matériel. Le plan est repris au début de 1944, le lieutenant Ewald Heinrich von Kleist remplaçant Axel von dem Bussche, muté sur le front russe, mais la démonstration est sans cesse remise, et quand elle aura lieu beaucoup plus tard, le 7 juillet, Kleist n'y sera pas convoqué.

Dans l'intervalle, le 11 mars 1944, une nouvelle tentative, pourtant fort bien montée, s'était soldée par un nouvel échec. Il était prévu de tuer Hitler au Berghof, à Berchtesgaden, à l'occasion d'une conférence militaire avec le maréchal Busch, mais à la dernière minute l'aide de camp du maréchal, le capitaine Eberhardt von Breitenbuch, qui s'était chargé de tirer au revolver sur le Führer, n'est pas admis dans la salle de séance. Encore le 15 juillet 1944, après deux occasions manquées les jours précédents, Stauffenberg, convoqué au GQG de Hitler, arrive muni de sa bombe, mais il doit repartir sans avoir trouvé la possibilité de l'amorcer.

Ainsi, jusqu'à l'attentat du 20 juillet compris, la malchance n'a cessé de poursuivre les conjurés et la baraka de protéger le chef du Reich.

Notes

1. Inge Scholl, *La Rose Blanche,* trad. fr., Paris, Éd. de Minuit, 1955, p. 121-122 et 149.

2. *Times Literary Supplement*, 27 mars 1969, p. 322.

3. Henri Michel, *Les Mouvements clandestins en Europe*, Paris, PUF, 1961, p. 50, et *La Guerre de l'ombre*, Paris, Grasset, 1970, p. 260 ; MRD Foot, *Résistance*, Londres, Eyre Methuen, 1976, p. 4.

4. Ralf Dahrendorf, *Gesellschaft und Freiheit*, Munich, 1961 ; *Society and Democracy in Germany*, Londres, 1968.

5. Hannah Arendt, *Eichmann in Jerusalem*, New York, 2e éd. 1965, p. 97-104 (trad. fr., Gallimard, 1966).

6. Voir l'article très éclairant de Klaus Jürgen Müller, « La résistance allemande au régime nazi : l'historiographie en République fédérale », *Vingtième Siècle. Revue d'histoire,* nº 11, juillet-septembre 1986, p. 91-106.

7. Cité par Henri Bernard, s.d., L'*Autre Allemagne*, Paris, La Renaissance du Livre, p. 8.

8. Lettre à R. Niebuhr dans Eberhard Bethge, *Dietrich Bonhoeffer*, Munich, Kaiser, 1967, p. 732-737.

9. Cité par Peter Hoffmann, *German Resistance to Hitler,* Cambridge (Mass.), Harvard University Press, 1988, p. 135.

10. Lettre à Lionel Curtis, mars 1943 : voir M. Balfour et J. Frisby, *Helmut von Moltke : Leader against Hitler*, Londres, 1972, p. 220.

11. Cité par H. Bull éd., *The Challenge of the Third Reich*, Oxford, Clarendon Press, 1986, p. 9.

12. Inge Scholl, *op. cit.*, p. 104.

13. Voir par exemple un témoignage récent sur un groupe de la région de Düsseldorf : Berndt Engelmann, *In Hitler's Germany*, Londres, Methuen, 1988.

Orientation bibliographique

En français.

Henri Bernard, s.d., L'*Autre Allemagne : la résistance allemande à Hitler*, Paris, La Renaissance du Livre, 1976.

Peter Hoffmann, *La Résistance allemande contre Hitler,* Paris, Balland, 1984 (paru en allemand en 1969 et en anglais en 1977) ; une petite synthèse récente, claire et commode en anglais : *German Resistance to Hitler,* Cambridge (Mass.), Harvard University Press, 1988.

Gérard Sandoz, *Ces Allemands qui ont défié Hitler, 1933-1945,* Paris, Pygmalion, 1980.

Un livre de témoignages et de documents émouvants : Inge Scholl, *La Rose Blanche,* Paris, Éd. de Minuit, 1955 (trad. de l'allemand).

En allemand.

Der Widerstand gegen Nationalsozialismus (publication du 32e congrès des historiens allemands à Hambourg), Stuttgart, 1979.

Klaus Jürgen Müller, s.d., *Der deutsche Widerstand gegen das Dritte Reich,* Paderborn, Beck, 1986.

En anglais.

H. Bull ed., *The Challenge of the Third Reich*, Oxford, Clarendon Press, 1986.

M. Balfour, *Withstanding Hitler in Germany*, Londres, Routledge, 1988.

Une bibliographie très complète.

U. Cartarius, s.d., *Bibliographie « Widerstand »,* Munich, Saur, 1984.

Comment les Allemands ont vécu le nazisme et la guerre

Étienne François

Les périodes les plus étudiées de l'Histoire ne sont pas nécessairement les mieux connues. Souvent il suffit d'avoir recours à une approche et à des méthodes différentes pour que les choses apparaissent sous un jour neuf et que soient révélés maints aspects jusque-là négligés. De cette observation classique, les premiers résultats de l'enquête menée par un groupe d'historiens allemands sous la direction de L. Niethammer apportent une parfaite illustration. Mettant en œuvre les techniques de l'histoire orale et centrant leur enquête sur un espace et un milieu social bien déterminés (environ deux cents ouvriers et employés de la Ruhr), ils ont réussi à apporter du neuf sur les années 1930-1960, c'est-à-dire sur la période de l'histoire allemande qui a sans doute été la plus intensément scrutée par les historiens [1].

De cette enquête passionnante, foisonnante et prudente à la fois, une première impression d'ensemble se dégage : la place de la politique, au sens habituel du terme, est étonnamment discrète. Contrairement à ce qu'on aurait pu attendre dans une région marquée, avant 1933, par l'intensité des affrontements politiques, on constate d'abord que, dans le souvenir des personnes interrogées, les déterminants essentiels – y compris pour la minorité des militants politiques –, les critères d'identité et les solidarités profondes sont le plus souvent la classe d'âge, le sexe, l'appartenance confessionnelle, le quartier ou le métier. La politique fait donc, à tous points de vue, figure de superstructure fragile.

On est frappé ensuite de voir combien l'emprise idéologique du nazisme est restée superficielle et comment les personnes ayant atteint l'âge adulte en 1933 ont réussi à limiter l'influence du parti sur leur vie quotidienne et familiale, soit en préservant des espaces de liberté souvent plus étendus qu'on ne l'aurait imaginé, soit en se contentant de vivre dans une « normalité quotidienne » rétive à toute forme de récupération d'en haut. Expression de la « majorité silencieuse », les récits de vie suscités et analysés par L. Niethammer et son équipe nous font revivre une Ruhr ouvrière ni vraiment rouge, ni vraiment noire, ni vraiment brune, mais combinant une infinie variété de gris – une Ruhr composée dans sa majorité de « Sieyès » dont la préoccupation première aura été de « vivre » ou de « survivre ».

Est-ce à dire que le IIIe Reich n'a été pour ces populations qu'une parenthèse sans conséquences majeures ? Politiquement peut-être, mais culturellement certainement pas. En effet, dans le souvenir de ces mêmes adultes qui, après 1933, ont gardé vis-à-vis du régime une attitude de prudente réserve, voire de scepticisme semi-oppositionnel, la dizaine d'années séparant l'arrivée au pouvoir de Hitler et le début des bombardements alliés forment une grande plage de « normalité » – signe d'une large connivence entre la pratique du régime et les aspirations collectives de la majorité de la population.

Par contre, on est impressionné par la fascination exercée par le régime sur la jeunesse, fascination à laquelle pratiquement tous les témoins interviewés ont alors succombé, de près ou de loin, mais dans laquelle les éléments proprement politiques n'ont joué qu'un rôle insignifiant. Si les Jeunesses hitlériennes – dans les premières années surtout – ont tant attiré les fils de mineurs et de métallurgistes, c'est d'abord parce que le culte de la virilité et le « machisme » qu'elles pratiquaient allaient au-devant de certains aspects de la culture ouvrière ; ensuite, elles offraient des possibilités de loisir, de promotion, voire de revanche sociale jusque-là inconnues (quelle fierté pour un fils de mineur que de pouvoir commander des fils de bourgeois !) ; enfin et surtout elles rendaient possible une émancipation des normes sociales et des contrôles de la famille, du voisinage ou de la paroisse. D'où, à terme, ce bilan paradoxal d'une contre-révolution conservatrice et totalitaire, contribuant, par la remise en cause des cloisonnements et des normes traditionnels, à une accélération des processus de modernisation et d'individualisation sociale.

Mais ce qui occupe, et de loin, la place la plus importante dans les souvenirs, ce sont les années de la guerre et de l'immédiat après-guerre (en gros jusqu'à la réforme monétaire de 1948), précisément les années où la « grande histoire » est venue brutalement bouleverser les « normalités » familiales et professionnelles et interférer directement avec elles. Dans ces années décisives, deux volets bien distincts. Les premières années de la guerre d'abord, vécues assez souvent comme des années de rupture valorisante : pour les mobilisés la guerre a pu être synonyme d'aventure et de découverte de l'étranger ; les ouvriers restés sur place pour faire tourner les usines d'armement étaient valorisés techniquement et exerçaient un pouvoir sur la main-d'œuvre étrangère ; quant aux femmes, elles assumaient des responsabilités nouvelles pour prendre la place des maris mobilisés. Deuxième volet : la fin de la guerre, l'effondrement et l'immédiat après-guerre. Années marquées cette fois par des épreuves, des souffrances et des errances sans commune mesure ; années de déracinement, de désarroi et de désillusions (le vernis idéologique légué par le nazisme vole en éclats) ; années, surtout, entièrement dominées par l'obsession de la survie la plus immédiate, au jour le jour, sans autres sécurités que la famille et l'initiative personnelle, mais où s'élaborent, à la rencontre du souvenir des années d'avant-guerre et de la désillusion idéologique d'après 1945, du refoulement des souvenirs traumatiques et du repli sur les valeurs familiales et privées, les fondements sur lesquels pourra ensuite s'édifier la nouvelle « normalité » des années cinquante.

Les années de rupture.

Si l'enquête menée par L. Niethammer et son équipe mérite de retenir l'attention, ce n'est pas seulement en raison de son intérêt documentaire, de la richesse et de la diversité des éclairages qu'elle propose ou de la nouveauté des questions qu'elle suggère (à commencer par la chronologie originale des années 1930-1960), c'est parce qu'elle peut être considérée comme un des meilleurs exemples de ce nouveau courant de la recherche historique allemande auquel on donne le nom d'*Alltagsgeschichte* (« histoire du quotidien »).

Schématiquement, les caractéristiques de ce nouveau courant – à l'essor aussi récent que spectaculaire – peuvent être résumées ainsi : récusant une vision trop idéaliste de l'histoire, il s'efforce de promouvoir une histoire d'« en bas », qui s'attache en priorité aux milieux populaires et aux « oubliés de l'histoire ». Il cherche ensuite à faire l'histoire « de l'intérieur », c'est-à-dire une histoire retrouvant les manières de vivre, de sentir et d'agir de ces mêmes milieux, bref une histoire des sensibilités et des comportements collectifs qui n'est pas sans rappeler ce qu'on découvrait en France il y a une quinzaine d'années, avec le même engouement, sous le nom d'« histoire des mentalités ».

En troisième lieu, il donne la préférence à l'approche micro-historique et à une histoire locale enracinée. Enfin, il se veut l'amorce d'une histoire « autre », qui prend des distances par rapport à l'histoire universitaire institutionnelle tant le déroulement des enquêtes (travail en commun entre historiens, acteurs et témoins – d'où l'attrait pour les méthodes de l'histoire orale) que dans la manière d'en présenter les résultats (préférence donnée à la narration, recours fréquent aux expositions suscitant un dialogue avec les populations et favorisant une nouvelle prise de conscience historique, etc.). Tout cela, bien entendu, suscite en Allemagne débats et controverses.

L'*Alltagsgeschichte* fait preuve d'un mélange de liberté et de courage quand elle aborde les aspects les plus sensibles de l'histoire du temps présent. Liée elle-même à un changement de génération (le dialogue entre petits-enfants et grands-parents est plus aisé que le dialogue entre parents et enfants), cette attitude a pour conséquence une attention portée à tous les aspects de rencontre partielle, de convergence, de complicité tacite ou de compromission entre le régime nazi dans sa pratique quotidienne et la société allemande dans son épaisseur. A travers toutes ces enquêtes, dont l'honnêteté, la rigueur et l'absence de concessions forcent le respect, une même interrogation sous-jacente : placés dans la situation de nos grands-parents, aurions-nous réagi différemment ? Surgie de la confrontation permanente du passé avec le présent, cette interrogation, plus morale que politique, renvoie au bouillonnement « alternatif » de la jeunesse allemande, à son refus passionné de devenir à son tour, pour cause de simple passivité, complice d'une folie meurtrière. De ce point de vue aussi, l'*Alltagsgeschichte* est bien une histoire « autre ».

Note

1. H. Lutz Niethammer, s.d., *Lebensgeschichte und Sozialkultur im Ruhrgebiet, 1930 bis 1960*, t. I, *Die Jahre weiss man nicht wo man die heute hinsetzen soll* ; t. II, *Hinterher merkt man dass es richtig war, dass es schiefgegangen ist*, 1983 ; t. III, *Wir Kriegen jetzt andere Zeiten*, 1985, Bonn, Dietz Verlag.

Mon village à l'heure soviétique

Rudolf von Thadden

L'expérience personnelle n'est jamais sans rapport avec le lieu où on la fait. Ainsi, les Allemands qui ont vécu la fin de la guerre à Königsberg ou à Breslau l'ont vécue d'une autre manière que ceux habitant à Cologne ou à Munich. Pour ces derniers l'arrivée des troupes victorieuses (américaines) représenta un élément de libération, même si ce n'était que pour délivrer la population des bombardements incessants. Pour les premiers, en revanche, l'entrée du vainqueur (russe) signifia non seulement la fin d'une agonie mais aussi le début d'une nouvelle misère commençant avec l'expulsion hors de leur pays natal. L'Allemand de Cologne ou de Munich se retrouve peut-être avec une maison détruite après la tempête ; l'Allemand de Königsberg ou de Breslau perd sa maison, même si elle est restée intacte à la fin de la guerre.

Mais il n'y a pas que la différence de lieu ; il y a aussi celle de la situation personnelle. Un nazi a vécu la victoire des Alliés d'une autre manière qu'un résistant. Un propriétaire de terres ou un industriel était mieux placé dans les zones d'occupation occidentales qu'en zone russe. Un père de famille avait d'autres craintes et d'autres espoirs qu'un garçon de douze ans.

Moi, j'avais douze ans et demi à la fin de la guerre, que j'ai vécue en Poméranie orientale, donc dans une région qui allait devenir polonaise après l'arrivée de l'Armée rouge, le 5 mars 1945. J'étais le plus jeune de cinq garçons dont trois étaient tombés en Russie les années précédentes. J'appartenais à une famille de résistants : mon père s'était fait arrêter plusieurs fois par la Gestapo parce qu'il était membre actif de l'Église confessante protestante ; sa sœur aînée venait d'être décapitée après le 20 juillet 1944 parce qu'elle avait conspiré avec un groupe militant de la résistance politique.

Mais, comme mon père appartenait à la noblesse terrienne de Prusse, son engagement dans la résistance allemande contre Hitler ne lui servit à rien. Dix jours après l'arrivée de l'Armée rouge, il se fit arrêter par la NKVD qui le déporta dans un camp de travaux forcés en Sibérie. Je restai donc seul avec ma mère et quelques amis de la famille dans un village d'environ 400 habitants.

Comment ai-je vécu, dans ces conditions, le 8 mai 1945 ? Certainement pas comme un moment de libération. Bien que j'eusse compris que le régime nazi ne devait pas durer et que l'Allemagne avait de quoi payer la guerre déclenchée par elle, j'apprenais vite que l'après-guerre n'était pas la paix. J'apprenais, en plus, que la revanche, même si elle paraît justifiée, n'attrape presque jamais les coupables : les nazis de notre village s'étaient sauvés avant l'arrivée des Russes, de sorte que ceux-ci s'en prenaient aux autres Allemands.

Trois mois après, je devais faire une troisième découverte : à savoir celle qu'il vaut mieux être premier vainqueur que second. Ce fut le moment de l'arrivée des Polonais dans notre village. Destinés à prendre possession des provinces allemandes à l'est de la ligne Oder-Neisse, ils venaient s'insérer dans ce désordre d'occupation russo-allemand qui ne connaissait ni règles administratives ni vie normale à quelque niveau que ce soit. Réfugiés eux-mêmes, les Polonais avaient du mal à trouver une place entre les Russes et les Allemands qui craignaient la perte de leurs propriétés après l'arrivée de ces deuxièmes vainqueurs. Il y eut alors un triangle de peuples qui ne se comprenaient pas et qui avaient trop peu de connaissances de leurs passés respectifs pour pouvoir éprouver de la compassion les uns envers les autres.

Il faudra attendre plusieurs années avant que l'on commence à discuter du vrai coupable de ce malheur : le criminel Hitler, qui avait réussi à faire triompher son ennemi préféré, Staline.

Épilogue
Les troubles de mémoire
1944-1988

Jean-Louis Schlegel

Fait significatif, la querelle des historiens (*Historikerstreit*) a été lancée par le plus grand philosophe allemand vivant, Jürgen Habermas, qui est de surcroît un « intellectuel de gauche » engagé. Sa célébrité mais aussi le ton très polémique de son article ne sont sans doute pas étrangers à l'écho que ce dernier rencontra lors de sa publication dans *Die Zeit*[1] du 11 juillet 1986. Cependant, sa qualité de philosophe indique d'emblée que la querelle déborde et le cadre allemand – même si les Allemands sont les premiers concernés – et celui, fût-il très large, de ce qu'on entend par « histoire ». La querelle des historiens pose, en effet, des questions universelles. Nous en distinguerons, un peu arbitrairement, trois.

1. Le débat sur le génocide juif tourne autour de « ce qui s'est passé » et du « pourquoi cela s'est passé », mais aussi autour du « que fallait-il faire ? » et donc, implicitement, du « pouvait-on faire autrement ? ». Tous les problèmes de l'historiographie, de la méthodologie, du récit, de la « causalité » historiques entrent ici en ligne de compte.

2. La querelle est liée très directement à un problème *politique* en RFA : les historiens dit « révisionnistes – par une synonymie fâcheuse avec les révisionnistes français « faurissonniens » – surviennent en même temps qu'un tournant politique qui a amené une majorité de droite au pouvoir, en 1982. Certains chefs de cette majorité semblent fort préoccupés par le souci de sortir de la culpabilité allemande, d'affirmer une identité nationale retrou-

vée, de pouvoir de nouveau « marcher la tête haute » et de donner sa place à l'Allemagne dans le concert des nations démocratiques et dans le monde.

Ce souci n'est pas en soi répréhensible et on peut le comprendre de la part d'une génération qui n'a pas eu de responsabilités directes ni indirectes dans le nazisme. La « révision » de l'histoire qu'il commande semble cependant devoir se faire sur le dos de la « mémoire » allemande du nazisme. Des déclarations surprenantes du chancelier Kohl et de Franz Joseph Strauss le laissent penser. Et ce souci devient évident lors de la visite de Ronald Reagan et Helmut Kohl au cimetière militaire de Bitburg (5 mai 1985), où un hommage devait être rendu en même temps aux soldats alliés et allemands (parmi lesquels des Waffen-SS) victimes de la guerre : l'histoire absoudrait-elle le passé au point qu'on puisse vraiment unir tous les combattants dans le même hommage ? L'événement a paru d'autant plus choquant que Ronald Reagan voulait éviter de visiter l'emplacement d'un camp de concentration pour ne pas blesser les Allemands !

C'est Ernst Nolte, enseignant à l'université libre de Berlin et dans diverses universités étrangères (dont l'Université hébraïque de Jérusalem), auteur notamment d'un *Fascisme dans son époque* (Julliard, 1970, 3 vol.), qui a posé la question de fond du révisionnisme allemand, avec une formule constamment reprise : l'Allemagne (il s'agit toujours ici de la *République fédérale*) se trouve-t-elle devant un « passé qui ne veut pas passer » ?

Ce « phénomène exceptionnel » en histoire, dit Ernst Nolte, suspend au-dessus de la tête des Allemands une menace ; il est pour eux une source d'angoisse permanente. Mais l'on voit d'emblée l'ambivalence que contient le ton volontariste de la formule : si le passé ne *veut pas* passer, tous les moyens *historiques* sont-ils bons pour le faire passer ? Faut-il même *se servir* de l'histoire pour le faire passer – autrement dit, le relativiser ? Et si l'on refuse d'utiliser l'histoire à ces fins intéressées, quel serait le moyen qui permettrait aux Allemands d'assumer leur passé tout en marchant aujourd'hui « la tête haute » ?

3. Au cœur de la querelle, il y a le crime unique,

incommensurable, la singularité de l'extermination des Juifs par les nazis. Aucun des historiens allemands « révisionnistes » ne conteste explicitement la singularité de la *Shoah*. Mais, implicitement, leur démarche même, qui vise à déculpabiliser par l'histoire le peuple allemand, ne revient-elle pas à nier la singularité du génocide des Juifs d'Europe en le comparant à d'autres, à lui trouver des raisons ?

La première des thèses révisionnistes entend mettre en évidence le patriotisme des soldats allemands envoyés sur le front de l'Est (dont faisaient partie les Waffen-SS). C'est pour cela qu'Andreas Hillgruber, par exemple, professeur à Cologne, souhaite que l'historien de la Seconde Guerre mondiale écrive aussi ou réécrive cette histoire en s'identifiant aux populations allemandes et à leurs souffrances ainsi qu'à l'armée et à l'administration allemande en général, qui firent l'impossible pour résister à l'avance de l'Armée rouge et à ses exactions en 1944-1945. Une préférence est ainsi marquée en faveur des Allemands qui combattaient le totalitarisme soviétique – et la barbarie concrète des Russes violant les femmes et massacrant les enfants allemands dans les territoires réinvestis. Ils défendaient la patrie allemande, dit Andreas Hillgruber, indépendamment ou hors de la conscience de l'anéantissement des Juifs par leur pays ou, plus généralement, des crimes de l'État nazi.

La résistance allemande ne sauve plus à elle seule l'honneur allemand. Pour reprendre la célèbre distinction de Max Weber, ces résistants auraient agi avec une éthique de la conviction (ce qui est louable, mais pauvre en résultat), tandis que la Wehrmacht et l'administration nazie à l'Est firent preuve de responsabilité (ce qui est moins glorieux mais plus efficace dans une situation donnée).

En revanche, à qui Andreas Hillgruber refuse-t-il de s'identifier ? A Hitler, évidemment, et à son jusqu'au-boutisme. Mais il refuse aussi de s'identifier aux vainqueurs de la guerre (en l'occurrence les Alliés), qui, eux, sont exclusivement solidaires des victimes des camps et du nazisme, sans un mot pour le peuple allemand, et qui ont écrit autoritairement l'histoire en ce sens. Andreas Hillgruber prétend même – c'est une pièce essentielle de ses analyses fondées, dit-il, sur une documentation anglaise inédite – que les Alliés et les Russes projetaient déjà de se partager l'Europe centrale et l'Allemagne prussienne avant de décider de combattre l'Allemagne nazie pour mettre fin au génocide. En d'autres termes, la guerre et les responsabilités sont détachées du « phénomène nazi ». Il y a d'un côté la guerre de la Wehrmacht, de l'autre les crimes de l'État nazi.

Le point de vue d'Andreas Hillgruber permet de restituer la « tragédie » des soldats qui ont lutté pied à pied sur le front russe et évité des « souffrances indicibles » au peuple allemand. Au-delà, son parti pris historique rend possible une « histoire de la vie quotidienne » des Allemands pendant la guerre. Ainsi, il montre la complexité de l'époque nazie, qui ne se résume pas à un phénomène idéologique pour ses contemporains, et il établit les continuités sociales qui existeraient entre la république de Weimar, la période nazie et l'après-guerre.

Un des arguments des historiens révisionnistes est précisément ce « droit » de faire de l'histoire autrement. Ils accusent Jürgen Habermas et ses semblables de vouloir imposer une histoire officielle de l'époque, une version « de gauche » reçue une fois pour toutes, dont même la découverte de nouveaux matériaux scientifiques ne saurait ébranler la crédibilité. En l'occurrence, la « micro-histoire » des révisionnistes consiste à se mettre dans la peau des soldats allemands et à éprouver leurs sentiments, ou encore, comme le fait partiellement Ernst Nolte, à entrer dans la subjectivité du Führer lui-même, pour tenter de comprendre ses motivations.

En effet, pour Ernst Nolte, si Hitler a exterminé les Juifs, c'est parce qu'il craignait que les Juifs anéantissent l'Allemagne. A l'appui de sa thèse, il rappelle par exemple un mot du président de l'Agence juive Chaïm Weizmann, futur président de l'État d'Israël, disant, en 1939, que dans le monde entier les Juifs lutteraient aux côtés de l'Angleterre : aux yeux de Hitler cette déclaration aurait prouvé l'existence d'un complot juif contre l'Allemagne et donc justifié qu'il s'attaque aux Juifs... Ernst Nolte dit encore que le bombardement de Hambourg par les Alliés en 1943 – alors que le monde ne connaissait pas encore l'existence d'Auschwitz – a été interprété par Hitler comme une volonté d'extermination des populations allemandes. Il se réfère ici à un ouvrage de l'historien anglais David Irving, *Hitler et ses généraux (Hitler's war),* selon lequel Hitler n'était pas au courant de l'extermination des Juifs d'Europe avant 1943, celle-ci ayant été planifiée et mise en œuvre à son insu par Himmler et les SS.

Toutefois, le point sur lequel les révisionnistes mettent le plus l'accent, c'est la comparaison entre les diverses exterminations de l'histoire. Ernst Nolte s'est illustré dans cette voie, mais plus encore un de ses partisans, Joachim Fest, auteur d'une biographie de Hitler (publiée en français chez Gallimard, 1973), rédacteur-éditeur de la *Frankfürter Allgemeine Zeitung*.

Les nazis ont certes exterminé leurs victimes du simple fait de leur appartenance raciale : mais Joachim Fest compare, citations à l'appui, cette extermination à celle, programmée par Staline, de la bourgeoisie comme « classe », la classe étant dans le langage des bolcheviques d'un déterminisme aussi irrévocable que la race pour les nazis. Lorsqu'on évoque la forme administrative et mécanique des assassinats de masse nazis, il rétorque qu'il est difficile d'imaginer une moindre « bureaucratie de l'assassinat », une moindre technologie chez Staline. Aux images effroyables des monceaux de cadavres et d'objets personnels des victimes des camps hitlériens, il oppose l'impossibilité d'avoir accès aux documents de ce genre dans le camp communiste pour pouvoir prouver qu'il en allait de même là-bas. Enfin, à ceux qui insistent sur le fond indestructiblement « humaniste » du communisme en l'opposant à la perversité intrinsèque du nazisme, il lui est facile de répondre que les millions de victimes innocentes des deux systèmes n'ont que faire de ce distinguo.

De surcroît, on ne peut refuser au nazisme ce qu'on accorde au communisme. On déclare que les crimes communistes étaient en fin de compte non « voulus », qu'ils résultaient de l'emploi dangereux d'un langage évoquant une extermination sociale et historique, mais non physique : la destruction physique des adversaires du communisme serait en fait la conséquence du dérapage incontrôlé d'un discours para-religieux manichéen, divisant le monde entre bons et mauvais. Donc, pourquoi, dit Joachim Fest, évacuer l'idée que « la gestion de l'assassinat [national-socialiste] n'aurait pas été menée d'emblée avec l'idée de déboucher sur la Solution finale » ? Les nazis ne se seraient-ils pas empêtrés, comme les staliniens, dans un processus terrifiant du fait de « leur phraséologie, de leur législation et d'un ensemble d'activités qui se conditionnaient et s'aggravaient mutuellement » ?

A cet argument offensif, Ernst Nolte en ajoute un autre : qui a commencé dans cette affaire ? Replaçant cette question dans le contexte des années 1920-1930, il peut suggérer des liens de cause (les totalitarismes du XXe siècle et en particulier le totalitarisme bolchevique qui est antérieur à l'avènement du régime nazi) à effet (le totalitarisme hitlérien). Il demande que le IIIe Reich soit envisagé dans des perspectives historiques plus larges : « Il faut essentiellement le replacer dans le contexte d'une révolution industrielle génératrice de bouleversements, de crises et d'angoisses autant que de diagnostics et de thérapeutiques. » Ernst Nolte envisage donc le IIIe Reich, dans son principe, comme une réponse aux dommages que crée l'avènement de la société industrielle, voire une libération. Le plus neuf dans cette argumentation – qui l'est en soi assez peu – est que l'« extermination » des adversaires serait devenue, au XXe siècle, une sorte de solution généralisée à la dissolution des communautés et des groupes, à l'atomisation sociale que provoque l'ère industrielle.

Enfin, et surtout, pour les « révisionnistes » allemands, l'extermination des Juifs pourrait (doit ?) se comprendre comme une réponse aux menaces d'extermination de l'Allemagne perçues par Hitler (et éventuellement son entourage) dès les années 1920, du côté bolchevique. De sorte que non seulement les exterminations communistes

– jusqu'à nos jours, Cambodge compris – sont du même « genre » que le génocide des Juifs, mais encore elles le précèdent, historiquement et logiquement : « En matière d'extermination pour raison de classe, en matière de génocide et d'extermination de masse, on devrait maintenant clairement avoir compris, avec les événements d'Indochine, où est l'original et où est la copie. Le refus de replacer dans ce contexte l'extermination des Juifs perpétrée sous Hitler répond peut-être à des motivations très estimables, mais il falsifie l'histoire [...] Auschwitz ne résulte pas principalement de l'antisémitisme traditionnel, il ne s'agissait pas au fond d'un simple "génocide", mais bien plutôt d'une réaction, elle-même fruit de l'angoise suscitée par les actes d'extermination commis par la Révolution russe. A bien des égards, la copie fut largement plus irrationnelle que l'original qui l'avait précédée. (Car c'était un pur fantasme de croire que les "Juifs" avaient jamais désiré l'extermination de la bourgeoisie allemande, ou même du peuple allemand.) »

Un nombre surprenant de lapsus.

Ce sont évidemment ces arguments qui jettent un soupçon très vif sur le « soupçon » des révisionnistes quant à l'histoire reçue. Je dis « soupçon », car le *Historikerstreit* abonde aussi en règlements de comptes, en procès d'intention et en allusions passionnelles (y compris à des événements privés). D'où, peut-être, le nombre surprenant de lapsus produits de part et d'autre. Ernst Nolte parle, sans s'expliquer, de « prétendue Solution finale ». Et même si Andreas Hillgruber a réuni dans son ouvrage deux études distinctes et écrites à des moments différents, le sous-titre donné à l'ensemble, *La Destruction du Reich allemand et la Fin du judaïsme européen*, sonne curieusement. Comme le relève Jürgen Habermas, « la "destruction" suppose un adversaire agressif, une "fin" survient en quelque sorte d'elle-même ». Jürgen Habermas lui-même rectifie une de ses expressions malvenues : il parle de « la déportation des koulaks par Staline », alors qu'il s'agissait bien d'une extermination.

Cependant, c'est sur le fond que l'attitude des historiens « révisionnistes » pose problème. En dépit de leurs dénégations, leur façon de faire et d'écrire l'histoire équivaut à contester la « singularité » de l'extermination des Juifs. Ils ne tiennent pas le programme heureusement formulé par Karl Dietrich Bracher, autre spécialiste de l'histoire contemporaine allemande : dans la comparaison entre idéologies et dictatures susceptibles du pire, « l'essentiel est qu'on n'ôte pas [...] ce qu'elles ont chaque fois de "singulier" dans leur inhumanité. On ne peut fonder sur des comparaisons ni une apologétique nationale ni une apologétique socialiste ». Chez les révisionnistes, on a plus d'une fois l'impression que « leur reconnaissance de l'absolue singularité [de l'extermination des Juifs] n'est qu'une pure concession rhétorique ».

Si l'on prend Andreas Hillgruber, par exemple (dont la sincérité, de l'aveu de plusieurs acteurs non impliqués dans la querelle, est indéniable), on est tout de même surpris de l'option consistant à s'identifier aux soldats sur le front de l'Est : comme le dit Jürgen Habermas, cette opération est non seulement artificielle, mais contestable du point de vue méthodologique. En effet, elle ne met plus en rapport les divers témoignages, elle ne les équilibre plus les uns par les autres, elle ne se donne plus, en somme, le moyen de reconstituer une vérité historique globale. La sincérité des soldats et de l'administration nazie défendant la « patrie allemande » sur le front de l'Est n'est pas en cause ; mais de quelle « patrie » s'agissait-il ? Quand nous contemplons et condamnons aujourd'hui l'horreur nazie, nous contestons justement l'idée que l'Allemagne était une « patrie » : la résistance des soldats allemands face aux Soviétiques était au service du Führer qui exterminait les Juifs. Dans *La Destruction des Juifs d'Europe*, Raul Hilberg montre très bien ce qu'on sait depuis longtemps : les innombrables implications de l'armée allemande (surtout sur le front de l'Est !) et de l'administration à tous les degrés dans la « destruction » des Juifs et des autres. Les tentatives pour justifier et refouler cette évidence n'y changent rien.

En séparant les diverses données de l'histoire du

IIIe Reich, Andreas Hillgruber en arrive à faire une histoire à la Gribouille. Il part en effet d'un présupposé que certains Allemands partagent encore aujourd'hui, implicitement : l'État hitlérien était un État de droit. Pourtant, en 1953, le Tribunal constitutionnel allemand a établi définitivement que le IIIe Reich avait cessé d'être un État de droit dès le 23 mars 1933 (lors des pleins pouvoirs accordés à Hitler par un Parlement que les SS et les SA encerclaient). Naturellement, ceux qui ont vécu l'« histoire immédiate » en 1933 ont pu penser autrement. Mais leurs successeurs historiens ne peuvent écrire « après coup » *comme si* le régime hitlérien était un État de droit ou simplement un État européen comme les autres.

La comparaison des totalitarismes nazi et stalinien.

Le côté trouble des arguments d'Ernst Nolte ne paraît pas moins évident. Quand il voit dans la « technique de gazage » l'essentiel de la singularité de l'extermination, il trahit, à mon sens, le peu de cas réel qu'il en fait ou de compréhension qu'il en a, plus encore que quand il évoque l'antériorité logique et historique du Goulag sur Auschwitz. Il en va de même de la menace d'extermination des Allemands par les Juifs, qu'il entend prouver à l'aide d'une déclaration du leader juif Chaïm Weizmann : l'ouvrage de Raul Hilberg montre très bien que cette supposée menace d'extermination par les Juifs a constitué, dans la propagande nazie, un élément essentiel pour justifier la « Solution finale ». La déclaration isolée d'un chef d'une organisation juive ne saurait justifier en aucun sens les projets d'extermination de Hitler. La prendre aujourd'hui pour argent comptant en faisant abstraction de la fureur antisémite meurtrière des nazis, déversée pendant des années et des années, est tout à fait invraisemblable. De même, il est surprenant, du point de vue méthodologique, qu'on puisse partir des impressions laissées sur Hitler par la « barbarie asiatique » (les crimes staliniens), en se fondant sur des spéculations et très peu sur des éléments historiques, pour tenter de « comprendre » le génocide : en vérité, les influences subies par Hitler sont peut-être intéressantes, mais elles n'expliquent et ne justifient en rien les crimes dont il s'est rendu coupable. De toute façon, les fantasme de Hitler font eux-mêmes partie du « nazisme » et de sa folie meurtrière (Ernst Nolte reconnaît bien, au demeurant, qu'il s'agit de fantasmes : mais pourquoi les mettre alors au service d'une cause ?).

L'angle d'attaque principal chez Ernst Nolte réside dans la comparaison des totalitarismes. Vieille question, s'il en est, où brillent les analyses de Hannah Arendt et de Raymond Aron. Il est évident que la comparaison est le moyen par excellence pour faire de la recherche historique, et peut-être plus encore de la réflexion philosophique pour qui veut comprendre l'Histoire : comparer, dans le cadre du phénomène totalitaire, le stalinisme, le nazisme, le fascisme, la dictature militaire, et même, pourquoi pas, des formes politiques anciennes comme le despotisme absolu, est d'un intérêt essentiel pour comprendre le passé de ce siècle et préserver l'avenir de la démocratie. Et, de ce point de vue, si les victimes ne peuvent plus se soucier de savoir pourquoi et pour qui elles sont mortes, il est d'un intérêt capital pour les vivants de comprendre (au sens fort du mot) l'engrenage qui a conduit au meurtre de millions d'innocents.

Encore faut-il savoir de quel intérêt il s'agit. Dans le cas des historiens allemands, la comparaison sert surtout à exorciser l'histoire nationale, à minimiser les responsabilités, et ce, au service d'intérêts politiques. C'est là que le bât blesse, et on comprend mieux, quand on rapproche les thèses révisionnistes d'autres essais de comparaisons, ceux de Hannah Arendt, par exemple (*Les Origines du totalitarisme,* 1984 ; *Le Système totalitaire,* 1972), ou d'historiens français comme Alain Besançon (*Présent soviétique et Passé russe,* 1980). Chez eux, la comparaison entre nazisme et stalinisme ne vise pas à banaliser le nazisme, mais à montrer que le stalinisme est, dans les faits et dans sa structure, tout aussi criminel contre l'humanité que le nazisme : on y substitue simplement la « classe » à la « race » (Raymond Aron soutenait cependant la position inverse : dans le nazisme, il y a une volonté démoniaque de destruction de la « race » juive, tandis que le stalinisme est un projet humanitaire dévoyé).

Peut-être faut-il rappeler ce qui est incommensurable, unique, singulier dans Auschwitz. Au cours du débat, c'est l'historien Ernst Jäckel – auteur de *La France dans l'Europe de Hitler* (Fayard, 1968) et *Hitler idéologue* (Calmann-Lévy, 1973) – qui en a donné la plus forte définition : « Jamais encore auparavant un État n'avait décidé et annoncé sous l'autorité de son responsable suprême qu'un certain groupe humain devait être exterminé, autant que possible dans sa totalité, les vieux, les femmes et les nourrissons inclus, décision que cet État a, ensuite, appliquée avec tous les moyens qui étaient à sa disposition. » Cette seule définition n'enlève rien à l'horreur des autres crimes et meurtres collectifs de l'Histoire, mais elle suffit à différencier le génocide du peuple juif de tous les autres et elle remet à leur place les arguments de Joachim Fest. En particulier, s'il est étonnant qu'un peuple de vieille culture européenne en soit arrivé là, on doit comparer l'Allemagne, sur ce point, non aux régimes de Staline et de Pol Pot mais aux États de droit européens – États qui représentent bien une « étape » de la civilisation, sans qu'on ait besoin d'y voir l'expression d'une « race de seigneurs ».

Enfin, la question de savoir si le génocide a été voulu dès l'origine du national-socialisme ou s'il est la conséquence de dérapages incontrôlés et d'un affolement de la machine nazie devient finalement secondaire : il y aurait pourtant beaucoup d'arguments (je renvoie une fois encore à Raul Hilberg) pour montrer que l'obsession de l'élimination physique des Juifs a habité très tôt les principaux dignitaires nazis et qu'elle a contaminé des cercles de plus en plus vastes de la population allemande.

« Quoi que nous ayons souffert et quoi que nous souffrions, l'éloignement contribue à mettre le nazisme, lui aussi, à la disposition des “comparatistes” », écrit Joseph Rovan. De fait, à mesure que l'événement s'éloigne, la singularité d'Auschwitz sera moins préservée par la « science » historique que par la mémoire, maintenue volontairement vivante, de l'incommensurable, et par une compréhension juste de ce qui a été singulier.

D'autre part, est dérisoire une « science » historique aux fins intéressées d'atténuer, de diminuer la singularité d'Auschwitz, et mise directement au service d'une identité nationale allemande qui se reconstruirait à ce prix. En revanche, il faut aller jusqu'au bout de la singularité et cesser de considérer les Allemands comme héréditairement coupables : de nombreuses façons de dire et de faire hors de l'Allemagne attestent la force de ce sentiment.

C'est particulièrement vrai quand il s'agit de lutter contre ce qu'on croit lire dans toute l'histoire moderne de l'Allemagne, dans certaines philosophies de l'État, dans certaines réflexions anthropologiques du XIXe siècle, dans un tempérament allemand : les signes nécessaires de la catastrophe. Il y a une façon de parler du « peuple » allemand coupable qui rappelle l'accusation chrétienne du « peuple déicide » portée contre les Juifs. Il ne s'agit pas de nier la responsabilité, non seulement de Hitler et du cercle de ses sbires, mais encore de la génération des Allemands qui l'ont suivi et servi aveuglément. Mais, paradoxalement, la « singularité » du crime exige aussi qu'on le limite à ceux qui l'ont commis.

Il importe enfin de souligner, une fois encore, ce qui a été dit de l'« historisation » du IIIe Reich : la querelle n'est pas née d'un « trop peu » d'histoire, mais d'un recours accru à l'histoire au cours des dernières années, y compris dans l'opinion publique allemande et en particulier chez les jeunes[2]. Si périlleuse que soit cette évolution, c'est la seule manière de dominer, peut-être, « un passé qui ne veut pas passer », sans lui enlever sa singularité.

Notes

1. Les pièces essentielles de la querelle sont rassemblées dans *Devant l'histoire. Les documents de la controverse sur la singularité de l'extermination des Juifs par le régime nazi,* préface de Luc Ferry, introduction de Joseph Rovan, Paris, Éd. du Cerf, 1988. Les citations proviennent de cet ouvrage, à lire absolument si l'on veut compléter cet article.

2. Cf. les indications sur l'évolution du rapport au IIIe Reich depuis 1945, en Allemagne fédérale, chez Hans Mommsen, *Devant l'histoire, op. cit.,* p. 129-155. A comparer avec l'histoire de Vichy, en France, depuis la même date ; voir Henry Rousso, *Le Syndrome de Vichy, 1944-198...*, Paris, Le Seuil, 1987, ainsi que Pierre Ayçoberry, *La Question nazie. Les interprétations du national-socialisme, 1922-1975*, Paris, Le Seuil, 1979.

Orientation bibliographique

Outre les ouvrages en notes et dans le texte.

L'Allemagne nazie et le Génocide nazi, Colloque de l'EHESS, Paris, Gallimard/Le Seuil, 1985.

Gerald Fleming, *Hitler et la Solution finale,* Paris, Commentaire/Juliard, 1988 (excellent ouvrage sur les responsabilités directes de Hitler dans le génocide).

Repères chronologiques

La marche au pouvoir

20 avril 1889	Naissance de Hitler en Autriche.
1913-1914	Hitler s'installe à Munich et s'engage comme volontaire dans l'armée allemande lorsque la guerre éclate.
Novembre 1918	La révolution allemande aboutit à la proclamation de la République et à la signature de l'armistice.
Septembre 1919	Hitler adhère au DAP qui devient, au début de 1920, NSDAP.
3 août 1921	Création de la SA.
28 octobre 1922	Marche sur Rome de Mussolini.
11 janvier 1923	Les troupes franco-belges occupent la Ruhr.
8 novembre 1923	Hitler tente sans succès de s'emparer du pouvoir à Munich (putsch de la Brasserie).
1er avril 1924	Hitler est condamné à cinq ans de prison.
20 décembre 1924	Libération avant terme de Hitler, qui a mis à profit son temps de prison pour écrire *Mein Kampf*.
26 février 1925	Hitler annonce la nouvelle fondation de son parti.
16 octobre 1925	Signature du pacte de Locarno par lequel l'Allemagne s'engage à respecter ses frontières occidentales.
9 novembre 1925	Création de la SS.
5 mai 1927	Interdiction du NSDAP à Berlin à la suite d'actes de violence.

20 mai 1928	Aux élections au Reichstag, le NSDAP obtient 2,6 % des suffrages exprimés.
7 juin 1929	Signature du plan Young qui, après le plan Dawes de 1924, rééchelonne le paiement des réparations.
24 octobre 1929	Krach boursier à Wall Street.
30 mars 1930	Brüning devient chancelier à la tête d'un gouvernement de minorité.
30 juin 1930	Fin de l'occupation de la Rhénanie.
14 septembre 1930	Le NSDAP obtient 18,3 % des voix et 107 sièges au Reichstag.
24 juillet 1931	Signature du moratoire Hoover sur les réparations.
11 octobre 1931	Manifestation du Front de Harzburg.
25 février 1932	Hitler acquiert la nationalité allemande.
10 avril 1932	Hindenburg est réélu président du Reich avec 53 % des voix, contre 36,8 % à Hitler.
30 mai 1932	Démission de Brüning.
1er juin 1932	Franz von Papen est nommé chancelier.
16 juin 1932	Ouverture de la conférence sur les réparations, à Lausanne, qui aboutit à leur annulation.
31 juillet 1932	Avec 37,3 % des voix, le parti nazi devient le plus fort parti au Reichstag.
13 août 1932	Hitler refuse le poste de vice-chancelier et réclame la direction du gouvernement.
6 novembre 1932	Nouvelles élections au Reichstag, dissous le 12 septembre ; le Parti nazi recule à 33,1 % des voix.
17 novembre 1932	Démission de von Papen.
2 décembre 1932	Hindenburg désigne Kurt von Schleicher comme chancelier.
28 janvier 1933	Démission de von Schleicher.

L'État nazi

30 janvier 1933	Le président Hindenburg appelle Hitler à la chancellerie.

1er février 1933	Dissolution du Reichstag.
27-28 février 1933	L'incendie du Reichstag fournit l'occasion d'arrêter les dirigeants communistes et de suspendre les libertés fondamentales (décret sur « la protection du peuple et de l'État »).
5 mars 1933	Aux élections, le Parti nazi, avec 43,9 % des voix, n'obtient pas la majorité absolue.
20 mars 1933	Ouverture du premier camp de concentration à Dachau.
23 mars 1933	Grâce au vote des députés des autres partis de droite, Hitler obtient les pleins pouvoirs pour quatre ans.
1er avril 1933	Boycott des magasins et des commerces juifs.
7 avril 1933	Loi sur « la reconstitution de la fonction publique », qui en exclut les Juifs.
1er mai 1933	Le 1er mai devient jour férié pour célébrer le « travail national ».
2 mai 1933	Interdiction de tous les syndicats.
10 mai 1933	Autodafés dans les grandes villes allemandes.
1er juin 1933	Lancement de grands travaux pour combattre le chômage.
22 juin 1933	Interdiction du Parti social-démocrate.
14 juillet 1933	Loi sur la stérilisation des personnes atteintes de maladies héréditaires. Le NSDAP est proclamé parti unique, après l'autodissolution de tous les partis de droite.
20 juillet 1933	Conclusion d'un concordat avec l'Église catholique.
13 et 14 oct. 1933	Départ de l'Allemagne de la Conférence sur le désarmement et de la Société des nations.
12 novembre 1933	Référendum à propos de la sortie de l'Allemagne de la SDN (95,1 % de oui).
26 janvier 1934	Pacte de non-agression entre l'Allemagne et la Pologne.

29-30 juin 1934	« Nuit des longs couteaux » : Röhm et ses lieutenants de la SA sont assassinés par la Gestapo et la SS.
25 juillet 1934	Le chancelier autrichien Dollfuss est assassiné lors d'une tentative de putsch par les nazis locaux, qui voulaient proclamer le rattachement de l'Autriche à l'Allemagne (« Anschluss »).
2 août 1934	Mort du président Hindenburg, remplacé par Hitler auquel l'armée prête serment selon la Constitution.
19 août 1934	Référendum sur le cumul par Hitler des fonctions de président et de chancelier du Reich : 89,9 % de oui.
13 janvier 1935	Référendum dans la Sarre : 90,8 % des Sarrois choisissent le retour dans le Reich.
16 mars 1935	Hitler rétablit le service militaire obligatoire, en violation du traité de Versailles.
18 juin 1935	Accord naval entre la Grande-Bretagne et l'Allemagne : première fissure du Front de Stresa organisé le 14 avril contre l'Allemagne par la Grande-Bretagne, la France et l'Italie.
15 septembre 1935	Proclamation au congrès du Parti des « lois de Nuremberg », lois raciales qui font des Juifs des citoyens de deuxième classe et leur interdisent mariages et relations sexuelles avec les Allemands.
3 octobre 1935	L'Italie attaque l'Éthiopie.
7 mars 1936	Remilitarisation de la Rhénanie, en violation du traité de Versailles.
25 octobre 1936	Proclamation de l'Axe Rome-Berlin.
25 novembre 1936	Pacte Antikomintern signé entre l'Allemagne et le Japon.
4 février 1938	Renvoi du ministre de la Guerre Blomberg et du commandant en chef de l'armée de terre Fritsch ; le ministre des Affaires étrangères, Neurath, est remplacé par Ribbentrop.

12-13 mars 1938	L'armée allemande pénètre en Autriche ; proclamation de l'Anschluss.
29-30 sept. 1938	Conférence de Munich qui met un terme à la crise tchécoslovaque par la cession du territoire des Sudètes à l'Allemagne.
7-8 novembre 1938	« Nuit de cristal » : 91 morts, des centaines de blessés, 191 synagogues détruites, 7 500 commerces juifs endommagés.
16 mars 1939	Le Reich occupe la Tchécoslovaquie, qui devient le protectorat de Bohême et Moravie.
22 mai 1939	Signature d'une alliance militaire entre l'Allemagne et l'Italie (pacte d'Acier).
23 août 1939	Signature d'un pacte de non-agression entre l'Allemagne et l'URSS.

Les années de guerre

1er septembre 1939	L'Allemagne agresse la Pologne sans déclaration de guerre.
3 septembre 1939	Déclaration de guerre de la France et de la Grande-Bretagne à l'Allemagne.
Octobre 1939	Hitler ordonne l'euthanasie des malades mentaux ; annexion au Reich de la partie occidentale de la Pologne, le centre du pays devenant le *Gouvernement général.*
8 novembre 1939	Échec d'un attentat contre Hitler à Munich.
Décembre 1939	Premières déportations de Polonais et de Juifs dans le Gouvernement général.
9 avril 1940	Attaque contre le Danemark et la Norvège.
10 mai 1940	Offensive à l'Ouest, qui aboutit à l'occupation de la Hollande et de la Belgique.

22 juin 1940	La France de Pétain signe un armistice avec l'Allemagne et l'Italie.
16 juillet 1940	Début des préparatifs de l'invasion de la Grande-Bretagne.
27 septembre 1940	Signature du pacte Tripartite entre l'Allemagne, l'Italie et le Japon.
18 décembre 1940	Hitler ordonne la préparation de la guerre contre l'URSS.
6 avril 1941	Attaque contre la Yougoslavie et la Grèce.
10 mai 1941	Rudolf Hess gagne l'Angleterre.
22 juin 1941	Début de la guerre contre l'URSS (opération Barbarossa).
1er septembre 1941	L'étoile jaune, qui avait été imposée en Pologne dès l'automne 1939, devient obligatoire pour les Juifs allemands.
14 octobre 1941	Début de la déportation des Juifs allemands.
5 décembre 1941	Début de la contre-offensive soviétique qui marque l'échec de la guerre éclair prévue par Hitler.
7 décembre 1941	Décret « Nuit et brouillard » qui prévoit la déportation en Allemagne des opposants à l'occupation nazie.
11 décembre 1941	Hitler déclare la guerre aux États-Unis par solidarité avec le Japon.
20 janvier 1942	Conférence de Wannsee où est exposé le plan d'extermination des Juifs européens.
21 mars 1942	Hitler charge le Gauleiter Sauckel de fournir l'économie du Reich en main-d'œuvre, au besoin par la déportation en Allemagne des travailleurs des territoires occupés.
Fin mars 1942	Début de la déportation des Juifs d'Europe occidentale vers Auschwitz.
27 mai 1942	Assassinat de Heydrich par la résistance tchèque.
28 juin 1942	Début de l'offensive allemande à l'Est.
8 novembre 1942	Débarquement des forces anglo-américaines en Afrique du Nord.

11 novembre 1942	Occupation par l'Allemagne de la France de Vichy (la zone Sud).
22 novembre 1942	Encerclement de la VIe armée à Stalingrad.
24 janvier 1943	Roosevelt et Churchill exigent la « capitulation inconditionnelle » de l'Allemagne.
31 janvier 1943	La VIe armée allemande capitule à Stalingrad.
18 février 1943	Goebbels proclame la « guerre totale ».
19 avril 1943	Insurrection du ghetto de Varsovie.
25 juillet 1943	Renversement de Mussolini.
19 mars 1944	Le Reich occupe la Hongrie qui voulait passer du côté des Alliés ; début de l'extermination des Juifs hongrois.
6 juin 1944	Débarquement allié en Normandie.
22 juin 1944	Début de la grande offensive soviétique.
20 juillet 1944	Attentat manqué contre Hitler.
1er août 1944	Insurrection de Varsovie.
25 août 1944	Libération de Paris.
21 octobre 1944	Occupation d'Aix-la-Chapelle par les Américains.
16 décembre 1944	Début de la contre-offensive allemande des Ardennes, qui va échouer.
27 janvier 1945	Auschwitz est libéré par l'armée soviétique.
4-11 février 1945	Conférence interalliée à Yalta.
19 mars 1945	Ordre de Hitler de tout détruire en Allemagne.
30 avril 1945	Suicide de Hitler et, dans les jours suivants, de plusieurs de ses lieutenants (dont Goebbels et Himmler).
7-9 mai 1945	Capitulation de l'Allemagne.

Les auteurs

Pierre Ayçoberry : Professeur d'histoire contemporaine à l'université des Sciences humaines de Strasbourg, a publié *La Question nazie. Les interprétations du national-socialisme, 1922-1975* (Le Seuil, coll. « Points-Histoire », 1979), *Cologne entre Napoléon et Bismarck. La croissance d'une ville rhénane* (Aubier, 1981), *Une histoire du Rhin* (en codirection avec Marc Ferro, Ramsay, 1981).

Jean-Pierre Azéma : Maître de conférence à l'Institut d'études politiques de Paris, a publié *De Munich à la Libération, 1938-1944* (Le Seuil, coll. « Points-Histoire », 1979) et *1940, l'année terrible* (*Le Monde,* juill.-août 1989 ; Le Seuil, 1990). Collaborateur régulier de la revue *L'Histoire,* il a notamment écrit « L'énigme Jean Moulin » (n° 55), « Résister » (n° 80, numéro spécial *Résistants et collaborateurs. Les Français dans les années noires*), « Pétain et les mutineries de 1917 » (n° 107, numéro spécial *14-18 : mourir pour la patrie*) et « Pourquoi on devient résistant » (n° 129, numéro spécial *L'Année 1940 : la guerre, l'exode, Vichy*).

François Bédarida : Directeur de recherche au CNRS où il dirige l'Institut d'histoire du temps présent, a été professeur à l'Institut français de Londres et maître de conférence à l'Institut d'études politiques de Paris. Il a consacré une grande partie de son activité d'enseignant et de chercheur à l'histoire de l'Angleterre au XIXe et au XXe siècle et a écrit de nombreux ouvrages parmi lesquels *La Bataille d'Angleterre* (Complexe, 1985), *La Politique nazie d'extermination* (Albin Michel, 1989) et *La Société* *anglaise du milieu du XIXe siècle à nos jours* (Arthaud, 1976 ; Le Seuil, coll. « Points-Histoire », 1990).

Serge Berstein : Né en 1934. Professeur aux lycées du Havre, Chaptal (Paris) et d'Antony (1960-1968), maître-assistant puis professeur à l'université de Paris X-Nanterre de 1968 à 1985, il est également professeur des Universités à l'Institut d'études politiques de Paris depuis 1985, directeur du cycle supérieur d'histoire du XXe siècle, fondateur avec Pierre Milza et directeur adjoint du Centre d'histoire de l'Europe du XXe siècle de la Fondation nationale des sciences politiques.

Henri Burgelin : Ayant enseigné l'histoire à la Sorbonne et à l'Institut d'études politiques, est détaché auprès de l'Assemblée de l'Union de l'Europe occidentale comme conseiller pour les affaires politiques. Il a consacré l'essentiel de ses recherches à l'Allemagne contemporaine et a notamment publié *La Société allemande de 1871 à 1968* (Arthaud, 1969).

Philippe Burrin : Professeur à l'Institut universitaire des hautes études internationales à Genève, a publié *La Dérive fasciste* (Le Seuil, 1986) et *Hitler et les Juifs. Genèse d'un génocide* (Le Seuil, 1989). Dans la revue *L'Histoire*, il a notamment écrit « Pétain-Hitler : le choix de la collaboration » (nº 129, numéro spécial *L'Année 1940 : la guerre, l'exode, Vichy*).

Hélène Coulonjou : Collabore à la revue *L'Histoire*.

Jacques Delarue : Écrit régulièrement dans la revue *L'Histoire*. Il a notamment participé au numéro spécial *Résistants et collaborateurs. Les Français dans les années noires* (nº 80).

Jacques Droz : Né en 1909, professeur émérite d'histoire contemporaine de la Sorbonne (Paris-I) et spécialiste de l'Allemagne, a dirigé *Histoire de l'Allemagne* (vol. 4, Hatier, 1970-1976) et publié entre autres *Les Causes de la*

Première Guerre mondiale (Le Seuil, coll. « Points Histoire », 1973) et *Histoire de l'antifascisme en Europe, 1923-1939* (La Découverte, 1985).

Jean-Claude Favez : Recteur de l'université de Genève et professeur d'histoire contemporaine à la faculté des lettres de cette même université, a notamment publié *Le Reich pendant l'occupation franco-belge de la Ruhr en 1923* (Droz, 1969), *Hitler* (Milan, CEI, 1966), *Une mission impossible ? Le CICR, les déportations et les camps de concentration nazis* (Lausanne, Payot, 1988) et en collaboration, *Documents diplomatiques suisses* (t. X, 1983 ; t. XI, 1989, Berne, Benteli). Il a dirigé la *Nouvelle Histoire de la Suisse et des Suisses* (3 vol., Payot, 1982-1983).

Étienne François : Est professeur d'histoire moderne à l'université de Paris-I (Panthéon-Sorbonne) et ancien directeur de la Mission historique française en Allemagne (Göttingen).

Saül Friedländer : Professeur d'histoire contemporaine à Tel-Aviv et à Genève, est l'auteur de nombreux ouvrages sur le nazisme et l'antisémitisme, entre autres : *Pie XII et le III*e *Reich* (Le Seuil, 1964), *L'Antisémitisme nazi* (Le Seuil, 1971), *Quand vient le souvenir...* (Le Seuil, 1978, coll. « Points Actuels, 1981), *Reflets du nazisme* (Le Seuil, 1982).

François Furet : Ancien président de l'École des hautes études, directeur de l'Institut Raymond-Aron, coprésident de la Fondation Saint-Simon, a organisé en 1982 le colloque de l'École des hautes études sur *L'Allemagne nazie. Le génocide juif* (Hautes Études/Gallimard/Le Seuil, 1985). Il a notamment publié le *Dictionnaire critique de la Révolution française,* en collaboration avec Mona Ozouf (Flammarion, 1988), et *La Révolution, 1770-1880* (t. IV de *L'Histoire de France,* Hachette, 1988).

André Kaspi : Né en 1937, est professeur d'histoire de l'Amérique du Nord à l'université de la Sorbonne (Paris-I) et directeur de recherche associé à l'Institut d'études politiques de Paris. Parmi ses ouvrages les plus récents : *Les Américains. Les États-Unis de 1607 à nos jours* (Le Seuil, coll. « Points-Histoire », 2e éd., 1988) et *Franklin Roosevelt* (Fayard, 1988).

Pierre Milza : Né en 1932, est professeur à l'Institut d'études politiques de Paris et directeur du Centre d'histoire de l'Europe du XXe siècle à la Fondation nationale des sciences politiques. Il est l'auteur de nombreux ouvrages sur le fascisme, l'Italie et les relations internationales contemporaines dont *Fascisme français. Passé et présent* (Flammarion, 1988).

Hans Mommsen : Né en 1930, a fait ses études universitaires à Marburg et Tübingen. Conseiller à l'Institut d'histoire contemporaine à Munich, il a été assistant de recherche à Heidelberg de 1963 à 1968, puis professeur d'histoire moderne européenne à l'université de la Ruhr. Membre honoraire de l'Institute for Advanced Study à Princeton et du Wissenschafts-Kollegs à Berlin, professeur invité dans des universités américaines et israéliennes, il a publié de nombreux ouvrages sur le mouvement ouvrier en Europe centrale et sur l'évolution politique et sociale de l'Allemagne entre les deux guerres.

Klaus Jürgen Müller : Professeur titulaire d'une chaire d'histoire moderne et contemporaine à l'université de la Bundeswehr et à l'université de Hambourg, ancien directeur de recherche au Service historique de la Bundeswehr, a écrit de nombreux livres sur le IIIe Reich, sur l'armée allemande et sur la Seconde Guerre mondiale.

Michael Pollak : Directeur de recherche à l'Institut d'histoire du temps présent et au groupe de sociologie politique et morale (CNRS), a publié *Vienne 1900. Une identité blessée* (Gallimard, coll. « Archives », 1984), *Les Homosexuels et le Sida. Sociologie d'une épidémie*

(A.-M. Métailié, 1988) et *L'Expérience concentrationnaire. Essai sur le maintien de l'identité* (A.-M. Métailié, 1990).

Rainer Riemenschneider : Chargé de recherches au Georg-Eckert Institut für Internationale Schulbuchforschung de Braunschweig, consacre ses travaux à l'analyse comparée des discours historiques dans les différents manuels scolaires européens – allemands et français notamment. Ainsi il a collaboré à l'ouvrage de la Commission franco-allemande de révision des manuels scolaires intitulé *La France et l'Allemagne/Espace et Histoire contemporaine. Recommandations pour l'enseignement de l'histoire et de la géographie dans les deux pays* (Francfort, Diesterweg, 1988, éd. bilingue). Il a publié par ailleurs des études sur l'histoire française, dont *Dezentralisation und Regionalismus in Frankreich um die Mitte des 19. Jahrhunderts* (Bonn, Röhrscheid/Bouvier, 1985).

Henry Rousso : Chargé de recherche à l'Institut d'histoire du temps présent, est spécialiste de l'Occupation. Il a publié *Pétain et la Fin de la Collaboration* (Complexe, 1984), *La Collaboration* (MA, 1987), *Le Syndrome de Vichy 1944-198...* (Le Seuil, 1987). Il travaille actuellement sur la politique économique de Vichy et collabore régulièrement à la revue *L'Histoire.*

Joseph Rovan : Historien et germaniste, est professeur émérite de la Sorbonne Nouvelle et président du Bureau international de liaison et de documentation. On lui doit de nombreux ouvrages sur l'Allemagne dont il est un des spécialistes les plus écoutés.

Jean-Louis Schlegel : Ancien directeur de la revue *Projet,* collaborateur des revues *Esprit* et *Études,* conseiller littéraire aux Éditions du Seuil, a traduit de nombreux ouvrages de philosophie allemande, notamment : *Franz Rozenzweig. L'Étoile de la Rédemption* (Le Seuil, 1982), *Jürgen Habermas. Théorie de l'agir communicationnel,* t. II (Fayard, 1987), *Carl Schmidt. Théologie politique,*

1922-1969 (Gallimard, 1988), *Parlementarisme et Démocratie* (Le Seuil, 1988).

Alain Schnapp : Maître-assistant à l'Institut d'art et d'archéologie (université Paris-I), s'est intéressé à l'archéologie, à l'histoire de ses méthodes et de son utilisation par les pouvoirs, universitaires ou autres.

Marlis G. Steinert : Professeur émérite de l'Institut universitaire des hautes études internationales à Genève (IUHEI), est née à Bâle de parents allemands et de grands-parents suisses. Elle a écrit une thèse de doctorat sous la direction de J.-B. Duroselle à l'université de la Sarre et a effectué des recherches pour le Centre européen de la Dotation Carnegie pour la paix internationale. Assistante et plus tard professeur invitée à l'Institut d'études politiques de Paris, professeur à l'IUHEI, elle est l'auteur de nombreuses publications en allemand, français et anglais sur le IIIe Reich (dont *Hitler*, Fayard, 1991), l'histoire des relations internationales, le Japon.

Rudolf von Thadden : Né en 1932 en Poméranie, professeur d'histoire moderne à l'université de Göttingen et directeur d'études associé à l'École des hautes études en sciences sociales, a notamment publié *La Prusse en question : histoire d'un État perdu* (1981 ; trad. fr. Actes Sud, 1985).

Index

*Table**

1. Hitler et les siens

* Sauf mention contraire, les contributions ont paru dans le n° 118 de *L'Histoire* (janvier 1989).

2. L'Allemagne nazifiée

3. Le nazisme et les Juifs

4. Le nazisme et la guerre

IMPRESSION : IMPR. AISNE COMPO, 02100 SAINT-QUENTIN
TIRAGE : IMPR. BRODARD ET TAUPIN, 72200 LA FLÈCHE
DÉPÔT LÉGAL MAI 1991. N° 12647 (6909D-5).

Collection Points

SÉRIE ESSAIS

1. Histoire du surréalisme, *par Maurice Nadeau*
2. Une théorie scientifique de la culture
   par Bronislaw Malinowski
3. Malraux, Camus, Sartre, Bernanos, *par Emmanuel Mounier*
4. L'Homme unidimensionnel, *par Herbert Marcuse* (épuisé)
5. Écrits I, *par Jacques Lacan*
6. Le Phénomène humain, *par Pierre Teilhard de Chardin*
7. Les Cols blancs, *par C. Wright Mills*
8. Littérature et Sensation. Stendhal, Flaubert, *par Jean-Pierre Richard*
9. La Nature dé-naturée, *par Jean Dorst*
10. Mythologies, *par Roland Barthes*
11. Le Nouveau Théâtre américain, *par Franck Jotterand* (épuisé)
12. Morphologie du conte, *par Vladimir Propp*
13. L'Action sociale, *par Guy Rocher*
14. L'Organisation sociale, *par Guy Rocher*
15. Le Changement social, *par Guy Rocher*
16. Les Étapes de la croissance économique, *par W. W. Rostow*
17. Essais de linguistique générale, *par Roman Jakobson* (épuisé)
18. La Philosophie critique de l'histoire, *par Raymond Aron*
19. Essais de sociologie, *par Marcel Mauss*
20. La Part maudite, *par Georges Bataille* (épuisé)
21. Écrits II, *par Jacques Lacan*
22. Éros et Civilisation, *par Herbert Marcuse* (épuisé)
23. Histoire du roman français depuis 1918
    par Claude-Edmonde Magny
24. L'Écriture et l'Expérience des limites, *par Philippe Sollers*
25. La Charte d'Athènes, *par Le Corbusier*
26. Peau noire, Masques blancs, *par Frantz Fanon*
27. Anthropologie, *par Edward Sapir*
28. Le Phénomène bureaucratique, *par Michel Crozier*
29. Vers une civilisation des loisirs ?, *par Joffre Dumazedier*
30. Pour une bibliothèque scientifique
    par François Russo (épuisé)
31. Lecture de Brecht, *par Bernard Dort*
32. Ville et Révolution, *par Anatole Kopp*
33. Mise en scène de Phèdre, *par Jean-Louis Barrault*
34. Les Stars, *par Edgar Morin*
35. Le Degré zéro de l'écriture
    suivi de Nouveaux Essais critiques, *par Roland Barthes*
36. Libérer l'avenir, *par Ivan Illich*
37. Structure et Fonction dans la société primitive
    par A. R. Radcliffe-Brown
38. Les Droits de l'écrivain, *par Alexandre Soljenitsyne*
39. Le Retour du tragique, *par Jean-Marie Domenach*

41. La Concurrence capitaliste
par Jean Cartell et Pierre-Yves Cossé (épuisé)
42. Mise en scène d'Othello, *par Constantin Stanislavski*
43. Le Hasard et la Nécessité, *par Jacques Monod*
44. Le Structuralisme en linguistique, *par Oswald Ducrot*
45. Le Structuralisme : Poétique, *par Tzvetan Todorov*
46. Le Structuralisme en anthropologie, *par Dan Sperber*
47. Le Structuralisme en psychanalyse, *par Moustapha Safouan*
48. Le Structuralisme : Philosophie, *par François Wahl*
49. Le Cas Dominique, *par Françoise Dolto*
51. Trois Essais sur le comportement animal et humain
par Konrad Lorenz
52. Le Droit à la ville, *suivi de* Espace et Politique
par Henri Lefebvre
53. Poèmes, *par Léopold Sédar Senghor*
54. Les Élégies de Duino, *suivi de* Les Sonnets à Orphée
par Rainer Maria Rilke (édition bilingue)
55. Pour la sociologie, *par Alain Touraine*
56. Traité du caractère, *par Emmanuel Mounier*
57. L'Enfant, sa « maladie » et les autres, *par Maud Mannoni*
58. Langage et Connaissance, *par Adam Schaff*
59. Une saison au Congo, *par Aimé Césaire*
61. Psychanalyser, *par Serge Leclaire*
63. Mort de la famille, *par David Cooper*
64. A quoi sert la Bourse ?, *par Jean-Claude Leconte* (épuisé)
65. La Convivialité, *par Ivan Illich*
66. L'Idéologie structuraliste, *par Henri Lefebvre*
67. La Vérité des prix, *par Hubert Lévy-Lambert* (épuisé)
68. Pour Gramsci, *par Maria-Antonietta Macciocchi*
69. Psychanalyse et Pédiatrie, *par Françoise Dolto*
70. S/Z, *par Roland Barthes*
71. Poésie et Profondeur, *par Jean-Pierre Richard*
72. Le Sauvage et l'Ordinateur, *par Jean-Marie Domenach*
73. Introduction à la littérature fantastique
par Tzvetan Todorov
74. Figures I, *par Gérard Genette*
75. Dix Grandes Notions de la sociologie
par Jean Cazeneuve
76. Mary Barnes, un voyage à travers la folie
par Mary Barnes et Joseph Berke
77. L'Homme et la Mort, *par Edgar Morin*
78. Poétique du récit, *par Roland Barthes*
Wayne Booth, Wolfgang Kayser et Philippe Hamon
79. Les Libérateurs de l'amour, *par Alexandrian*
80. Le Macroscope, *par Joël de Rosnay*
81. Délivrance, *par Maurice Clavel et Philippe Sollers*
82. Système de la peinture, *par Marcelin Pleynet*
83. Pour comprendre les média, *par M. McLuhan*

84. L'Invasion pharmaceutique
par Jean-Pierre Dupuy et Serge Karsenty
85. Huit Questions de poétique, *par Roman Jakobson*
86. Lectures du désir, *par Raymond Jean*
87. Le Traître, *par André Gorz*
88. Psychiatrie et Antipsychiatrie, *par David Cooper*
89. La Dimension cachée, *par Edward T. Hall*
90. Les Vivants et la Mort, *par Jean Ziegler*
91. L'Unité de l'homme, *par le Centre Royaumont*
1. Le primate et l'homme
par E. Morin et M. Piattelli-Palmarini
92. L'Unité de l'homme, *par le Centre Royaumont*
2. Le cerveau humain
par E. Morin et M. Piattelli-Palmarini
93. L'Unité de l'homme, *par Centre Royaumont*
3. Pour une anthropologie fondamentale
par E. Morin et M. Piattelli-Palmarini
94. Pensées, *par Blaise Pascal*
95. L'Exil intérieur, *par Roland Jaccard*
96. Semeiotiké, recherches pour une sémanalyse
par Julia Kristeva
97. Sur Racine, *par Roland Barthes*
98. Structures syntaxiques, *par Noam Chomsky*
99. Le Psychiatre, son « fou » et la psychanalyse
par Maud Mannoni
100. L'Écriture et la Différence, *par Jacques Derrida*
101. Le Pouvoir africain, *par Jean Ziegler*
102. Une logique de la communication
par P. Watzlawick, J. Helmick Beavin, Don D. Jackson
103. Sémantique de la poésie, *par T. Todorov, W. Empson*
J. Cohen, G. Hartman, F. Rigolot
104. De la France, *par Maria-Antonietta Macciocchi*
105. Small is beautiful, *par E. F. Schumacher*
106. Figures II, *par Gérard Genette*
107. L'Œuvre ouverte, *par Umberto Eco*
108. L'Urbanisme, *par Françoise Choay*
109. Le Paradigme perdu, *par Edgar Morin*
110. Dictionnaire encyclopédique des sciences du langage
par Oswald Ducrot et Tzvetan Todorov
111. L'Évangile au risque de la psychanalyse (tome 1)
par Françoise Dolto
112. Un enfant dans l'asile, *par Jean Sandretto*
113. Recherche de Proust, *ouvrage collectif*
114. La Question homosexuelle, *par Marc Oraison*
115. De la psychose paranoïaque dans ses rapports
avec la personnalité, *par Jacques Lacan*
116. Sade, Fourier, Loyola, *par Roland Barthes*
117. Une société sans école, *par Ivan Illich*

118. Mauvaises Pensées d'un travailleur social
par Jean-Marie Geng
119. Albert Camus, *par Herbert R. Lottman*
120. Poétique de la prose, *par Tzvetan Todorov*
121. Théorie d'ensemble, *par Tel Quel*
122. Némésis médicale, *par Ivan Illich*
123. La Méthode
1. La nature de la nature, *par Edgar Morin*
124. Le Désir et la Perversion, *ouvrage collectif*
125. Le Langage, cet inconnu, *par Julia Kristeva*
126. On tue un enfant, *par Serge Leclaire*
127. Essais critiques, *par Roland Barthes*
128. Le Je-ne-sais-quoi et le Presque-rien
1. La manière et l'occasion, *par Vladimir Jankélévitch*
129. L'Analyse structurale du récit, Communications 8
ouvrage collectif
130. Changements, Paradoxes et Psychothérapie
par P. Watzlawick, J. Weakland et R. Fisch
131. Onze Études sur la poésie moderne, *par Jean-Pierre Richard*
132. L'Enfant arriéré et sa mère, *par Maud Mannoni*
133. La Prairie perdue (Le Roman américain), *par Jacques Cabau*
134. Le Je-ne-sais-quoi et le Presque-rien
2. La méconnaissance, *par Vladimir Jankélévitch*
135. Le Plaisir du texte, *par Roland Barthes*
136. La Nouvelle Communication, *ouvrage collectif*
137. Le Vif du sujet, *par Edgar Morin*
138. Théories du langage, Théories de l'apprentissage
par le Centre Royaumont
139. Baudelaire, la Femme et Dieu, *par Pierre Emmanuel*
140. Autisme et Psychose de l'enfant, *par Frances Tustin*
141. Le Harem et les Cousins, *par Germaine Tillion*
142. Littérature et Réalité, *ouvrage collectif*
143. La Rumeur d'Orléans, *par Edgar Morin*
144. Partage des femmes, *par Eugénie Lemoine-Luccioni*
145. L'Évangile au risque de la psychanalyse (tome 2)
par Françoise Dolto
146. Rhétorique générale, *par le Groupe μ*
147. Système de la mode, *par Roland Barthes*
148. Démasquer le réel, *par Serge Leclaire*
149. Le Juif imaginaire, *par Alain Finkielkraut*
150. Travail de Flaubert, *ouvrage collectif*
151. Journal de Californie, *par Edgar Morin*
152. Pouvoirs de l'horreur, *par Julia Kristeva*
153. Introduction à la philosophie de l'histoire de Hegel
par Jean Hyppolite
154. La Foi au risque de la psychanalyse
par Françoise Dolto et Gérard Sévérin
155. Un lieu pour vivre, *par Maud Mannoni*

156. Scandale de la vérité, *suivi de* Nous autres Français
par Georges Bernanos
157. Enquête sur les idées contemporaines
par Jean-Marie Domenach
158. L'Affaire Jésus, *par Henri Guillemin*
159. Paroles d'étranger, *par Élie Wiesel*
160. Le Langage silencieux, *par Edward T. Hall*
161. La Rive gauche, *par Herbert R. Lottman*
162. La Réalité de la réalité, *par Paul Watzlawick*
163. Les Chemins de la vie, *par Joël de Rosnay*
164. Dandies, *par Roger Kempf*
165. Histoire personnelle de la France, *par François George*
166. La Puissance et la Fragilité, *par Jean Hamburger*
167. Le Traité du sablier, *par Ernst Jünger*
168. Pensée de Rousseau, *ouvrage collectif*
169. La Violence du calme, *par Viviane Forrester*
170. Pour sortir du XXe siècle, *par Edgar Morin*
171. La Communication, Hermès I, *par Michel Serres*
172. Sexualités occidentales, Communications 35
ouvrage collectif
173. Lettre aux Anglais, *par Georges Bernanos*
174. La Révolution du langage poétique, *par Julia Kristeva*
175. La Méthode
2. La vie de la vie, *par Edgar Morin*
176. Théories du symbole, *par Tzvetan Todorov*
177. Mémoires d'un névropathe, *par Daniel Paul Schreber*
178. Les Indes, *par Édouard Glissant*
179. Clefs pour l'Imaginaire ou l'Autre Scène
par Octave Mannoni
180. La Sociologie des organisations, *par Philippe Bernoux*
181. Théorie des genres, *ouvrage collectif*
182. Le Je-ne-sais-quoi et le Presque-rien
3. La volonté de vouloir, *par Vladimir Jankélévitch*
183. Le Traité du rebelle, *par Ernst Jünger*
184. Un homme en trop, *par Claude Lefort*
185. Théâtres, *par Bernard Dort*
186. Le Langage du changement, *par Paul Watzlawick*
187. Lettre ouverte à Freud, *par Lou Andreas-Salomé*
188. La Notion de littérature, *par Tzvetan Todorov*
189. Choix de poèmes, *par Jean-Claude Renard*
190. Le Langage et son double, *par Julien Green*
191. Au-delà de la culture, *par Edward T. Hall*
192. Au jeu du désir, *par Françoise Dolto*
193. Le Cerveau planétaire, *par Joël de Rosnay*
194. Suite anglaise, *par Julien Green*
195. Michelet, *par Roland Barthes*
196. Hugo, *par Henri Guillemin*
197. Zola, *par Marc Bernard*

198. Apollinaire, *par Pascal Pia*
199. Paris, *par Julien Green*
200. Voltaire, *par René Pomeau*
201. Montesquieu, *par Jean Starobinski*
202. Anthologie de la peur, *par Éric Jourdan*
203. Le Paradoxe de la morale, *par Vladimir Jankélévitch*
204. Saint-Exupéry, *par Luc Estang*
205. Leçon, *par Roland Barthes*
206. François Mauriac
1. Le sondeur d'abîmes (1885-1933), *par Jean Lacouture*
207. François Mauriac
2. Un citoyen du siècle (1933-1970), *par Jean Lacouture*
208. Proust et le Monde sensible, *par Jean-Pierre Richard*
209. Nus, Féroces et Anthropophages, *par Hans Staden*
210. Œuvre poétique, *par Léopold Sédar Senghor*
211. Les Sociologies contemporaines, *par Pierre Ansart*
212. Le Nouveau Roman, *par Jean Ricardou*
213. Le Monde d'Ulysse, *par Moses I. Finley*
214. Les Enfants d'Athéna, *par Nicole Loraux*
215. La Grèce ancienne (tome 1)
par Jean-Pierre Vernant et Pierre Vidal-Naquet
216. Rhétorique de la poésie, *par le Groupe μ*
217. Le Séminaire. Livre XI, *par Jacques Lacan*
218. Don Juan ou Pavlov
par Claude Bonnange et Chantal Thomas
219. L'Aventure sémiologique, *par Roland Barthes*
220. Séminaire de psychanalyse d'enfants (tome 1)
par Françoise Dolto
221. Séminaire de psychanalyse d'enfants (tome 2)
par Françoise Dolto
222. Séminaire de psychanalyse d'enfants
(tome 3, Inconscient et destins), *par Françoise Dolto*
223. État modeste, État moderne, *par Michel Crozier*
224. Le Père : acte de naissance, *par Bernard This*
225. Vide et Plein, *par François Cheng*
225. Le Père : acte de naissance, *par Bernard This*

Collection Points

SÉRIE HISTOIRE

H1. Histoire d'une démocratie : Athènes
Des origines à la conquête macédonienne
par Claude Mossé
H2. Histoire de la pensée européenne
1. L'éveil intellectuel de l'Europe du IXe au XIIe siècle
par Philippe Wolff
H3. Histoire des populations françaises et de leurs attitudes devant la vie depuis le XVIIIe siècle
par Philippe Ariès
H4. Venise, portrait historique d'une cité
par Philippe Braunstein et Robert Delort
H5. Les Troubadours, *par Henri-Irénée Marrou*
H6. La Révolution industrielle (1770-1880)
par Jean-Pierre Rioux
H7. Histoire de la pensée européenne
4. Le siècle des Lumières
par Norman Hampson
H8. Histoire de la pensée européenne
3. Des humanistes aux hommes de science
par Robert Mandrou
H9. Histoire du Japon et des Japonais
1. Des origines à 1945
par Edwin O. Reischauer
H10. Histoire du Japon et des Japonais
2. De 1945 à 1970, *par Edwin O. Reischauer*
H11. Les Causes de la Première Guerre mondiale
par Jacques Droz
H12. Introduction à l'histoire de notre temps
L'Ancien Régime et la Révolution
par René Rémond
H13. Introduction à l'histoire de notre temps
Le XIXe siècle, *par René Rémond*
H14. Introduction à l'histoire de notre temps
Le XXe siècle, *par René Rémond*
H15. Photographie et Société, *par Gisèle Freund*
H16. La France de Vichy (1940-1944)
par Robert O. Paxton
H17. Société et Civilisation russes au XIXe siècle
par Constantin de Grunwald
H18. La Tragédie de Cronstadt (1921), *par Paul Avrich*
H19. La Révolution industrielle du Moyen Age
par Jean Gimpel
H20. L'Enfant et la Vie familiale sous l'Ancien Régime
par Philippe Ariès

H21. De la connaissance historique
par Henri-Irénée Marrou
H22. André Malraux, une vie dans le siècle
par Jean Lacouture
H23. Le Rapport Krouchtchev et son histoire
par Branko Lazitch
H24 Le Mouvement paysan chinois (1840-1949)
par Jean Chesneaux
H25. Les Misérables dans l'Occident médiéval
par Jean-Louis Goglin
H26. La Gauche en France depuis 1900
par Jean Touchard
H27. Histoire de l'Italie du Risorgimento à nos jours
par Sergio Romano
H28. Genèse médiévale de la France moderne, XIVe-XVe siècle
par Michel Mollat
H29. Décadence romaine ou Antiquité tardive, IIIe-VIe siècle
par Henri-Irénée Marrou
H30. Carthage ou l'Empire de la mer, *par François Decret*
H31. Essais sur l'histoire de la mort en Occident
du Moyen Age à nos jours, *par Philippe Ariès*
H32. Le Gaullisme (1940-1969), *par Jean Touchard*
H33. Grenadou, paysan français
par Ephraïm Grenadou et Alain Prévost
H34. Piété baroque et Déchristianisation en Provence
au XVIIIe siècle, *par Michel Vovelle*
H35. Histoire générale de l'Empire romain
1. Le Haut-Empire, *par Paul Petit*
H36. Histoire générale de l'Empire romain
2. La crise de l'Empire, *par Paul Petit*
H37. Histoire générale de l'Empire romain
3. Le Bas-Empire, *par Paul Petit*
H38. Pour en finir avec le Moyen Age
par Régine Pernoud
H39. La Question nazie, *par Pierre Ayçoberry*
H40. Comment on écrit l'histoire, *par Paul Veyne*
H41. Les Sans-culottes, *par Albert Soboul*
H42. Léon Blum, *par Jean Lacouture*
H43. Les Collaborateurs (1940-1945), *par Pascal Ory*
H44. Le Fascisme italien (1919-1945)
par Pierre Milza et Serge Berstein
H45. Comprendre la révolution russe, *par Martin Malia*
H46. Histoire de la pensée européenne
6. L'ère des masses, *par Michaël D. Biddiss*
H47. Naissance de la famille moderne
par Edward Shorter
H48. Mythe de la procréation à l'âge baroque
par Pierre Darmon

H49. Histoire de la bourgeoisie en France
1. Des origines aux temps modernes
par Régine Pernoud
H50. Histoire de la bourgeoisie en France
2. Les temps modernes, *par Régine Pernoud*
H51. Histoire des passions françaises (1848-1945)
1. Ambition et amour, *par Theodore Zeldin*
H52. Histoire des passions françaises (1848-1945)
2. Orgueil et intelligence, *par Theodore Zeldin* (épuisé)
H53. Histoire des passions françaises (1848-1945)
3. Goût et corruption, *par Theodore Zeldin*
H54 Histoire des passions françaises (1848-1945)
4. Colère et politique, *par Theodore Zeldin*
H55. Histoire des passions françaises (1848-1945)
5. Anxiété et hypocrisie, *par Theodore Zeldin*
H56. Histoire de l'éducation dans l'Antiquité
1. Le monde grec, *par Henri-Irénée Marrou*
H57. Histoire de l'éducation dans l'Antiquité
2. Le monde romain, *par Henri-Irénée Marrou*
H58. La Faillite du Cartel, 1924-1926
(Leçon d'histoire pour une gauche au pouvoir)
par Jean-Noël Jeanneney
H59. Les Porteurs de valises, *par Hervé Hamon et Patrick Rotman*
H60. Histoire de la guerre d'Algérie, 1954-1962
par Bernard Droz et Évelyne Lever
H61. Les Occidentaux, *par Alfred Grosser*
H62. La Vie au Moyen Age, *par Robert Delort*
H63. Politique étrangère de la France (La Décadence, 1932-1939)
par Jean-Baptiste Duroselle
H64. Histoire de la guerre froide
1. De la révolution d'Octobre à la guerre de Corée, 1917-1950
par André Fontaine
H65. Histoire de la guerre froide
2. De la guerre de Corée à la crise des alliances,1950-1963
par André Fontaine
H66. Les Incas, *par Alfred Métraux*
H67. Les Écoles historiques, *par Guy Bourdé et Hervé Martin*
H68. Le Nationalisme français, 1871-1914, *par Raoul Girardet*
H69. La Droite révolutionnaire, 1885-1914, *par Zeev Sternhell*
H70. L'Argent caché, *par Jean-Noël Jeanneney*
H71. Histoire économique de la France du XVIIIe siècle à nos jours
1. De l'Ancien Régime à la Première Guerre mondiale
par Jean-Charles Asselain
H72. Histoire économique de la France du XVIIIe siècle à nos jours
2. De 1919 à la fin des années 1970
par Jean-Charles Asselain
H73. La Vie politique sous la IIIe République, *par Jean-Marie Mayeur*
H74. La Grèce archaïque d'Homère à Eschyle, *par Claude Mossé*

H75. Histoire de la « détente », 1962-1981
par André Fontaine
H76. Études sur la France de 1939 à nos jours
par la revue « L'Histoire »
H77. L'Afrique au xxe siècle, *par Elikia M'Bokolo*
H78. Les Intellectuels au Moyen Age, *par Jacques Le Goff*
H79. Fernand Pelloutier, *par Jacques Julliard*
H80. L'Église des premiers temps, *par Jean Daniélou*
H81. L'Église de l'Antiquité tardive
par Henri-Irénée Marrou
H82. L'Homme devant la mort
1. Le temps des gisants, *par Philippe Ariès*
H83. L'Homme devant la mort
2. La mort ensauvagée, *par Philippe Ariès*
H84. Le Tribunal de l'impuissance, *par Pierre Darmon*
H85. Histoire générale du xxe siècle
1. Jusqu'en 1949. Déclins européens
par Bernard Droz et Anthony Rowley
H86. Histoire générale du xxe siècle
2. Jusqu'en 1949. La naissance du monde contemporain
par Bernard Droz et Anthony Rowley
H87. La Grèce ancienne, *par la revue « L'Histoire »*
H88. Les Ouvriers dans la société française
par Gérard Noiriel
H89. Les Américains de 1607 à nos jours
1. Naissance et essor des États-Unis, 1607 à 1945
par André Kaspi
H90. Les Américains de 1607 à nos jours
2. Les États-Unis de 1945 à nos jours, *par André Kaspi*
H91. Le Sexe et l'Occident, *par Jean-Louis Flandrin*
H92. Le Propre et le Sale, *par Georges Vigarello*
H93. La Guerre d'Indochine, 1945-1954
par Jacques Dalloz
H94. L'Édit de Nantes et sa révocation
par Janine Garrisson
H95. Les Chambres à gaz, secret d'État
par Eugen Kogon, Hermann Langbein et Adalbert Rückerl
H96. Histoire générale du xxe siècle
3. Depuis 1950. Expansion et indépendance (1950-1973)
par Bernard Droz et Anthony Rowley
H97. La Fièvre hexagonale, 1871-1968, *par Michel Winock*
H98. La Révolution en questions, *par Jacques Solé*
H99. Les Byzantins, *par Alain Ducellier*
H100. Les Croisades, *par la revue « L'Histoire »*
H101. La Chute de la monarchie (1787-1792)
par Michel Vovelle
H102. La République jacobine (10 août 1792 - 9 Thermidor an II)
par Marc Bouloiseau

H103. La République bourgeoise (de Thermidor à Brumaire, 1794-1799)
par Denis Woronoff
H104. La France napoléonienne (1799-1815)
1. Aspects intérieurs, *par Louis Bergeron*
H105. La France napoléonienne (1799-1815)
2. Aspects extérieurs, *par Roger Dufraisse* (à paraître)
H106. La France des notables (1815-1848)
1. L'évolution générale, *par André Jardin et André-Jean Tudesq*
H107. La France des notables (1815-1848)
2. La vie de la nation, *par André Jardin et André-Jean Tudesq*
H108. 1848 ou l'Apprentissage de la république (1848-1852)
par Maurice Agulhon
H109. De la fête impériale au mur des Fédérés (1852-1871)
par Alain Plessis
H110. Les Débuts de la Troisième République (1871-1898)
par Jean-Marie Mayeur
H111. La République radicale ? (1898-1914)
par Madeleine Rebérioux
H112. Victoire et Frustrations (1914-1929)
par Jean-Jacques Becker et Serge Berstein
H113. La Crise des années 30 (1929-1938)
par Dominique Borne et Henri Dubief
H114. De Munich et à Libération (1938-1944)
par Jean-Pierre Azéma
H115. La France de la Quatrième République (1944-1958)
1. L'ardeur et la nécessité (1944-1952), *par Jean-Pierre Rioux*
H116. La France de la Quatrième République (1944-1958)
2. L'expansion et l'impuissance (1952-1958)
par Jean-Pierre Rioux
H117. La France de l'expansion (1958-1974)
1. La République gaullienne (1958-1969), *par Serge Berstein*
H118. La France de l'expansion (1958-1974)
2. Croissance et crise (1969-1974)
par Serge Berstein et Jean-Pierre Rioux (à paraître)
H119. La France de 1974 à nos jours
par Jean-Jacques Becker (à paraître)
H120. Le XXe Siècle français, documents (à paraître)
H121. Les Paysans dans la société française, *Annie Moulin*
H122. Portrait historique de Christophe Colomb
par Marianne Mahn-Lot
H123. Vie et Mort de l'ordre du Temple, *par Alain Demurger*
H124. La Guerre d'Espagne, *par Guy Hermet*
H125. Histoire de France, *sous la direction de Jean Carpentier et François Lebrun*
H126. Empire colonial et Capitalisme français
par Jacques Marseille
H127. Genèse culturelle de l'Europe (Ve-VIIIe siècle)
par Michel Banniard

H128. Les Années trente, *par la revue « L'Histoire »*
H129. Mythes et Mythologies politiques, *par Raoul Girardet*
H130. La France de l'an Mil, *collectif*
H131. Nationalisme, Antisémitisme et Fascisme en France
par Michel Winock
H132. De Gaulle 1. Le rebelle (1890-1944)
par Jean Lacouture
H133. De Gaulle 2. Le politique (1944-1959)
par Jean Lacouture
H134. De Gaulle 3. Le souverain (1959-1970)
par Jean Lacouture
H135. Le Syndrome de Vichy, *par Henri Rousso*
H136. Chronique des années soixante, *par Michel Winock*
H137. La Société anglaise, *par François Bédarida*
H138. L'Abime 1939-1944. La politique étrangère de la France
par Jean-Baptiste Duroselle
H139. La Culture des apparences, *par Daniel Roche*
H140. Amour et Sexualité en Occident, *par la revue « L'Histoire »*
H141. Le Corps féminin, *par Philippe Perrot*
H142. Les Galériens, *par André Zysberg*
H143. Histoire de l'antisémitisme 1. L'âge de la foi
par Léon Poliakov
H144. Histoire de l'antisémitisme 2. L'âge de la science
par Léon Poliakov
H145. L'Épuration française (1944-1949), *par Peter Novick*
H146. L'Amérique latine au XXe siècle (1889-1929), *par Leslie Manigat*
H147. Les Fascismes, *par Pierre Milza*
H148. Histoire sociale de la France au XIXe siècle, *par Christophe Charle*
H149. L'Allemagne de Hitler, *par la revue « L'Histoire »*

H201. Les Origines franques (Ve-IXe siècle), *par Stéphane Lebecq*
H202. L'Héritage des Charles (de la mort de Charlemagne
aux environs de l'an mil), *par Laurent Theis*
H203. L'Ordre seigneurial (XIe-XIIe siècle), *par Dominique Barthélemy*
H204. Temps d'équilibres, temps de ruptures, *par Monique Bourin-Derrua*
H205. Temps de crises, temps d'espoirs, *par Alain Demurger*